Sue Grafton, geboren in Louisville, Kentucky / USA, lebt in Santa Barbara, Kalifornien. 1982 erschien ihr erster Kriminalroman, ›A wie Alibi‹. Mit ihrer alphabetischen Romanserie um die kalifornische Privatdetektivin Kinsey Millhone hat sie sich in wenigen Jahren »in die Liga der großen Kriminalschriftsteller geschrieben« *(New York Times)*. Mit ›G wie Galgenfrist‹, ›H wie Haß‹ und ›I wie Intrige‹ gelang ihr auf Anhieb der Sprung auf die amerikanische Bestsellerliste.

I wie Intrige: Private Eye Kinsey Millhone hat ihren Job bei der Versicherungsgesellschaft verloren und bei einem Rechtsanwalt angeheuert. Als sie dort ihren ersten Fall übernimmt, glaubt sie, die Lösung läge direkt vor ihrer Nase. Ihr Vorgänger sollte herausfinden, ob David Barney vor sechs Jahren wirklich seine Frau Isabelle umgebracht hat. Doch Kinseys Vorgänger ist tot, und David Barney wurde damals vor Gericht freigesprochen. Isabelles erster Ehemann, Ken Voigt, hat jedoch Zweifel an Barneys Alibi. In Kürze soll das Gericht in einem Wiederaufnahmeverfahren den Urteilsspruch fällen. David Barney beteuert weiterhin seine Unschuld, während in der Wohnung von Kinseys totem Vorgänger eingebrochen wird. Als Kinsey der Sache nachgeht, stellt sie fest, daß seine Nachforschungen merkwürdige Lücken aufweisen, und sie ist sich nicht mehr sicher, ob er tatsächlich eines natürlichen Todes gestorben ist. Vor allem, als sie auch noch herausfindet, daß Isabelle mehreren Leuten auf die zarten Füße getreten war...
Motive über Motive, überraschende Entdeckungen und echte Gefahr für Kinseys Leib und Leben – die zu der Frage führen, ob der Beziehungsdschungel auch die Gesetze des Dschungels hervorbringt: fressen und gefressen werden.
Neben großer Spannung gibt es viel Vergnügliches, Romantisches, Komisches – und dabei stets das wohlige Gefühl, Kinsey werde die Dinge schon richten... *Sue Grafton at her best.*

Lieferbare Titel von Sue Grafton im Fischer Taschenbuch Verlag: ›Detektivin, Anfang 30, sucht Aufträge‹ (Bd. 10208), ›Sie kannte ihn flüchtig‹ (Bd. 8386; Originaltitel: F Is for Fugitive), ›G wie Galgenfrist‹ (Bd. 10136), ›H wie Haß‹ (Bd. 12197).

*S*ue *G*rafton
I wie *I*ntrige

Kriminalroman

Aus dem Amerikanischen von
Cornelia Holfelder-von der Tann

Fischer Taschenbuch Verlag

Veröffentlicht im Fischer Taschenbuch Verlag GmbH,
Frankfurt am Main, Juni 1995

Deutschsprachige Erstpublikation
im Wolfgang Krüger Verlag, Frankfurt am Main

Die amerikanische Originalausgabe
erschien unter dem Titel ›I Is for Innocent‹
im Verlag Henry Holt and Company, New York

Druck und Bindung: Clausen & Bosse, Leck
Printed in Germany
ISBN 3-596-12743-2

Gedruckt auf chlor- und säurefreiem Papier

Für meine Enkeltochter Erin – dieses Buch
und ein Herz voller Liebe

1

Zuerst möchte ich Ihnen mitteilen, daß ich nicht die Erfahrung gemacht habe, daß an der Schwelle des Todes das ganze Leben im Zeitraffer noch einmal vor einem abrollt. Kein lockendes weißes Licht am Ende eines Tunnels, keine warme, diffuse Ahnung, daß meine verstorbenen Lieben drüben auf mich warteten. Ich hörte in meinem Inneren nur ein empörtes Stimmchen, das protestierte: »He, nicht doch. Das ist doch wohl nicht ernstgemeint. Soll das wirklich schon *alles* gewesen sein?« Am meisten bereute ich, daß ich am Vorabend nicht wie geplant meine Kommode aufgeräumt hatte. Der Gedanke, daß die Menschen, die dein vorzeitiges Dahinscheiden betrauern, gleichzeitig das unauslöschliche Bild deiner zusammengeknüllten Unterhosen mitnehmen, ist ziemlich unangenehm. Man könnte natürlich die Gültigkeit dieser Beobachtung in Frage stellen, da ich ja damals offensichtlich nicht gestorben bin. Aber dennoch – sehen wir den Dingen ins Auge: Das Leben ist ziemlich trivial, und ich vermute stark, daß uns das Sterben auch keinen großen Zuwachs an Weisheit beschert.

Mein Name ist Kinsey Millhone. Ich bin lizensierte Privatdetektivin in Santa Teresa, einem Ort fünfundneunzig Meilen nördlich von Los Angeles. Die letzten sieben Jahre hatte ich ein eigenes kleines Büro gleich neben der Hauptstelle der California Fidelity-Versicherungsgesellschaft. Mein Abkommen mit der CF gestand mir die Nutzung einer hübschen Eck-Suite zu. Dafür verpflichtete ich mich, auf einer ungeregelten »Nach-Bedarf«-Basis in suspekten Brand- und Todesfällen für sie zu ermitteln. Anfang November hatte dieses Arrangement ein jähes Ende gefunden, nachdem sie einen superdynamischen Leistungs-Maximierungs-Experten aus der Filiale in Palm Springs in die Hauptstelle versetzt hatten.

Ich hatte nicht gedacht, daß ich von dieser Veränderung im Firmenmanagement in irgendeiner Weise betroffen sein würde, da ich ja keine reguläre Angestellte, sondern nur freie Mitarbeiterin war. Doch schon bei meiner ersten (und einzigen) Begegnung mit diesem Herrn entzündete sich eine spontane wechselseitige Antipathie. In der Viertelstunde, die unsere gesamte Beziehung ausmachte, zeigte ich mich unhöflich, widerspenstig und unkooperativ. Und ehe ich mich's versah, fand ich mich mit diversen Pappkartons voller Akten auf der Straße wieder. Ich will gar nicht groß davon reden, daß meine Zusammenarbeit mit der CF in der Zerschlagung eines Betrügerringes gipfelte, der durch fingierte Autounfälle Millionensummen an Versicherungsgeldern kassiert hatte. Alles, was mir das eintrug, war ein verstohlener Händedruck von Mac Voorhies (dem Vizepräsidenten der Gesellschaft und einem bekennenden Hasenfuß), der mir versicherte, er finde diesen Menschen genauso gräßlich wie ich. Diese moralische Unterstützung tat mir zwar wohl, löste aber nicht mein Problem. Ich brauchte Arbeit. Ich brauchte ein Büro, wo ich sie tun konnte. Davon abgesehen, daß ich zu Hause gar nicht den Platz hatte, wäre das auch unprofessionell gewesen. Unter meiner Kundschaft sind manchmal ziemlich unangenehme Zeitgenossen, und ich wollte nicht, daß diese Typen mitkriegten, wo ich wohnte. Ich hatte schon genug am Hals. Nach den letzten deftigen Steuererhöhungen hatte sich mein Hauswirt gezwungen gesehen, meine Miete zu verdoppeln. Das traf ihn noch mehr als mich, aber nach Auskunft seines Steuerberaters blieb ihm nichts anderes übrig. Die Miete war immer noch ganz im Rahmen, und ich konnte mich nicht beklagen, aber die Erhöhung hätte zu keinem ungünstigeren Zeitpunkt kommen können. Meine ganzen Ersparnisse steckten in meinem »neuen« Auto, einem hellblauen VW, Baujahr 74, mit nur einer klitzekleinen Delle im hinteren linken Kotflügel. Meine Lebenshaltungskosten waren bescheiden, aber ich hatte trotzdem am Monatsende keinen Cent übrig.

Es gibt ja die Theorie, daß niemand gefeuert wird, der nicht geheime Freiheitssehnsüchte hat, aber das ist wohl eher so eine Sentenz von Leuten, die gerade an die Luft gesetzt worden sind. Gefeuert zu werden ist die Hölle, vom Demoralisierungseffekt her durchaus auf einer Stufe mit dem Verlassenwerden in der Liebe. Das Selbstwertgefühl schnurrt zusammen, und das Ego macht Pffft wie ein zerstochener Reifen. In den Wochen nach meinem Rausschmiß hatte ich all die Reaktionsstadien kennengelernt, die man nach der Eröffnung einer hoffnungslosen Diagnose durchmacht: Wut, Verleugnung, Feilschen, Suff, unflätiges Reden, Schnupfenanfälle, rüde Gesten, Beklemmungen und plötzliche Eßstörungen. Zudem hatte ich den Urheber der ganzen Misere mit einem steten Strom häßlicher Gedanken überschwemmt. Seit einiger Zeit jedoch fragte ich mich, ob nicht doch etwas dran war an der Sache mit dem unbewußten Wunsch, formlos abserviert zu werden. Vielleicht hatte ich die CF ja einfach satt. Vielleicht war ich ja ausgebrannt. Vielleicht wollte ich einfach mal einen Tapetenwechsel. Wie auch immer – ich begann, mich damit abzufinden, und fühlte schon wieder Optimismus in mir aufsteigen wie Ahornsaft. Es war nicht nur eine Sache des Überlebens. Irgendwie, das wußte ich, würde ich es ihnen *zeigen*.

Fürs erste hatte ich einen Raum im Anwaltsbüro Kingman und Ives gemietet. Lonnie Kingman ist Anfang vierzig, gerade einssechzig groß, zwei Zentner schwer, ein fanatischer Gewichtheber und permanent vollgepumpt mit Steroiden, Testosteron, Vitamin B_{12} und Koffein. Er hat zottelige schwarze Haare wie ein Pony im Fellwechsel. Seine Nase sieht aus, als sei sie ebenso oft gebrochen worden wie meine. Den diversen gerahmten Diplomen an der Wand habe ich entnommen, daß er seinen Bachelor in Harvard, seinen Magister an der Columbia Universität und seinen Doktor *summa cum laude* an der rechtswissenschaftlichen Fakultät von Stanford gemacht hat.

Sein Partner John Ives hält es, trotz durchaus ebenbürtiger akademischer Qualifikationen, mehr mit den stillen, unscheinbaren Seiten des Anwaltsmetiers. Seine Spezialität sind zivilrechtliche Berufungsverfahren, und auf diesem Gebiet gilt er als sehr einfallsreich und gründlich und als Formulierungskünstler in seinen Schriftsätzen. Seit Lonnie und John das Anwaltsbüro vor etwa sechs Jahren gründeten, hat sich der Mitarbeiterstab ständig vergrößert. Derzeit umfaßt er eine Empfangskraft, zwei Sekretärinnen sowie einen Gehilfen, der gleichzeitig als Bote fungiert. Martin Cheltenham, der der Kanzlei als dritter Anwalt, wenn auch nicht als offizieller Sozius angehört, ist Lonnies bester Freund und hat seinen Büroraum ebenso von ihm angemietet wie ich.

Die schicken Prozesse in Santa Teresa gehen offenbar alle an Lonnie Kingman. Bekannt ist er vor allem als Strafverteidiger, aber seine Leidenschaft sind komplexe Verfahren, bei denen es um Zivilklagen im Zusammenhang mit Unfallverletzungen oder Todesfällen geht, und anläßlich einer solchen Sache hatten sich auch unsere Wege gekreuzt. Ich hatte seither öfter für Lonnie gearbeitet und dachte mir, er wäre – abgesehen davon, daß ich seine Dienste gelegentlich selbst benötige – eine gute Referenz. Und aus seiner Sicht konnte es nicht schaden, eine Detektivin auf der Etage zu haben. Wie bei der California Fidelity war ich nicht angestellt, sondern freie Mitarbeiterin. Ich erbrachte bestimmte Leistungen und stellte sie entsprechend in Rechnung. Zur Feier dieses neuen Arrangements erstand ich einen schmucken Tweed-Blazer zu meinem Normalaufzug aus Jeans und Rollkragenpullover. Ich fand mich ganz schön peppig in meinem neuen Outfit.

Es war ein Montag Anfang Dezember, als ich das erste Mal mit dem Mordfall Isabelle Barney in Berührung kam. Ich war an diesem Tag zweimal runter nach Cottonwood gefahren, jeweils gute fünfzehn Kilometer hin und zurück, um einem Zeugen in einem Prozeß wegen Beteiligung an einer Schlägerei eine Vorladung zuzustellen. Das erste Mal war er nicht zu Hause. Beim zweiten Mal erwischte ich ihn, als er, von der Arbeit kommend, gerade in seine Einfahrt einbog. Ich händigte ihm, unter Nichtbeachtung seines Unmuts, die Papiere aus und machte mich wieder davon, das Autoradio voll aufgedreht, um seine wenig feinen Geleitworte zu übertönen. Es waren ein paar Ausdrücke darunter, die ich seit Jahren nicht mehr gehört hatte. Auf dem Rückweg fuhr ich noch beim Büro vorbei.

Die Firma Kingman residiert in einem dreistöckigen Gebäude mit überdachten Autoabstellplätzen zu ebener Erde und zwei Büroetagen darüber. Über die Vorderfront verteilen sich sechs raumhohe, zweiflügelige Glasfenster, die nach innen aufgehen und der Durchlüftung dienen. Jede dieser Türen ins Nichts wird flankiert von hölzernen Läden im sanften Grün oxydierten Kupfers, und die untere Hälfte der Fenster wird von schmiedeeisernen Gittern gesichert, die vor allem dekorativen Zwecken dienen, aber im Notfall wohl auch einen lebensmüden Hund oder das quengelige Kind einer Klientin daran zu hindern vermögen, sich vor lauter Genervtheit hinabzustürzen. Das Gebäude reicht über die ganze Grundstücksbreite und hat rechts eine Tor-Durchfahrt, die zu einem winzigen Parkplatz auf der Rückseite führt. Der einzige Nachteil ist die knauserige Vergabe der Stellplätze. Es gibt sechs Nutzerparteien und zwölf Parkplätze. Da Lonnie der Hausbesitzer ist, hat seine Kanzlei vier belegt: einen für John, einen für Martin, einen für Lonnie und einen für Lonnies Sekretärin Ida Ruth. Die verbleibenden acht wurden nach der Größe der vermieteten Räumlichkeiten aufgeteilt. Uns, die wir leer ausgingen, blieb die Wahl zwischen der Straße und einem der öffentlichen Parkplätze drei Häuserblocks weiter. Die Parkgebühren sind, an Großstadtnormen gemessen, lächerlich, aber bei meinem begrenzten Budget schlagen sie doch zu Buche. Das Bordstein-Parken ist in der Innenstadt zwar gebührenfrei, aber auf neunzig Minuten begrenzt, und die Politessen verpassen einem sofort einen Strafzettel, wenn man auch nur eine Minute überzieht. Folglich brauchte ich eine Menge Zeit, um mein Auto aus einer Parklücke in die nächste zu kutschieren oder herumzukurven und einen Platz zu suchen, der weder reglementiert noch ewig weit weg war. Zum Glück besteht dieses nervtötende Problem aber nur bis achtzehn Uhr.

Jetzt war es achtzehn Uhr fünfzehn, und die vorderen Fenster im obersten Stock waren dunkel, was darauf schließen ließ, daß schon alle Feierabend gemacht hatten. Als ich durch den Torbogen fuhr, sah ich Lonnies Wagen noch auf seinem Platz stehen. Ida Ruths Toyota war nicht mehr da. Also parkte ich in ihrer Box, neben

Lonnies Mercedes. Auf Johns Parkplatz stand eine mir unbekannte hellblaue Jaguar-Limousine. Ich reckte den Kopf aus dem Seitenfenster und linste nach oben. In Lonnies Fenstern war noch Licht, zwei blaßgelbe Rechtecke im schrägen Schatten des Dachs. Offenbar hatte er noch Besuch von einem Klienten.

Die Tage wurden jetzt immer kürzer, und um diese Uhrzeit legte sich ein düsteres Grau über die Stadt. Irgend etwas in der Luft weckte Sehnsüchte nach Kaminfeuer, netter Gesellschaft und einem jener Cocktails, die auf den Anzeigen-Fotos so raffiniert aussehen und die wie Rheuma-Mixtur schmecken. Ich redete mir ein, daß ich noch zu tun hatte, aber das war nur eine Ausrede, um das Nachhausekommen aufzuschieben.

Ich schloß meinen Wagen ab und ging zur Treppe. Sie wand sich einen runden Schacht hinauf, der sich wie ein Schlot durch die Mitte des Gebäudes zog. Es war stockfinster, und ich mußte die kleine Taschenlampe an meinem Schlüsselbund benutzen, um die Stufen zu erkennen. Der Außenflur im dritten Stock war dunkel, aber durch das Milchglas der Eingangstür sah ich Licht vorn bei der Anmeldung. Tagsüber war der gesamte dritte Stock hell und heiter, mit weißen Wänden, goldbraunem Teppichboden, einem Dschungel von Zimmerpflanzen, skandinavischen Möbeln und Kunst in leuchtenden Pastelltönen. Mein Büroraum war vorher eine Kombination aus Besprechungsraum und Teeküche gewesen und enthielt jetzt meinen Schreibtisch nebst Drehstuhl, Aktenschränken, einer kleinen Couch, die notfalls auch als Bett fungieren konnte, einem Telefon und meinem Anrufbeantworter. Ich stand nach wie vor unter »Detekteien« im Branchen-Telefonbuch, und wer unter der alten Nummer anrief, bekam die neue mitgeteilt. In den Wochen seit meinem Umzug waren zwar ein paar Aufträge hereingekleckert, aber ich sah mich doch gezwungen, Zustellungen zu übernehmen, um über die Runden zu kommen. Bei zwanzig Dollar pro Stück würde ich damit nie reich werden, aber an guten Tagen kam ich manchmal immerhin auf einen Hunderter extra. Nicht schlecht, wenn ich es zwischen die eigentlichen Ermittlungstätigkeiten einschieben konnte.

Ich trat leise ein, um Lonnie nicht zu stören, falls er gerade in einer Besprechung war. Seine Bürotür stand offen, und ich sah im Vorbeigehen automatisch hinein. Er redete gerade mit einem Klienten, aber als er mich sah, winkte er. »Kinsey, hätten Sie einen Moment Zeit? Ich habe hier jemanden, mit dem ich Sie gern bekannt machen möchte.«

Ich tappte im Rückwärtsgang wieder zu seiner Tür. Lonnies Klient saß mit dem Rücken zu mir in dem schwarzen Ledersessel. Als Lonnie aufstand, erhob er sich ebenfalls. Er drehte sich zu mir um, während Lonnie uns einander vorstellte. Der Mann hatte, wenn ich mich mal so ausdrücken darf, eine düstere Aura.

»Kenneth Voigt«, sagte Lonnie. »Das ist Kinsey Millhone, die Privatdetektivin, von der ich Ihnen erzählt habe.«

Wir schüttelten uns die Hand und wechselten die üblichen Begrüßungsfloskeln, während wir einander taxierten. Er war Anfang fünfzig, mit dunklem Haar und dunkelbraunen Augen, und zwischen seine Brauen hatte chronischer Mißmut tiefe Furchen gegraben. Seine Züge waren grob, die hohe Stirn durch einen seitwärts gekämmten schütteren Haarzipfel aufgelockert. Er lächelte mich höflich an, ohne daß sich sein Gesicht sonderlich aufgehellt hätte. Auf seiner Stirn glänzte ein Schweißfilm. Noch immer stehend, zog er sein Sportsakko aus und warf es auf die Couch. Darunter trug er ein dunkelgraues, kurzärmliges Polo-Hemd mit drei Knöpfen, von denen der oberste offen stand. Dunkle Haare ringelten sich aus dem Halsausschnitt, und seine Arme waren von einem dunklen Vlies bedeckt. Er hatte schmale Schultern, und seine Armmuskeln waren dünne, unausgebildete Stränge. Ein bißchen Krafttraining hätte er durchaus vertragen können, schon zum Streßabbau. Er zog jetzt ein Taschentuch heraus und tupfte sich Stirn und Oberlippe ab.

»Ich möchte, daß sie mithört«, sagte Lonnie jetzt zu Voigt. »Sie kann heute abend noch die Akten durchgehen und gleich morgen früh anfangen.«

»Von mir aus«, sagte Voigt.

Die beiden setzten sich wieder. Ich hockte mich mit untergeschlagenen Beinen in die eine Sofaecke, durch die Aussicht auf einen Honorarscheck beträchtlich aufgemuntert. Ein Vorteil bei der Arbeit für Lonnie ist, daß er Nassauer gleich ausfiltert.

Lonnie wandte sich an mich, um eine kurze Erklärung vorauszuschicken, ehe sie ihr Gespräch fortsetzten. »Der Privatdetektiv, der bisher für uns gearbeitet hat, ist plötzlich gestorben – Herzinfarkt. Morley Shine, kannten Sie ihn?«

»Natürlich«, sagte ich betroffen, »*Morley* ist tot? Wann ist das passiert?«

»Gestern abend, so gegen acht. Ich war übers Wochenende weg und bin erst nach Mitternacht zurückgekommen. Deshalb habe ich es selbst erst heute morgen telefonisch von Dorothy erfahren.«

Morley Shine war in meiner Erinnerung immer dagewesen, kein enger Freund, aber doch jemand, auf den ich in einer Notlage hätte zählen können. Er und der Detektiv, der mich ausgebildet hatte, waren jahrelang Partner gewesen. Irgendwann hatten sie sich dann überworfen und getrennt weitergemacht. Morley war Ende sechzig gewesen, groß und krummschultrig, mit gut und gern achtzig Pfund Übergewicht, einem runden Grübchengesicht, einem asthmatischen Lachen und gelben Fingern von den vielen Zigaretten, die er rauchte. Er hatte seine Spitzel und Informanten in sämtlichen Strafanstalten des Staates gehabt und jederzeit alle wichtigen Informations-Pools der Gegend anzapfen können. Ich würde Lonnie später noch genauer über seinen Tod ausfragen müssen. Vorerst jedoch konzentrierte ich mich auf Kenneth Voigt, der sehr genau vorbereitet war und einen fliegenden Start anstrebte.

Er sah zu Boden, die Hände locker im Schoß gefaltet. »Meine Ex-Frau wurde vor sechs Jahren umgebracht. Isabelle Barney. Sie erinnern sich an den Fall?«

Der Name sagte mir nichts. »Ich glaube nicht«, murmelte ich.

»Jemand hat die Linse des Spions in ihrer Haustür herausgeschraubt. Er hat geklopft, und als sie das Licht anknipste und durchguckte, hat er eine Achtunddreißiger durch das Loch abgefeuert. Sie war sofort tot.«

Mein Gedächtnis sprang an. »Das war Ihre Frau? Ich erinnere mich gut. Ist das wirklich schon sechs Jahre her?« Beinahe hätte ich noch das einzige weitere Detail genannt, an das ich mich erinnerte: daß es damals geheißen hatte, ihr Ehemann habe sie ermordet, mit dem sie in Trennung lebte. Offenbar nicht Kenneth Voigt, aber wer dann?

Ich sah Lonnie an, der meine Frage mit übersinnlichen Antennen aufgefangen zu haben schien und prompt reagierte. »Der Mann heißt David Barney. Er wurde freigesprochen, falls Sie das wissen wollten.«

Voigt rutschte in seinem Sessel hin und her, als verursache ihm die bloße Nennung dieses Namens bereits Juckreiz. »Dieses Schwein.«

Lonnie sagte: »Erzählen Sie weiter, Ken. Ich wollte Sie nicht unterbrechen. Wo sie schon hier ist, können Sie ihr ja vielleicht ein wenig die Hintergründe erläutern.«

Er schien ein paar Sekunden zu brauchen, um sich wieder zu erinnern, wovon er eben gesprochen hatte. »Wir waren vier Jahre verheiratet ... beide in zweiter Ehe. Unsere Tochter ist jetzt zehn und im Internat. Sie war vier, als Iz umgebracht wurde. Wir hatten Probleme, Isabelle und ich ... nichts Besonderes, aus meiner Sicht. Sie hat eine Affäre mit Barney angefangen. Einen Monat nach unserer Scheidung hat sie ihn geheiratet. Er hatte es nur auf ihr Geld abgesehen. Alle wußten das, nur die arme, naive Iz nicht. Ich meine das nicht beleidigend. Ich habe diese Frau wirklich geliebt, aber sie war nun mal ein Ausbund an Leichtgläubigkeit. Sie war intelligent und talentiert, aber sie hatte absolut kein Selbstwertgefühl, und das machte sie zur leichten Beute für jeden, der ihr ein freundliches Wort schenkte. Sicher kennen Sie diese Sorte Frau. Emotional abhängig, Selbstachtung gleich Null. Sie war Künstlerin, und ich habe ihr Können sehr bewundert, aber es war schwer, mitansehen zu müssen, wie sie ihr Leben weggeworfen hat ...«

Ich merkte, wie ich mich ausklinkte, während er mit seiner Persönlichkeitsanalyse fortfuhr. Seine Verallgemeinerungen über Frauen waren ärgerlich, und er hatte die Geschichte offenbar schon so oft erzählt, daß seine Darstellung leblos und ohne jedes Gefühl blieb. Das Drama drehte sich nicht mehr um sie, sondern nur noch um ihn und um das, was es für ihn bedeutet hatte. Mein Blick wanderte hinüber zu dem Stoß dicker Aktenordner auf Lonnies Schreibtisch. VOIGT/BARNEY konnte ich auf den Rücken lesen. Zwei an der Wand aufeinandergestapelte Kartons enthielten laut Beschriftung noch weitere Unterlagen. Alles, was Voigt sagte, würde sich dort drinnen finden, eine Sammlung unkommentierter Fakten. Es war verrückt – was er sagte, mochte wahr sein, aber es war deshalb noch lange nicht glaubhaft. Manche Leute sind einfach so. Der simpelste Tatsachenbericht klingt aus ihrem Mund falsch. Er sprach noch ein Weilchen weiter, in dichten Sequenzen, die keine Chance zum Einhaken ließen. Ich fragte mich, wie oft Lonnie ihm wohl schon als Publikum gedient haben mochte. Ich merkte, daß er ebenfalls abgeschaltet hatte. Während Kenneth Voigts Mund sich weiter bewegte, ergriff Lonnie einen Bleistift, drehte ihn zwischen den Fingern und klopfte abwechselnd mit der Spitze und dann mit dem Radiergummi auf seinen Notizblock. Ich wandte meine Aufmerksamkeit wieder Ken Voigt zu.

»Wie ist dieser Barney denn aus der Sache rausgekommen?« fragte ich, sobald er Atem holte.

Lonnie schaltete sich ein, offensichtlich erpicht darauf, endlich zum Kern der Sache zu kommen. »Dink Jordan war der Ankläger. Zum Einschlafen. Herrje! Ich meine, der Mann kann wirklich was, aber er hat einfach kein Auftreten. Er dachte, die Fakten sprächen für sich.« Lonnie quittierte die Absurdität dieser Einstellung mit einem verächtlichen Schnauben. »Also prozessieren wir jetzt gegen Barney. Wir fechten die Erbschaft an, wegen Mordes. Ich hasse diesen Kerl. Ich kann ihn nicht ausstehen. In dem Moment, als er sich für nicht schuldig erklärt hat, habe ich zu Ken gesagt, wir sollten dem Mistkerl mit Nagelstiefeln ins Genick springen. Aber ich konnte ihn nicht dazu kriegen. Wir hatten schon Klage erhoben, doch dann konnte Ken sich auf einmal nicht mehr entschließen.«

Voigt zog unbehaglich die Brauen zusammen. »Sie hatten ja recht, Lon. Jetzt sehe ich das auch, aber Sie wissen ja, wie das ist. Francesca – meine Frau – wollte nicht, daß wir das Ganze wieder aufrollen. Es ist schmerzlich für alle Beteiligten ... und für mich wohl am allermeisten. Ich hatte einfach nicht die Kraft.«

Lonnie guckte gequält. Er hatte wenig Verständnis für die begrenzten Kräfte irgendwelcher Leute. *Sein* Job war es, die Dinge anzupacken. Voigts Job war es, ihn zu lassen. »Schon gut. Lassen wir das. Vertan ist vertan. Es hat ein Jahr gedauert, bis er vor der Strafkammer freigesprochen wurde. Seither durfte Ken mitansehen, wie David Barney Isabelles Geld verpraßt. Und Sie können mir glauben, da geht es um eine ganze Menge Geld, das zum größten Teil seiner Tochter Shelby zugefallen wäre, wenn sie Barney verurteilt hätten. Schließlich war der Punkt erreicht, an dem die Familie nicht mehr länger stillhalten konnte. Also kam Ken zu mir, und wir leierten die Sache wieder an. Inzwischen hat aber Barneys Anwalt, ein Typ namens Foss, Antrag auf Klageabweisung wegen Säumnis gestellt. Ich sause also aufs Gericht und strample mich ab. Der Antrag wurde abgelehnt, aber der Richter hat sehr deutlich durchblicken lassen, daß er gar nicht gut auf mich zu sprechen ist.

Und jetzt nutzen dieser Barney und sein Armleuchter von Anwalt natürlich jedes erdenkliche Mittel, um die Sache zu verzögern. Sie feilschen und schachern, wo es nur geht. Wir sind bei der Offenlegung. Der Kerl ist vor der Strafkammer freigesprochen worden, was macht es also schon aus, was er jetzt sagt? Aber er kriegt den Mund nicht auf. Sperrt sich. Und warum? Weil er weiß, daß er schuldig ist. Ach, und dann noch das hier. Hören Sie sich das an. Da taucht auf einmal ein Mann bei Ken auf... stellt sich raus, daß er mit David Barney in der Zelle gesessen hat. Der Bursche hat den Fall verfolgt. Er hat sich den Prozeß angeguckt, nur so, um mitzukriegen, wie die Sache ausgeht, und jetzt erzählt er uns plötzlich, daß Barney den Mord so gut wie zugegeben hat, kaum daß er aus der Tür des Gerichtssaals war. Es hat uns Mühe gekostet, den Mann ausfindig zu machen, deshalb will ich, daß er als allerersster vorgeladen wird.«

»Was soll das bringen?« fragte ich. »David Barney kann doch nicht noch mal wegen Mordes vor Gericht gestellt werden.«

»Richtig. Und deshalb schnappen wir ihn uns jetzt von der zivilrechtlichen Seite. Da ist er viel besser zu packen, und das ist ihm auch verdammt klar. Der Kerl stellt sich quer, wo er nur kann. Wir reichen einen Antrag ein. Er hat dreißig Tage Frist, um zu reagieren. Was tut sein infamer Lump von einem Anwalt? Wartet bis zum neunundzwanzigsten Tag und legt dann Einspruch ein. Alles nur, um Zeit zu schinden. Er wirft uns Steine in den Weg, wo er kann.

Wir laden Barney zur Aussage vor, und er beruft sich auf den Schutz vor Selbstbezichtigung nach dem Fünften Zusatzartikel. Wir lassen ihn vorführen. Der Richter *weist ihn an*, auszusagen, weil er keine Rechte aus dem Fünften Zusatzartikel hat. Es besteht keine Gefahr einer Anklageerhebung, weil ja das Verbot der doppelten Strafverfolgung gilt. Also versuchen wir noch einmal, unsere Aussage zu bekommen. Prompt kommt er uns wieder mit dem Fünften Zusatzartikel. Wir könnten ihn wegen Mißachtung eines Gerichtsbefehls drankriegen, aber inzwischen läuft die Verjährungsfrist ab –«

»Lonnie?« sagte ich.

»Wir rackern uns ab, und es kommt nichts dabei raus. Die Fünfjahresfrist ist demnächst um, und es muß endlich etwas passieren. Wir stehen auf der Dringlichkeitsliste und werden vorgezogen, und ausgerechnet jetzt fällt *Morley* tot um –«

»Looonnnie«, sang ich.

Er hielt inne.

»Sagen Sie mir einfach nur, was Sie brauchen, und ich beschaffe es Ihnen.«

Lonnie lachte und warf seinen Bleistift nach mir. »Das ist es, was ich an ihr mag. Kein langes Gefackel«, sagte er zu Voigt. Er schob den Aktenberg zu mir herüber. »Da ist alles, was wir haben, wenn auch ein bißchen chaotisch. Ganz obenauf liegt ein Verzeichnis – vergewissern Sie sich erst einmal, daß alles irgendwo vorhanden ist, ehe Sie an die Arbeit gehen. Wenn Sie das Wesentliche kapiert haben, können wir überlegen, wo noch Löcher sind. Aber jetzt sollten Sie beide sich erst mal ein bißchen kennenlernen. Sie werden in den nächsten vier Wochen viel miteinander zu tun haben.«

Voigt und ich lächelten Lonnie höflich an, ohne einander anzusehen. Er schien von dieser Aussicht kaum begeisterter als ich.

2

Ich hockte noch bis Mitternacht an meinem Schreibtisch. Die gesammelten Unterlagen zum Fall Isabelle Barney quollen aus den beiden Pappkartons, die je über vierzig Pfund wogen. Ich hob mir fast einen Bruch, als ich die Dinger aus Lonnies Büro in meines schleppte. Es war sowieso nicht möglich, das ganze Material in einem Rutsch durchzuarbeiten, also, dachte ich, konnte ich mir ebensogut Zeit lassen. Lonnie hatte nicht übertrieben, als er sagte, die Unterlagen seien chaotisch. Laut Verzeichnis hätte der erste Karton Kopien der Polizeiprotokolle, die Strafprozeß-Protokolle, Lonnies Klageschrift an die Zivilkammer des Bezirksgerichts von Santa Teresa, sämtliche Einwendungen, Antwortschreiben und Gegeneinreden enthalten müssen. Ich konnte nicht einmal sicher sein, daß die Prozeßprotokolle vollständig waren. Was ich an Aktenähnlichem sichtete, war ein solches Sammelsurium, daß es eine Strapaze war, überhaupt etwas zu finden.

Der zweite Karton barg angeblich Kopien sämtlicher Berichte von Morley Shine, eidesstattliche Versicherungen, Protokolle der zahllosen Zeugenaussagen sowie stützendes Material. Na, wunderbar. Ich fand die Namen der Zeugen, mit denen Morley gesprochen hatte, in den Aufstellungen zu den Rechnungen, die er Lonnie seit dem ersten Juni monatlich vorgelegt hatte, aber die dazugehörigen schriftlichen Berichte waren nicht vollständig vorhanden. Offensichtlich hatte er etwa die Hälte der Zeugenladungen für den anstehenden Prozeß zugestellt, aber die meisten dieser Leute hatten bereits im Strafprozeß ausgesagt. Acht unterzeichnete Vorladungen waren samt Beiblatt mit den Zustellungsbestimmungen in einer Mappe abgeheftet. Nichts deutete darauf hin, daß er neue Zeugen bestellt hatte ... es sei denn, die gelben Zustellungsbelege wären anderswo abgelegt worden. Einer handschriftlichen Notiz konnte ich entnehmen, daß es sich bei dem neu aufgetauchten Informanten um einen gewissen Curtis McIntyre handelte, unter dessen angeblicher Telefonnummer kein Anschluß existierte und der unter der letzten bekannten Adresse nicht mehr aufzufinden war. Ich notierte mir als ersten Punkt, den Mann aufzuspüren, wie Lonnie es mir aufgetragen hatte.

Ich überflog seitenweise Vernehmungsprotokolle und machte mir gelegentlich eine Notiz. Wie bei einem Puzzle mußte ich versuchen, mir das Bild auf dem Deckel einzuprägen und dann die Teilchen Stück für Stück zusammenzusetzen. Mir war klar, daß ich in manchem Morleys Vorgehen wiederholen würde, aber was er gemacht hatte, erschien mir doch ein bißchen grobschlächtig, und ich hielt es für besser, noch einmal von vorne anzufangen, zumindest in den kritischen Punkten. Wie ich mit den Lücken in den Unterlagen verfahren sollte, wußte ich nicht genau. Ich war mit den Kartons noch nicht durch, aber es war klar, daß ich alles auseinandernehmen und neu sortieren mußte, so daß es dem Verzeichnis entsprach. Manche Spuren, die Morley verfolgt hatte, führten offensichtlich in eine Sackgasse und konnten sicherlich ausgemustert werden, sofern sich nichts Neues ergab. Die aktuellen Unterlagen mußte er wohl in seinem Büro oder bei sich zu Hause aufbewahrt haben, wie ich es auch tat, solange ich dabei war, Notizen abzutippen und einzuheften.

Die nackten Fakten beliefen sich in etwa auf das, was Kenneth Voigt angedeutet hatte. Isabelle Barney war in der Nacht zum 26. Dezember irgendwann zwischen ein und zwei Uhr gestorben, als jemand aus kürzester Entfernung mit einer Handfeuerwaffe, Kaliber 38, durch den Spion in ihrer Haustür auf sie geschossen hatte. Der Ballistiker sprach von einem »fast aufgesetzten Schuß«, da das Loch in der Tür quasi als Verlängerung des Laufs fungiert und Isabelles Auge beinahe die Türfüllung berührt hatte. Der Schuß hatte das Holz am Rand des Lochs im rechten Winkel zu Isabelle hin herausgefetzt, wobei jedoch vermutlich auch Partikel rückwärts zum Täter geflogen waren. In Klammern merkte der Ballistiker trocken an, daß womöglich auch »Materie« in den Pistolenlauf selbst gedrungen sei und einen zweiten Schuß erschwert, wenn nicht unmöglich gemacht habe. Den Rest des Absatzes übersprang ich.

Das Mündungsfeuer hatte das Holz leicht versengt. Der Bericht vermerkte Pulverspuren um den Lochrand auf der Außenseite der Tür, im Inneren des Lochs sowie am Rand auf der Türinnenseite. Das Holz ringsherum war durch den Druckstoß zersplittert. Das Schrot und die Überreste einer blauen Plastik-Patronenkappe, die aus der Wunde entfernt worden waren, deuteten darauf hin, daß es sich um ein Glaser-Sicherheits-Geschoß gehandelt hatte, ein leichtes Hochgeschwindigkeits-Projektil, bestehend aus Schrotkügelchen in einer zähflüssigen Masse, umhüllt von einem Kupfermantel mit einer Plastikkappe. Wenn das Geschoß auf eine stark wasserhaltige Materie wie beispielsweise Fleisch trifft, löst sich die Plastikkappe, die Kupferhülse wird abgestreift, das Schrot verteilt sich rasch und überträgt die gesamte Wucht des Projektils auf das umgebende Fleisch. Da die einzelnen Kügelchen klein und von geringer Masse sind, geben sie ihre Energie rasch ab, so daß sie im Körper steckenbleiben, daher der Name Sicherheits-Geschoß. Für Umstehende besteht keine Gefährdung durch eine wiederaustretende Kugel, und da sich das Sicherheits-Projektil auch beim Aufprall auf harte Materie (wie etwa Schädelknochen ...) auflöst, ist das Risiko von Querschlägern ebenfalls minimal. Kein Entkommen möglich, dachte ich, dieser Mörder hatte zu gut vorgebaut.

Dem Bericht des Pathologen zufolge war das Geschoß zusammen mit Metall- und Holzfragmenten durch das rechte Auge des Opfers eingedrungen. Der Autopsiebericht schilderte physiologisch-detailliert die Gewebezerstörungen, die es angerichtet hatte. Trotz meiner bruchstückhaften Anatomiekenntnisse verstand ich, daß der Tod augenblicklich und daher schmerzlos eingetreten war. Die Maschinerie des Lebens hatte den Dienst versagt, ehe das Nervensystem überhaupt Gelegenheit hatte, den Schmerz zu registrieren, den eine solche Verletzung bedeuten würde.

Es fällt schwer, sich das Vertrauen in seine Mitmenschen zu bewahren, wenn man mit den Spuren ihres Wirkens konfrontiert wird. Ich schaltete meinen Gefühlsapparat ab, während ich die Röntgenaufnahmen und Fotos des Autopsieberichts studierte. Für meine Arbeit ist es wichtig, daß ich, ohne mit der Wimper zu zucken, den Realitäten ins Gesicht sehen kann, aber diese Distanzierung ist nicht ungefährlich. Wenn man sich oft genug innerlich ausklinkt, riskiert man, irgendwann ganz den Zugang zu den eigenen Gefühlen zu verlieren. Es waren insgesamt zehn Farbfotos, alptraumhaft plastische Ansichten brutal zerfetzten Fleisches. Das heißt Tod, machte ich mir klar. So sieht Mord *in natura* aus. Ich habe Mörder getroffen – nette, sanfte, höfliche Menschen –, bei denen die Verdrängung so weit geht, daß man sich nicht vorstellen kann, daß sie eine solche Tat begangen haben sollen. Die Toten sind stumm, aber die Lebenden haben noch eine Stimme, um ihre Unschuld zu beteuern. Oft sind ihre Beteuerungen laut und inbrünstig und unwiderlegbar, da der einzige Mensch, der ihre Schuld bezeugen könnte, für immer zum Schweigen gebracht ist. Vor mir lag Isabelle Barneys letzte Aussage, in der Sprache ihrer tödlichen Wunde, ein erschütterndes Porträt absurder Zerstörung. Ich steckte die Fotos wieder in den Umschlag und machte mich an eine Kopie der Aufzeichnungen, die Dink Jordan Lonnie geschickt hatte.

Dinks richtiger Name war Dinsmore. Er selbst nannte sich Dennis, aber außer ihm tat das niemand. Er war in den Fünfzigern, grau und langweilig, ein Mensch, dem sowohl Energie als auch Humor und Eloquenz völlig abgingen. Als Staatsanwalt war er tüchtig, aber er hatte keinen Sinn fürs Theatralische. Seine Vortragsweise war so langsam und pedantisch, als läse er die gesamte Bibel durch ein Mikroskop. Ich hatte einmal miterlebt, wie er in einem spektakulären Mordprozeß ein Schlußplädoyer hielt, bei dem zwei Schöffen einschliefen und zwei weitere vor Langeweile am Rand des Komas vor sich hin dämmerten.

David Barneys Anwalt war ein gewisser Herb Foss, den ich gar nicht kannte. Lonnie behauptete, er sei ein Armleuchter, aber man mußte ihm immerhin zugute halten, daß er Barney rausgepaukt hatte.

Es gab keine Tatzeugen, und die Mordwaffe war nie gefunden worden, aber es lagen Beweise dafür vor, daß Barney acht Monate vor dem Mord einen 38er Revolver erworben hatte. Er behauptete, die Waffe sei am Labor Day-Wochenende aus seinem Nachttisch verschwunden, als er und seine Frau zu Ehren eines befreundeten Ehepaars aus Los Angeles, Don und Julie Seeger, ein großes Abendessen gegeben hatten. Auf die Frage, warum er damals nicht Anzeige erstattet habe, erklärte er, er habe mit Isabelle darüber gesprochen, und es sei ihr peinlich gewesen, ihre Gäste in diese Diebstahlsgeschichte hineinzuziehen.

Beim Prozeß hatte Isabelles Schwester ausgesagt, die beiden hätten schon seit Monaten von Trennung gesprochen. David Barney bestritt dagegen einen ernsthaften Bruch. Dennoch habe die Sache mit der gestohlenen Pistole zu einem Streit geführt, der schließlich darin gipfelte, daß Isabelle ihm sagte, er solle ausziehen. Was die Chancen der Ehe anbelangte, gingen die Meinungen erheblich auseinander. David Barney behauptete, die Beziehung sei stürmisch, aber stabil gewesen, und Isabelle und er hätten versucht, ihre Differenzen auszuräumen. Außenstehende Beobachter hatten offenbar eher den Eindruck gehabt, die Ehe sei tot, aber das mochte auch Wunschdenken ihrerseits gewesen sein.

Wie auch immer – die Situation spitzte sich rapide zu. David Barney zog am 15. September aus und tat anschließend, was in seiner Macht stand, um Isabelles Zuneigung wieder zu gewinnen. Er rief ständig bei ihr an. Er schickte ihr Blumen. Er schickte Geschenke. Als sie sich beschwerte, weil er sie mit Zudringlichkeiten verfolgte, statt ihr endlich Luft zum Atmen zu lassen, verdoppelte er seine Bemühungen. Er hinterließ allmorgendlich eine einzelne rote Rose auf der Kühlerhaube ihres Wagens. Er deponierte Schmuckstücke auf ihrer Türschwelle, schickte ihr sentimentale Karten. Je heftiger sie ihn zurückwies, desto verbissener traktierte er sie. Im Oktober und November rief er Tag und Nacht bei ihr an, um sofort einzuhängen, wenn sie abnahm. Als sie sich eine neue, nicht registrierte Nummer zulegte, gelang es ihm, diese herauszubekommen. Er rief weiter zu jeder Tages- und Nachtzeit an. Sie kaufte sich einen Anrufbeantworter. Er rief an und blockierte die Leitung, bis das Tonband abgelaufen war. Sie erzählte Freunden, sie fühle sich belagert.

Unterdes hatte er sich ein Haus im selben schicken Teil von Horton Ravine gemietet. Wenn sie aus dem Haus ging, folgte er ihr. Wenn sie zu Hause war, parkte er auf der anderen Straßenseite, um durch ein Fernglas genauestens zu beobachten, wer wann aus- und einging: Besucher, Handwerker, die Haushaltshilfe. Isabelle benachrichtigte die Polizei. Sie erstattete Anzeige. Schließlich erwirkte ihr Anwalt eine einstweilige Verfügung, die ihm jede telefonische und schriftliche Kontaktaufnahme sowie jeden Aufenthalt im Umkreis von zweihundert Metern um ihre Person, ihr Haus und ihr Auto untersagte. Seine Entschlossenheit schien tatsächlich gebrochen, aber inzwischen hatte die ständige Verfolgung Wirkung gezeigt: Isabelle hatte Angst.

Um die Weihnachtszeit war sie ein nervliches Wrack. Sie aß kaum, schlief schlecht, litt unter übersteigerter Nervosität, Panikattacken, Zittern. Sie war blaß und abgemagert. Sie trank zu viel. Es regte sie auf, Menschen um sich zu haben, und es machte ihr Angst, allein zu sein. Sie schickte die vierjährige Shelby zu ihrem Vater. Ken Voigt hatte wieder geheiratet, obgleich einige Zeugen meinten, er habe die Scheidung von ihr nie wirklich verwunden. Isabelle nahm Beruhigungsmittel, um über den Tag zu kommen. Abends schluckte sie Schlaftabletten. Schließlich gelang es den Seegers, sie dazu zu bewegen, ihre Koffer zu packen und ein paar Tage mit ihnen nach San Francisco zu fahren. Als sie auf dem Weg nach Santa Teresa waren, um sie abzuholen, streikte die elektronische Einspritzpumpe ihres Wagens. Sie riefen an und hinterließen die Nachricht, daß sie sich verspäten würden.

Von Mitternacht bis ca. 0 Uhr 45 führte Isabelle, nervös und aufgeregt wegen der bevorstehenden Reise, ein längeres Telefongespräch mit einer alten College-Freundin, die jetzt in Seattle lebte. Kurz danach hörte sie ein Klopfen an der Haustür. Sie ging nach unten, in der Annahme, die Seegers seien eingetroffen. Sie war vollständig angezogen und rauchte eine Zigarette. Ihr Gepäck stand in der Diele parat. Sie knipste das Licht draußen vor der Tür an und spähte durch den Spion, ehe sie öffnete. Statt in die Gesichter ihrer Freunde, sah sie in den Lauf der Achtunddreißiger, die ihr das Leben auslöschte. Die Seegers kamen um 2 Uhr 20 an und stellten fest, daß einiges nicht stimmte. Sie alarmierten Isabelles Schwester, die in einem kleinen Häuschen auf demselben Grundstück wohnte. Sie ließ sie mit ihrem Schlüssel durch den Hintereingang hinein. Die Alarmanlage rings um das Haus war eingeschaltet. Als sie Isabelle fanden, riefen die Seegers sofort die Polizei. Beim Eintreffen des Gerichtsmediziners war Isabelles Körpertemperatur auf 36,7° abgesunken. Nach der Moritzschen Formel, unter Einbeziehung der Temperatur in der Diele, ihres Körpergewichts, ihrer Kleidung sowie der Temperatur und Leitfähigkeit des Marmorbodens, auf dem sie lag, setzte der Gerichtsmediziner den Todeszeitpunkt grob zwischen ein und zwei Uhr an.

Am nächsten Mittag wurde David Barney verhaftet und wegen Mordes unter Anklage gestellt. Er erklärte sich für unschuldig. Bereits zu diesem frühen Zeitpunkt war klar, daß das Belastungsmaterial gegen ihn sich im großen und ganzen auf Indizien beschränkte. Nun sind jedoch im Staat Kalifornien für die beiden entscheidenden Momente eines Tötungsdelikts – den Tod des Opfers und das Vorliegen einer »kriminellen Einwirkung« – sowohl direkte als auch indirekte Beweise zulässig. Mord ersten Grades kann auch festgestellt werden, wenn keine Leiche gefunden, kein direkter Todesnachweis erbracht werden kann und kein Geständnis vorliegt. David Barney hatte einen Ehevertrag unterschrieben, der seine finanzielle Abfindung im Scheidungsfall einschränkte. Zudem war er der Hauptbegünstigte der verschiedenen Lebensversicherungen, und als Isabelles Witwer erbte er den gemeinsamen Anteil der Firma, der auf zweikommasechs Millionen Dollar geschätzt wurde. David Barney hatte für die Tatzeit kein stichfestes Alibi. Dink Jordan hielt die Beweislage für mehr als ausreichend.

Aber nach drei Verhandlungswochen, einem sechsstündigen

Schlußplädoyer und zwei Tagen Beratung erkannten die Geschworenen auf Freispruch. David Barney verließ den Gerichtssaal nicht nur als freier, sondern auch als reicher Mann. Später bekannten einige der Geschworenen, sie hielten ihn mit großer Wahrscheinlichkeit für den Täter, aber es sei der Anklage eben nicht gelungen, jeden vernünftigen Zweifel auszuräumen. Lonnie Kingmans Absicht war es, durch die Erbschaftsanfechtung die Sache noch einmal vor dem Zivilgericht aufzurollen, wo eine überwiegende Wahrscheinlichkeit der Schuld ausreicht und nicht nach der *in-dubio*-Formel des Strafrechts verfahren wird. Soweit ich die Sache durchschaute, würde der Kläger, Kenneth Voigt, trotzdem beweisen müssen, daß David Barney Isabelle getötet hatte, und zwar vorsätzlich. Doch die Beschränkung des Schuldkriteriums auf die »überwiegende Wahrscheinlichkeit« würde in diesem Fall die Beweisführung erleichtern. Hier stand nicht Barneys Freiheit auf dem Spiel, sondern der materielle Nutzen, den er aus dem Verbrechen gezogen hatte. Falls er Isabelle wegen ihres Geldes umgebracht hatte, würde ihm zumindest sein Profit abgeknöpft werden.

Ich merkte, daß ich schon zum dritten Mal hintereinander gähnte. Meine Hände klebten, und ich war an dem Punkt, wo meine Gedanken beim Lesen abzuschweifen begannen. Morley Shines Vorgehen war ziemlich schlampig gewesen, und ich wurde richtig ärgerlich auf den armen Mann. Es gibt nichts Ärgerlicheres als das Chaos anderer Leute. Ich ließ die Akten liegen, wie sie lagen, verließ mein Büro und schloß die Tür ab. Ich trat hinaus auf den Korridor des dritten Stocks und schloß hinter mir ab.

Mein Wagen war der einzige auf dem Parkplatz. Ich bog nach rechts aus und fuhr in Richtung Stadt, dann an der State Street links ab und heimwärts, durch das menschenleere, gut beleuchtete Zentrum von Santa Teresa. Die meisten Häuser sind hier nur zweistöckig, spanischer Baustil der flachen Sorte, wegen der häufigen Erdbeben. Allein im Sommer 1968 gab es hier eine Serie von sechsundsechzig Beben zwischen den Stärken 1,5 und 5,2 auf der Richter-Skala, wobei letzteres immerhin ausreicht, um die Hälfte des Wassers aus dem Swimming-pool schwappen zu lassen.

Ich fühlte eine kurze Woge des Bedauerns in mir aufsteigen, als ich an meinem alten Büro in der State Street Nr. 903 vorbeifuhr. Inzwischen war dort sicher schon jemand anderes eingezogen. Ich würde mit Vera, der Leiterin der Schadensabteilung bei der CF, reden müssen, um in Erfahrung zu bringen, was sich in den letzten Wochen getan hatte. Ich hatte sie nicht mehr gesehen, seit sie und Neil am Halloween-Abend geheiratet hatten. Als Nebeneffekt meines Rausschmisses verlor ich den Kontakt zu einer Menge Leuten, die ich kannte – Darcy Pascoe, Mary Bellflower. Die Vorstellung, Weihnachten in meiner neuen Umgebung hinter mich bringen zu sollen, erschien mir irgendwie seltsam.

An der Kreuzung Anaconda Boulevard und Highway 101 hätte ich um ein Haar die rote Ampel überfahren. Ich trat auf die Bremse, stellte den Motor ab und wartete die vier Minuten, bis die Ampel wieder grün wurde. Der Highway war völlig tot, nur leere Asphaltspuren nach beiden Seiten. Endlich sprang die Ampel um, und ich schoß über die Kreuzung und bog rechts ab, in den Cabana Boulevard, der parallel zum Strand verläuft, dann noch einmal rechts in den Bay Boulevard und schließlich links in meine schmale, baumgesäumte Straße, die aus Einfamilienhäusern und einigen wenigen Mehrparteien-Gebäuden besteht. Ich fand einen Parkplatz zwei Häuser von meiner Wohnung entfernt. Ich schloß den Wagen ab und musterte aus Gewohnheit die dunkel daliegende Nachbarschaft. Ich bin um diese Zeit gern alleine draußen, auch wenn ich mich bemühe, wachsam zu sein und angemessene Vorsicht walten zu lassen. Ich öffnete die Gartenpforte, wobei ich sie anhob, um das Quietschen zu vermeiden.

Meine Wohnung war ursprünglich eine Einzelgarage mit einem überdachten Gang zum Haupthaus, der später dann in einen Wintergarten umgewandelt wurde. Der gesamte Anbau war nach einer Bombenexplosion neu errichtet worden, und so besaß ich jetzt einen Extra-Schlafraum und ein zweites Bad unterm Dach. Meine Außenbeleuchtung brannte, eine Aufmerksamkeit meines Vermieters Henry Pitts, der nie zu Bett geht, ohne aus seinem Fenster zu spähen, um zu sehen, ob ich auch heil wieder zu Hause angelangt bin.

Ich schloß hinter mir ab und absolvierte meine abendliche Routine und verriegelte sämtliche Türen und Fenster. Ich stellte mir zur Gesellschaft meinen kleinen Schwarzweiß-Fernseher an, während ich aufräumte. Da ich normalerweise tagsüber weg bin, mache ich die Hausarbeit oft abends. Es kommt schon mal vor, daß ich um Mitternacht staubsauge oder um zwei Uhr morgens einkaufen gehe. Da ich allein lebe, ist es einfach, die Wohnung einigermaßen in Ordnung zu halten, aber alle drei, vier Monate veranstalte ich einen systematischen Rundum-Putz, wobei ich in Etappen vorgehe. In dieser Nacht lag ich, obgleich ich sogar noch die Küche schrubbte, um eins im Bett.

Am Dienstag morgen wachte ich um sechs auf. Ich zog meinen Jogging-Anzug an und schnürte meine Nikes mit einer Spezial-Doppelschleife zu. Ich putzte mir die Zähne, klatschte mir ein wenig Wasser ins Gesicht und fuhr mit nassen Fingern durch mein plattgedrücktes Haar. Mein Joggen war ziemlich mechanisch, mehr Form als Inhalt, aber danach hatte ich wenigstens ein paar Energien mobilisiert. Ich nutzte die Zeit, um mich auf den Tag einzustimmen, eine Art Bewegungs-Meditation, die ebenso dem Sammeln meiner Gedanken wie der Koordination meiner Gliedmaßen diente. Mir war dunkel bewußt, daß ich in letzter Zeit nicht sonderlich gut auf mich aufgepaßt hatte ... eine Kombination aus Streß, unregelmäßigem Schlaf und zuviel *Junk-Food*. Höchste Zeit, mich wieder auf Vordermann zu bringen.

Ich duschte und zog mich an, aß ein Schüsselchen Müsli mit Magermilch und fuhr wieder in mein Büro.

Als ich an Ida Ruths Schreibtisch vorbeikam, blieb ich stehen, um ein bißchen mit ihr über ihr Wochenende zu plaudern, das für gewöhnlich aus Wandertouren, Geländeritten und haarsträubenden Kletterpartien bestand. Ida Ruth ist fünfunddreißig und unverheiratet, eine robuste Vegetarierin mit windzerzaustem Blondhaar und sonnengebleichten Brauen, breiten Wangenknochen und einem durch kein Make-up gedämpften rötlich-frischen Teint. Obgleich immer gut angezogen, wirkt sie doch, als trüge sie am liebsten Flanellhemden, Hosen und Wanderstiefel. »Wenn Sie Lonnie sprechen wollen, flitzen Sie besser gleich rein. Er hat in zehn Minuten einen Gerichtstermin.«

»Danke. Mach' ich.«

Ich fand ihn an seinem Schreibtisch. Er hatte das Jackett abgelegt und die Hemdsärmel aufgerollt. Sein Schlips saß schief, und sein Zottelhaar stand von seinem Kopf ab wie überfälliger Weizen. Durch die Fenster hinter ihm sah ich blauen Himmel und zartlilagraue Berge im Hintergrund. Es war ein herrlicher Tag. Ein dichtes Geranke von leuchtend magentaroten Bougainvillea überzog eine weiße Backsteinmauer zwei Häuser weiter.

»Wie steht's?« fragte er.

»Ganz gut. Ich bin noch nicht ganz durch mit den Kartons, aber es scheint mir alles ziemlich chaotisch.«

»Na ja, Ablage war nie Morleys starke Steite.«

»Frauen können so was von Natur aus viel besser«, sagte ich trocken.

Lonnie lächelte, während er sich etwas notierte, wahrscheinlich zu dem Fall, mit dem er gerade beschäftigt war. »Wir sollten mal übers Geld reden. Wie ist Ihr Stundensatz?«

»Was hat Morley berechnet?«

»Die üblichen fünfzig«, sagte er locker.

Er hatte ein Schubfach aufgezogen und kramte in seinen Akten, so daß er mein Gesicht nicht sehen konnte. Morley hatte fünfzig gekriegt? Unglaublich. Entweder waren Männer unverschämt oder Frauen doof. Was wohl? dachte ich. Ich hatte immer dreißig Dollar pro Stunde plus Kilometergeld genommen. Aber ich faßte mich rasch. »Legen Sie fünf drauf, und ich berechne keine Fahrtkosten.«

»In Ordnung«, sagte er.

»Irgendwelche Instruktionen?«

»Sie haben freie Hand. Carte Blanche.«

»Im Ernst?«

»Absolut. Sie können es angehen, wie Sie wollen. Solange Sie keine krummen Sachen machen«, setzte er schnell hinzu. »Nichts wäre Barneys Anwalt lieber, als uns nachzuweisen, daß wir irgendwelchen Dreck am Stecken haben. Also keine unfeinen Tricks.«

»Das macht ja gar keinen Spaß.«

»Aber es garantiert, daß Sie vor Gericht aussagen können, ohne aus dem Saal zu fliegen, und darauf kommt es an.«

Er sah auf seine Uhr. »Ich muß los.« Er schnappte sich sein Jackett vom Bügel und schlüpfte hinein. Er rückte seinen Schlips gerade, schloß seine Aktenmappe und war schon halb aus der Tür.

»Lonnie, Moment noch. Womit soll ich anfangen?«

Er lächelte. »Treiben Sie einen Zeugen auf, der den Kerl am Tatort gesehen hat.«

»Oh, na klar«, sagte ich in den leeren Raum.

Ich setzte mich hin und las weitere fünf Pfund ungeordneter Informationen. Vielleicht konnte ich ja Ida Ruth bezirzen, mir beim Sortieren der Unterlagen zu helfen. Verglichen mit dem zweiten war der erste Karton geradezu musterhaft. Meine erste Aufgabe war es wohl, herauszufinden, was Morley Shine an Unterlagen zu Hause aufbewahrt hatte. Ehe ich losfuhr, erledigte ich noch ein paar organisatorische Telefonate. Ich hatte ein ziemlich klares Gefühl dafür, mit wem ich reden wollte, also galt es vor allem, ein paar Termine zu vereinbaren. Ich erreichte Isabelles Schwester Simone, die sich bereit erklärte, mich um die Mittagszeit bei sich zu Hause zu empfangen. Außerdem sprach ich kurz mit einer gewissen Yolanda Weidmann, der Frau von Isabelles früherem Chef. Mr. Weidmann sei da, habe aber zu tun und werde noch bis drei beschäftigt sein. Deshalb schlug sie vor, ich solle doch am späteren Nachmittag vorbeikommen. Die dritte Person, bei der ich anrief, war Isabelles langjährige beste Freundin, Rhe Parsons. Sie war nicht zu Hause, aber ich hinterließ auf ihrem Anrufbeantworter meinen Namen und meine Nummer und die Ankündigung, daß ich es wieder versuchen würde.

3

Da das Polizeirevier nur ein paar Häuser weiter lag, beschloß ich, mit Lieutenant Dolan von der Mordkommission anzufangen. Er lag mit Magen-Darmgrippe zu Hause, aber Sergeant Cordero war da. Ich entdeckte Lieutenant Becker in einer Ecke, ganz mit einem Mann beschäftigt, den ich für einen Verdächtigen hielt, ein Weißer in den Zwanzigern, offenbar mürrisch und unkooperativ. Becker kannte ich besser als Cordero, aber wenn ich wartete, bis er frei war, würde er mich über meine Beziehung zu Jonah Robb von der Vermißtenabteilung ausquetschen. Ich hatte Jonah seit sechs oder acht Monaten nicht mehr gesehen und wollte im Moment keinen Kontakt herstellen.

Sheri Cordero war in dieser Abteilung eine Art Kalb mit zwei Köpfen. Als Frau und Hispano-Amerikanerin schaffte sie es, gleich zwei Minderheiten anzugehören. Sie war neunundzwanzig, klein, drall, gescheit, hart im Nehmen und schroff auf eine Art, die ich nicht recht definieren konnte. Sie wurde nie wirklich bissig, aber ihre männlichen Kollegen fühlten sich in ihrer Gegenwart immer ein bißchen ungemütlich. Ich verstand ihre Situation. Die Polizei von Santa Teresa ist schon besser als der Durchschnitt, aber es ist nicht leicht, Frau und gleichzeitig Cop zu sein. Kein Wunder, wenn es Sheri ein bißchen an Humor fehlte. Sie war gerade mitten in einem Telefongespräch, das sie auf Spanisch weiterführte, als ich hereinkam. Ich ließ mich auf dem Chrom-Kunstlederstuhl neben ihrem Schreibtisch nieder. Sie reckte einen Finger in die Höhe, um mir anzudeuten, daß sie gleich Zeit für mich haben werde. Auf ihrem Schreibtisch stand ein kleiner künstlicher Weihnachtsbaum.

Er war mit kleinen Zucker-Spazierstöcken behängt, und ich nahm mir einen. Bei jemandem zu sitzen, der gerade telefoniert, hat den Vorteil, daß man die betreffende Person in aller Ruhe beobachten kann, ohne unhöflich zu erscheinen. Ich wickelte das Spazierstöckchen aus und warf das Zellophan in den Papierkorb. Sheri war offensichtlich ganz bei der Sache und gestikulierte heftig, um ihre Worte zu unterstreichen. Sie hatte ein nettes, eher unscheinbares Gesicht und war kaum geschminkt. An einem Schneidezahn fehlte eine Ecke, was ihrer ansonsten eher strengen Miene eine lustige Note verlieh. Während ich sie ansah, begann sie, auf einem Notizblock herumzukrakeln – einen Cowboy mit einem Cartoon-Messer in der Brust.

Sie beendete ihr Telefonat und wandte sich ohne sichtbares Umschalten mir zu. »Ja?«

»Ich wollte zu Lieutenant Dolan, aber Emerald sagt, er sei krank.«

»Er hat dieses verflixte Virus, das zur Zeit umgeht. Haben Sie's schon gehabt? Ich war eine ganze Woche außer Gefecht. Die reinste Pest.«

»Bisher bin ich noch verschont geblieben«, sagte ich. »Wie lange ist er schon krank?«

»Erst zwei Tage. Er wird zurückkommen und aussehen wie der leibhaftige Tod. Kann ich irgendwas für Sie tun?«

»Wahrscheinlich schon. Ich ermittle für Lonnie Kingman in einer Erbsache. David Barney ist der Beklagte. Ich wollte mal hören, was damals so hinter den Kulissen geredet wurde. Waren Sie da schon hier?«

»Ich war damals noch in der Einsatzzentrale, aber ich habe es mitgekriegt. Mann, die waren ganz schön sauer, als er davonkam. Sah ganz danach aus, daß er's war, aber sie konnten die Geschworenen nicht rumkriegen. Frust ist gar kein Ausdruck. Lieutenant Dolan war so wütend, daß er Nägel hätte zerbeißen können.«

»Wie ich höre, soll David Barneys damaliger Zellengenosse behaupten, Barney habe ihm gleich nach der Urteilsverkündung die Sache so gut wie gestanden.«

»Sie meinen Curtis McIntyre. Der sitzt im Bezirksgefängnis, und wenn Sie mit ihm reden wollen, tun Sie's besser schnell. Er kommt diese Woche raus, weil er seine neunzig Tage wegen Körperverletzung abgesessen hat«, sagte sie. »Wissen Sie schon von Morley Shine?«

»Lonnie hat es mir gestern abend gesagt, aber nur kurz. Wie ist es denn passiert?«

»Nach dem, was ich gehört habe, ist er einfach tot umgekippt. Er hatte wohl im Bett gelegen, auch mit diesem verdammten Infekt, aber er fühlte sich offenbar besser. Er hatte gerade zu Abend gegessen. Sie kennen ja Morley. Eine Mahlzeit auszulassen, war für ihn das Schlimmste. Er ist vom Tisch aufgestanden und tot umgefallen.«

»Hatte er denn Herzbeschwerden?«

»Schon seit Jahren, aber er hat sie nie ernst genommen. Ich meine, er war zwar in Behandlung, aber es schien ihn ziemlich kalt zu lassen. Er hat immer nur Witze darüber gemacht.«

»Wirklich traurig«, sagte ich. »Er wird mir fehlen.«

»Mir auch. Wundert mich selbst, wie sehr mir das zusetzt. Bei der Dienstbesprechung hat mir jemand gesagt, Morley Shine ist gestorben. Ich bin in Tränen ausgebrochen. Hat mich selbst überrascht. Wir standen uns nicht besonders nah. Wir haben uns drüben im Gericht immer miteinander unterhalten, wenn ich darauf gewartet habe, in irgendeiner Sache als Zeugin aufgerufen zu werden. Er war ja immer dort und hat eine Camel nach der anderen geraucht und Fritos gemampft oder irgendwas aus dem Automaten. Macht mich ganz krank, daß die alten Knaben alle plötzlich tot umfallen. Wieso hat er nicht besser auf sich aufgepaßt?«

Ihr Telefon klingelte, und gleich darauf war sie schon wieder völlig von ihrem Gespräch absorbiert. Ich winkte ihr kurz zu und verließ ihren Schreibtisch. Sie hatte mir im wesentlichen gesagt, was ich wissen wollte. Die Cops waren von David Barneys Schuld überzeugt. Das war zwar kein Beweis, aber immerhin ein weiteres Stück Meinungsbild.

Ich ging noch eben beim Archiv vorbei und fragte Emerald, ob ich mal telefonieren könne. Ich rief Ida Ruth an und bat sie, mir für den späteren Vormittag einen Besuchstermin bei Curtis McIntyre im Gefängnis zu organisieren. Normalerweise ist dort nur am Sonntag nachmittag von eins bis drei Besuchszeit, aber da ich in Lonnie Kingmans Auftrag stand, konnte ich jederzeit mit ihm reden. Ach ja, die Vorteile der offiziellen Mission. Ich hatte so viele Jahre damit zugebracht, mich in den Büschen herumzudrücken, daß ich mich kaum daran gewöhnen konnte.

Nachdem das geregelt war, fragte ich sie nach Morleys Privatadresse. Morley hatte in Colgate gewohnt, das im Norden an Santa Teresa grenzt. Colgate besteht hauptsächlich aus »Leicht«-Industrie und Neubau-Siedlungen, mit diversen Geschäften entlang der Hauptstraße. Wo es früher nichts als Ackerland und Zitrushaine gegeben hatte, waren inzwischen Tankstellen, Bowling-Hallen, Bestattungsinstitute, Drive-in-Kinos, Motels, Schnellrestaurants, Teppichboden- und Supermärkte aus dem Boden gestampft worden, ohne erkennbare Rücksicht auf Ästhetik oder ein städtebauliches Konzept.

Morley und seine Frau Dorothy besaßen ein bescheidenes Häuschen in einer der ältesten Siedlungen zwischen dem South Peterson Highway und den Bergen. Ich vermutete, daß es in den fünfziger Jahren erbaut worden war, noch ehe die Baufirmen die Tricks individueller Außengestaltung entdeckten. Hier war das Holzwerk im Schweizer Chalet-Stil entweder schmutzig braun oder blau gestrichen, und die Doppelgaragen ragten vorn heraus und dominierten den Zugang. Die Fenster hatten Holzläden, passend zu den hölzernen Blumenkästen mit Hänge-Stiefmütterchen, die sich bei näherem Hinsehen allesamt als künstlich entpuppten. Die ganze Nachbarschaft schien auf dem absteigenden Ast, von den unkrautfleckigen Rasenstücken bis zu den rissigen Einfahrten, wo auf jedem zweiten Grundstück ein aufgebocktes Auto stand. Die Weihnachtsdekorationen machten es irgendwie nur noch schlimmer. Die meisten Häuser waren mit bunten Lichterketten geschmückt. Einer der Morleyschen Nachbarn schien mit dem Haus gegenüber in heftiger Konkurrenz zu stehen. In beiden Gärten war jedes verfügbare Fleckchen mit einschlägigem Zierrat bestückt, von Plastik-Weihnachtsmännern bis hin zu Plastik-Drei-Königen.

Es war Dienstag morgen. Morley war Sonntag abend gestorben, und obwohl ich Hemmungen hatte, in dieser Situation zu stören, schien es mir doch wichtig, zu bergen, was ich an Papieren finden konnte, ehe irgendein wohlmeinender Angehöriger alles in den Müll warf. Ich klopfte an die Haustür und wartete. Morley hatte nie sonderlich auf Äußerlichkeiten geachtet, und das Haus machte einen ziemlich verlotterten Eindruck. Die blaue Farbe des Geländers, ohnehin ungleichmäßig, blätterte ab. Ich hatte das deprimierende Gefühl, alles genau zu kennen. Ich konnte mir das muffige Interieur genau vorstellen: die gesprungenen Kacheln in der Küche, die buckligen PVC-Fliesen auf dem Fußboden, die Auslegeware mit den Trampelpfaden, wo sich der Dreck nicht mehr entfernen ließ, verzogene Alu-Fensterrahmen, rostige Armaturen im Bad. Ein zerbeulter, grüner, viertüriger Mercury stand auf dem Gras neben der Einfahrt. Ich identifizierte ihn gleich als Morleys Wagen, ohne daß ich genau hätte sagen können, weshalb. Es war einfach die Art Schrottkiste, die zu ihm paßte. Er hatte den Wagen vermutlich schon zig Jahre und hätte ihn sicher ohne zu zögern weiter gefahren, bis der Motor am Ende gewesen wäre. In der Einfahrt stand ein neuer roter Ford mit dem Namen einer lokalen Autovermietung auf dem Nummernschild. Wahrscheinlich jemand von außerhalb . . .

»Ja?« Die Frau war klein, Mitte sechzig, und wirkte energisch und tüchtig. Sie trug eine rosageblümte langärmlige Bluse, einen Tweedrock, Strumpfhosen und Slipper. Ihr graues Haar war unauffällig frisiert, ihr Gesicht nur leicht geschminkt. Sie trocknete sich die Hände an einem Geschirrtuch ab und sah mich fragend an.

»Hi. Mein Name ist Kinsey Millhone. Sind Sie Mrs. Shine?«

»Ich bin Dorothys Schwester, Louise Mendelberg. Mr. Shine ist vorgestern gestorben.«

»Das habe ich gehört, und es tut mir leid, daß ich Sie stören muß. Aber er hat zuletzt für einen Rechtsanwalt Lonnie Kingman gearbeitet, und ich bin gebeten worden, den Fall zu übernehmen. Komme ich gerade in einem ungünstigen Moment?«

»Einen günstigen Moment gibt es wohl kaum, wenn gerade jemand gestorben ist«, erwiderte sie spitz. Ich hatte eine Person vor mir, die den Tod nicht ernstlich an sich heranließ. Sie würde zwar immer kommen und den Abwasch machen und das Wohnzimmer aufräumen, aber vermutlich nicht viel Zeit auf die Auswahl der Lieder für den Trauergottesdienst verwenden.

»Ich will Ihnen nicht unnötig zur Last fallen. Es tut mir sehr leid wegen Morley. Er war ein netter Mensch, und ich mochte ihn gern.«

Sie schüttelte den Kopf. »Ich habe Morley gekannt, seit er und Dorothy sich damals während der Wirtschaftskrise auf dem College begegnet sind. Sicher, wir hatten ihn alle gern, aber er war ja ein solcher Sturkopf. All die Zigaretten und sein Übergewicht und der viele Alkohol. Man verkraftet das ja in einem gewissen Maß, solange man jung ist, aber in seinem Alter? O nein, Ma'am. Wir haben ihn immer wieder gewarnt, aber meinen Sie, er hätte auf uns gehört? Keine Spur. Sie hätten ihn am Sonntag sehen sollen. Wie er aussah – fürchterlich. Der Arzt meint, die Grippe hat den Herzanfall noch verschlimmert. Das Elektrolyten-Gleichgewicht oder sowas.« Sie schüttelte wieder den Kopf und verstummte.

»Wie geht es Ihrer Schwester?«

»Nicht besonders, um ehrlich zu sein. Deswegen bin ich ja ursprünglich von Fresno heruntergekommen. Ich wollte ein paar Wochen aushelfen, um sie ein bißchen zu entlasten. Sie wissen ja wohl, daß sie seit Monaten krank ist.«

»Das wußte ich nicht«, sagte ich.

»Aber ja, sie ist völlig am Ende. Letzten Juni haben sie festgestellt, daß sie Magenkrebs hat. Sie hatte eine große Operation und kriegt seither immer wieder Chemotherapie. Sie ist nur noch Haut und Knochen und behält nichts mehr bei sich. Morley hat von nichts anderem mehr geredet, und jetzt hat es ihn zuerst erwischt.«

»Wird eine Autopsie gemacht?«

»Ich weiß nicht, ob sie da was veranlaßt hat. Er war ja noch vor einer Woche beim Arzt. Dorothy wollte ja schon immer, daß er Diät halten sollte, und er hatte sich endlich darauf eingelassen. Unter den Umständen ist eine Autopsie nicht nötig, aber Sie wissen ja, wie die Ärzte sind. Sie brennen darauf, zu schnippeln und zu stochern. Sie tut mir so leid.«

Ich gab ein paar mitfühlende Laute von mir.

Sie machte eine brüske Handbewegung. »Na ja, genug geredet. Ich nehme an, Sie sind gekommen, um sich sein Arbeitszimmer anzusehen. Am besten, Sie kommen rein, und ich zeige es Ihnen. Nehmen Sie ruhig mit, was Sie wollen, und wenn noch etwas ist, können Sie gern wiederkommen und es sich holen.«

»Danke. Ich kann Ihnen ja eine Liste dalassen, was ich mitgenommen habe.«

Sie wischte mein Anerbieten beiseite. »Nicht nötig. Wir kennen Mr. Kingman seit vielen Jahren.«

Ich trat in die Diele. Louise marschierte einen kurzen Flur hinunter, und ich folgte ihr. Keine Spur von Weihnachten. Vielleicht war es ja angesichts der Krankheit von Mrs. Shine ganz erleichternd, daß nach Morleys Tod in diesem Jahr keine weihnachtlichen Bemühungen anstanden. Es roch nach Hühnersuppe. »Hatte Morley noch ein Büro hier in Colgate?«

»Ja, aber seit es Dorothy so schlecht ging, hat er das meiste hier gemacht. Soweit ich weiß, ist er allerdings meistens morgens hingefahren, um seine Post zu holen. Wollten Sie sich dort auch umsehen?« Sie öffnete eine Tür zu einem Raum, der wohl ursprünglich ein Schlafzimmer gewesen, dann aber mittels eines Schreibtischs und einiger Aktenschränke in ein Büro umgewandelt worden war. Die Wände waren beige gestrichen, und der beige Florteppichboden war genauso schäbig, wie ich ihn mir vorgestellt hatte.

»Das habe ich mir überlegt. Wenn ich die Akten hier nicht finde, heißt das ja wahrscheinlich, daß er sie im Büro hatte. Könnte ich denn irgendwie einen Schlüssel bekommen?«

»Ich weiß nicht, wo er die Schlüssel hatte, aber ich werde Dorothy fragen. Du liebe Güte«, sagte sie, während sie sich umsah. »Kein Wunder, daß Morley hier niemanden reinlassen wollte.«

Der Raum war ziemlich kühl und angefüllt mit dem Chaos eines Menschen, der bei der Handhabung seiner Angelegenheiten nach keinem bekannten System verfahren war. Ob er wohl seinen

Schreibtisch aufgeräumt hätte, wenn er gewußt hätte, daß er tot umfallen würde? Unwahrscheinlich, dachte ich. »Ich werde fotokopieren, was ich brauche, und die Akten so bald wie möglich wiederbringen. Ist morgen früh jemand hier?«

»Was ist denn morgen? Mittwoch? Soweit ich weiß, ja. Und wenn nicht, können Sie einfach ums Haus gehen und die Sachen auf dem Trockner hinten im Wirtschaftsraum abstellen. Wir lassen die Tür meistens auf, für die Zugehfrau und die Krankenschwester. Ich werde Ihnen den Schlüssel zur Morleys Büro besorgen. Dorothy weiß bestimmt, wo er ist.«

»Danke.«

Während ich darauf wartete, daß sie wiederkam, drehte ich eine Runde durch den Raum, um ein erstes Gefühl für Morleys Ablagemethoden zu bekommen. Er mußte wohl zwischendurch Anläufe unternommen haben, sich zu organisieren, da er Ordner mit den Aufschriften »Vorgänge«, »Anhängig« und »Aktuell« angelegt hatte. Zwei trugen den Vermerk »Erledigen«, einer die Mahnung »Dringend«, und eine Faltmappe war mit »Wiedervorlage« gekennzeichnet. Der jeweilige Inhalt schien überholt, wild zusammengewürfelt, chaotisch wie das ganze Zimmer.

Louise kam wieder herein, einen Schlüsselbund in der Hand. »Am besten, Sie nehmen sie alle mit«, sagte sie. »Weiß der Himmel, welcher welcher ist.«

»Brauchen Sie sie denn nicht?«

»Ich kann mir nicht vorstellen, wozu. Wenn Sie so nett wären, sie morgen einfach hier zu hinterlegen. Ach ja, ich habe Ihnen eine große Einkaufstüte mitgebracht, für den Fall, daß Sie die Sachen zusammenpacken wollen.«

»Gibt es einen Trauergottesdienst?«

»Die Trauerfeier ist Freitag morgen, im Wynington-Blake-Bestattungsinstitut hier in Colgate. Ich weiß nicht, ob Dorothy die Kraft hat. Wir warten so lange, weil Morleys Bruder aus Süd-Korea kommt. Er ist Projektingenieur bei den Pionieren in Camp Casey. Er kann nicht vor Donnerstag abend in Santa Teresa sein. Wir haben den Gottesdienst für Freitag, zehn Uhr, angesetzt. Ich weiß, Frank wird kaputt sein wegen der Zeitumstellung, aber länger konnten wir es wirklich nicht hinausschieben.«

»Ich wüde gern kommen«, sagte ich.

»Das wäre sehr nett«, sagte sie. »Ich weiß, daß es ihn freuen würde. Sie finden ja selbst hinaus, wenn Sie fertig sind. Ich muß Dorothy jetzt ihre Spritze geben.«

Ich bedankte mich noch einmal, aber sie strebte bereits der nächsten Pflicht entgegen. Sie lächelte mich freundlich an und schloß die Tür hinter sich.

Die nächsten dreißig Minuten verbrachte ich damit, sämtliche Akten aufzustöbern, die nach menschlichem Ermessen irgend etwas zu dem Mord an Isabelle und dem anstehenden Zivilprozeß enthalten konnten. Lonnie hätte einen Anfall gekriegt, wenn er gewußt hätte, wie schlampig Morley an die Sache herangegangen war. In gewisser Weise bemißt sich die Qualität der Ermittlungsarbeit an der Sorgfalt im Umgang mit dem Papierkram. Ohne penible Dokumentation riskiert man leicht, sich im Zeugenstand zum Narren zu machen. Nichts freut den gegnerischen Anwalt mehr als die Entdeckung, daß ein Ermittler nicht sauber Buch geführt hat.

Ich packte eins nach dem anderen in die Einkaufstasche – seinen Kalender, seinen Terminplaner. Ich durchsuchte seine Schubladen und seine Ein- und Ausgangskästen. Ich vergewisserte mich, daß nicht noch eine versprengte Akte irgendwo hinter den Möbeln steckte. Als ich einigermaßen überzeugt war, alle einschlägigen Unterlagen eingesammelt zu haben, steckte ich seinen Schlüsselbund in meine Schultertasche. Dann zog ich die Tür des Arbeitszimmers hinter mir zu. Vom anderen Ende des Flurs hörte ich Gemurmel. Louise und Dorothy unterhielten sich.

Auf dem Weg zur Vordertür kam ich am Eingang zum Wohnzimmer vorbei. Ich machte einen kleinen, unautorisierten Abstecher zu dem Ungetüm, das wohl Morleys Lehnsessel gewesen sein mußte: der Bezug aus uraltem, rissigem Leder, die Polsterung, die die Umrisse seiner mächtigen Figur nachgeformt hatte. Da stand ein geleerter Aschenbecher, auf einem Tischchen noch die klebrigen Ringe seiner Whiskeygläser. Passionierte Schnüfflerin, die ich bin, untersuchte ich rasch die Schublade des Tischchens und die Sesselritzen. Nichts, natürlich, aber mir war wohler so.

Meine nächste Station war Morleys Büro, das in einer kleinen Nebenstraße im Geschäftsviertel von Colgate lag. Dieses ehemalige Wohnviertel beherbergte jetzt lauter kleine Firmen: Installationsbetriebe, Autozubehörfirmen, Arztpraxen und Maklerbüros. Die früheren Einfamilien-Holzbungalows waren alle nach dem gleichen Muster erbaut. Das Wohnzimmer diente jetzt als Geschäftsraum einer Versicherung oder dergleichen. Im Falle von Morleys Büroadresse war es ein Schönheitssalon, der ihm einen nach hinten gelegenen Raum mit Bad vermietet hatte. Ich ging um das Haus herum zum Seiteneingang. Zwei Stufen führten zu einem überdachten Betonabsatz. Die Eingangstür zum Büro hatte im oberen Teil eine große Milchglasscheibe, durch die ich nichts sehen konnte. Morleys Name stand rechts neben der Tür, auf einem schmalen Schildchen, das aussah, als hätte es seine Frau zur Firmengründung für ihn gravieren lassen. Ich probierte Schlüssel um Schlüssel, aber keiner paßte. Ich drehte noch einmal am Türknauf. Die Bude war fester verrammelt als jedes Gefängnis. Ohne groß nachzudenken, ging ich nach hinten, um zu sehen, ob das Fenster offen war. Da fiel mir ein, daß ich mich ja an die Spielregeln halten sollte. So ein Mist, dachte ich. Ich war im Auftrag hier. Ich war berechtigt, die Akten einzusehen, aber nicht, das Schloß zu knakken. Das war doch irgendwie nicht richtig. Wozu dann die ganze langjährige Einbruchspraxis?

Ich ging wieder nach vorn und betrat, ganz gesetzestreue Bürgerin, den Schönheitssalon. Die Fenster waren mit künstlichen Schneewehen dekoriert, und zwei Weihnachtsengelchen spannten ein Spruchband mit der Aufschrift *Fröhliche Weihnachten* quer über die Scheibe. In der einen Ecke stand ein großer, geschmückter Weihnachtsbaum mit ein paar bunten Päckchen darunter. Es gab insgesamt vier Behandlungsplätze, aber nur drei waren besetzt. Auf dem einen bekam gerade eine Frau in den Vierzigern mit einem Plastikumhang eine Dauerwelle verpaßt. Die Kosmetikerin hatte das feuchte Haar in Partien aufgeteilt und drehte es auf hühnerknochenfeine Lockenwickler. Die Dauerwellflüssigkeit verbreitete einen Geruch nach faulen Eiern. In der zweiten Nische saß eine Frau mit einer perforierten Bademütze auf dem Kopf, und die Schönheitsspezialistin zog mit einer Art Häkelnadel dünne Haarsträhnen durch die Gummihaut. Der Frau liefen Tränen über die Wangen, aber sie schwatzte munter mit der Kosmetikerin, als sei das Ganze ein alltägliches Ereignis. Zu meiner Rechten machte sich eine Maniküre an einer Kundin zu schaffen, die sich die Fingernägel kaugummirosa lackieren ließ.

In der rückwärtigen Wand sah ich eine Holztür, die vermutlich zu Morleys Büro führte. Im hinteren Teil des Raums war eine Frau damit beschäftigt, Handtücher zu falten und ordentlich zu stapeln. Als sie mich unschlüssig dastehen sah, kam sie nach vorn. Auf ihrem Namensschildchen stand »Betty«. Angesichts ihres Berufs erstaunte es mich, daß sie keine schickere Frisur trug. Sie war offensichtlich einem dieser (gewöhnlich männlichen) Sado-Coiffeure in die Hände gefallen, die sich ein Vergnügen daraus machen, die Frisuren von über fünfzigjährigen Frauen zu verschandeln. Der Schnitt, der ihr angetan worden war, bestand aus einem rasierten Hinterkopf und einer krausen Tolle vor der Stirn und ließ ihren Hals plump und ihr Gesicht ängstlich wirken. Sie schnupperte und rümpfte die Nase: »Puh! Wenn sie schlau genug sind, Menschen auf den Mond zu schießen, wieso schaffen sie's dann nicht, eine Dauerwelle zu fabrizieren, die nicht stinkt?« Sie fischte einen Plastikumhang vom nächststehenden Stuhl und taxierte mich mit geübtem Auge. »Junge, Junge, da haben Sie recht. Ihr Haar ist wirklich ein Notfall. Nehmen Sie Platz.«

Ich sah mich um, um zu ergründen, mit wem sie sprach. »Wer, ich?«

»Haben Sie nicht eben angerufen?«

»Nein, ich wollte ins Büro von Morley Shine, aber es ist abgeschlossen.«

»Ach, tut mir leid, daß ich Ihnen das sagen muß, junge Frau, aber Morley ist vor ein paar Tagen gestorben.«

»Ich weiß. Verzeihung, ich hätte mich vorstellen sollen.« Ich nahm meinen Ausweis heraus und hielt ihn ihr hin.

Sie studierte ihn kurz, runzelte die Stirn und zeigte auf meinen Namen. »Wie spricht sich das aus?«

»Kinsey«, sagte ich.

»Nein, der Nachname. So wie *Baloney?*«

»Nein, nicht wie *Baloney. Mill*-hone.«

»Oh, *Mill*-hone«, sprach sie mir brav nach. »Ich dachte, es heißt Mill-*hony,* so wie das Frühstücksfleisch.« Sie sah wieder auf die Kopie meiner Detektiv-Lizenz. »Sind Sie vielleicht aus Los Angeles?«

»Nein, ich bin von hier.«

Sie sah auf mein Haar. »Ich dachte, das ist vielleicht eine von diesen neuen Mode-Frisuren, die sie dort am Melrose machen. Asymmetrisch, nennen sie das, Ellipsenform, oder so ähnlich. Sieht meistens aus, wie von einem Deckenventilator abgesäbelt.« Sie lachte über ihren Scherz und klopfte sich auf die Brust.

Ich beugte mich zurück, um mich im nächsten Spiegel sehen zu können. Ich sah wirklich etwas seltsam aus. Ich ließ mein Haar seit einigen Monaten wachsen, und es war auf der einen Seite eindeutig länger als auf der anderen. Außerdem wirkte es ein bißchen zerrupft, und auf dem Oberkopf stand ein Büschel ab. Unsicherheit überkam mich. »Meinen Sie, ich sollte es schneiden lassen?«

Das entlockte ihr ein schallendes Lachen. »Na, das können Sie laut sagen. Sieht aus, als ob ein Verrückter mit einer Nagelschere dran rumgeschnippelt hätte!«

Ich fand den Vergleich nicht ganz so lustig wie sie. »Vielleicht ein andermal«, sagte ich. Ich beschloß, zur Sache zu kommen, ehe sie mir noch einen Haarschnitt aufschwatzte, den ich hinterher bereuen würde. »Ich arbeite für einen Anwalt namens Lonnie Kingman.«

»Ach, klar kenne ich Lonnie. Seine Frau war in derselben Kirche wie ich. Was hat er damit zu tun?«

»Morley hat für ihn gearbeitet, und jetzt übernehme ich den Fall. Ich würde gern sein Büro sehen.«

»Armer Kerl«, sagte sie. »Die Frau so krank und alles. Er hat hier seit Monaten nur rumgehangen und nie etwas getan, soweit ich mitgekriegt habe.«

»Er hat wohl viel zu Hause gemacht«, sagte ich. »Äh, könnte ich wohl von hier aus in sein Büro kommen? Ich habe die Tür da hinten gesehen. Führt die zu seinen Räumen?«

»Morley hat sie immer benutzt, wenn hinten jemand stand, der Geld wollte.« Sie führte mich nach hinten, was ich als Kooperation deutete.

»Kam das oft vor?« fragte ich. Es fiel mir sehr schwer, meine Nase nicht in anderer Leute Angelegenheiten zu stecken, wenn sie sich so förmlich aufdrängten.

»In letzter Zeit schon.«

»Würde es Ihnen etwas ausmachen, wenn ich reingehe und mir die Akten hole, die ich brauche?«

»Na ja, wieso nicht? Ist sowieso nichts da drin, was sich zu klauen lohnen würde. Gehen Sie ruhig rein, und bedienen Sie sich. Ist nur ein Verriegelungsknopf auf dieser Seite.«

»Danke.«

Ich trat durch die Verbindungstüre in den dahinter gelegenen Raum, das frühere Schlafzimmer. Es roch muffig. Der Teppichboden war schmutzig-braun, vermutlich so gewählt, weil man darauf keinen Dreck sah. Dafür sah man den Staub und die Fusseln um so besser. Ich fand eine kleine Kammer, die Morley als Stauraum für alles mögliche benutzt hatte, ein kleines Bad mit braunem PVC-Boden, ein Klo mit Holzbrille, ein Mini-Waschbecken und eine Duschkabine aus Fiberglas. Einen deprimierenden Moment lang dachte ich, ob ich wohl auch eines Tages so enden würde: als Kleinstadt-Detektivin in einem trübseligen Dreimalvier-Meter-Gelaß, das nach Schwamm und Hausstaubmilben roch. Ich setzte mich auf seinen Drehstuhl und lauschte dem Quietschen, als ich mich zurücklehnte. Ich schnappte mir seinen Monats-Übersichts-Kalender. Ich durchsuchte alle seine Schubladen. Stifte, Kaugummipapierchen, ein Hefter ohne Heftklammern. Er hatte heimlich fettiges Zeug genascht. Im Papierkorb steckte ein zusammengeknickter, flacher, weißer Bäckereikarton. Auf der Pappe war ein großer Fettfleck, und oben drauf lagen die Überbleibsel von irgend etwas Gebackenem. Wahrscheinlich war er jeden Morgen in sein Büro gekommen, um Doughnuts und süße Teilchen zu verdrücken.

Ich stand auf und ging zu dem Aktenschrank an der gegenüberliegenden Wand. Unter »V« wie VOIGT/BARNEY fand ich mehrere mit Papieren vollgepfropfte Aktenordner. Ich nahm sie heraus und stapelte sie auf dem Tisch. Plötzlich wurde hinter mir die Tür aufgestoßen, und ich fuhr zusammen.

Es war Betty aus dem Schönheitssalon. »Finden Sie alles, was Sie brauchen?«

»Ja. Alles bestens. Offenbar hat er die meisten Akten zu Hause gehabt.«

Sie verzog das Gesicht, als sie den Moderduft roch. Sie ging zum Schreibtisch und nahm den Papierkorb an sich. »Das hier nehme ich besser mit. Der Müll wird zwar erst am Freitag geholt, aber ich will keine Ameisen hier drinnen haben. Morley hat sich seine Pizza immer hierher kommen lassen, wo ihn seine Frau nicht überwachen konnte. Ich weiß, angeblich war er auf Diät, aber er kam immer wieder mit Pappschalen vom Chinesen und mit McDonalds-Tüten an. Ich sage Ihnen, der Mann hat was weggeputzt. Stand mir ja nicht zu, was zu sagen, aber er hätte wirklich besser auf sich aufpassen sollen.«

»Da sind Sie heute schon die zweite, die das sagt. Aber man kann die Leute wohl nicht daran hindern, zu leben, wie sie wollen.« Ich nahm die Akten und den Kalender an mich. »Danke fürs Reinlassen. Ich nehme an, daß nächste Woche jemand herkommt und ausräumt.«

»Sie suchen nicht zufällig ein Büro?«

»Nicht so eins«, sagte ich ohne Zögern. Später kam mir der Gedanke, daß ich sie womöglich beleidigt hatte, aber es rutschte mir einfach so heraus. Das letzte, was ich von ihr sah, war ihr Rücken, als sie Morleys Eingangstür öffnete, um den Papierkorb nach draußen zu stellen.

Ich ging zu meinem Auto zurück, deponierte den Aktenstapel auf dem Rücksitz und fuhr wieder zurück nach Santa Teresa, wo ich das Parkhaus neben der Stadtbücherei ansteuerte. Ich schnappte mir ein Notizbrett aus dem Fond, schloß den Wagen ab und marschierte in die Bibliothek. Drinnen ging ich nach unten in den Zeitschriftensaal, wo ich die Aufsicht nach den alten Jahrgängen des *Santa Teresa Dispatch* fragte. Insbesondere interessierten mich die Nachrichtenteile vom 25., 26. und 27. Dezember des Jahres, in dem Isabelle Barney ermordet worden war. Ich ging mit dem Mikrofilm zu einem der Lesegeräte, legte ihn ein und spulte geduldig zurück, bis ich zu dem betreffenden Zeitraum kam. Ich notierte mir die wenigen bedeutsamen Ereignisse jenes Wochenendes. Weihnachten war auf einen Sonntag gefallen. Isabelle war in der Nacht zum Montag gestorben. Vielleicht würde es etwas nützen, dem Gedächtnis der Leute mit ein paar nebensächlichen Fakten auf die Sprünge zu helfen. Ein Unwetter mit schweren Regenfällen hatte über Kalifornien getobt und zu einem Riesenstau auf der nach Norden führenden Spur des Freeway 101 unmittelbar südlich der Stadt geführt. Es hatte eine kleinere Anzahl von Straftaten gegeben, darunter einen tödlichen Unfall mit Fahrerflucht, bei dem ein alter Mann auf der oberen State Street von einem Lieferwagen angefahren worden war. Außerdem einen Raubüberfall auf einen Supermarkt, zwei Einbruchdiebstähle und ein vermutlich auf Brandstiftung zurückgehendes Feuer in den Morgenstunden des 26. Dezember, das ein Foto-Studio zerstört hatte. Weiter notierte ich eine Meldung über einen zweieinhalbjährigen Jungen, der leichte Verletzungen erlitt, als er, allein im Auto zurückgelassen, mit einem 44er Revolver hantierte. Beim Lesen kamen mir selbst Erinnerungsblitze. Ich hatte das Feuer völlig vergessen, obgleich ich auf der Rückfahrt von einer Observation daran vorbeigekommen war. Die lodernden Flammen hatten sich wie eine Fackel gegen den schwarzen Nachthimmel abgehoben. Der Regen hatte Dunstschwaden als surrealen Kontrapunkt dazugeliefert, und ich war erschrocken, als plötzlich James Taylors Version von »Fire and Rain« aus meinem Autoradio gekommen war. Das Erinnerungsfragment erlosch so plötzlich, als hätte es jemand ausgeknipst.

Ich sah den Rest des Films durch, fand aber wenig Aufsehenerregendes. Ich ging wieder an den Anfang zurück und kopierte alles bis auf die Annoncen und die Kleinanzeigen. Ich spulte den Film zurück und packte ihn in die Hülle. Ich zahlte im Vorbeigehen bei der Aufsicht für die Kopien und dachte an die Leute, die ich über ihr Tun und Lassen an jenen Tagen würde ausquetschen müssen. Woran würde ich mich noch erinnern, wenn mich jemand nach der Nacht fragte, in der Isabelle ermordet worden war? Ein Fragment war wieder aufgetaucht, aber ansonsten war da nur ein schwarzes Loch.

4

Ich holte meinen Wagen aus dem Parkhaus und fuhr raus zur Haft- und Besserungsanstalt des Santa Teresa County Sheriff's Department. Morleys Aufzeichnungen über sein Gespräch mit Curtis McIntyre gehörten zu den Unterlagen, die ich im richtigen Ordner gefunden hatte, wenn auch die Vorladung nie zugestellt worden war. Er hatte offenbar Mitte September mit Curtis geredet, und seither hatte niemand mehr nachgehakt. Morleys Notizen zufolge hatte McIntyre in Barneys erster Nacht im Knast mit ihm in einer Zelle gesessen. Er behauptete, es habe sich eine Art Freundschaft entwickelt, mehr von seiner Seite aus als von Barneys. Die Sache habe ihn beschäftigt, da Barney doch offensichtlich jemand gewesen sei, der alles gehabt habe. Da er sonst im Gefängnis immer nur mit armen Schluckern zusammengekommen sei, habe er den Fall in den Zeitungen verfolgt. Als dann der Prozeß angelaufen sei, habe er unbedingt dabei sein wollen. Er und Barney hätten bis zum Tag des Freispruchs kaum miteinander geredet. Als David Barney den Gerichtssaal verlassen habe, sei er auf ihn zugegangen, um ihm zu gratulieren. Da habe Barney jene bewußte Bemerkung gemacht, sinngemäß, daß er gerade mit einem Mord davongekommen sei. Ich konnte den Aufzeichnungen nicht entnehmen, ob Curtis sich dazu noch näher geäußert hatte oder nicht.

Ich parkte vor dem Gefängnis, gegenüber dem Parkplatz des Santa Teresa Sheriff's Department mit seiner Flotte von schwarzweißen Streifenwagen. Ich marschierte die Zufahrt hinauf und durch den Haupteingang in die kleine Vorhalle, wo ich an den L-förmigen Anmeldeschalter mit dem Trennglas trat. Ich hatte sechs Wochen zuvor eine Nacht im Gefängnis verbracht und war froh, diesmal in legaler Mission zu kommen. Es war sehr viel angenehmer, durch die Vordertür hereinzuspazieren, als von einem Beamten durch den Hintereingang geführt zu werden.

Ich meldete mich an und füllte einen Besucher-Passierschein aus. Die Frau hinter dem Schalter nahm das Formular und verschwand. Ich wartete in der Eingangshalle und studierte die Anschlagtafel, während sie durchgab, daß jemand Curtis in den Besuchsraum bringen solle. An der Wand neben dem öffentlichen Münzfernsprecher waren alle empfehlenswerteren Kautions-Bürgen sowie die Taxi-Unternehmen von Santa Teresa aufgelistet. Verhaftet zu werden ist meist ein unerwarteter Schlag. Wenn man dann gegen Kaution wieder rauskommt und kein Auto hat, weil es konfisziert wurde, sitzt man hier fest – ein zusätzlicher Schlag nach einer demütigenden Nacht.

Die Frau hinter dem Schalter machte mir ein Zeichen. »Ihr Klient kommt gleich rauf. Kabine zwo.«

»Danke.«

Ich überquerte den kurzen Flur und ging durch die Tür zu den Sprech-Kabinen. Es gab in diesem Trakt nur drei, so angeordnet, daß die Häftlinge unter vier Augen mit ihren Anwälten, Bewährungshelfern oder sonstigen legitimierten Besuchern sprechen konnten. Ich trat in den zweiten »Raum«, der etwa einszwanzig breit war. Die Ausstattung bestand aus einem gläsernen Sprechfenster über einer Art Tresen und einer Fußstange, wie man sie in Bars findet. Ich trat an den Tresen, stützte die Ellbogen auf die Platte und einen Fuß auf die Stange. Hinter der Scheibe war ein Gelaß, das genauso aussah wie meines, mit einer Tür in der Rückwand, durch die die Häftlinge hereingeführt wurden. Kurz darauf ging die Tür auf, und Curtis McIntyre wurde hereingebracht. Er schien erstaunt über den außerplanmäßigen Besuch und verblüfft, als er mich sah, denn wahrscheinlich hatte er seinen Anwalt erwartet.

Er war achtundzwanzig, hager, mit langem Oberkörper und so schmalen Hüften, daß seine Hose kaum Halt fand. Er sah gut aus in der blauen Gefängniskluft. Das Hemd war kurzärmlig und gab lange, glatte Arme frei, der perfekte Untergrund für einen tätowierten Drachen. Irgend jemand mußte Curtis wohl erzählt haben, er habe seelenvolle Augen, denn er schien wild entschlossen, mir tief und bedeutungsvoll in die meinen zu sehen. Er war glattrasiert, mit einem unschuldigen Gesicht (für einen verurteilten Straftäter). Sein Haar war schlecht geschnitten, was nicht weiter verwunderlich war, da er ja seit Monaten im Gefängnis saß. Aber ich konnte mir nicht vorstellen, daß er selbst unter optimalen Umständen regelmäßig zum Schneiden und Föhnen einen Friseur aufsuchte.

Ich stellte mich vor und erklärte den Zweck meines Hierseins, nämlich, eine schriftliche Aussage von ihm zu bekommen. »Soweit ich Mr. Shines Aufzeichnungen entnehmen konnte, haben Sie David Barney in der ersten Nacht nach seiner Verhaftung in einer Zelle kennengelernt.«

»Sind Sie allein?«

Ich sah hinter mich. »Wer, ich?«

Er lächelte die Sorte Lächeln, die man vor dem Spiegel üben muß, und bohrte seinen Blick in meine Augen. »Sie haben mich schon verstanden.«

»Was hat das damit zu tun?«

Seine Stimme nahm jenen für streunende Hunde und Frauen reservierten sanften Gut-Zurede-Ton an. »Ach, kommen Sie. Sagen Sie's mir. Ich bin ein netter Kerl.«

Ich sagte: »Ich bezweifle nicht, daß Sie ein netter Mensch sind, aber das geht Sie nichts an.«

Das belustigte ihn. »Wieso haben Sie Angst, es zu sagen? Finden Sie mich attraktiv? Ich finde Sie nämlich attraktiv.«

»Hm, Sie sind sehr offen, und ich weiß das zu schätzen, Curtis. Aber, äh, könnten Sie mir jetzt vielleicht von Ihrer Bekanntschaft mit David Barney erzählen?«

Er lächelte schwach. »Immer hübsch sachlich. Das gefällt mir. Sie nehmen sich selbst ernst.«

»Stimmt. Und ich hoffe, Sie nehmen mich auch ernst.«

Er räusperte sich und schlug einen nüchternen Ton an, sichtlich bemüht, einen guten Eindruck zu machen. »Wir waren in einer

Zelle, er und ich. Er ist an einem Dienstag verhaftet worden, und wir sind erst am Mittwoch nachmittag vor den Richter gekommen. Schien ganz nett, der Typ. Als sein Prozeß anfing, war ich gerade draußen. Also hab' ich mir gedacht, ich setz' mich rein und guck' mir an, was da läuft.«

»Haben Sie beide nach seiner Verhaftung über den Mord gesprochen?«

»Nee, nicht richtig. Er war ziemlich fertig. Konnte ich auch verstehen. Die Frau erschossen, ins Auge, häßliche Sache. Ich frag' mich, wer so was tut«, sagte er. »Aber wie's scheint, war er's ja wohl selbst.«

»Worüber haben Sie geredet?«

»Ich weiß nicht. Nichts Besonderes. Er hat gefragt, wieso ich hier drin sei und solche Sachen, und was ich glaube, was für einen Richter wir bei der Anklagevernehmung am nächsten Tag kriegen würden. Ich hab' ihm einen Schnellkurs gegeben, welche Richter gemein sind, und das sind die meisten. Na ja, der eine Typ ist locker, aber die anderen sind ganz schön scharf.«

»Und weiter?«

»Nichts weiter.«

»Und das war für Sie Grund genug, sich den ganzen Prozeß anzuhören?«

»Nicht den ganzen. Haben Sie sich schon mal einen ganzen Prozeß angehört? Todlangweilig, was? Ich bin froh, daß ich kein Rechtsanwalt bin.«

»Das glaube ich.« Ich überflog meine Notizen. »Ich habe die Aussage gelesen, die Mr. Kingman –«

»Sind Sie allein?«

»Das haben Sie mich schon mal gefragt.«

»Ich wette, Sie sind's. Wollen Sie wissen, woher ich das weiß?« Er klopfte sich gegen die Schläfe. »Ich kann hellsehen.«

»Nun, dann können Sie mir wahrscheinlich auch sagen, was ich Sie als nächstes fragen werde.«

Er grinste errötend. »Nicht ganz. So gut kenn' ich Sie nicht, aber ich würd's gern.«

»Vielleicht reicht Ihre Intuition ja aus, um mir ein paar Fragen zu beantworten.«

»Ich will's gern versuchen. Werd' mich bemühen. Schießen Sie los. Ich bin ganz Ohr.« Er senkte den Kopf, und sein Gesicht wurde ernst.

»Erzählen Sie mir noch mal, was er zu Ihnen gesagt hat, nachdem der Freispruch verkündet worden war.«

»Also ... Moment mal. Wie er rauskommt, sagt er so was wie ... ›Hey, Mann. Wie geht's? Was sagen Sie dazu? Sehen Sie jetzt, wieso sich ein teurer Anwalt lohnt?‹ Und ich sage: ›Klar, Mann. Spitze. Ich hab' nie geglaubt, daß Sie's gewesen sind.‹ Da grinst er über sein ganzes Arsch – 'tschuldigung – über beide Backen. Er beugt sich dicht an mich ran und sagt: ›Ha, ha, die haben wir ganz schön reingelegt.‹«

Das schien mir ein äußerst unglaubwürdiger Dialog. Ich kannte David Barney nicht, aber ich konnte mir nicht vorstellen, daß er so redete. Ich musterte Curtis' Gesicht. »Und was haben Sie daraus geschlossen?«

»Daraus hab' ich geschlossen, daß er's war. Haben Sie einen Freund?«

»Er ist Polizist.«

»Sie verschaukeln mich. Das glaub' ich nicht. Wie heißt er?«

»Lieutenant Dolan.«

»Was macht er?«

»Mordkommission, Stadtpolizei Santa Teresa.«

»Gehen Sie nie mit anderen Männern aus?«

»Dazu ist er viel zu eifersüchtig. Er würde Ihnen den Kopf abreißen, wenn er wüßte, daß Sie sich an mich ranmachen. Haben Sie sonst je mit David Barney gesprochen?«

»Außer im Bau und im Gericht? Glaube nicht. Nur die beiden Male.«

»Es kommt mir komisch vor, daß er so was gesagt haben soll.«

»Wieso? Das möcht' ich wissen.« Er stützte das Kinn auf die Faust, offenbar bereit, mich in einen längeren Disput zu verwickeln.

»Der Mann kennt Sie doch kaum, Curtis. Wieso sollte er Ihnen etwas so Wichtiges anvertrauen? Noch dazu mitten im Gericht...«, ich legte die eine Hand ans Ohr, »wo das Pochen des Richterhammers noch nicht ganz verklungen ist.«

Curtis runzelte nachdenklich die Stirn. »Das müssen Sie *ihn* fragen, aber wenn Sie mich fragen, würd' ich sagen, weil er wußte, daß ich aus dem Knast kam. Vielleicht hat er mir einfach mehr getraut als seinen hochgestochenen Freunden. Und wieso sollte er's mir nicht sagen? Der Prozeß war doch vorbei. Was sollten sie denn schon machen? Selbst wenn es jemand mitgekriegt hätte, hätten sie ihm doch nicht mehr ans Leder gekonnt, weil sie ihn ja nicht zweimal vor Gericht stellen können.«

»Wo hat sich dieser Wortwechsel abgespielt?«

»Gleich vor der Tür. Abteilung sechs. Er kam raus, und ich hab' ihm auf die Schulter geklopft und die Hand geschüttelt –«

»Und die Journalisten? War er denn in dem Moment nicht von Reportern umlagert?«

»Klar doch, und wie. War alles voll. Sie haben seinen Namen gerufen, ihm Mikrophone unter die Nase gehalten und ihn gefragt, wie er sich fühlt.«

Ich merkte, wie meine Skepsis wuchs. »Und mitten in dem ganzen Rummel hat er das gesagt?«

»Ja, so war's. Er hat sich zu mir hingebeugt und mir ins Ohr geflüstert, genau wie ich gesagt habe. Sind Sie Privatdetektivin?

Ich zuckte im Geist mit den Schultern und fing an, seine Aussage schriftlich festzuhalten. »Das ist mein Job.«

»Das heißt, wenn ich hier rauskomme und ein Problem habe, kann ich Sie im Telefonbuch finden?«

Ich achtete nicht sonderlich auf ihn, da ich damit beschäftigt war, seine Worte in eine schriftliche Form zu bringen. »Theoretisch schon.« Wenn du lesen kannst.

»Wieviel nehmen Sie für so was? Was kostet das?«

»Kommt darauf an, worum es geht.«

»Nur so etwa?«

»Dreihundert die Stunde«, log ich automatisch. Fünfzig würde er am Ende noch berappen können.

»Ey, Mann, das glaub' ich nicht.«

»Plus Spesen.«

»Verdammt, das kann doch nicht sein. Wollen Sie mich verarschen oder was? Dreihundert die *Stunde*? Jede Stunde, die Sie arbeiten?«

»So ist es.«

»Da machen Sie ja eine Menge Geld. Für eine Frau? Heiliger Strohsack«, sagte er. »Könnten Sie mir nich' was pumpen? Fünfzig oder hundert. Nur bis ich draußen bin, dann kann ich's Ihnen zurückzahlen.«

»Ich finde, Männer sollten sich von Frauen kein Geld leihen.«

»Von wem soll ich mir's denn sonst leihen? Ich kenn' keine Männer, die Kohle haben. Außer, sie sind Drogen-Bosse oder so was. Und hier in Santa Teresa gibt's noch nicht mal richtig dicke Fische. Hier gibt's höchstens Heringe.« Er lachte verächtlich. »Haben Sie eine Kanone?«

»Natürlich«, sagte ich.

Er erhob sich halb von seinem Sitz und spähte durch die Glasscheibe, als hätte ich womöglich einen Trommelrevolver an der Hüfte hängen. »Hey, zeigen Sie mal her.«

»Ich habe sie nicht dabei.«

»Wo ist sie?«

»In meinem Büro. Ich habe sie immer dort liegen, für den Fall, daß jemand seine Rechnung nicht bezahlen will. Können Sie das hier mal durchlesen und schauen, ob es Ihre Schilderung des Gesprächs mit Mr. Barney zutreffend wiedergibt?« Ich schob das Blatt samt Stift unter der Glasscheibe durch.

Er sah kaum darauf. »So in etwa schon. Hey, Sie können ja toll Druckschrift schreiben.«

»Ich war ein As in der Grundschule«, sagte ich. »Dürfte ich Sie um Ihre Unterschrift bitten?«

»Wieso?«

»Damit wir eine schriftliche Zeugenaussage von Ihnen haben. Dann können wir vor Gericht Ihr Gedächtnis wieder auffrischen, falls Sie bis dahin etwas vergessen.«

Er kritzelte seine Unterschrift darunter und gab mir das Blatt zurück. »Fragen Sie mich ruhig noch mehr«, sagte er. »Ich sag' Ihnen alles.«

»Das ist nett. Vielen Dank. Wenn ich noch eine Frage habe, werde ich mich mit Ihnen in Verbindung setzen.«

Nachdem ich Curtis verlassen hatte, setzte ich mich in mein Auto. Ich beobachtete, wie die Polizeiwagen kamen und losfuhren. Das war einfach zu perfekt, um wahr zu sein. Da war dieser Curtis McIntyre, der munter Nägel zu Barneys Sarg lieferte, aber was er sagte, klang einfach nicht stimmig. David Barney weigerte sich, irgend etwas zu sagen, fast fünf Jahre nach der Tat und zwei Jahre nach seinem Freispruch. Nach dem, was Lonnie erzählte, war es schon ein Kraftakt gewesen, ihm auch nur die harmloseste Information aus der Nase zu ziehen. Wieso sollte er einem Tropf wie Curtis ein spontanes Geständnis ins Ohr flüstern? Ach ja, die Widersprüche der menschlichen Natur waren ein ewiges Rätsel. Ich ließ den Wagen an und fuhr vom Parkplatz.

Den Akten zufolge wohnte Isabelle Barneys Schwester, Simone Orr, noch immer auf dem Barneyschen Grundstück in Horton Ravine, einem der beiden Edel-Wohnviertel von Santa Teresa. Werbebroschüren des Verkehrsamts nennen Horton Ravine ein »funkelndes Juwel in parkartiger Umgebung«, woraus man entnehmen kann, wie dick solche Prospekte auftragen. Nach Norden hin ragen die Santa Ynez-Berge in den Himmel. Im Süden erstreckt sich der Pazifische Ozean. Das Panorama wird stets »atemberaubend«, »phantastisch« oder »einmalig« genannt.

Immobilienanzeigen, die diese Gegend preisen, strotzen von Worten wie »Lieblichkeit« und »Ruhe«. Jedem Substantiv ist ein Adjektiv beigefügt, das ihm das rechte Flair verleihen soll. Die »luxuriösen, gepflegten« Grundstücke sind groß, im Schnitt bestimmt fünf Morgen, mit Pferdekoppeln. Die »gediegenen, geräumigen« Häuser stehen ein gutes Stück abseits der Straße, die sich durch die mit Lorbeer, Platanen, immergrünen Eichen und Zypressen »gezierten« Hügel windet. Jede Menge *zieren* und *inmitten*.

Ich merkte, wie ich im Werbe-Jargon vor mich hin rhapsodierte, während ich meinen Weg suchte, die lange, geschwungene Zufahrt entlang, zu dem stattlichen, geschützten Portal dieses klassisch-mediterranen Anwesens mit seinem weiten Panorama-Blick auf die heiteren Berge und den glitzernden Ozean. Ich fuhr in den prächtigen Steinplatten-Hof und parkte meinen gebrauchten VW in einer Lücke zwischen einem Lincoln und einem Beamer. Ich stieg aus, betrat einen mauerumfriedeten Garten und ging den mosaikgepflasterten, überdachten Zugangsweg entlang. Das gesamte Vier-Morgen-Areal zierten vielfältige Stauden, üppige Farne und importierte Palmen, und dazu zwei Gärtner, die vierhundert Meter Schlauch herumschleppten.

Ich hatte mich bei Simone telefonisch angemeldet, und sie hatte mir genau erklärt, wie ich zu ihrem kleinen Häuschen kam, das auf dem unteren Grundstücksteil lag, inmitten üppiger Rasenflächen und diverser Nebengebäude wie Poolhäuschen und Geräteschuppen. Ich umrundete den Ostflügel des Hauses, das, wie mir erläutert worden war, von einem bekannten hiesigen Architekten stammte, dessen Namen ich noch nie gehört hatte. Ich überquerte die im spanischen Stil geflieste Terrasse mit individuell gestaltetem, schwarzgrundigem Pool, Lavagestein-Wasserfall, Planschbecken und Koi-Bassin, umgeben von niedrigen, perfekt gestutzten Lantana- und Eibenhecken. Ich ging eine Treppe hinunter und folgte einem Plattenweg zu einem an den Hügel gekauerten flachen Holzhäuschen.

Das Haus war winzig, bretterverschalt, mit einem steilen Schindeldach und einer Bohlenterrasse an drei Seiten. Außen war es shaker-blau, mit Weiß abgesetzt. Die höher gelegene Partie sämtlicher Außenwände bildeten Holzrahmen-Fenster. Die obere Hälfte der zweiteiligen Tür stand offen. In Santa Teresa kann der Dezember so sein wie in anderen Teilen der Staaten der Frühling – graue Tage, ein bißchen Regen, aber zwischendurch eine Menge blauer Himmel.

Ich blieb stehen, hingerissen von dem Anblick. Ich habe eine Schwäche für kleine, geschlossene Räume, eine kaum verhohlene

Sehnsucht nach der Rückkehr in den Mutterleib. Als ich nach dem Tod meiner Eltern zu meiner unverheirateten Tante kam, richtete ich mir in einem riesigen Karton ein eigenes Plätzchen ein. Ich war gerade erst fünf, aber ich erinnere mich noch, mit welcher Hingabe ich dieses kleine Wellpappe-Refugium einrichtete. Der Boden war mit Kopfkissen ausgelegt. Ich hatte eine Decke und eine Lampe mit einem dicken blauen Keramikfuß und einer Sechzig-Watt-Birne, die meine Höhle auf tropische Temperaturen aufheizte. Hier pflegte ich auf dem Rücken zu liegen und endlos Bilderbücher zu lesen. Meine Lieblingsgeschichte handelte von einem Mädchen, das einen winzigen Däumling namens Twig entdeckte, der in einer umgestülpten Tomatensaft-Dose lebte. Phantasien innerhalb der Phantasie. Ich kann mich nicht erinnern, daß ich geweint hätte. Vier Monate lang fraß ich mich durch meine aus der Bücherei geliehenen Bücher, ein kleines, geschlossenes System, dazu geschaffen, mit der Trauer fertig zu werden. Ich aß Käse- und Gürkchen-Sandwichs, wie sie meine Mutter gemacht hatte. Ich machte sie selbst, weil sie ganz richtig sein mußten. Manchmal nahm ich statt Käse Erdnußbutter, und das war gut. Meine Tante ging ihren eigenen Beschäftigungen nach und ließ mich ungestört meine Gefühle durcharbeiten. Meine Eltern starben am Memorial Day, Ende Mai. Im Herbst kam ich in die Schule ...

»Sind Sie Kinsey?«

Ich drehte mich um und sah die Frau an, als erwachte ich aus tiefem Schlaf. »Die bin ich. Und Sie sind wohl Simone?«

»Genau. Freut mich.« Sie hatte eine Gartenschere in der einen Hand und in der anderen einen flachen Korb voller frischgeschnittener Blumen, den sie jetzt absetzte. Sie lächelte kurz, während sie mir die Hand hinstreckte. Ich schätzte sie auf Ende dreißig bis Anfang vierzig. Sie war etwas kleiner als ich, breitschultrig und untersetzt, was sie jedoch durch ihre Kleidung geschickt kaschierte. Ihr Haar war rötlich-blond, an den Wurzeln eine winzige Nuance dunkler, schulterlang geschnitten und dauergewellt. Ihr Gesicht war breit, der Mund ebenfalls. Die Augen unscheinbar-blau, mit getuschten Wimpern und feinen, rötlichen Brauen. Sie trug ein

Ensemble in einem geometrischen Schwarz-Weiß-Muster: eine Jacke aus Waschseide über einer langen schwarzen Tunika und einen weiten Rock, der bis auf die schwarzen Wildlederstiefel reichte. Sie hatte kurze, stumpfe Finger und farblos lackierte Nägel. Sie trug keinen Schmuck und kaum Make-up. Ich merkte erst jetzt, daß sie sich auf einen Stock stützte. Ich sah zu, wie sie ihn von der einen Hand in die andere nahm. Sie suchte einen festen Stand und verlagerte einen Teil ihres Gewichts auf den Stock, während sie sich herunterbeugte, um den Korb zu ihren Füßen aufzunehmen.

»Die müssen ins Wasser. Kommen Sie rein.« Sie öffnete den unteren Teil der Tür, und ich folgte ihr.

Ich sagte: »Tut mir leid, daß ich Sie noch mal mit der Sache belästigen muß. Ich weiß, daß Sie vor ein paar Monaten mit Morley Shine gesprochen haben. Ich nehme an, Sie haben gehört, daß er tot ist.«

»Ich habe heute morgen den Nachruf in der Zeitung gelesen. Ich habe sofort bei Lonnie angerufen, und er meinte, Sie würden sich bei mir melden.« Sie ging hinüber zu der kleinen, gekachelten Küchentheke, die gleichzeitig als Arbeitsfläche und, im Verbund mit den beiden darunter verstauten Hockern, als Frühstücksbar diente. Sie hängte den Stock über die Kante, nahm einen durchsichtigen Glaskrug aus dem Schrank und füllte ihn mit Leitungswasser. Sie bündelte die Blumen zu einem hübschen Strauß, steckte ihn in die improvisierte Vase, stellte dann das ganze Arrangement auf die Fensterbank und trocknete sich die Hände an einem Handtuch.

»Setzen Sie sich doch«, sagte sie. Sie zog den einen Hocker hervor und ließ sich darauf nieder, während ich mir den anderen nahm.

»Ich werde mich bemühen, Ihre Zeit nicht allzu lange in Anspruch zu nehmen«, sagte ich.

»Hören Sie, wenn es dazu beiträgt, daß dieser Scheißkerl überführt wird, können Sie meine Zeit so lange in Anspruch nehmen, wie Sie wollen.«

»Ist das nicht ein bißchen ungemütlich, so auf demselben Grundstück zusammenzuleben, nur ein paar hundert Meter auseinander?«

»Das will ich hoffen«, sagte sie. Die tiefe Bitterkeit in ihrer Stimme schien sich sogar auf die Tonhöhe auszuwirken. Sie sah zu dem großen Haus hinüber. »Wenn es für mich ungemütlich ist, können Sie sich vorstellen, wie es erst für ihn sein muß. Ich weiß, es treibt ihm die Galle hoch, daß ich mich nicht vertreiben lasse. Nichts würde er lieber tun, als mich zu zwingen, von hier zu verschwinden.«

»Kann er das?«

»Nicht, solange ich noch ein Wörtchen mitzureden habe. Izzy hat mir das Häuschen vererbt. Das stand in ihrem Testament. Sie und Kenneth haben das Anwesen vor vielen Jahren gekauft. Sie haben ein kleines Vermögen dafür hingelegt. Als die Ehe zerbrach, fiel es im Zuge der Güteraufteilung ihr zu. Sie ließ es als ihr Alleineigentum eintragen, als sie David heiratete. Außerdem hat sie auf einem Ehevertrag bestanden.«

»Klingt sehr geschäftsmäßig. Hat sie das bei den anderen auch so gemacht?«

»Das brauchte sie nicht. Die ersten beiden hatten Geld. Kenneth war ihr zweiter Mann. Bei David war es anders. Jeder hat sie gewarnt, er sei hinter ihrem Geld her. Ich glaube, der Ehevertrag sollte der Beweis dafür sein, daß das nicht stimmte. Ein Witz.«

»Also hat er überhaupt keinen Anspruch auf dieses Haus?«

Simone schüttelte den Kopf. »Sie hat ihr Testament noch einmal geändert und ihm den lebenslangen Nießbrauch eingeräumt. Wenn er stirbt – was hoffentlich bald der Fall sein wird –, fällt es an seine Tochter Shelby. Das kleine Häuschen gehört mir – solange ich lebe natürlich nur. Wenn ich sterbe, fällt es in die Erbmasse zurück.«

»Und da haben Sie keine Angst?«

»Vor David? Nicht die geringste. Er ist einmal mit einem Mord davongekommen, aber der Mann ist ja nicht dumm. Er braucht doch weiter nichts zu tun als abzuwarten. Wenn er den Zivilprozeß gewinnt, gehört doch alles ihm, oder nicht?«

»Sieht so aus.«

»Vielleicht kommt er ja so rein wie eine Rose aus der ganzen Sache heraus. Warum in aller Welt sollte er das aufs Spiel setzen?

Wenn mir etwas zustößt, ist er doch der erste, den sie unter die Lupe nehmen.«

»Und wenn er verliert?«

»Ich vermute, daß er sich dann sofort in die Schweiz absetzen würde. Wahrscheinlich schafft er längst Geld beiseite. Er ist zu klug, um noch einen Mord zu begehen. Was würde ihm das nützen?«

»Aber wieso hat Isabelle das alles so arrangiert? Das heißt doch, das Schicksal herauszufordern. Soweit ich es verstehe, hat sie mit dem Ehevertrag und dem Testament geradezu den Kopf in die Schlinge gesteckt.«

»Sie hat diesen Mann geliebt. Sie wollte, daß für ihn gesorgt ist. Aber sie war auch realistisch. Er war ihr dritter Mann, und sie wollte nicht ausgenommen werden. Sehen Sie es doch mal von ihrem Standpunkt aus. Wenn Sie jemanden heiraten, denken Sie doch nicht, daß er Sie *umbringen* könnte. Sonst würden Sie ihn doch nie heiraten.« Ihr Blick wanderte zu ihrer Armbanduhr. »O je, fast eins. Ich weiß nicht, wie's Ihnen geht, aber ich sterbe vor Hunger. Haben Sie schon zu Mittag gegessen?«

»Kümmern Sie sich nicht um mich«, sagte ich. »Ich halte Sie bestimmt nicht mehr lange auf. Ich werde mir auf dem Rückweg ins Büro irgendwo ein paar Bissen genehmigen.«

»Aber es ist wirklich kein Problem. Bitte essen Sie doch mit mir. Ich mache nur Sandwiches. Ich würde mich freuen.«

Die Einladung klang aufrichtig, und ich lächelte. »Tja, dann nehme ich gern an.«

5

Sie ging auf die andere Seite in ihre Mini-Küche und begann, Lebensmittel aus dem Mini-Kühlschrank zu nehmen.

»Kann ich was helfen?«

»Nein, danke. Für zwei Leute ist gar kein Platz zum Hantieren. Die Männer sind immer froh darüber, es sei denn, Kochen ist ihre große Leidenschaft. In dem Fall übernehmen sie das Regiment, und ich setze mich dort drüben hin, wo Sie jetzt sitzen.«

Ich drehte mich auf meinem Hocker um und musterte den Raum in meinem Rücken. »Tolles Haus«, bemerkte ich.

Sie errötete geschmeichelt. »Gefällt's Ihnen? Isabelles Entwurf... der Start ihrer Karriere.«

»Sie war Architektin? Das wußte ich gar nicht.«

»Na ja, eigentlich nicht, aber sie hat sich als Architektin betätigt. Sehen Sie sich ruhig um. Es sind nur fünfunddreißig Quadratmeter.«

»Mehr nicht? Sieht größer aus.« Ich trat hinaus auf die Eingangsveranda, um das Verhältnis von Grundriß und Innenraum zu studieren. Da die Fenster weit offenstanden, konnte ich mich bequem weiter mit Simone unterhalten, während ich um das Häuschen herumging. Es wirkte wie eine Miniatur, ein kleines Spielhaus für Erwachsene. Es schien für allen Komfort gesorgt, ohne überflüssigen Luxus oder Platzverschwendung. Sogar ein kleiner Kaminabzug war da. Ich steckte den Kopf zum Fenster herein und sah den Mini-Kamin. Viele Flächen, darunter die Kaminplatte, die Fensterbänke und die Arbeitsplatten in der Küche, waren mit handgemalten blauweißen Blumen-Kacheln gefliest. »Wirklich wunderschön.«

Simone lächelte mich an.

Ich zog den Kopf wieder aus dem Fenster und umrundete den Garten. Jedes Sonnenfleckchen war mit Kräutern bepflanzt. Der Duft von Rosmarin und Thymian wehte zu mir herüber. Das Haus stand auf einer halbmondförmigen, grasbewachsenen Terrasse. Darunter fiel der Hang steil ab, zu einem Dickicht aus immergrüner Eiche und Chaparral. Der Blick ging bis zu den Bergen jenseits von Santa Teresa. Ich trat wieder durch die einzige Tür, die in die Küche führte. »Sie müssen mal zu mir kommen. Meine Wohnung ist von der Art her sehr ähnlich. Ein gemütliches kleines Versteck.«

Ich setzte meine Besichtigungstour fort, während sie ein paar Scheiben von einem Laib Weißbrot abschnitt. Mit wenigen Schritten durchmaß ich das ganze Haus. Die Möbel waren alt: ein roher Kiefernholztisch, zwei Stühle mit geflochtener Sitzfläche, ein Eckschrank mit welligen, blaugetönten Glasscheiben, ein Messingbett mit einer Patchwork-Tagesdecke in verschiedenen Weißtönen. Das kleine Bad war der einzige abgeschlossene Raum. Der Rest bestand im Grunde genommen in einem großen Zimmer mit verschiedenen Funktionsbereichen. Alles war offen, luftig, ordentlich, hell, jedes Detail war perfekt, wie eine Illustration in einem schicken Wohn-Magazin. Aus den vorderen und seitlichen Fenstern hatte man einen schönen Blick, während hinter dem Haus der Hang steil zum Haupthaus anstieg.

Ich zog mir einen Hocker an die Arbeitsfläche heran und sah zu, wie sie Sandwiches machte. Sie stellte Teller, Bestecke und blauweiße Stoffservietten vor mich hin. Ich deckte den Tisch. »Wie hat sie das hingekriegt, wenn sie keine Architektin war?«

»Sie hat eine Art unbezahlte Lehre bei einem hiesigen Architekten gemacht. Fragen Sie mich nicht, wie sie das geschafft hat oder warum er sich darauf einließ. Sie ist einfach hingegangen, wann es ihr paßte, und hat gemacht, wozu sie Lust hatte.«

»Kein schlechter Handel«, sagte ich.

»Dort hat sie auch David kennengelernt. Er hat in derselben Firma gearbeitet. Ihr Chef war Peter Weidmann. Haben Sie schon mit ihm gesprochen?«

»Nein, aber ich will gleich nachher zu ihm.«

»Oh, das ist gut. Er und Yolanda wohnen ganz in der Nähe. Nur eine Meile von hier. Er ist sehr nett, mittlerweile im Ruhestand. Er hat Isabelle eine Menge beigebracht. Sie war künstlerisch veranlagt, aber es fehlte ihr sehr an Disziplin. Sie war begabt, aber eine schreckliche Dilettantin – voller großartiger Ideen, aber extrem unzuverlässig, wenn es an die Umsetzung ging. Sie verlor immer sehr schnell das Interesse – bis sie hiermit anfing.«

»Was heißt ›hiermit‹?«

»Sie entwarf Mini-Häuschen. Meines war das erste. Irgendwie hat das *Santa Teresa Magazine* davon erfahren und eine Foto-Reportage gebracht. Die Resonanz war unglaublich. Alle wollten eins.«

»Für Gäste?«

»Oder für halbwüchsige Kinder, angeheiratete Verwandte, als Atelier oder als Refugium. Das Tolle ist ja, daß man sich so ein Häuschen einfach in eine Gartenecke stellen kann ... wenn man die Behördenfritzen rumkriegt. Sie und David sind aus Peters Firma ausgestiegen, als die Sache anlief. Sie haben sich selbständig gemacht und über Nacht ein Vermögen verdient. Alle Zeitschriften schrieben über sie, von den Schickeria-Magazinen bis zu den Massenblättern. *Architectural Digest*, *House & Garden*, *Parade*. Außerdem hat sie lauter Preise gewonnen. Es war wirklich verblüffend.«

»Und David? Welche Rolle spielte er dabei?«

»Ach, sie brauchte ihn. Sie war viel zu unpraktisch, was das Geschäftliche anging. Sie hatte die Ideen, machte die ersten Grobskizzen und die Rohentwürfe. David war ausgebildeter Architekt. Also war er für das Konkrete zuständig, die Zeichnungen, Pläne, Modelle, diese Dinge. Er machte auch die Werbung, die ganze Vermarktung ... die Knochenarbeit letztlich. Hat Ihnen das noch niemand erzählt?«

»Kein Wort«, sagte ich. »Ich habe Ken Voigt gestern abend zum ersten Mal getroffen, und er hat nur kurz über Isabelle gesprochen. Wie ich schon am Telefon sagte: Ich habe die Akten gelesen, aber die Einzelheiten kenne ich nicht. Wie stand Barney dazu, daß sie den ganzen Ruhm einheimste?«

»Wahrscheinlich hat es ihn geärgert, aber was sollte er machen? Er hat es nicht sonderlich weit gebracht. Und Peter Weidmann auch nicht.«

Simone kam jetzt mit einem Krug Eistee und einer Platte mit Sandwiches an den Tisch. Wir setzten uns zum Essen. Das grobe Brot war dünn geschnitten und gebuttert. Zwischen den Scheiben hingen grüne Blätter heraus wie Zierpflanzen über eine Gartenmauer.

»Brunnenkresse«, sagte sie, als sie meinen Blick sah.

»Oh, prima«, murmelte ich, aber es schmeckte tatsächlich gut – scharf und frisch. »Haben Sie vielleicht ein Foto von ihr?«

»Ja, natürlich. Augenblick, ich hole eins.«

»Bleiben Sie sitzen, das eilt nicht«, sagte ich mit vollem Mund, aber sie war schon auf dem Weg zu ihrem Nachttischchen. Gleich darauf kam sie mit einem Foto in einem silbernen Rahmen zurück.

Sie reichte mir das Bild und setzte sich wieder. »Wir waren Zwillingsschwestern. Zweieiig, nicht eineiig. Sie war neunundzwanzig, als es aufgenommen wurde.«

Ich studierte das Foto. Es war das erste, was ich von Isabelle Barney sah. Sie war hübscher als Simone. Sie hatte ein sanft gerundetes Gesicht und glänzendes, dunkles Haar, das ihr elegant auf die Schultern fiel und ihre breiten Wangenknochen in seidigen Strähnen umrahmte. Ihre Augen waren hellbraun. Sie hatte eine kräftige, kurze Nase und einen breiten Mund und war, wenn überhaupt, nur ganz dezent geschminkt. Sie trug offenbar eine Art T-Shirt mit weitem, rundem Ausschnitt, dunkelbraun wie ihr Haar. Ich nickte unwillkürlich. »Man sieht die Ähnlichkeit. Könnten Sie mir ein bißchen von Ihrer Familie erzählen?«

Ich gab ihr das Bild zurück, und sie stellte es am Tischende auf. Isabelle sah uns ernst zu, während wir weiterredeten. »Unsere Eltern waren beide Künstler und ein bißchen exzentrisch. Mutter hatte ererbtes Vermögen, so daß sie und Daddy nie viel tun mußten. Einmal sind sie im Sommer für einen Sechs-Wochen-Trip nach Europa gefahren und dann schließlich zehn Jahre dortgeblieben.«

»Was haben sie dort gemacht?«

Simone biß von ihrem Sandwich ab und kaute, ehe sie antwortete. »Sich herumgetrieben. Ich weiß es nicht. Sie sind gereist und haben gemalt und gelebt wie Bohemiens. Ich nehme an, sie haben am Rand der besseren Gesellschaft herumgelungert. Als freiwillige Exilanten, wie Hemingway. Bei Ausbruch des Zweiten Weltkrieges sind sie wieder in die Staaten zurückgekehrt und irgendwie in Santa Teresa gelandet. Ich glaube, sie hatten etwas darüber gelesen und gefunden, daß es nett klang. Mittlerweile wurde auch ihr Geld knapp, und Daddy befand, daß er sich besser um die Anlagen kümmern mußte. Er entpuppte sich als Finanzgenie. Als wir geboren wurden, schwammen sie schon wieder im Geld.«

»Wer war denn die Ältere, Sie oder Isabelle?«

Sie nahm einen Schluck von ihrem Eistee und tupfte sich den Mund mit der Serviette ab. »Ich war dreißig Minuten älter. Mutter war vierundvierzig, als wir zur Welt kamen, und niemand ahnte, daß sie Zwillinge bekommen würde. Sie war nie vorher schwanger gewesen und dachte, es seien die Wechseljahre, als ihre Periode ausblieb. Sie war bei den Christian Scientists und weigerte sich bis zum letzten Moment, einen Arzt aufzusuchen. Sie lag fünfzehn Stunden in den Wehen, bis sie Daddy endlich erlaubte, sie ins nächste Krankenhaus zu bringen. Sie war kaum dort, als ich kam. Sie wollte schon wieder vom Tisch hüpfen und nach Hause fahren. Sie dachte, es sei vorbei, und der Arzt dachte es auch. Er erwartete nur noch die Nachgeburt, als Isabelle dann auch noch kam.«

»Leben Ihre Eltern noch?«

Simone schüttelte den Kopf. »Sie sind beide im Abstand von einem Monat gestorben. Wir waren damals neunzehn. Im gleichen Jahr hat Isabelle zum ersten Mal geheiratet.«

»Sind Sie verheiratet?«

»Nein, danke. Ihre Ehen mitzuerleben, war für mich fast so, wie selbst verheiratet zu sein.«

»Voigt war ihr zweiter Mann?«

»Richtig. Der erste starb bei einem Bootsunfall.«

»Wie war das, Zwillingsschwestern zu sein? Waren Sie sich ähnlich?«

»Hm-mmm, überhaupt nicht. Du liebe Güte, verschiedener hätten wir gar nicht sein können. Isabelle hat das Talent geerbt und alle damit verbundenen Untugenden. Künstlerisch war sie enorm begabt, aber es fiel ihr alles so leicht, daß sie es überhaupt nicht ernst nahm. Sobald sie etwas konnte, verlor sie das Interesse. Zeichnen, Malen. Sie hat von allem ein bißchen gemacht. Schmuck, Plastiken. Sie hat Textilien entworfen und tolle Sachen gemacht, aber dann packte sie wieder die Unruhe. Sie war nie zufrieden. Immer wollte sie etwas anderes machen. In gewisser Weise haben die Mini-Häuser sie gerettet, obwohl sie vielleicht auch das gelangweilt hätte, wenn sie am Leben geblieben wäre.«

»Nach dem, was Ken mir sagte, hatte sie Probleme mit ihrem Selbstwertgefühl.«

»Unter anderem. Sie hatte alle möglichen Suchtneigungen. Sie rauchte. Sie trank. Sie nahm bei jeder Gelegenheit irgendwelche Pillen. Sie rauchte ihre zwei, drei Joints am Tag. Eine Zeitlang hat sie Trips eingeworfen.«

»Wie hat sie da noch gearbeitet? Mich würde das fix und fertig machen.«

»Es hat ihr nichts ausgemacht. Außerdem konnte sie sich das ganze Zeug locker leisten, was in gewisser Weise ein Unglück war. Sie brauchte nie wirklich zu arbeiten, weil wir Geld geerbt hatten. Zum Glück hat sie nie mit Kokain angefangen. Sonst hätte sie jeden Cent durchgebracht.«

»War es für Sie nicht sehr schwer, daß sie so unbeherrscht war?«

»Das war für uns alle schwer. Ich war immer die Solide – mütterlich, verantwortungsbewußt. Zumal wir ja noch sehr jung waren, als unsere Eltern starben. Isabelle heiratete, aber ich fühlte mich immer noch als ihre Mutter. Ich habe sie grenzenlos bewundert, aber sie war schwierig. Sie konnte keine dauerhaften Beziehungen eingehen. Sie hatte im täglichen Leben wenig zu geben. Sie war sehr egozentrisch. Immer nur ›ich, ich, ich‹.«

»Narzißtisch«, steuerte ich bei.

»Ja, aber ich will auch nicht, daß ein falscher Eindruck entsteht. Sie hatte auch wundervolle Eigenschaften. Sie war warmherzig und witzig und enorm intelligent. Sie war lustig. Sie genoß ihr Leben. Sie wußte sich zu amüsieren. In dieser Hinsicht habe ich eine Menge von ihr gelernt.«

»Erzählen Sie mir von David Barney.«

»David. Das ist ein harter Brocken«, sagte sie. Dann hielt sie einen Moment inne. »Ich will versuchen, fair zu sein. Ich würde sagen, er ist ein gutaussehender Mann. Charmant. Oberflächlich. Er und seine Frau sind aus Los Angeles hierhergezogen, als er in Peters Firma anfing.«

»Er war verheiratet?«

»Nicht lange.«

»Was ist aus seiner Ex-Frau geworden?«

»Laura? Die lebt immer noch irgendwo hier. Nachdem David sie sitzengelassen hatte, mußte sie arbeiten, wie alle anderen Ex-Gattinnen in dieser Stadt. Du lieber Gott, die Frauen werden doch heutzutage im Scheidungsfall übers Ohr gehauen. Für jeden Mann, der behauptet, daß er von einer Frau »ausgenommen« wurde, zeige ich ihnen auf der Stelle sechs, acht, zehn Frauen, die finanziell ›geleimt‹ wurden. Laura jedenfalls mit Sicherheit.«

»Erzählen Sie weiter.«

»Tja, also, David war ein Snob. Er hatte genauso wenig Lust, sich seine Brötchen zu verdienen, wie Isabelle. Nur, daß ihr die Arbeit als solche Spaß machte, und das war ja auch kein Wunder. Ich meine, sie war plötzlich berühmt, und sie genoß es in vollen Zügen. Er drängte sie, die Firma zu verkaufen, solange sie lief, bevor der Zenit überschritten wäre. Er hatte so einen blödsinnigen Plan im Kopf, irgend etwas mit Fertighäusern und Franchise-Firmen. Ich weiß nicht genau, was es war, aber sie fand es gräßlich. Inzwischen war sie sowieso enttäuscht von dieser Ehe. Sie fühlte sich unterdrückt und erstickt. Sie wollte da raus.«

»Im Scheidungsfall hätte die Firma doch wohl als gemeinsames Eigentum gegolten?«

»Sicher. Sie wäre aufgeteilt worden, und er hätte dumm dagestanden. Wozu brauchte sie ihn denn? Sie hätte leicht ein halbes Dutzend Männer gefunden, die ihn hätten ersetzen können, aber er umgekehrt nicht. Ohne sie war er aufgeschmissen. Aber wenn sie *starb*, würde die Firma ganz an ihn fallen ... so gut wie ganz. Isabelles Teil sollte zwar Shelby erben, aber von einer Vierjährigen hatte David ja nichts zu befürchten. An dem Punkt hatte Isabelle bereits so viele Rohentwürfe gezeichnet, daß er sich ein bequemes Leben machen konnte. Außerdem hat er wohl auf ihre Lebensversicherung spekuliert. Auch davon geht natürlich ein Teil an Shelby, aber er streicht immer noch ein hübsches Sümmchen ein.«

»Wenn er gewinnt«, sagte ich. »Wo steht das Haus, das er bei ihrer Trennung gemietet hat?«

Sie wedelte mit der Hand in Richtung Meer. »Vorn an der Ausfahrt links, dann eine halbe Meile weiter. Ein großes weißes Monstrum, eins dieser modernen Dinger aus Glas und Beton. Es ist so häßlich – Sie können es gar nicht verfehlen.«

»Kann man hinlaufen?«

»Sogar hinkriechen, wenn es sein muß.«

»Waren Sie hier in Ihrem Häuschen, als sie umgebracht wurde?«

»Ja, das schon, aber ich habe keinen Schuß gehört. Sie hatte mich vorher noch angerufen, um mich vorzuwarnen, daß die Seegers später kommen würden. Sie hatten ja Bescheid gesagt, daß sie eine Panne hatten, und sie wollte nicht, daß ich mir Sorgen machte, wenn ich noch Licht bei ihr sah. Wir haben ein Weilchen geschwatzt, und sie klang ganz munter. Sie war zu jener Zeit ja fix und fertig.«

»Wegen seiner Aufdringlichkeit?«

»Und wegen der Streitereien und der Drohungen. Ihr Leben war ein einziger Alptraum, aber sie freute sich auf San Francisco, auf ein bißchen Ablenkung – Einkaufen, Theater, Essengehen.«

»Um wieviel Uhr haben Sie mit ihr gesprochen?«

»Ich glaube, so um neun. Jedenfalls noch nicht sehr spät. Isabelle war eine Nachteule, aber sie wußte, daß ich normalerweise um zehn im Bett lag. Daß etwas nicht stimmte, merkte ich erst, als Don Seeger rüberkam. Er meinte, sie seien besorgt, weil Isabelle nicht aufmachte. Der Spion sei abmontiert und das Loch sehe versengt aus. Ich warf mir einen Morgenrock über, nahm meinen

Schlüssel und ging mit ihm rüber zum Haupthaus. Wir nahmen die Hintertür und fanden Isabelle in der Diele. Ich war wie erstarrt. Völlig betäubt. Gefroren. Es war furchtbar, die schrecklichste Nacht meines Lebens.« Ich sah zum ersten Mal Tränen in ihren Augen, und ihr Gesicht war schmerzverzerrt. Sie kramte in ihrer Tasche nach einem Taschentuch und schneuzte sich. »Entschuldigung«, murmelte sie.

Ich musterte sie einen Moment. »Und Sie glauben also, daß er sie erschossen hat?«

»Ohne jeden Zweifel. Ich weiß nur nicht, wie Sie das beweisen wollen.«

»Ich auch nicht«, sagte ich.

Es war 14 Uhr 34, als ich mich von Simone verabschiedete und zu meinem Wagen zurückging. Vom Meer her zog Nebel auf. Das Nachmittagslicht war schon dämmrig grau, und die Luft war kalt. Mich überkam ein unbehagliches Gefühl, als ich am Haupthaus vorbei mußte. Ich warf einen raschen Blick auf die Fenster zur Hofseite. Im Wohnzimmer brannte Licht, während oben alles dunkel war. Niemand schien mich zu bemerken. Der BMW stand noch am selben Platz. Der Lincoln war weg. Ich schloß meinen Wagen auf und rutschte auf den Sitz. Ich steckte den Schlüssel ins Zündschloß und musterte noch einmal das Haus.

Auf dieser Seite hatte das Obergeschoß eine Loggia, deren rotes Ziegeldach auf einer Reihe weißer Säulen ruhte. Ein Klettergewächs hatte sich die Stützen emporgerankt und zog sich die überhängende Dachkante entlang, filigranes Grün mit weißen Blüten, wahrscheinlich wohlduftend. Der Schatten des Balkons zerschnitt die Eingangstür in zwei Hälften, und die Sicht wurde zudem durch das Geäst der immergrünen Eichen behindert, die sich in dem mauerumfriedeten Vorgarten drängten. Da sich die Zufahrt in einem steilen Bogen hinaufzog, war das Haus selbst von der Straße unten nicht sichtbar. Ein Passant hätte vielleicht jemanden kommen oder gehen sehen können, aber wer war schon nachts um halb zwei unterwegs? Teenager vielleicht, auf dem Heimweg von einer abendlichen Unternehmung. Ich fragte mich, ob es an dem bewußten Abend vielleicht ein Konzert oder ein Theaterstück gegeben hatte, irgendeine Wohltätigkeitsveranstaltung, die die Bewohner der Gegend bis nach Mitternacht hätte aus dem Haus locken können. Ich würde noch einmal die Zeitungen durchsehen müssen. Isabelle war in der Nacht nach Weihnachten erschossen worden, was die Chancen nicht gerade erhöhte. Die Tatsache, daß sich nie jemand gemeldet hatte, machte die Existenz eines Augenzeugen ziemlich unwahrscheinlich.

Ich ließ den Wagen an, legte den Rückwärtsgang ein und bog scharf nach links, damit ich die Ausfahrt vorwärts nehmen konnte. David Barney hatte behauptet, zur Tatzeit eine nächtliche Jogging-Runde gedreht zu haben. Joggen um halb zwei Uhr morgens, in einer stockfinsteren Gegend. Horton Ravine war weitestgehend ländlich – unbeleuchtete waldige Straßenabschnitte und Gehwege. Niemand konnte seine Aussage bestätigen, aber es konnte sie auch niemand widerlegen. Es erleichterte die Sache nicht gerade, daß die Polizei bislang nichts zutage gefördert hatte, was Barney in irgendeiner Weise mit dem Tatort in Verbindung gebracht hätte. Keinen Zeugen, keine Waffe, keine Fingerabdrücke. Wie wollte Lonnie den Kerl drankriegen, wenn er keinerlei Munition hatte?

Ich ließ den VW die Zufahrt hinunterrollen und bog links ab. Ich hielt ein Auge auf den Meilenzähler und das andere auf die Straße und fuhr an etlichen Häusern vorbei, bis ich sah, was ich suchte – das Haus, das David Barney gemietet hatte, nachdem er bei Isabelle ausgezogen war. Es war das architektonische Äquivalent zu einem Zirkuszelt: weißer Gußbeton, mit einem Dach aus keilförmigen Teilen, das sich von einem Mittelpfeiler nach außen spannte. Jedes Dreieck wurde von drei buntgestrichenen Metallstützen getragen. Die meisten Fenster waren unregelmäßig geformt, eigens darauf angelegt, einen bestimmten Ausschnitt des Seeblicks einzufangen. Ich vermutete, daß die Fußböden aus rohem Estrich und die Wasser- und Heizungsrohre offen sichtbar waren. Dazu noch ein paar Trennwände aus Wellplastik und ein Innenhof mit Kunstrasen, und es war genau die Sorte Haus, die *Metropolitain Home* als »geradlinig«, »kompromißlos« oder auch »genial-ikonoklastisch«

bezeichnen würde. »Gnadenlos ungemütlich« träfe es auch. Man muß nur genügend Geld dafür hinlegen, und alles gilt als geschmackvoll.

Ich stellte meinen Wagen auf dem Randstreifen ab und marschierte die Straße entlang zurück. In genau sieben Minuten war ich bei Isabelles Einfahrt angelangt. Bis zum Haus waren es höchstens noch einmal fünf. Wenn man die Strecke nachts zurücklegte und nicht gesehen werden wollte, mußte man sich in die Büsche drücken, wenn ein Auto vorbeikam. Zu Fuß würde einem so spät wohl niemand begegnen. Als ich zu meinem Wagen zurückging, sah ich wieder auf die Uhr. Acht Minuten diesmal, aber ich hatte mich auch nicht beeilt. Ich notierte mir die Namen auf den Briefkästen an der Straße. Vielleicht wußten die Nachbarn irgend etwas, was uns weiterhalf. Um das herauszufinden, würde ich Klinken putzen müssen.

Ich hatte mich für halb vier bei den Weidmanns angemeldet. Also blieben mir noch zwanzig Minuten. Bei den meisten Aufträgen, die ich übernehme, geht es darum, Übeltäter aufzustöbern: Einbrecher, abgetauchte Schuldner, Unterschlagungstäter, Schwindler, Versicherungsbetrüger. Gelegentlich forsche ich auch nach vermißten Personen, aber das Vorgehen ist immer mehr oder weniger gleich: als ob man an einem gestrickten Teil herumzupft, bis man ein loses Fadenende gefunden hat. Man muß nur an der richtigen Stelle ziehen, und das ganze Ding ribbelt sich auf. Aber das hier war etwas anderes. Diesmal war der Bösewicht bekannt. Die Frage war nicht, wer es war, sondern, wie man ihn zur Strecke bringen konnte. Morley Shine hatte schon ausgiebige (wenn auch schlampig durchgeführte) Ermittlungen angestellt und keinerlei Ergebnis zutage gefördert. Jetzt war ich dran, aber was blieb mir noch zu tun? Ich kritzelte auf meinem Notizblock vor mich hin, in der Hoffnung auf einen Geistesblitz. Die meisten meiner Kritzeleien sahen aus wie dicke, fette Gänseeier.

6

Es ist eine langjährige Beobachtung von mir, daß sich die reichen Leute in zwei Gruppen unterteilen: die, die haben, und die, die mehr haben. Was nützt einem der ganze schöne Status, wenn man sich nicht anderen aus der eigenen Peer-Group überlegen fühlen kann? Daß die Reichen ihren eigenen Club bilden, heißt noch lange nicht, daß sie den Wunsch aufgegeben haben, etwas Besonderes zu sein. Nur ist der Kreis der Auserwählten erlesener, sind die Maßstäbe exotischer. Ein Punkt ist die Bewertung des Immobilieneigentums. Villen – von den Einfamilienhäuschen der mittleren Einkommensschichten leicht zu unterscheiden – lassen sich ihrerseits anhand einiger leicht zu merkender Kriterien weiter klassifizieren. Zunächst sind da Größe und Lage des Anwesens zu berücksichtigen. Dann gilt: je länger die Zufahrt, desto mehr Punkte. Das Vorhandensein eines privaten Wachmanns oder eines Rudels scharfer Hunde zählt natürlich mehr als eine schlichte elektronische Alarmanlage, es sei denn, es handelt sich um ein extrem raffiniertes System. In Rechnung zu stellen sind ferner Faktoren wie Gästehäuser, stachelbewehrte Tore, reflektierende Bassins, kunstvoll beschnittene Bäume und Büsche sowie eine üppige Außenbeleuchtung. Natürlich variieren die Punktzahlen von Ort zu Ort, aber keine dieser Kategorien darf bei der Einstufung einer Person ganz außer acht gelassen werden.

Die Weidmanns wohnten an der Lower Road, einer der weniger angesehenen Adressen in Horton Ravine. Trotz des gehobenen Flairs der Gegend war die Hälfte der Häuser ziemlich banal. Das der Weidmanns war ein eher unscheinbarer, einstöckiger, blaßgrüner Steinbau mit schmiedeeisernen Vordachträgern und einem Kunststein-Flachdach. Das Grundstück war groß und hübsch gestaltet, aber das Haus stand zu dicht an der Straße, um viel herzumachen. Angesichts der Tatsache, daß Peter Weidmann Architekt war, hatte ich mehr erwartet: eine aufwendige Außengestaltung, einen Vergnügungspavillon oder einen Hallenpool, irgendwelche Extras, die das ganze Spektrum seiner fachlichen Fähigkeiten demonstrierten. Aber vielleicht war ja genau das der Fall.

Ich parkte auf einem Asphaltstreifen neben dem Haus, ging zum Eingang, klingelte und wartete. Ich hatte mit einem Dienstmädchen gerechnet, aber Mrs. Weidmann öffnete mir selbst. Sie war wohl in den Siebzigern und trug einen flotten schwarzen Velours-Jogginganzug und Rockport-Laufschuhe.

»Mrs. Weidmann? Ich bin Kinsey Millhone«, sagte ich, während ich ihr höflich die Hand hinstreckte.

Sie schien durch meine Geste völlig aus dem Konzept, und es verging ein ziemlich peinlicher Moment, ehe sie mir schließlich die Hand gab. Da lag etwas in ihrem Zögern – Mißfallen oder Ziererei –, das mich innerlich die Stacheln aufstellen ließ. Ihr Haar war eine steife, platinblonde Kappe. Der Mittelscheitel teilte es vorn in zwei starre, widderhornähnliche Kringel. Sie hatte Tränensäcke und Hängelider, was bewirkte, daß die Iris nur noch als Andeutung von Blau erkennbar war. Ihre Haut war pfirsichfarben, ihre Wangen leuchteten pink. Sie sah aus, als hätte sie sich gerade erfolglos einem Streß-Test unterzogen, aber bei näherem Hinsehen erwies sich, daß sie lediglich Make-up und Rouge in einem für ihren Typ viel zu intensiven Ton aufgelegt hatte.

Sie starrte mich an, als wartete sie darauf, daß ich ihr etwas aufzuschwatzen versuchte. »Worum ging es doch gleich? Ich fürchte, es ist mir entfallen.«

»Ich arbeite für Lonnie Kingman, dem Anwalt von Kenneth Voigt im Prozeß gegen David Barney –«

»Ach, ja! Natürlich. Sie wollten mit Peter sprechen, wegen dieser Mordgeschichte. Schrecklich. Sagten Sie nicht, dieser Mann sei gestorben? Wie hieß er doch gleich, dieser Detektiv...« Sie tippte sich mit den Fingern auf die Stirn, als wollte sie ihren Denkapparat stimulieren.

»Morley Shine«, sagte ich.

»Richtig.« Sie senkte die Stimme. »Ein fürchterlicher Mensch. Ich konnte ihn gar nicht leiden.«

»Ach«, sagte ich, innerlich in Verteidigungsstellung gehend. Ich hatte Morley immer für einen guten Detektiv und außerdem für einen netten Menschen gehalten.

Sie rümpfte die Nase, und ihre Mundwinkel verzogen sich nach oben. »Er roch so merkwürdig. Ich bin sicher, der Mann hat getrunken.« Ihre Miene war ein festgefrorenes gequältes Lächeln tiefster Mißbilligung. Das Alter spielt dem menschlichen Gesicht böse Streiche: alle unsere unterdrückten Gefühle kommen zum Vorschein und erstarren zu einer Maske. »Er war mehrmals hier und hat uns lauter alberne Fragen gestellt. Ich hoffe, Sie haben das nicht auch vor.«

»Ich werde Sie ein paar Dinge fragen müssen, aber ich denke, ich werde Ihnen nicht allzu sehr zur Last fallen. Darf ich reinkommen?«

»Natürlich. Entschuldigen Sie meine schlechten Manieren. Peter ist im Garten. Wir können ja draußen plaudern. Ich wollte gerade los, um meine tägliche Runde zu gehen, als Sie geläutet haben, aber das hat auch noch Zeit bis gleich. Tun Sie etwas für Ihre Fitneß?«

»Ich jogge.«

»Joggen ist ganz schlecht. Diese harten Stöße sind Gift für die Knie«, sagte sie. »Gehen ist das einzig Wahre. Ich bin bei Doktor Julian Clifford ... Kennen Sie ihn?«

Ich schüttelte den Kopf.

»Ein phantastischer Orthopäde. Und außerdem ein Nachbar und sehr guter Freund von uns. Ich weiß gar nicht, *wie* oft er mir erklärt hat, was diese Leute anrichten, die meinen, sie müßten unbedingt joggen. Einfach absurd.«

»Ach«, sagte ich kleinlaut.

Sie redete im selben Tonfall weiter, argumentierte, obgleich ich ihr gar nichts entgegensetzte. Ich hatte nicht die Absicht, mein Fitneß-Programm wegen einer Person zu ändern, die der Meinung war, daß Morley gestunken hatte. Ihre Schuhe machten keinerlei Geräusch, als wir durch die marmorgeflieste Diele und den Gang zu den hinteren Räumen gingen. Während das Haus von außen streng im Ranch-Stil der fünfziger Jahre gehalten war, herrschte innen orientalisches Gepränge: Perserteppiche, Seiden-Wandschirme, üppig verzierte Spiegel, eine schwarze, mit Perlmutt eingelegte Lackkommode. Zwei identische Cloisonné-Vasen, groß wie Schirmständer. Viele Dinge traten paarweise auf und flankierten irgendeine groteske Scheußlichkeit.

Ich folgte ihr durch die Küche und zur Hintertür hinaus auf eine Betonterrasse, die sich über die gesamte Breite des Hauses zog. Vier flache Stufen führten hinunter zu einem gepflasterten Weg durch einen kleinen Ziergarten. Weiter hinten sah ich ein waldiges Stück, gesprenkelt mit Giftpilzen, die teils einzeln, teils in Hexenringen standen. Es roch dumpf nach Moos und vermodertem Laub. Ein paar Vögel hockten verloren in den Baumkronen und sangen verzweifelt gegen den nahenden Winter an.

Die Terrassenmöbel waren aus Schmiedeeisen, und der Markisenstoff der Sitzpolster war ausgeblichen. Peter Weidmann hielt gerade ein Nickerchen, ein dickes Buch aufgeschlagen auf dem Schoß. Ich hatte es kürzlich in einer Buchhandlung gesehen: Teil Eins der öden Autobiographie irgendeiner prominenten Persönlichkeit, »aufgezeichnet« von einem Schriftsteller, den sie angeheuert hatten, um dem Ganzen einen Hauch von Intelligenz zu verleihen. Wie es schien, hatte Weidmann es bis etwa Seite fünf geschafft. Rings um seinen Stuhl lagen Zigarettenkippen. Wahrscheinlich durfte er im Haus nicht rauchen.

Er wirkte wie jemand, der sein ganzes Leben im Busineß-Anzug zugebracht hat. Jetzt, im Ruhestand, trug er dunkle, steife Jeans und ein kariertes Flanellhemd, noch mit den Verpackungsknicks. Die beiden obersten Knöpfe standen offen und enthüllten ein Stück seines weißen Unterhemds. Warum wirken solche Männer in Freizeitkleidung so verletzlich? Er hatte ein schmales Gesicht mit schwarzen, struppigen Augenbrauen und kurzgeschorenes weißes Haar. Er und Yolanda hatten nach fünfzig Ehejahren ein Stadium erreicht, in dem sie eher wie seine Mutter denn wie seine Frau aussah.

»Das nennt sich aktiver Ruhestand«, sagte sie lachend. »Ich würde mich auch gern zur Ruhe setzen, aber ich war ja nie berufstätig.« Ihr Ton war scherzhaft, die Bemerkung bitter. Der gespielte Humor vermochte die Schärfe nicht recht zu überdecken. Sie stupste ihn an der Schulter, offensichtlich erfreut, daß sie einen Grund hatte, ihn aufzustören. »Da ist jemand für dich, Peter.«

»Ich kann ja später noch einmal wiederkommen. Sie brauchen ihn nicht zu wecken.«

»Das macht ihm nichts aus. So schwer hat er heute noch nicht gearbeitet.« Sie beugte sich dicht über ihn: »Peter.«

Er schreckte hoch, desorientiert und verstört ob der jähen Stimme an seinem Ohr.

»Wir haben Besuch. Es geht um Isabelle und David. Diese junge Dame hier ist Mr. Kingmans Sekretärin.« Sie wandte sich in einem Anfall plötzlicher Besorgnis zu mir um. »Ich hoffe, das ist richtig. Sie sind doch nicht selbst Juristin, oder?«

»Ich bin Privatdetektivin.«

»Sie sahen mir auch nicht wie eine Juristin aus. Wie war doch gleich Ihr Name?«

Mr. Weidmann legte sein Buch weg und stand auf. Er hielt mir die Hand hin. »Peter Weidmann.«

Wir begrüßten uns. »Ich bin Kinsey Millhone. Tut mir leid, daß ich Sie gestört habe.«

»Das macht nichts. Möchten Sie einen Kaffee oder eine Tasse Tee?«

»Nein, danke, im Moment nicht.«

Yolanda sagte zu ihm: »Es ist viel zu kalt, um hier draußen zu sitzen.« Und dann zu mir: »Er hatte diesen Winter schon zwei Infekte, und noch einmal will ich das nicht mitmachen. Ich war fix und fertig von dem ganzen Gerenne und Gemache. Männer sind wie kleine Kinder, wenn sie krank sind.« Dabei zwinkerte sie mir zu. Falls Peter sich ärgerte, würde sie behaupten, sie hätte doch nur Spaß gemacht.

»Ich fürchte, ich bin kein sehr angenehmer Patient«, sagte er.

»Das gehört ja auch nicht unbedingt zu den Dingen, in die man seinen Ehrgeiz setzen sollte«, sagte ich.

Er deutete in Richtung Haus. »Wir können uns ja in meinem Arbeitszimmer unterhalten.«

Wir marschierten als kleine Prozession zurück ins Haus, wo es nach der feuchten Luft draußen beinahe stickig war. Das Arbeitszimmer war klein, und die Möbel wirkten ähnlich heruntergekommen wie die draußen auf der Terrasse. Ich hatte den Verdacht, daß das Haus in »seinen« und in »ihren« Bereich aufgeteilt war. »Ihr« Teil war wohlausgestattet – teuer, überladen, vollgepfropft mit Dingen, die sie wahrscheinlich auf Reisen zusammengesammelt hatten. Yolanda okkupierte das Wohnzimmer, das offizielle Eßzimmer, die Küche, das Frühstückszimmer und vermutlich auch sämtliche Bäder, das Gästezimmer und das Schlafzimmer. Ihm ließ sie die hintere Terrasse und das Arbeitszimmer, wo er sorgsam alles hortete, was sie wegzuwerfen drohte.

Als wir das holzgetäfelte Arbeitszimmer betraten, begann sie sofort, wegen des Zigarettengeruchs mit den Händen zu wedeln und angeekelt das Gesicht zu verziehen. »Um Himmels willen, Peter, das ist ja gräßlich. Ich verstehe nicht, wie du das aushältst.« Sie ging zum Fenster, stieß es auf und fächelte mit einer Zeitung, die sie sich gegriffen hatte, Luft herein.

Ich stehe zwar auch nicht gerade auf Zigarettenrauch, aber angesichts ihres Affentheaters fand ich mich plötzlich auf seiner Seite. »Lassen Sie nur. Es stört mich nicht«, sagte ich.

Sie nahm mit spitzen Fingern einen Aschenbecher und zog eine Grimasse. »Auch wenn es Sie nicht stört – es ist ekelhaft«, sagte sie. »Ich hole schnell den Geruchvertilger.« Sie ging aus dem Zimmer und nahm den anstößigen Aschenbecher mit. Der Spannungspegel fiel um einen Strich. Ich wandte meine Aufmerksamkeit der Wand über dem Kamin zu, wo lauter gerahmte »Star«-Fotos hingen. Ich trat näher heran, um sie mir genauer anzusehen. »Sind Sie das?«

»Hauptsächlich«, sagte er.

Da war Peter Weidmann mit dem Bürgermeister bei einem feierlichen ersten Spatenstich, Isabelle Barney im Hintergrund, Peter bei einem Bankett, wo er eine Art Urkunde erhielt, Peter auf einer Baustelle, zusammen mit dem Chef der Baufirma. Dieses Bild war offenbar in der Lokalzeitung erschienen, denn jemand hatte den Druck ausgeschnitten, gerahmt und neben das Original gehängt. Der Unterschrift zufolge handelte es sich um die Einweihung eines neuen Erholungszentrums. Aus den Autos im Hintergrund schloß ich, daß die Mehrzahl der Fotos aus den frühen siebziger Jahren stammte. Neben den öffentlichen und gewerblichen Projekten hingen da auch Bilder von Wohnhäusern. Zwei Fotos zeigten drittklassige »Filmstars«, deren Domizile er offenbar entworfen und gebaut hatte. Ich nahm mir einen Moment Zeit, um die ganze Galerie zu studieren, ebenso interessiert an Isabelle wie an ihm. Ich sehe gern Leute bei der Arbeit. Das Berufsleben bringt Seiten von uns zum Vorschein, die niemand erahnen würde, der uns nur im »zivilen« Rahmen erlebt.

Mit Helm und Overall wirkte Peter jung und sehr selbstsicher. Das kam nicht nur daher, daß die Bilder schon etliche Jahre alt waren. Es mußte der Höhepunkt seiner Karriere gewesen sein, die Zeit, als alles lief. Er hatte an großen Projekten gearbeitet. Er mußte Anerkennung bekommen, Einfluß, Geld und Freunde gehabt haben. Er wirkte glücklich. Ich sah auf den Mann neben mir, der im Vergleich dazu so dumpf wirkte.

Ich ertappte ihn dabei, wie er auf meine Reaktion lauerte. »Toll«, sagte ich.

Er lächelte. »Ich habe viel Glück gehabt.« Er zeigte auf eines der Fotos. »Sam Eaton, der Senator«, sagte er. »Ich habe ein Haus für ihn und seine Frau Mary Lee gebaut. Das hier ist Harris Angel, der Hollywood-Produzent. Sie haben sicher schon von ihm gehört.«

Ich sagte: »Der Name kommt mir bekannt vor«, obgleich das ganz und gar nicht stimmte.

Yolanda kam mit dem Geruchvertilger zurück. »Maria hat ihn ausgerechnet in den Kühlschrank gestellt«, sagte sie. Sie stellte ihn auf den Tisch und nahm die Kappe ab. Als sich die Duftmischung aus WC-Reiniger und Schuhcreme breitmachte, sehnte ich mich förmlich nach dem kalten Zigarettenqualm.

Ich überflog rasch den Rest des Zimmers. Ein Stapel Zeitungen auf dem Fußboden neben Peters Ledersessel, ein kleinerer Stapel auf der Ottomane, auf dem Tischchen Zeitschriften und Ränder von Geschirr. Ein großer Holztisch stand unter den Fenstern, die zum Garten hinausgingen. Darauf eine alte Reiseschreibmaschine, ein Stapel Bücher und ein zweiter Aschenbecher voller Kippen. Vor dem Tisch ein alter Eßzimmerstuhl und daneben ein zweiter Stuhl, vollgepackt mit Taschenbüchern. Der Papierkorb war voll.

Sie registrierte meinen Blick. »Er arbeitet an einer Baugeschichte von Santa Teresa.« Ich merkte plötzlich, daß sie bei aller Feindseligkeit auch stolz auf ihn war.

»Klingt interessant.«

»Ist nur so eine Spielerei von mir«, warf er ein.

Sie mußte wieder lachen. »Ich kann ihm Arbeit genug geben, wenn er das über hat. Setzen Sie sich doch, falls Sie ein Plätzchen finden. Ich hoffe, Sie können Unordnung verkraften. Ich lasse nicht mal mehr die Putzfrau hier herein. Es ist zu verkommen. Sie kann das ganze Haus in der Zeit machen, die sie bräuchte, um in diesem einen Raum Ordnung zu schaffen.«

Er lächelte verlegen. »Ach, Yolanda, sei nicht ungerecht. Ich mache ja selbst sauber ... manchmal sogar zweimal im Jahr.«

»Dieses Jahr aber nicht«, gab sie ihm eins drauf.

Er ließ das Thema fallen. Er räumte seinen Ledersessel für sie frei und zog für mich einen Eßzimmerstuhl heran. Ich schob ein paar Ordner beiseite, um Platz zum Sitzen zu schaffen.

»Legen Sie die Ordner einfach auf den Boden«, sagte sie.

»Es geht schon.« Ich war das Spielchen langsam leid – ihre Angriffe, seine willige Unterwerfung, meine Pro-Forma-Beteuerungen. »Wollten Sie nicht eine Runde gehen? Ich möchte Sie nicht davon abhalten.«

Ihr Gesichtsausdruck änderte sich. Bei aller Kratzbürstigkeit war sie doch selbst schnell gekränkt. »Natürlich kann ich gehen, wenn ich hier störe.«

»Aber nicht doch. Bleib hier«, sagte er. »Sie ist sicher gekommen, um mit uns beiden zu reden.«

»Wir könnten vielleicht einen Sherry trinken«, sagte sie zögernd.

Er wies auf ihren Stuhl. »Ich mache das schon. Setz du dich einfach nur hin.«

»Bitte machen Sie sich keine Mühe. Ich muß gleich noch woanders hin.« Das stimmte zwar nicht ganz, aber ich war mir nicht sicher, wieviel ich noch verkraften konnte. Ich nahm mein Notizbuch aus der Handtasche und blätterte darin herum. »Lassen Sie mich rasch ein paar Fragen stellen, dann verschwinde ich wieder. Ich möchte Ihre Zeit nicht länger beanspruchen als unbedingt nötig.«

Peter ließ sich in einen Sessel sinken. »Worum genau geht es noch mal?«

Yolanda drehte einen ihrer Ringe so, daß der rautenförmige Diamant genau auf der Mitte des Fingers saß. »Sie müssen Peter entschuldigen. Ich habe es ihm ja erst zweimal erklärt.«

»Es geht um die Weiterführung von Morley Shines Ermittlungen«, sagte ich, ihr weiter keine Beachtung schenkend. »Kurz gesagt – wir versuchen, die Klage zu untermauern. Hatten Sie an dem Tag, als Isabelle starb, mit ihr oder David Kontakt?«

Er sagte: »Ich erinnere mich nicht genau, aber es ist wohl eher unwahrscheinlich.«

»Es ist allerdings unwahrscheinlich. Du warst damals gerade im Krankenhaus, weißt du das nicht mehr? Dein Herzinfarkt war am fünfzehnten Dezember. Du warst bis zum zweiten Januar im St. Terry. Ich hatte Angst, dir von der Sache mit Isabelle zu erzählen, weil ich nicht wollte, daß du dich aufregst.«

In seinen Augen regte sich nichts. »Das stimmt wohl. Ich habe ganz vergessen, daß das alles zur gleichen Zeit war«, sagte er zu ihr. Und dann zu mir: »Sie waren damals schon aus der Firma ausgestiegen und hatten sich selbständig gemacht.«

»Und so viele Kunden mitgenommen, wie sie nur konnten«, warf sie scharf dazwischen.

»Hat es deswegen böses Blut gegeben?«

Yolanda fummelte verkniffen an ihrem Ring herum. »Wenn Sie ihn fragen, selbstverständlich überhaupt nicht, aber natürlich war es so.«

»Aber Yolanda, das stimmt nicht. Ich habe ihr alles Gute gewünscht.«

»Peter haßt Konflikte. Er würde nie jemanden offen zur Rede stellen, schon gar nicht jemanden wie sie. Nach allem, was er für sie getan hatte.«

»Soweit ich weiß, hatte Isabelle die Idee mit den Mini-Häuschen, während sie noch für Sie arbeitete.«

»Das ist richtig.«

»Und die ... wie sagt man ... Urheberrechte? Gehört die Idee in dem Fall nicht Ihnen?«

Peter setzte zu einer Antwort an, aber Yolanda fuhr dazwischen. »Natürlich. Aber er hat sie nicht einmal dieses Formular unterschreiben lassen. Diese Frau hat einfach alles an sich gerafft. Er war nicht bereit, sich durchzusetzen, obgleich ich ihn angefleht habe. Isabelle hat ihn um Millionen geprellt – buchstäblich Millionen ...«

Ich formulierte meine nächste Frage bedachtsam. Mir war klar, daß Peter viel zu rücksichtsvoll war, um mir irgendwie weiterhelfen zu können. Aber Yolanda, die Giftspritze, würde mir bestimmt von Nutzen sein, wenn ich es richtig anpackte. »Sie waren wohl ziemlich wütend.«

»Ich hatte auch allen Grund. Sie war ein verwöhntes, verzogenes –« Sie biß sich auf die Lippen.

»Nur weiter«, sagte ich.

»Yolanda«, sagte Peter mit einem warnenden Blick.

Sie nahm sich zusammen. »Ich will nicht schlecht über sie reden.«

»Das kann ihr nichts mehr anhaben. Wenn ich es richtig sehe, war sie maßlos –«

»Maßlos ist gar kein Ausdruck. Sie war schlichtweg ein Luder!«

Peter beugte sich zu seiner Frau. »Ich denke, wir sollten nicht zulassen, daß so ein einseitiges Bild von ihr entsteht. Du konntest sie vielleicht nicht leiden, aber sie *hatte* Talent.«

»Ja, das hatte sie«, sagte Yolanda errötend. »Und ich glaube – um gerecht zu sein –, daß sie für ihre Probleme zum Teil nichts konnte. Manchmal tat sie mir richtig leid. Sie war neurotisch und überspannt. Diese Frau hatte alles, nur glücklich war sie nicht.

David hat sich an ihr festgebissen wie ein Parasit und sie ausgesaugt.«

Ich wartete, daß noch mehr käme, aber sie schien ihr Pulver verschossen zu haben. Ich sah Peter an. »Sehen Sie das auch so?«

»Es steht mir nicht zu, über sie zu richten.«

»Ich möchte nicht, daß Sie über sie richten. Ich möchte nur Ihre persönliche Meinung hören. Das könnte mir helfen, mir ein Bild zu verschaffen.«

Er dachte kurz über meine Worte nach und fand sie offenbar einleuchtend. »Sie hatte es schwer. Ich weiß nicht, was ich sonst noch sagen soll.«

»Wie lange hat sie für Sie gearbeitet?«

»Gut vier Jahre. Eine Art informelle Ausbildung.«

»Simone sagte mir, sie hätte nicht Architektur studiert«, bemerkte ich.

»Das ist richtig. Isabelle hatte keine offizielle Ausbildung. Sie hatte brillante Ideen. Sie sprudelte über vor Elan. Es war, als kämen ihre Kreativität und ihre selbstzerstörerischen Impulse aus ein und derselben Quelle.«

»War sie manisch-depressiv?«

»Sie schien immer sehr angespannt, und deswegen hat sie wohl auch getrunken«, sagte er.

»Sie hat getrunken, weil sie Alkoholikerin war«, warf Yolanda ein.

»Das wissen wir nicht«, sagte er.

Sie konnte darüber nur lachen und klopfte sich auf die Brust, um ihre Erheiterung zu bezwingen. »Kein Mann wird jemals zugeben, daß eine schöne Frau Fehler hat.«

Wieder spürte ich, wie sich die Spannung in meinem Nacken ballte. »Was für ein Mensch ist David Barney? Er ist ja wohl Architekt. Ist er talentiert?«

Yolanda sagte: »Er ist ein Handwerker mit Ambitionen.«

Peter wischte ihre Antwort beiseite. »Er ist ein ausgezeichneter Techniker«, sagte er.

»Ein Techniker?«

»Das ist keine Kritik.«

»Er ist der Beklagte. Sie können ruhig Kritik an ihm üben.«

»Das möchte ich ungern. Wir sind schließlich Kollegen, auch wenn ich jetzt im Ruhestand bin. Das hier ist eine kleine Stadt. Ich denke, es steht mir nicht zu, mich über sein Können zu äußern.«

»Und wie ist er als Mensch?«

»Ich habe mich auf der persönlichen Ebene nie näher mit ihm befaßt.«

»Ach, Herrgott, Peter! Warum sagst du ihr nicht die Wahrheit? Du kannst den Kerl nicht ausstehen. Niemand kann ihn leiden. Er ist unehrlich und verschlagen. Er manipuliert andere, wo er kann –«

»Yolanda –«

»Hör auf mit deinem ›Yolanda‹! Sie wollte unsere Meinung hören, und ich sage ihr, was ich denke. Du bist immer so bemüht, nett zu sein, daß du es schon gar nicht mehr schaffst, die Wahrheit zu sagen. David Barney ist ein Ekel, Peter wollte, daß wir auch privat Kontakt mit ihm pflegen, und er hat es auch durchgesetzt, gegen meinen Protest. Ich fand, das ging zu weit. Solange die beiden noch in Peters Firma waren, habe ich mich bemüht, höflich zu sein. Mir lag nichts an David, aber ich habe getan, was von mir erwartet wurde. Isabelle hatte der Firma enormen Aufschwung gebracht, und dafür waren wir ihr verbunden. Aber als sie sich dann mit David einließ . . . Er war kein guter Einfluß.«

Ich konzentrierte mich wieder. Sie würde eine hervorragende Zeugin abgeben, wenn sie sich ein bißchen zusammennahm. »Wie hat sie es denn geschafft, so viele Aufträge hereinzubringen?«

»Sie hatte eine Menge Geld, und sie verkehrte in den richtigen Kreisen. Die Leute waren beeindruckt von ihr, weil sie allgemein für ihren erlesenen Geschmack bekannt war. Sie war sehr *en vogue*. Wenn sie etwas aufbrachte, übernahmen es alle.«

»Und als sie und David aus der Firma ausschieden, haben sie einen Großteil der Kunden mitgenommen?«

»Das ist nicht ungewöhnlich«, sagte Peter hastig. »Natürlich ist es unangenehm, aber es passiert in jeder Branche.«

»Es war eine Katastrophe«, sagte Yolanda. »Kurz darauf hat

sich Peter zur Ruhe gesetzt. Das letzte Mal, daß wir sie gesehen haben, war bei ihrer Essenseinladung am Labor Day-Wochenende.«

»Als die Pistole verschwand?«

Die beiden wechselten einen Blick. Peter räusperte sich wieder. »Wir haben später davon gehört.«

»Wir haben es mitgekriegt. Sie hatten einen schrecklichen Streit oben im Schlafzimmer. Wir wußten natürlich nicht, worum es ging, aber es kann nur das gewesen sein.«

»Haben Sie eine Vermutung, wer die Pistole genommen haben könnte?«

»Natürlich *er*«, sagte Yolanda, ohne auch nur einen Sekundenbruchteil zu zögern.

7

Ich fuhr noch beim Büro vorbei, um meine Notizen abzutippen. Das Lämpchen an meinem Anrufbeantworter blinkte fröhlich. Ich drückte die Abhörtaste. Es war Isabelles Freundin Rhe Parsons. Sie klang gehetzt und mechanisch, wie jemand, der einen Anruf tätigt, nur um ihn hinter sich zu bringen. Ich wählte ihre Nummer und blätterte in einer der Akten auf meinem Schreibtisch, während das Telefon bei ihr klingelte. Wo sollte ich einen Zeugen hernehmen, der David Barney etwas anhängen konnte? Lonnie war ein Witzbold, aber andererseits – das wäre wirklich ein Coup. Das vierte Klingeln ... das fünfte. Ich wollte gerade einhängen, als sich am anderen Ende abrupt jemand meldete. »Ja?«

»Oh, hi. Hier ist Kinsey Millhone. Könnte ich bitte mit Rhe Parsons sprechen?«

»Am Apparat. Wer ist dran?«

»Kinsey Millhone. Ich habe Ihnen eine Nachricht –«

»Ach ja, richtig«, fiel sie mir ins Wort. »Wegen Isabelle. Ich verstehe nicht, was Sie wollen.«

»Ich wende mich an Sie, weil ich weiß, daß Sie vor ein paar Wochen mit Morley Shine gesprochen haben.«

»Mit wem?«

»Dem Privatdetektiv, der die Sache bearbeitet hat. Leider ist er an einem Herz-«

»Ich habe nie mit irgend jemandem über Isabelle geredet.«

»Sie haben nicht mit Morley gesprochen? Er arbeitete für einen Anwalt, der Kenneth Voigt in seinem Prozeß vertritt.«

»Ich weiß von nichts.«

»Tut mir leid. Dann war das wohl eine Fehlinformation. Vielleicht sollte ich Ihnen einfach erklären, worum es geht«, sagte ich. Ich setzte ihr kurz auseinander, was es mit dem Prozeß auf sich hatte und was mein Job bei der Sache war. »Ich verspreche Ihnen, ich werde Ihre Zeit nicht länger in Anspruch nehmen als unbedingt nötig, aber ich würde mich gern kurz mit Ihnen unterhalten.«

»Ich bin völlig gestreßt. Sie hätten wirklich keinen ungünstigeren Zeitpunkt erwischen können«, sagte sie. »Ich bin Bildhauerin und habe in zwei Tagen eine Ausstellung. Dafür geht im Moment jede freie Minute drauf.«

»Wie wär's mit einem Kaffee oder einem Gläschen Wein irgendwann später am Tag? Von mir aus ruhig nach Feierabend. Ich kann mich ganz nach Ihnen richten.«

»Aber muß es denn heute sein? Hat das nicht bis nächste Woche Zeit?«

»Der Gerichtstermin ist bald.« Andere Leute haben auch zu tun, dachte ich.

»Hören Sie, ich will ja nicht gemein sein, aber sie ist seit sechs Jahre tot. Was immer mit David Barney passiert – es macht sie auch nicht wieder lebendig. Was hat das denn für einen Sinn?«

Ich sagte: »Wenn man genau hinsieht, hat überhaupt nichts Sinn. Wir könnten uns alle gegenseitig das Gehirn aus dem Schädel pusten, aber wir tun es nicht. Natürlich bringt es sie nicht wieder zurück, aber sinnlos muß es deswegen noch lange nicht sein.«

Schweigen. Ich wußte, sie wollte nicht, und es widerstrebte mir, sie zu drängen, aber es mußte sein.

Tatsächlich, sie rührte sich, unwillig, aber doch immerhin bereit, mir entgegenzukommen. »Meinetwegen. Ich halte heute abend von sieben bis zehn meinen Zeichenkurs beim Erwachsenen-Bildungswerk. Wenn Sie dort vorbeikommen, können wir reden, während die Teilnehmer arbeiten. Das ist alles, was ich Ihnen anbieten kann.«

»Wunderbar. Das reicht völlig. Ich bin Ihnen sehr dankbar.«

Sie erklärte mir, wo ich sie finden würde. »Raum zehn, ganz hinten.«

»Bis dann.«

Ich kam um 17 Uhr 35 nach Hause und sah, daß in Henrys Küche Licht brannte. Ich ging von meiner Hintertür zu seiner hinüber und linste durch das Fliegengitter. Er saß in seinem Schaukelstuhl bei seinem abendlichen Jack Daniels und las die Zeitung, während das Essen vor sich hin kochte. Der Duft von Bratwurst und Zwiebeln wehte mir entgegen. Henry legte die Zeitung weg. »Kommen Sie rein.«

Ich öffnete die Fliegentür und trat in die Küche. Ein großer Topf mit Wasser begann gerade zu sieden, und ich sah Tomatensoße auf der hinteren Platte köcheln. »Hi, Henry, wie geht's? Was immer da kocht, es riecht göttlich.«

Er hatte bestimmt sein Leben lang gut ausgesehen, aber jetzt, mit dreiundachtzig, war er eine elegante Erscheinung – groß, schlank, mit schneeweißem Haar und blauen Augen, die in seinem gebräunten Gesicht zu leuchten schienen. »Ich will Lasagne machen. William kommt heute abend.« Henrys zwei Jahre älterer Bruder William hatte im August einen Herzinfarkt gehabt und sich immer noch nicht richtig erholt. Henry hatte erwogen, zu ihm nach Michigan zu fahren, dann aber doch beschlossen, den Besuch zu verschieben, bis sich sein Zustand gebessert hatte. Das war nun offenbar eingetreten, denn William hatte ihn angerufen, um sich anzukündigen.

»Stimmt ja. Das hatte ich ganz vergessen. Na, das wird ja spannend. Wie lange will er bleiben?«

»Zwei Wochen. Wenn ich ihn ertragen kann, auch länger. Er wird mir schrecklich auf die Nerven gehen. Körperlich ist er zwar wieder fit, aber er ist seit Monaten total deprimiert. Hängt völlig durch. Lewis sagt, er kreist nur noch um sich selbst. Ich bin sicher, Lewis schickt ihn nur hierher, um sich an mir zu rächen.«

»Was haben Sie ihm denn getan?«

»Keine Ahnung. Das sagt er nicht. Sie wissen ja, wie väterlich Lewis sich manchmal aufspielt. Er will mich immer dazu bringen, in mich zu gehen und über meine Sünden nachzudenken, für den Fall, daß da eine war, von der er nichts weiß. Ich habe ihm 1926 ein Mädchen ausgespannt. Ich vermute, das will er mir jetzt heimzahlen, aber vielleicht ist es auch etwas anderes. Er hat ein Gedächtnis wie ein Elefant und kein Fünkchen Großmut.« Henrys Bruder Lewis war sechsundachtzig. Sein dritter Bruder Charlie war einundneunzig, und seine einzige Schwester würde am einunddreißigsten Dezember vierundneunzig werden. »Aber ich wette, es war gar nicht seine Idee. Wahrscheinlich hat Nell William rausgeworfen. Sie konnte ihn noch nie besonders gut leiden, und jetzt sagt sie, er redet nur noch vom Sterben. Das will sie nicht hören, wo sie doch bald Geburtstag hat. Sie sagt, er macht sie fix und fertig.«

»Wann kommt sein Flugzeug an?«

»Viertel nach acht, falls es nicht vorher abstürzt. Ich dachte, ich mache uns Salat und Lasagne, und danach gehen wir vielleicht noch auf ein Bier zu Rosie. Möchten Sie mit uns essen? Ich habe einen Kirschkuchen zum Nachtisch gebacken. Das heißt, eigentlich habe ich sechs gemacht. Die übrigen fünf kriegt Rosie, für meine Getränkerechnung.« Rosie ist die Wirtin der Kneipe in unserem Viertel, eine Ungarin mit einem unaussprechlichen Nachnamen. Seit Henry sich als Konditor zur Ruhe gesetzt hat, tauscht er seine Produkte gegen alles mögliche ein. Außerdem beliefert er die Teekränzchen in der Nachbarschaft, und die Nachfrage ist rege.

»Geht nicht«, sagte ich. »Ich habe um sieben einen Termin, und es kann später werden. Ich dachte, ich esse noch einen Happen bei Rosie, ehe ich mich aufmache.«

»Vielleicht sehen wir uns ja morgen mal. Ich weiß nicht, wie wir den Tag verbringen werden. Depressive Menschen tun ja nicht viel. Wahrscheinlich werde ich hier herumsitzen und zusehen, wie er sein Elavil schluckt.«

Das Haus, in dem Rosie ihre Kneipe betreibt, sieht aus, als wäre früher dort mal ein Lebensmittelgeschäft gewesen. Von außen ist es schmal und unscheinbar, und der Blick durch die Scheiben wird behindert von abblätternden Reklameaufklebern für Bier und von summenden Neonschildern. Die Kneipe liegt eingezwängt zwischen einer Elektrowerkstatt und einem schummrigen Waschsalon, dessen Kunden bei Rosie unterschlüpfen, um bei einem Bier und einer Zigarette das Ende des Waschgangs abzuwarten. Der Fußboden besteht aus Holzdielen, die Wände aus dunkelmahagoni gebeiztem Furnierholz. Die Sitznischen entlang der Wände sind roh gezimmert und ganz darauf angelegt, daß man sich Splitter holt, wenn man zu schnell hineinrutscht. Es gibt etwa zehn wacklige Tische mit schwarzen Resopalplatten. Während des Essens ist man nicht selten damit beschäftigt, das Wackeln mit Hilfe diverser Streichholzbriefchen und gefalteter Papierservietten abzustellen. Die Beleuchtung ist von der Art, die einen aussehen läßt, als hätte man zuviel Bräunungscreme benutzt.

Das Essen selbst verlief in der Regel ohne Zwischenfälle, wenn man sich erst gefügt hatte und bestellte, was Rosie empfahl. Sie ist eine imposante Erscheinung: in den Sechzigern, Ungarin, mit einem riesigen Busen, eine gnadenlose Handlangerin der *Food*-Mafia. Das Tagesgericht war diesmal *Gulyás*.

»Ich dachte eigentlich eher an einen Salat. Ich brauche was Gesundes, nach all dem vielen *Junk-Food*.«

»Salat für hinterher. Erst gibt *Gulyás*. Ich mache ganz original. Sie werden mögen«, sagte sie. Sie trug bereits die Bestellung in das kleine Notizbuch ein, das sie seit einiger Zeit immer mit sich herumtrug. Ich fragte mich, ob sie dort wohl über alles Buch führte, was ich je bei ihr gegessen hatte. Ich hatte einmal hineinzulinsen versucht, aber sie hatte mir mit ihrem Bleistift eins übergezogen.

»Rosie, ich weiß noch nicht mal, was *Gulyás* ist.«

»Schscht! Ich werde Ihnen sagen.«

»Dann sagen Sie's mir. Ich bin sehr neugierig.«

Sie mußte sich erst in Positur stellen wie eine Konzert-Violinistin. Sie spricht gern ein betont holpriges Englisch, wohl, weil sie denkt, daß es ihr noch mehr Autorität verleiht. »In Ungarn *Gulyás* bedeutet ›Hirt‹. Hirt von Schafe. Diese Gericht stammt aus neunte Jahrhundert. Ist serr gutt. Die Schafhirte kochen die Würfel von Fleisch mit Zwiebel, wenig Flüssigkeit dabei. Keine Paprika, so ich benutze auch nicht. Wenn Flüssigkeit ist verkocht, Fleisch wird an Sonne getrocknet und dann gesteckt in Beutel, was ist gemacht aus runde Ding von Schaf... Wie sagt man...«

»Hoden?«

»Magen.«

»Hmm, vorverdaut. Sehr schmackhaft. Ich nehme es. Den Rest will ich lieber nicht hören.«

»Gutt«, sagte sie zufrieden.

Das Gericht, das sie mir brachte, war das, was meine Tante »Galoschen« zu nennen pflegte: Rindfleischwürfel, mit Zwiebeln geschmort und mit Sauerrahm angedickt. Es war wirklich köstlich, und der saure Salat hinterher der perfekte Kontrast. Rosie gestattete mir ein Glas mittelmäßigen Rotwein, ein paar Brötchen mit Butter und einen Käseteller zum Nachtisch. Das Essen kostete nur neun Dollar, also konnte ich mich nicht beschweren. Ich fragte mich nur dunkel, ob ich vielleicht zu schnell kapituliert hatte.

Während ich meinen Kaffee trank, baute sie sich neben mir auf, um mir ihr Leid zu klagen. Ihr Hilfskellner Miguel, ein mürrischer Bursche von fünfundvierzig, drohte zu gehen, wenn sie nicht seinen Lohn erhöhte. »Ist doch lächerlich. Warum sollte er kriegen mehr? Nur weil er hat gelernt Geschirrwaschen, wie ich ihm habe gezeigt? Er sollte bezahlen mich.«

»Rosie!« sagte ich. »Der Mann hat die Spülerei übernommen, als Ralph vor sechs Monaten gegangen ist. Jetzt macht er zwei Jobs, und dafür sollte er auch bezahlt werden. Außerdem ist bald Weihnachten.«

»Ist leichte Arbeit«, erklärte sie, unbelastet von Idealen wie Fairneß, Gerechtigkeit oder festtäglicher Großzügigkeit.

»Seine letzte Lohnerhöhung ist zwei Jahre her. Das hat er mir selbst erzählt.«

»Sie sind seine Partei, ich sehe schon.«

»Natürlich bin ich das. Er ist eine prima Kraft. Ohne ihn wären Sie doch aufgeschmissen.«

Ihre Miene war stur. »Ich nicht mag Männer, die immer ziehen Flunsch.«

Die Bildungsstätte, wo Rhe Parsons unterrichtete, lag an der Bay Street, jenseits des Freeway, etwa zwei Querstraßen vom St. Terry-

Krankenhaus. Der Komplex, der früher eine Grundschule gewesen war, enthielt ein paar Büroräume, eine kleine Aula und zahllose mobile Klassenräume. Raum Zehn war gleich hinter dem Parkplatz, ein überdimensionales Malatelier mit einer Tür an jedem Ende. Licht fiel von drinnen über den Fußweg. Ich habe eine natürliche Abneigung gegen Bildungsinstitutionen, aber Zeichnen schien mir harmlos – anders als Mathematik oder Chemie. Ich linste hinein.

Der Raum war fast leer, bis auf einige Staffeleien und ein paar hölzerne Stühle mit geraden Lehnen. In der Mitte befand sich ein niedriges Podest, auf dem eine Frau in einem Morgenmantel, offenbar das Modell, auf einem hohen, hölzernen Hocker thronte und in einer Illustrierten las. Überall standen Kursteilnehmer herum. Sie waren zwischen Ende dreißig und über siebzig. In Santa Teresa sind die meisten Erwachsenenbildungskurse kostenlos. Bei einer praktischen Veranstaltung wie dieser werden vielleicht zwei Dollar für Material kassiert, aber der Unterricht ist in der Regel gratis und für jedermann offen. Ich blieb am Ende des Raumes stehen. Hinter mir fuhren weitere Autos auf den Parkplatz. Es war 18 Uhr 52, und immer noch kamen Leute schwatzend hereinspaziert. Ich beobachtete, wie ein paar Frauen zusätzliche Staffeleien aus einem kleinen Materialraum heranschleppten. Jemand hatte eine Kaffeemaschine in Gang gesetzt, und ich sah eine große rosafarbene Konditorei-Schachtel, wahrscheinlich voller Plätzchen, für die Pause zum Kaffee. Aus einem Kassettenrecorder erklang Kitaros *Silk Road*, leise und verführerisch. Es roch nach Ölfarbe und Kreidestaub und frischgebrühtem starken Kaffee.

Das dort mußte Rhe Parsons sein. Sie kam mit einer großen Papierrolle und einer Schachtel Stifte aus einem Kämmerchen: Jeans und ein Arbeitshemd aus Baumwollköper mit aufgerollten Ärmeln, ein Päckchen Zigaretten in der linken Brusttasche. Kein Make-up, kein BH. Sie trug solide Ledersandalen und einen handgemachten Ledergürtel. Ihr Haar war dunkel und hinten zu einem Zopf geflochten, der ihr über den halben Rücken hing. Ich schätzte sie auf Ende dreißig und fragte mich, ob sie wohl damals in Woodstock dabeigewesen war. Ich hatte Videos von dem Konzert gesehen und konnte sie mir gut vorstellen, wie sie barfuß durch den Matsch tanzte, splitternackt, mit einem Joint, hüftlangem offenen Haar und aufgemalten Gänseblümchen auf den Wangen. Mit den Jahren war eine gewisse Genervtheit über sie gekommen, was den Besten unter uns passiert. Sie deponierte die Pinsel auf einer Ablage und trug die Papierrolle zu einem großen Arbeitstisch, wo sie sich daran machte, mit einem Riesen-Papierschneider gleichgroße Stücke abzutrennen. Etliche Kursteilnehmer ohne eigene Zeichenblöcke stellten sich in einer Zick-Zack-Schlange an. Rhe mußte meinen Blick gespürt haben. Sie sah auf, sichtete mich und machte dann weiter. Ich ging quer durch den Raum auf sie zu und stellte mich vor. Sie hätte nicht freundlicher sein können. Vielleicht ging es ihr wie so vielen notorisch mißgelaunten Leuten, und ihre Gereiztheit verflog von einer Sekunde auf die andere und machte einer sonnigeren Seite ihres Wesens Platz.

»Tut mir leid, wenn ich am Telefon etwas kurz angebunden war. Ich muß nur eben noch dies hier in Gang bringen, dann können wir uns draußen vor der Tür unterhalten.« Sie sah auf ihre Uhr, die sie auf der Innenseite des Handgelenks trug. Es war Punkt sieben. Sie klatschte einmal in die Hände. »Okay, Leute. Fangen wir an. Wir bezahlen Linda schließlich nach Stunden. Als erstes machen wir heute ein paar rasche Skizzen, jeweils eine Minute. Das Ganze ist eine Lockerungsübung, also kümmern Sie sich nicht um Kleinigkeiten. Erfassen Sie das Ganze. Nutzen Sie das Blatt aus. Ich will keine klitzekleinen pedantischen Bildchen sehen. Betsy wird auf die Zeit achten. Wenn es klingelt, das nächste Blatt nehmen und neu anfangen. Noch Fragen? Okay. Viel Spaß.«

Es gab ein kurzes Hin und Her, bis die Spätankömmlinge freie Staffeleien gefunden hatten. Das Modell hüpfte vom Hocker, ließ den Morgenmantel fallen und nahm eine Pose ein: vornüber gebeugt, die Hände auf den Hocker gestützt, der Rücken eine anmutige Kurve. Es war tröstlich, daß sie aussah wie eine gewöhnliche Sterbliche – rund und mißproportioniert, Bauch und Brust vom Kinderkriegen erschlafft. Die Frau neben mir musterte das Modell kurz und begann dann zu zeichnen. Fasziniert sah ich zu, wie sie die Linie der Schulter einfing, den Bogen der Wirbelsäule. Die Stille im Raum war ein Kontrast für das lyrische Plätschern der Musik.

Rhe beobachtete mich. Ihre Augen waren khakigrün, ihre Brauen ungezupft. Sie steuerte auf den Hinterausgang zu, und ich folgte ihr. Die Nachtluft war fünf Grad kühler als der Raum. Sie lehnte sich an eine der Dachstützen, nahm eine Zigarette heraus und zündete sie an. »Zeichnen Sie? Sie haben so interessiert geguckt.«

»Können Sie den Leuten wirklich beibringen, wie man das macht?«

»Natürlich. Möchten Sie's lernen?«

Ich lachte. »Ich weiß nicht. Es macht mich kribbelig. Ich habe noch nie irgendwas Künstlerisches gemacht.«

»Sie sollten es mal probieren. Ich wette, es würde Ihnen gefallen. Im Herbstsemester mache ich einen Grundkurs. Das hier ist Aktzeichnen, für Leute mit einigen Vorkenntnissen. Glauben Sie mir. Sie könnten es im Nu lernen.« Ihr Blick schweifte über den Parkplatz.

»Erwarten Sie jemanden?«

Sie sah mich wieder an. »Meine Tochter kommt gleich vorbei. Sie will sich meinen Wagen leihen. Wenn Sie solange dableiben, könnten Sie mich vielleicht nachher nach Hause bringen.«

»Klar. Kann ich machen.«

Sie kam wieder auf ihr Thema zurück, vielleicht, um das Gespräch über Isabelle noch hinauszuschieben. »Ich zeichne, seit ich zwölf war. Ich erinnere mich noch genau, wie es angefangen hat. In der sechsten Klasse. Wir haben eine Exkursion gemacht, in einen kleinen Park mit einem Bassin. Alle anderen malten den Springbrunnen mit diesen kleinen Strichmännchen drumherum. Ich habe die Zwischenräume des Stacheldrahtzauns gezeichnet. Mein Bild sah wirklich naturgetreu aus. Die anderen Bilder sahen alle aus wie von Sechstklässlern gemalt. Es war wie eine optische Täuschung ... irgendwas hat sich verschoben. Ich merkte, wie mein Gehirn plötzlich einen anderen Gang einlegte, und ich mußte lachen. Von da an war ich so eine Art Wunderkind, der Star in meiner Klasse. Ich konnte alles zeichnen.«

»Darum beneide ich Sie. Ich stelle mir das immer wunderbar vor. Kann ich Sie jetzt wegen Isabelle fragen? Sie sagten, Ihre Zeit sei knapp.«

Sie sah jetzt weg, und ihre Stimme sackte ein bißchen ab. »Von mir aus. Wieso nicht? Ich habe heute nachmittag mit Simone gesprochen, und sie hat mir gesagt, worum es geht.«

»Tut mir leid, daß ich wegen Morley Shine nicht richtig informiert war. Seinen Akten zufolge müßte er mit Ihnen geredet haben. Ich wollte nur noch ein paar Dinge ergänzen.«

Sie zuckte die Achseln. »Ich habe nie von ihm gehört, was nur gut ist. Es wäre mir wirklich *sehr* lästig gewesen, zweimal das gleiche zu erzählen. Aber was möchten Sie denn von mir wissen?«

»Wie haben Sie Isabelle kennengelernt?«

»An der Uni. Wir haben einen Kurs in Drucktechniken absolviert. Ich war damals achtzehn, unverheiratet, mit einem kleinen Kind am Hals. Tippy war zwei. Ich wußte, wer ihr Vater war. Er ist immer mal eingesprungen und hat mir auch finanziell geholfen, aber er war nicht der Typ, den ich je geheiratet hätte ...«

Ich sah einen Dope-Dealer vor mir, auf dem einen Nasenflügel einen kleinen Rubin, der aussah wie ein billiges Glitzersteinchen, das wallende ungewaschene Haar schulterlang.

»... Isabelle war gerade neunzehn geworden und verlobt, mit diesem Burschen, der später bei dem Bootsunfall umgekommen ist. Wir waren beide viel zu jung für den ganzen Schlamassel, aber es hat uns zusammengeschweißt. Wir waren vierzehn Jahre lang Freundinnen. Sie fehlt mir sehr.«

»Sind Sie mit Simone auch befreundet?«

»In gewisser Weise schon, aber nicht so wie mit Isabelle. Für Schwestern waren sie ganz schön verschieden ... extrem sogar. Iz war ein besonderer Mensch. Das war sie wirklich. Enorm begabt.« Sie hielt inne, um ein letztes Mal an ihrem Zigarettenstummel zu ziehen, ehe sie ihn auf den Parkplatz schnippte. »Tip hat Isabelle vergöttert. Sie war für sie eine Art zweite Mutter. Sie hat Iz Sachen erzählt, die sie mir nicht erzählen wollte. Ist auch gut so, wenn Sie mich fragen. Ich glaube, es gibt Dinge, die Mütter über ihre Kinder nicht unbedingt wissen sollten.« Sie unterbrach sich und hob den einen Zeigefinger. »Augenblick, ich will mal kurz nachsehen, was meine Leute machen.«

Sie trat an die Tür und schaute in den Kursraum. Ich sah, wie ihr einer der Teilnehmer, ein etwa sechzigjähriger Mann, sein verwirrtes Gesicht zuwandte. Er hob schüchtern die Hand. »Kleinen Moment«, sagte sie. »Ich muß wohl was tun für mein Geld.«

Der Mann, der sie zu sich gerufen hatte, ließ eine umständliche Frage vom Stapel. Rhe begleitete ihre Antwort mit Gesten, die an Taubstummensprache erinnerten. Was immer sie erklärte – er schien es erst mal nicht zu kapieren. Das Modell hatte die Pose gewechselt und saß jetzt auf dem Hocker, den einen nackten Fuß auf der oberen Quersprosse. Ich sah den Winkel ihrer Hüfte und die Linie, wo die Sitzfläche ihren Hintern plattdrückte. Rhe war weitergegangen. Ich wartete, daß sie ihre Runde von Staffelei zu Staffelei beendete.

Ich hörte Schritte hinter mir und drehte mich um. Eine junge Frau in engen Jeans und hochhackigen Cowboystiefeln kam auf mich zu. Sie trug ein Westernhemd und eine große Ledertasche über der Schulter wie eine Postbotin. Sie sah aus wie eine plumpere Ausgabe von Rhe, obgleich sich ihre Züge mit fortschreitender Reife wahrscheinlich verfeinern würden. Im Augenblick wirkte sie wie eine grobe Bleistiftskizze für ein Öl-Porträt. Ihr Gesicht war breit, die Wangen noch vom letzten Babyspeck gerundet, aber sie hatte die gleichen grünen Augen, den gleichen langen, dunklen Zopf. Ich schätzte sie auf etwa zwanzig. Aufgeweckt und voller Energie. Sie lächelte mich an.

»Ist meine Mutter da drin?«

»Sie kommt gleich wieder. Sind Sie Tippy?«

»Ja«, sagte sie überrascht. »Kennen wir uns?«

»Ich habe mich gerade mit Ihrer Mutter unterhalten, und sie sagte, daß Sie kommen würden. Ich heiße Kinsey.«

»Unterrichten Sie auch hier?«

Ich schüttelte den Kopf. »Ich bin Privatdetektivin.«

Sie verzog den Mund zu einem halben Lächeln und wartete offenbar auf die Pointe. »Echt?«

»Echt.«

»Cool. Und was machen Sie als Privatdetektivin?«

»Ich arbeite für einen Anwalt in einer Gerichtssache.«

Ihr Lächeln verschwand. »Geht es um meine Tante Isabelle?«

»Ja.«

»Ich dachte, der Prozeß sei schon gewesen, und der Typ sei freigesprochen worden?«

»Wir versuchen es noch einmal. Diesmal von einer anderen Seite. Wenn wir Glück haben, kriegen wir ihn dran.«

Tippys Miene war düster. »Ich konnte ihn nie leiden. Dieser Fiesling.«

»Woran erinnern Sie sich noch?«

Sie verzog das Gesicht ... Zögern, Widerstreben, vielleicht ein Hauch von Trauer. »Nicht viel, nur daß wir alle geheult haben. Wochenlang. Es war schrecklich. Ich war sechzehn, als es passierte. Sie war nicht meine richtige Tante, aber ich hatte sie sehr gern.«

Rhe kam wieder aus dem Kursraum, ihren Schlüsselbund in der Hand. »Hi, Baby. Ich dachte mir schon, daß du's bist. Wie ich sehe, hast du mit Miss Millhone schon Bekanntschaft geschlossen.«

Tippy küßte ihre Mutter auf die Wange. »Wir haben nur auf dich gewartet. Du siehst müde aus.«

»Es geht mir gut. Wie war's bei der Arbeit?«

»Gut. Corey sagt, ich kriege vielleicht eine Lohnerhöhung, aber nur so was wie drei Prozent.«

»Übertreib's mal nicht. Das ist doch toll«, sagte Rhe. »Wann sollst du Karen abholen?«

»Vor einer Viertelstunde. Ich bin schon zu spät dran.«

Tippy und ich sahen zu, wie Rhe den Wagenschlüssel vom Ring abmachte. Dann zeigte sie auf den Parkplatz. »Dritte Reihe links. Ich will den Wagen um Mitternacht wiederhaben.«

»Aber es ist erst um viertel vor zu Ende!« protestierte Tippy.

»Also so bald wie möglich danach. Und verfahr nicht wieder das ganze Benzin, so wie letztes Mal.«

»Da war er schon leer, als du ihn mir gegeben hast!«

»Könntest du bitte tun, was ich sage?«

»Wieso? Hast du noch eine Verabredung?« fragte Tippy schelmisch.

»Tippy ...«

»Ich hab' ja nur Spaß gemacht«, sagte sie. Sie schnappte sich den Schlüssel aus der Hand ihrer Mutter und marschierte mit klakkenden Absätzen über den Parkplatz davon.

»Nett von dir, Mom. Ich hoffe, es ist dir nicht allzu lästig«, rief Rhe der davonstrebenden Gestalt hinterher. »Vielen Dank, liebe Mutter.«

»Gern geschehen«, rief Tippy zurück.

Rhe schüttelte den Kopf mit jenem gespielten Unmut, den nur zutiefst entzückte Eltern an den Tag legen. »Zwanzig Jahre lang sie egoistische Monster, und dann gehen sie weg und heiraten.«

»Sie hören das bestimmt ständig, aber Sie sehen wirklich nicht aus wie ihre *Mutter*.«

Rhe lächelte. »Ich war sechzehn, als ich sie bekam.«

»Sie scheint sehr gut drauf zu sein.«

»Das ist sie auch, dank AA. Da ist sie mit sechzehn hingegangen.«

»Zu den Anonymen Alkoholikern? Im Ernst?«

»Sie hat mit dem Trinken angefangen, als sie zehn war. Ich mußte arbeiten, um uns zu ernähren, und die Frau, die sie betreut hat, war Alkoholikerin. Tip ist immer nach der Schule hingegangen und hat sich bei jeder Gelegenheit über ihr Bier hergemacht. Ich hatte keine Ahnung! Ich Schaf denke, es ist alles prima, weil mein Kind so brav und fügsam ist. Sie hat sich nie beklagt. Sie hat nie gemault, wenn ich zu spät kam oder sie über Nacht dalassen mußte. Ich hatte Freundinnen, die auch alleinerziehend waren. Bei ihnen war immer die Hölle los. Aber meine kleine Tippy nicht. Sie war so problemlos. Sie kam in der Schule nicht gut mit und war dauernd ›krank‹, aber sonst schien alles bestens. Ich glaube, ich habe es nicht wahrhaben wollen, denn inzwischen weiß ich, daß sie die Hälfte der Zeit blau oder verkatert war.«

»Ein Glück, daß sie die Kurve gekriegt hat.«

»Das hatte auch mit Izzys Tod zu tun. Es war ein schlimmer Schlag für uns. Dadurch sind wir uns nähergekommen. Wir haben beide unsere beste Freundin verloren, aber wenigstens hat es uns wieder zusammengebracht.«

»Wie haben Sie gemerkt, was los war?«

»Sie war an dem Punkt, wo sie so viel trank, daß es mir gar nicht entgehen konnte. Als sie auf die High School kam, war sie völlig hinüber. Sie nahm Tabletten. Rauchte Dope. Sie hatte seit einem halben Jahr den Führerschein und schon zwei Unfälle gebaut. Außerdem hat sie alles geklaut, was nicht niet- und nagelfest war. Das war in dem Herbst, ehe Isabelle dann nach Weihnachten umgebracht wurde. Tippy hatte gerade ihr Junior-Jahr begonnen und schwänzte dauernd den Unterricht und versiebte sämtliche Klassenarbeiten. Ich kam damit nicht klar. Ich habe sie rausgeworfen, und sie ist zu ihrem Vater gezogen. Als Iz tot war, kam sie wieder zurück.« Sie hielt inne, um sich eine neue Zigarette anzuzünden. »Herrje, wieso erzähle ich Ihnen das alles? Hören Sie, ich muß wieder in meinen Kurs. Würde es Ihnen viel ausmachen, auf mich zu warten? Ich würde wirklich gern mitfahren, wenn sich das machen ließe.«

»Sicher. Gern.«

8

Ich fuhr sie nach dem Kurs um halb elf nach Hause. Die meisten Teilnehmer waren schon um fünf nach zehn verschwunden, und von dem dunklen Parkplatz ergoß sich ein Schwall von Autos mit schwenkenden Scheinwerferlichtern und brummenden Motoren. Ich erbot mich, ihr beim Aufräumen zu helfen, aber sie meinte, es ginge schneller, wenn sie es alleine mache. Ich wanderte durch den Raum und sah mich um, während sie die Kaffeekanne leerte und ausspülte, das Zeichenzubehör wegräumte und schließlich die Lichter ausknipste. Sie schloß hinter uns ab, und wir steuerten auf meinen VW zu, der jetzt ganz allein auf dem Parkplatz stand.

Als wir durch den Torbogen hinausfuhren, sagte sie: »Ich wohne in Montebello. Ich hoffe, das ist kein allzu großer Umweg für Sie.«

»Keine Sorge. Ich wohne am Albanil, nicht weit vom Strand. Ich kann über den Cabana zurückfahren, das ist keine große Sache.«

Ich bog rechts ein, auf den Bay Boulevard, und dann noch mal rechts, auf den Missile, und zwei Straßen weiter auf den Freeway. Sie gab mir noch ein paar genauere Direktiven. Dann plauderten wir über zwei Meilen zwanglos miteinander, während ich mir überlegte, was ich wohl aus ihr herausbekommen könnte. »Wie haben Sie damals von Isabelles Tod erfahren?«

»Die Bullen haben mich um halb drei in der Nacht angerufen und es mir gesagt. Sie haben mich gefragt, ob ich kommen könnte, um bei Simone zu bleiben. Ich habe mir etwas übergeworfen und mich ins Auto gesetzt und bin hingerast. Ich stand total unter Schock. Beim Fahren habe ich die ganze Zeit vor mich hin geredet wie eine Verrückte. Geweint habe ich erst, als ich dort war und

Simones Gesicht gesehen habe. Die Seegers waren völlig am Ende. Sie haben immer wieder dasselbe erzählt. Ich weiß nicht, wer von uns am schlimmsten dran war. Ich glaube, ich. Simone war wie betäubt und gar nicht richtig da, bis David auftauchte. Da war es dann ganz aus. Sie geriet völlig außer sich.«

»Ach ja, richtig. Er hat behauptet, er sei joggen gewesen, mitten in der Nacht. Haben Sie ihm das abgenommen?«

»Ach Gott, ich weiß nicht. Ja und nein. Er ging seit Jahren nachts laufen. Er meinte, dann sei es ruhiger und man habe nicht das Problem mit dem vielen Verkehr und den Abgasen. Ich glaube, er litt an Schlaflosigkeit und geisterte immer im Hause herum.«

»Und wenn er nicht schlafen konnte, ging er joggen, um zur Ruhe zu kommen?«

»Ja, schon, aber andererseits – in der Mordnacht klang es doch sehr an den Haaren herbeigezogen.« Sie bohrte mit einem Finger in einem imaginären Grübchen in ihrer Wange. »So ein Zufall. Ich bin gerade auf meiner Zwei-Uhr-Runde hier vorbeigejoggt.«

»Simone hat mir gesagt, daß er damals ein Stück weiter die Straße runter wohnte.«

Sie zog eine Grimasse. »In diesem gräßlichen Haus. Der Polizei hat er erzählt, er sei gerade auf dem Heimweg gewesen und habe das Licht bei Isabelle gesehen und nachsehen wollen, was los sei.«

»Schien er sehr betroffen?«

»Na ja, das würde ich nicht sagen, aber ihn schien ja sowieso nichts zu berühren. Das war eine ihrer Hauptklagen. Er sei ein Roboter ohne Emotionen.«

»Sie sagten, Simone geriet außer sich. Was meinen Sie damit?«

»Sie wurde hysterisch, als er auftauchte. Sie war fest davon überzeugt, daß er Isabelle umgebracht hatte. Sie hatte die ganze Zeit schon gesagt, diese Geschichte mit der geklauten Pistole sei Quatsch. Wir waren alle schon unzählige Male bei den Barneys im Haus gewesen. Warum um Himmels willen hätte einer von uns plötzlich nach oben schleichen und Davids Achtunddreißiger klauen sollen? Sie war der Meinung, es sei ein Manöver gewesen. Und da hatte sie ja wohl auch recht.«

»Sie waren also auch bei dem Essen am Labor Day-Wochenende, als die Pistole verschwand?«

»Klar. Ich war da und alle anderen auch. Peter und Yolanda Weidmann, die Seegers, die Voigts.«

»Kenneth war dort? Isabelles Ex-Mann mit seiner Frau?«

»Aber ja. Die Etikette von heute. Alle eine große, glückliche Familie, außer Francesca natürlich. Das ist Kenneths Frau, die große Dulderin. Eine richtige Märtyrerin. Ich denke manchmal, Isabelle hat sie nur eingeladen, um sie zu piesacken. Dabei hätte sich Francesca ja auch einfach weigern können.«

»Was war das Problem?«

»Sie wußte, daß Ken immer noch an Isabelle hing. Schließlich war Iz diejenige, die Schluß gemacht hatte. Um darüber wegzukommen, hat er dann Francesca geheiratet.«

»Klingt wie eine Seifenoper.«

»Es kommt noch schlimmer«, sagte Rhe. »Francesca ist wunderschön. Haben Sie sie schon gesehen?« Ich schüttelte den Kopf, und sie fuhr fort: »Wie ein Model, ein perfektes Gesicht und ein Körper, für den man alles drangeben würde. Aber sie ist wahnsinnig unsicher, sucht sich immer Männer, die auf Distanz bleiben. Verstehen Sie, was ich meine? Ken war ideal, weil sie wußte, daß sie ihn nie wirklich ganz für sich haben würde.«

Ich sagte: »Eine Frage: gestern abend habe ich seine Version gehört, und er behauptet, *Isabelle* sei so unsicher gewesen. Stimmt das?«

»Nicht aus meiner Sicht, aber vielleicht hat sie sich Männern gegenüber von einer anderen Seite gezeigt«, antwortete sie. Sie zeigte auf eine Reihe von Einfahrten vor uns auf der linken Seite. »Die erste«, sagte sie.

Wir waren in dem Teil von Montebello, der auch »die Slums« genannt wird und wo ein Haus nur 280 000 Dollar kostet. Ich hielt vor einem kleinen, weiß verputzten Steinhäuschen. Rhe öffnete die Wagentür und stieg aus. »Ich würde Sie ja noch auf ein Glas Wein hereinbitten, aber ich muß wirklich an die Arbeit. Ich werde wohl die halbe Nacht arbeiten müssen.«

»Schon gut. Machen Sie sich deswegen keine Gedanken. Ich bin todmüde. Ich danke Ihnen, daß Sie sich die Zeit genommen haben«, sagte ich. »Ach, übrigens, wo ist denn die Ausstellung?«

»In der Axminster Gallery. Freitag abend um sieben ist ein Sektempfang. Schauen Sie doch vorbei, wenn Sie können.«

»Das werde ich tun.«

»Und danke fürs Nachhausebringen. Wenn Sie noch Fragen haben, können Sie sich ja an mich wenden.«

Bei Henry war alles dunkel, als ich nach Hause kam. Auf meinem Anrufbeantworter war keine Nachricht. Zur Entspannung ging ich daran, das Wohnzimmer aufzuräumen und das untere Bad sauberzumachen. Putzen hat eine therapeutische Wirkung – die ganze Aktivität der rechten Gehirnhälfte, Abstauben und Saugen, Abwaschen, Betten beziehen. Mir sind schon viele wichtige Erkenntnisse gekommen, während ich mit der Klobürste in der Hand dastand und zusah, wie der Reiniger in der Schüssel kreiselte. Morgen abend würde ich mich staubwischenderweise die Wendeltreppe hinaufarbeiten und dann das Zimmer unter dem Dach und das obere Bad in Angriff nehmen.

Ich schlief gut, stand um sechs auf, drehte meine übliche Laufrunde und absolvierte fast automatisch meine Morgenroutine. Auf dem Weg ins Büro hielt ich bei der Bäckerei und holte mir einen Riesen-Styroporbecher *Caffé latte* mit Deckel. Ich mußte mein Auto zwei Straßen entfernt abstellen, und bis ich bei meinem Schreibtisch anlangte, hatte der Kaffee gerade die richtige Trinktemperatur. Während ich ihn schlürfte, starrte ich von meinem Stuhl aus auf die überall herumliegenden Aktenordner. Ich mußte System in die Sache bringen, um überhaupt dahinterzukommen, was Sache war. Ich kippte den halben Kaffee hinunter und stellte den Becher weg.

Ich schob die Ärmel hoch und machte mich an mein Ordnungswerk. Ich packte die beiden Kartons aus sowie die braune Einkaufstüte mit Unterlagen, die ich bei Morley zu Hause eingesammelt hatte, und legte die Akten aus seinem Büro noch dazu. Ich ordnete alles alphabetisch und rekonstruierte dann mühsam die Reihenfolge der Berichte, wobei ich mich hauptsächlich an Morleys Rechnungen hielt. Ein paarmal (so auch bei Rhe Parsons) stand ein Name auf seiner Rechnung, ohne daß eine zugehörige Akte existierte. Zu »Francesca V.«, worunter ich die jetzige Mrs. Voigt vermutete, fand ich zwar eine säuberlich gekennzeichnete Mappe, jedoch ohne Bericht. Das gleiche galt auch für eine gewisse Laura Barney, wohl Davids Ex-Frau. Hatte Morley mit ihnen gesprochen oder nicht? Die ehemalige Mrs. Barney war offenbar in irgendeiner Funktion an der Santa Teresa Medical Clinic beschäftigt. Morley hatte eine Telefonnummer notiert, aber nichts verriet, ob er sie erreicht hatte oder nicht. Er hatte sechzig Stunden Befragungstätigkeit abgerechnet, in einigen Fällen auch noch mit Spesenquittungen, aber an Material war nicht viel dabei herausgekommen. Ich schrieb mir alle Namen auf, zu denen weder weitere Notizen noch ein schriftlicher Bericht existierten.

Um halb elf hatte ich siebzehn Namen auf meiner Liste. Zwei nahm ich mir als erste Stichprobe vor. Zuerst rief ich Francesca an, die sofort abnahm und kühl und reserviert klang.

Ich stellte mich vor und vergewisserte mich zunächst, daß sie wirklich Kenneth Voigts Frau war. »Ich ordne gerade ein paar Unterlagen und habe mir gedacht, Sie könnten sich vielleicht erinnern, wann Sie mit Morley Shine gesprochen haben.«

»Ich habe gar nicht mit ihm gesprochen.«

»Überhaupt nicht?«

»Ich fürchte nein. Er hat vor drei Wochen bei mir angerufen und eine Nachricht hinterlassen. Ich rief zurück, und wir haben einen Termin ausgemacht, aber dann war er aus irgendeinem Grund verhindert. Ich habe gerade gestern Kenneth deswegen gefragt. Es kam mir irgendwie merkwürdig vor. Nachdem ich beim ersten Prozeß ausgesagt habe, bin ich davon ausgegangen, daß ich auch beim zweiten Mal vorgeladen würde.«

Ich sah auf Morleys Vermerk, der doch augenscheinlich besagte, daß ein Gespräch stattgefunden hatte. »Am besten, wir treffen uns sobald wie möglich.«

»Bleiben Sie einen Moment dran. Ich hole eben meinen Kalender.« Sie legte den Hörer hin, und ich hörte das Klacken von Absätzen auf Hartholz. Dann kam sie wieder, und es raschelte durchs Telefon. »Heute nachmittag habe ich keine Zeit. Wie wäre es mit heute abend?«

»Von mir aus gern. Wann?«

»Ginge es um sieben? Kenneth kommt normalerweise nicht vor neun nach Hause, aber er muß ja nicht unbedingt dabei sein.«

»Es wäre mir sogar lieber, mit Ihnen allein zu sprechen.«

»Gut. Dann sehen wir uns um sieben.«

Als nächstes probierte ich die Klinik, wo ich an die Anmeldung geriet. Die Stimme, die sich meldete, klang jung.

»Santa Teresa Medical Clinic, Schwester Ursa. Was kann ich für Sie tun?«

Ich sagte: »Ich hätte gern gewußt, ob bei Ihnen in der Klinik eine gewisse Laura Barney arbeitet?«

»Mrs. Barney? Klar. Einen Moment, ich hole sie.«

Ich wurde kurz auf die Warteleitung gelegt.

»Hier ist Mrs. Barney.«

Ich nannte meinen Namen und erklärte, wie schon bei meinem Telefonat mit Francesca, wer ich war und warum ich anrief. »Können Sie mir sagen, ob Sie in den letzten Wochen mit Morley Shine gesprochen haben?«

»Es war so, daß wir für letzten Samstag verabredet waren, aber er ist nicht erschienen. Ich war sehr ärgerlich, weil ich extra meine Pläne umgeworfen hatte, um ihn zu treffen.«

»Hat er angedeutet, was er von Ihnen wissen wollte?«

»Nicht konkret, aber ich bin davon ausgegangen, daß es mit diesem anstehenden Prozeß zu tun hat. Ich war mit dem Mann verheiratet, der im Strafrechtsverfahren freigesprochen wurde.«

»David Barney.«

»Genau. Wir waren drei Jahre verheiratet.«

»Ich würde gern mit Ihnen reden. Könnten wir noch für diese Woche etwas ausmachen?« Im Hintergrund klingelte eindringlich ein anderes Telefon.

»Ich bin gewöhnlich bis fünf hier. Wenn Sie morgen um diese Zeit vorbeikommen, müßte es möglich sein.«

»Halb fünf oder fünf?«

»Geht beides.«

»Prima. Ich versuche, um halb fünf da zu sein. Jetzt lasse ich Sie aber an Ihr anderes Telefon gehen.«

Sie bedankte sich und legte auf.

Ich nahm mir meine Liste wieder vor und rief weitere neun willkürlich herausgepickte Personen an. Niemand hatte irgend etwas mit Morley Shine zu tun gehabt. Das sah nicht gut aus. Ich rief Ida Ruth im Vorzimmer an. »Ist Lonnie noch auf dem Gericht?«

»Soweit ich weiß, ja.«

»Wann kommt er wieder?«

»Zu Mittag, hat er gesagt, aber manchmal stürzt er ja statt Mittag zu essen auch gleich in die juristische Bibliothek. Wieso, was ist? Soll ich ihm etwas ausrichten?«

In meiner Brust verdichtete sich ein ungutes Gefühl. »Ich geh' besser selbst rüber und rede mit ihm. Welcher Saal, hat er das gesagt?«

»Richter Whitty, Abteilung fünf. Was ist los, Kinsey? Sie klingen so seltsam.«

»Erzähl' ich Ihnen später. Ich bin noch nicht ganz soweit.«

Ich ging die zwei Straßen hinüber zum Gericht. Es war ein klarer, sonniger Tag, und ein leichter Wind zauste den Rasen um das Gerichtsgebäude. Das Gebäude ist im mediterranen Stil errichtet, mit Türmchen, Sandsteinbögen und offenen Galerien. Die Anlagen ringsherum bestehen aus einer bunten Mischung aus magentaroten Bougainvillea, roten Flaschenputzern, Zederzypressen und importierten Palmen. Ein Saum von Bodendeckern am Rand des Gehwegs verströmte einen schweren Duft.

Ich ging die breiten Betonstufen hinauf, durch die dekorative Holztür. Der Flur war leer, der Boden mit glänzenden, unregelmäßigen Steinfliesen in der Farbe von geronnenem Blut ausgelegt. Die hohen Decken waren von Hand mit einem Schablonenmuster verziert und von dunklen Balken durchzogen. Die Beleuchtung bestand aus imitierten schmiedeeisernen spanischen Laternen, und die Fenster waren mit stabilen Gittern gesichert. Das Ganze hätte ein ehemaliges Kloster sein können, überall kühle, schmucklose Flächen. Als ich vorbeiging, öffnete sich die Tür zum Geschworenenzimmer, und die Laienrichter strömten hinaus auf den Flur und erfüllten ihn mit Fußgetrappel und Stimmengemurmel. Gleich darauf hörte ich das Quietschen der Klotüren in den Toiletten auf der anderen Seite des Flurs. Abteilung fünf lag zwei Türen weiter auf der rechten Seite, und das Leuchtschild über der Tür zeigte an, daß die Sitzung noch im Gange war. Ich öffnete leise die Tür und schlüpfte auf einen Platz ganz hinten.

Lonnie und der gegnerische Anwalt waren gerade bei einem Vorverfahrenstermin, und ihre Stimmen klangen in der warmen Luft wie das Gebrumm dicker, fetter Hummeln. Der Richter war damit beschäftigt, ein Schiedsverfahren anzuberaumen und den Termin für den Schiedsvorschlag und einen weiteren Einigungsversuch festzulegen. Wie gewöhnlich staunte ich darüber, daß menschliche Schicksale durch ein Verfahren entschieden werden konnten, das von außen gesehen so langweilig wirkte. Als der Richter die Mittagspause verkündete, wartete ich an der Tür. Ich lenkte Lonnies Aufmerksamkeit auf mich, als er sich umdrehte und auf die kleine Schwingtür zusteuerte, die den Zuschauerraum vom Gericht abtrennte. Er musterte kurz mein Gesicht und sagte dann: »Was ist los?«

»Lassen Sie uns nach draußen gehen, wo wir ungestört reden können. Sie werden nicht erfreut sein.«

Wir marschierten wortlos nebeneinander her, mit klackenden Schritten den Flur entlang, die Betonstufen hinunter und zum Vorderausgang hinaus auf die Straße. Wir zogen uns gerade so weit auf den Rasen zurück, daß uns niemand hören konnte. Er wandte sich mir zu und sah mich an, und ich legte los.

»Mir fällt kein Weg ein, es Ihnen schonend beizubringen, also komme ich gleich zur Sache. Es hat sich herausgestellt, daß Morleys Akten mehr als chaotisch sind. Die Hälfte der Berichte fehlt, und was da ist, ist auch suspekt.«

»Was heißt das?«

Ich holte tief Luft. »Ich glaube, er hat Ihnen Arbeit berechnet, die er nie geleistet hat.«

Lonnie guckte verdutzt, während der Sinn meiner Worte zu ihm durchsickerte. »Sie nehmen mich auf den Arm.«

»Lonnie, er war herzkrank, und seine Frau hat Krebs. Wie ich es sehe, brauchte er dringend Geld, aber er hatte wohl weder die Zeit noch die Kraft, viel zu arbeiten.«

»Wie hat er sich gedacht, daß er damit durchkommen würde? Wir haben in nicht mal vier Wochen einen Gerichtstermin. Hat er im Ernst geglaubt, ich würde nichts *merken*?« fragte er. »Ach, Teufel noch mal, was rede ich da? Ich *habe* nichts gemerkt, oder?«

Ich zuckte die Achseln. »Sonst hat er ja, soweit ich gehört habe, immer ausgezeichnete Arbeit geleistet.« Ein schwacher Trost für einen Anwalt, der Gefahr lief, bei der Verhandlung dazustehen und nichts Nennenswertes in der Hand zu haben.

Lonnie wurde blaß. Offenbar stand ihm dasselbe Bild vor Augen. »Herrgott, was hat er sich dabei gedacht?«

»Wer weiß, was er gedacht hat. Vielleicht hat er ja gehofft, daß es auffliegt.«

»Wie schlimm ist es?«

»Na ja, Sie haben immer noch die Zeugen aus dem Strafprozeß. Offenbar hat er die meisten von ihnen vorgeladen, in der Hinsicht gibt es also keinen Grund zur Aufregung. Aber ich fürchte, etwa die Hälfte der Zeugen auf der neuen Liste haben nie etwas von ihm gehört. Ich kann mich natürlich täuschen. Ich habe nur ein paar Stichproben gemacht. Ich gehe lediglich von der Zahl der Berichte aus, die ich nirgends finde.«

Lonnie schloß die Augen und fuhr sich mit der Hand über das Gesicht. »Verschonen Sie mich ...«

»Hören Sie, wir haben noch etwas Zeit. Ich kann mich an die Arbeit machen und besorgen, was fehlt, aber wenn irgendeine Komplikation auftaucht, sieht es böse aus. Vielleicht kommt man ja an manche von diesen Leuten gar nicht mehr ran.«

»Herrgott, das ist alles meine Schuld. Ich war mit dieser anderen

Sache völlig ausgelastet und bin gar nicht auf die Idee gekommen, an seiner Arbeit zu zweifeln. Was ich gesehen habe, schien in Ordnung zu sein. Ich wußte, daß er hinterherhing, aber was er mir gegeben hat, sah prima aus.«

»Ja, was da ist, ist auch prima. Das Problem ist das, was nicht da ist.«

»Wie lange werden Sie brauchen?«

»Zwei Wochen mindestens. Ich wollte nur, daß Sie wissen, was los ist. Über die Feiertage werden sicher viele Leute beschäftigt oder verreist sein.«

»Tun Sie Ihr Möglichstes. Um zwei muß ich nach Santa Maria, zu einer zweitägigen Verhandlung. Ich bin Freitag spät wieder da, komme aber erst am Montagmorgen wieder ins Büro. Dann können wir alles besprechen.«

»Wollen Sie über Nacht dort bleiben?«

»Ich denke, ja. Ich könnte abends zurückkommen, wenn es sein müßte, aber es stinkt mir, jedesmal die Stunde Fahrzeit dranzuhängen. Nach einem ganzen Tag am Gericht habe ich nur den einen Wunsch, irgendwo einen Happen zu essen und mich aufs Ohr zu legen. Für den Notfall hat Ida Ruth die Motel-Nummer. Tun Sie in der Zwischenzeit, was Sie können, ja?«

»Klar.«

Ich ging in die Kanzlei zurück. Als ich an Lonnies Bürotür vorbeikam, sah ich Ida Ruth telefonieren. Sie erspähte mich und winkte mich zu sich. Sie legte den Anrufer auf die Warteleitung und bedeckte dann die Sprechmuschel mit der Hand, als wollte sie noch zusätzlich dämpfen, was sich auf dieser Seite der Leitung tat. »Ich weiß nicht, wer dieser Mensch ist, aber er will Sie sprechen.«

»Was will er?«

»Er hat gerade den Nachruf auf Morley in der Zeitung gelesen. Er sagt, er muß dringend mit demjenigen sprechen, der seine Arbeit übernommen hat.«

»Ich gehe eben rüber an meinen Schreibtisch und nehme dort ab. Vielleicht hat er irgendwelche Informationen für uns. Welche Leitung?«

Sie streckte zwei Finger hoch.

Ich trabte den Flur entlang, zog meine Bürotür hinter mir zu, legte meine Handtasche ab, angelte nach dem Apparat und drückte Leitung zwei, die hektisch blinkte. »Hier Kinsey Millhone. Was kann ich für Sie tun?«

»Ich habe in der Zeitung gelesen, daß Morley Shine tot ist. Was ist denn passiert?« Die Stimme war wohlmoduliert, der Ton vorsichtig.

»Er hatte einen Herzinfarkt. Wer spricht denn bitte?

Pause. »Ich weiß nicht, ob das wichtig ist.«

»Wenn Sie mit mir reden wollen, schon«, sagte ich.

Erneute Pause. »Mein Name ist David Barney.«

Mein Herz tat einen jähen Bummerschlag. »Tut mir leid, aber ich bin die falsche Person, wenn Sie etwas über Morley Shine wissen wollen –«

Er fiel mir ins Wort: »Hören Sie. Hören Sie mich an. Da ist irgend etwas Komisches im Gang. Ich habe letzten Mittwoch mit ihm gesprochen –«

»Morley hat Sie angerufen?«

»Nein, Ma'am. Ich habe ihn angerufen. Ich hatte gehört, daß irgendein Knastbruder namens Curtis McIntyre gegen mich aussagen will. Er behauptet, ich hätte zu ihm gesagt, daß ich meine Frau getötet habe, aber das ist kompletter Blödsinn, und ich kann es auch beweisen.«

»Ich denke, wir sollten dieses Gespräch auf der Stelle beenden.«

»Aber ich sage Ihnen –«

»Sagen Sie es Ihrem Anwalt. Wir haben nichts miteinander zu besprechen.«

»Ich habe es meinem Anwalt gesagt. Ich habe es auch Morley Shine gesagt, und Sie sehen ja, was mit ihm passiert ist.«

Ich verstummte für eine halbe Sekunde. »Was soll das heißen?«

»Vielleicht war der Bursche ja zu dicht an der Wahrheit dran.«

Ich verdrehte die Augen. »Wollen Sie damit sagen, er sei ermordet worden?«

»Ist doch möglich.«

»Das ist Leben auf dem Mars auch, aber es ist nicht wahrscheinlich. Warum sollte irgend jemand Morley Shine ermorden wollen?«

»Vielleicht hat er ja etwas gefunden, das mich entlastet hätte.«

»Ach, tatsächlich? Was denn zum Beispiel?«

»McIntyre behauptet doch, er hätte an dem Tag, als ich freigesprochen wurde, vor dem Gerichtssaal mit mir gesprochen, richtig?«

Ich sagte nichts.

»Richtig?« fragte er wieder. Ich hasse Leute, die nach jedem Satz auf einer Reaktion bestehen.

»Schießen Sie los«, sagte ich.

»Der Wichser war zu dem Zeitpunkt im Knast. Das war am einundzwanzigsten Mai. Schauen Sie mal ins Strafregister. Da werden Sie's schwarz auf weiß finden. Genau das habe ich Morley Shine am Mittwoch vormittag auch gesagt, und er hat gemeint, er würde mal nachsehen.«

»Mr. Barney, ich halte es nicht für richtig, wenn wir beide in dieser Weise miteinander reden. Ich arbeite für die Gegenseite. Ich bin der Feind, ist Ihnen das klar?«

»Ich will Ihnen ja nur meine Seite darlegen.«

Ich hielt den Hörer von mir weg und plinkerte ihn ungläubig an. »Weiß Ihr Anwalt, was Sie hier machen?«

»Zum Teufel damit. Zum Teufel mit ihm. Anwälte stehen mir bis obenhin, mein eigener eingeschlossen. Wir hätten das alles schon vor Jahren klären können, wenn irgend jemand den Anstand besessen hätte, mir zuzuhören.« Und das von einem Mann, der seiner Frau ins Auge geschossen hatte.

»Aber Sie haben doch die Justiz, wenn Sie wollen, daß Ihnen jemand zuhört. Genau darum geht es doch. Sie sagen dies, und Kenneth Voigt sagt etwas anderes. Der Richter hört beide Seiten an und die Geschworenen ebenfalls.«

»Aber Sie nicht.«

»Nein, ich nicht, weil es nicht meine Aufgabe ist«, sagte ich gereizt.

»Selbst wenn ich die Wahrheit sage?«

»Darüber hat das Gericht zu befinden. Das ist nicht mein Job.

Mein Job ist es, Informationen zu sammeln. Lonnie Kingmans Job ist es, die Fakten dem Gericht zu unterbreiten. Was sollte es Ihnen bringen, mir irgend etwas zu erzählen? Das ist blödsinnig.«

»Herrgott! Jemand muß mir doch helfen.« Seine Stimme brach vor Erregung. Ich hörte, wie meine noch frostiger wurde.

»Reden Sie mit Ihrem Anwalt. Er hat Sie von einer *Mordanklage* freigekriegt ... bis jetzt jedenfalls. Ich an Ihrer Stelle würde mir da nicht alles verpfuschen.«

»Könnten wir uns treffen ... nur ganz kurz?«

»Nein, ich kann mich nicht mit Ihnen treffen!«

»Lady, ich flehe Sie an. Nur fünf Minuten.«

»Ich werde jetzt einhängen, Mr. Barney. Das geht so nicht.«

»Ich brauche Hilfe.«

»Dann beschaffen Sie sich welche. Meine Dienste sind schon gebucht.«

Ich legte den Hörer auf und zog ruckartig die Hand zurück. War der Mann übergeschnappt? Das hatte ich noch nie gehört: daß ein Beklagter versuchte, die Gegenseite für sich zu gewinnen. Angenommen, der Kerl rückte mir in seiner Verzweiflung auf die Pelle? Ich griff wieder zum Telefon und rief Ida Ruth an.

»Was gibt's?«

»Der Kerl, der eben angerufen hat – haben Sie ihm meinen Namen gesagt?«

»Natürlich nicht. So etwas würde ich nie tun«, sagte sie.

»O Scheiße, jetzt fällt's mir wieder ein. Ich habe ihn selbst gesagt.«

9

Ich nahm den Hörer wieder ab und versuchte, Sergeant Cordero bei der Mordkommission zu erreichen. Sie war nicht da, und Lieutenant Becker war am Apparat. »Hi, hier ist Kinsey. Ich brauche eine Information und hatte gehofft, Sheri könnte mir helfen.«

»Sie kommt erst nach drei wieder, aber vielleicht kann ich ja was für Sie tun. Worum geht's?«

»Ich wollte sie bitten, im Bezirksgefängnis anzurufen und zu veranlassen, daß sich mal jemand die Entlassungsformulare eines Burschen namens Curtis McIntyre anguckt.«

»Augenblick. Ich brauche nur einen Stift. McIntyre war der Name?«

»Genau. Das ist ein Informant, den Lonnie Kingman vor Gericht als Zeugen befragen will. Ich muß wissen, ob er am einundzwanzigsten Mai vor fünf Jahren im Gefängnis saß. Das ist der Tag, an dem er angeblich mit dem Beklagten gesprochen haben will. Ich kann mir die Information auch auf dem offiziellen Weg beschaffen, aber es ist wahrscheinlich nur ein Schlag ins Wasser, und ich habe keine Lust, den ganzen Aufwand auf mich zu nehmen.«

»Kann nicht so schwer sein, das rauszukriegen. Ich rufe Sie wieder an, wenn ich es habe, wird aber vielleicht ein Weilchen dauern. Ich hoffe, es ist nicht brandeilig.«

»Je schneller, desto besser.«

»Ist das nicht immer so?« meinte Lieutenant Becker.

Als ich wieder aufgelegt hatte, dachte ich über die Situation nach. Ich überlegte, ob es keinen schnelleren Weg gab, die Sache nachzuprüfen. Natürlich konnte ich bis zum Nachmittag warten, aber die Sache würde mir ständig im Kopf herumspuken. David Barneys Anruf hatte mich beunruhigt und aus dem Konzept gebracht. Ich hatte keine Lust, meine Zeit damit zu verschwenden, etwas zu überprüfen, was er sich vermutlich nur ausgedacht hatte. Aber auf der anderen Seite baute Lonnie auf Curtis McIntyres Zeugenaussage. Wenn Curtis McIntyre log, waren wir aufgeschmissen, vor allem, wenn sich gleichzeitig auch noch Morleys Recherchen in Luft auflösten. Das war mein erster Job für Lonnie. Ich konnte es mir nicht gut leisten, schon wieder gefeuert zu werden.

Ich ließ noch einmal mein Gespräch mit Curtis im Gefängnis Revue passieren. Seiner Darstellung nach hatte er David Barney am Tag des Freispruchs unmittelbar vor der Tür des Gerichtssaals abgefangen. Auf David Barneys Anwalt Herb Foss könnte ich wohl kaum zählen, wenn es darum ging, Curtis Aussage zu untermauern, aber vielleicht gab es einen anderen Zeugen für diese Begegnung? All die vielen Journalisten mit ihren Kameras und Mikrophonen.

Ich schnappte mir meine Jacke und meine Umhängetasche, verließ die Kanzlei und trabte zwei Ecken weiter zu der Nebenstraße, wo es mir schließlich gelungen war, mein Auto in eine freie Parklücke zu quetschen. Ich nahm den Capilla Boulevard zur anderen Seite der Stadt, mitten durch das Geschäftsviertel, und fuhr den Berg jenseits des Freeway hinauf.

KEST-TV lag noch auf dieser Bergseite. Von dem Steilabhang, auf dem das Sendergebäude thronte, hatte man ein halbkreisförmiges Panorama über Santa Teresa vor sich: auf der einen Seite Berge, auf der anderen den Pazifik. Es gab Stellplätze für etwa fünfzig Autos, und ich parkte meinen Wagen in einer als Besucherparkplatz ausgewiesenen Stellfläche. Ich stieg aus und blieb kurz stehen, um den Blick zu genießen. Der Wind strich durch das trockene Gras auf dem Hang. In der Ferne erstreckte sich das helle Meer bis zum Horizont. Es sah glatt aus und seltsam flach.

Ich mußte an die Geschichte denken, die mir einmal ein Meeresarchäologe erzählt hatte. Er hatte gesagt, es gebe Hinweise auf primitive menschliche Siedlungen dort draußen, die jetzt unter Wasser lagen, ursprünglich aber an sumpfigen Flußmündungen oder Arroyos errichtet worden waren. Im Lauf der Zeit hatte das Meer immer wieder Gefäßscherben, Mörser, Muschelschmuck und andere Gegenstände angespült, wahrscheinlich von alten Friedhöfen und Mülldeponien entlang der mittlerweile versunkenen Küste. Die Legenden der Chumash-Indianer berichten, daß einmal das Meer zurückgewichen und über Stunden draußen geblieben sei. Ein Haus sei an der Wasserlinie aufgetaucht ... ein, zwei Meilen weit draußen ... eine wundersame Hütte. Die Leute seien am Strand zusammengelaufen, unter staunendem Gemurmel. Dann sei das Wasser noch weiter zurückgewichen, und ein zweites Haus aufgetaucht, aber die Augenzeugen hätten sich zu sehr gefürchtet, um näher heranzugehen. Nach und nach sei das Wasser wiedergekommen, und die beiden Gebäude seien in der langsam steigenden Flut verschwunden.

Die Geschichte hatte etwas Gespenstisches – Geister des Holozän, die für einen Moment eine längst allen Blicken entzogene Wohnstätte freilegten. Ich hatte mich schon manches Mal gefragt, ob ich mich wohl über das freigelegte Stück Meeresboden dort hinausgetraut hätte. Etwa eine halbe Meile weit draußen fiel der Grund ab wie die Flanke eines Gebirges, und unterseeische Felsenkliffs stürzten steil ab zu einem Canyon. Ich stellte mir die Sedimentschicht auf dem Grund des Ozeans vor, dumpfgrau wegen des fehlenden Lichts, uneben und pockennarbig von all den stumpfen, steinigen Schätzen. Die Zeit deckt die Wahrheit zu, und an der Oberfläche weist nicht einmal mehr ein leichtes Gekräusel auf all die Ebenen und Täler in der Tiefe hin. Auch jetzt, nur sechs Jahre nach diesem Mord, war vieles verschüttet und versunken. An mir war es, die Fundstücke aufzusammeln, die an die Gestade der Gegenwart gespült wurden, beunruhigt bei dem Gedanken an die unentdeckten Schätze dort unten, wo man sie gerade nicht mehr erreichen konnte.

Ich drehte mich um und ging ins Sendergebäude, einem einstökkigen Steinbau, unscheinbar sandfarben verputzt und strotzend von Antennen aller Art. In der Eingangshalle empfingen mich ein hellblauer Teppichboden und die Sorte »Schwedenmöbel«, wie man sie in einem gehobenen Studentenzimmer findet. Die Weihnachtsdekoration wurde gerade angebracht: ein künstlicher Baum in der einen Ecke, auf einem Stuhl ein Stapel Kartons mit Schmuck. An der Wand zu meiner Rechten waren diverse Fernsehpreise ausgestellt wie Bowling-Trophäen. In einem Farbfernseher lief eine Vormittags-Spielshow, bei der es offenbar darum ging, eine Reihe prominenter Persönlichkeiten zu erraten, die mit Vornamen allesamt Andy hießen.

An der Anmeldung saß ein hübsches Mädchen mit langem dunklen Haar und lebhaftem Make-up. Auf ihrem Namensschildchen stand »Tanya Alvarez«. »Rooney!« rief sie, die Augen auf den Fernseher geheftet. Ich wandte mich um und sah auf den Bildschirm. »Andy Rooney« war richtig, und das Publikum applaudierte. Jetzt kam der nächste Hinweis, und sie sagte: »Ach, verflixt, wer ist das? Wie heißt er doch gleich? Andy Warhol!« Wieder richtig, und sie errötete vor Befriedigung. Sie sah zu mir herüber. »Ich könnte bei dieser Show ein Vermögen machen, aber wahrscheinlich käme gerade an dem Tag irgendein Gebiet, von dem ich keine Ahnung habe. Kugelfische oder exotische Pflanzen. Kann ich Ihnen helfen?«

»Ich weiß nicht. Ich würde mir gern altes Nachrichtenmaterial von vor fünf Jahren ansehen, falls Sie so etwas haben.«

»Aus unserem Archiv?«

»So hatte ich es mir gedacht. Es geht um das Urteil in einem Mordprozeß hier in Santa Teresa, und ich nehme ziemlich sicher an, daß Sie darüber berichtet haben.«

»Augenblick. Ich werde mal nachsehen, ob Ihnen jemand dahinten weiterhelfen kann.« Sie wählte ins Innere des Gebäudes durch und schilderte dem Jemand am Apparat mein Anliegen. »Leland kommt in fünf Minuten«, sagte sie.

Ich dankte ihr und vertrieb mir die Wartezeit, indem ich ein wenig herumwanderte, vom Vordereingang, der zum Parkplatz hinausging, zu der automatischen Glastür am anderen Ende der Empfangshalle, die den Blick auf eine große Terrasse mit weißen Gußplastik-Stühlen freigab. Um die Terrasse zog sich wie im 3D-

Kino das Panorama der Stadt. Ich konnte mir vorstellen, wie die Beschäftigten des Senders dort draußen in der heißen Sonne Mittagspause machten – die Frauen mit dezent hochgezogenem Rock, die Männer ohne Hemd. Eine große Antennenschüssel beherrschte das Blickfeld. Die Luft sah von hier oben dunstig aus ...

»Ich bin Leland. Was kann ich für Sie tun?«

Der Typ, der durch die Tür hinter mir aufgetaucht war, mußte Ende zwanzig sein und hatte bestimmt einen Zentner Übergewicht. Ein Mop aus braunen Locken umrahmte ein Baby-Face mit Drahtbrille, klaren, blauen Augen und roten Backen ohne jeden Bartwuchs. Mit einem Namen wie Leland war er wirklich geschlagen. Er sah aus wie jene Sorte kleiner Jungen, die vom ersten Schultag an von den Mitschülern gepiesackt werden: zu intelligent und zu dick, um von den unbedachten Grausamkeiten der anderen Mittelschichtskinder verschont zu bleiben.

Ich stellte mich vor, und wir gaben uns die Hand. Ich erklärte so kurz und bündig wie möglich, warum ich hier war. »Und da dachte ich mir, wenn am Tag des Freispruchs Reporter der lokalen Medien anwesend waren, müßte doch vermutlich auch gefilmt worden sein, wie Barney aus dem Gerichtssaal kam.«

»Okay«, sagte er.

»›Okay‹, war eigentlich nicht die Antwort, die ich hören wollte, Leland. Ich hatte gehofft, es gäbe eine Möglichkeit, die alten Nachrichtenspots durchzusehen.«

Leland sah mich verständnislos an. Ich wünschte, die Arbeit eines Privatdetektivs wäre so einfach, wie es im Fernsehen immer dargestellt wird. Ich habe noch nie ein Sicherheitsschloß mit meiner Kreditkarte geöffnet. Ich schaffe es noch nicht einmal, sie in die Türritze zu zwängen, ohne daß sie kaputtgeht. Und was sollte sie bewirken, wenn man sie drinnen hat? Bei den meisten Schlössern, die ich in meinem Leben gesehen habe, ist die schräge Seite des Schnappers *innen*, so daß es gar nicht möglich ist, eine Kreditkarte daran entlangzuschieben und das Ding zurückzudrücken. Und wenn die schräge Seite schon mal außen ist, macht das Schließblech das Einführen selbst des flexibelsten Instruments einfach unmöglich. Genauso unerbittlich schien sich auch Leland zu sperren.

»Wo liegt das Problem? Heben Sie das Zeug nicht auf?«

»Das schon. Ich bin mir sicher, daß wir eine Kopie des Spots haben, den Sie suchen. Die Bänder sind nach Thema und Datum katalogisiert und mit Querverweisen auf Karteikarten erfaßt.«

»Sie haben sie nicht im Computer?«

In seinem Kopfschütteln schwang ein Hauch von Befriedigung. »Die Logistik der Archivierung spielt keine Rolle, weil ich Ihnen das Band ohne offizielle gerichtliche Anordnung sowieso nicht zeigen darf.«

»Ich arbeite für einen Anwalt. Ich kann eine gerichtliche Anordnung beschaffen. Gar kein Problem.«

»Dann tun Sie's. Ich kann warten.«

»Das glaube ich, aber ich nicht. Ich brauche die Information so schnell wie möglich.«

»Das ist Ihr Problem. Ich kann Ihnen das Band nicht zeigen, solange Sie keine gerichtliche Anordnung haben.«

»Aber wenn ich sie doch später beschaffen kann, wo liegt denn da der Unterschied? Ich bin zur Einsichtnahme berechtigt. Das ist doch der Punkt, oder?«

»Kein Wisch, keine Einsicht. Das ist der Punkt«, sagte er.

Ich kapierte allmählich, warum ihn seine imaginären Klassenkameraden so gerne peinigten. »Vielleicht versuchen wir's mal so?« Ich zog ein Karteifoto von Curtis McIntyre hervor. »Sie könnten sich doch das Band ansehen und mir sagen, ob dieser Mann da drauf ist. Das ist alles, was ich wissen will.«

Er starrte mich mit jener ausdruckslosen Miene an, die alle erbsenzählenden Bürokraten aufsetzen, während sie sich überlegen, wie wahrscheinlich es ist, daß sie gefeuert werden, wenn sie ja sagen. »Warum wollen Sie das wissen? Ich habe vorhin nicht richtig zugehört.«

»Dieser Mensch behauptet, er hätte kurz nach der Urteilsverkündung in einem Mordprozeß mit dem Freigesprochenen geredet. Er sagt, es sei gefilmt worden, als der Mann aus dem Gerichtssaal kam. Das heißt, wenn er die Wahrheit sagt, müßte er auf den Aufnahmen deutlich zu erkennen sein, nicht wahr?«

»Jaaa«, sagte er langsam. Ich merkte, daß er dachte, da sei irgendein Trick dabei.

»Das ist keine Verletzung irgendwelcher Grundrechte«, sagte ich sachlich-argumentativ. »Könnten Sie nicht mal kurz nachsehen?«

Er streckte mir die Hand hin. Ich gab ihm das Karteifoto von Curtis. Er hielt die Hand noch immer ausgestreckt.

Ich starrte ihn einen Moment lang an. »Oh«, sagte ich. Ich öffnete meine Handtasche und zückte meine Brieftasche. Ich fischte einen Zwanziger heraus und drückte ihn ihm in die Hand. Seine Miene veränderte sich nicht merklich, aber mir war klar, daß er beleidigt war. Den gleichen Blick würde man von einem New Yorker Taxifahrer ernten, wenn man ihm ein Zehn-Cent-Stück als Trinkgeld anböte.

Ich blätterte einen weiteren Zwanziger hin. Keine Reaktion. Ich sagte: »So jung und schon so korrupt.«

»Eine Schande, nicht wahr?« erwiderte er.

Ich legte noch einen Schein drauf.

Er schloß die Hand. »Kommen Sie mit.«

Er wandte sich um und verschwand durch den Durchgang in einen schmalen Korridor. Ich folgte ihm wortlos. Rechts und links gingen Büroräume ab. Gelegentlich passierten wir andere Mitarbeiter in Jeans und Reeboks, aber niemand schien sonderlich beschäftigt. Die Räume wirkten vollgepfropft und verwinkelt, mit zu viel knorzigem Kiefernfurnier an den Wänden und zu vielen billig gerahmten Fotos und Urkunden. Das gesamte Gebäude schien einer Do-It-Yourself-Heimverschönerung anheimgefallen, die es später unmöglich macht, es wieder zu verkaufen.

Am jenseitigen Ende des Ganges gelangten wir in einen kleinen Beton-Blinddarmfortsatz mit einer Treppe, die nach oben ins Dachgeschoß führte. In dem Kabuff stand rechterhand ein altmodischer hölzerner Aktenschrank mit einem kleineren Kartei-Aufsatz. Er zog das Schubfach für das fragliche Jahr heraus und begann, die Karteikarten durchzublättern, wobei er zunächst von dem Namen Barney ausging. »Die *Field-Tapes* haben wir nicht«, bemerkte er, während er weitersuchte.

»Was sind Field-Tapes?«

»Das wären die ganzen zwanzig Minuten Rohmaterial, die unser Mann gefilmt hat. Wir heben nur die anderthalb bis zwei Minuten Endfassung auf, die tatsächlich über den Äther gehen.«

»Ach. Na ja, das würde mir auch schon helfen.«

»Es sei denn, der Typ, den Sie suchen, hätte sich erst dann an den Verdächtigen rangemacht und mit ihm gesprochen, als die Kameras nicht mehr liefen.«

»Leider wahr«, sagte ich.

»Nee. Nichts«, sagte er. »Na gut, sehen wir mal weiter. Unter was könnte es noch stehen?« Er probierte es unter »Mord«, »Prozesse« und »Gerichtsnotizen«, aber Isabelle Barney war nirgends aufgeführt.

»Versuchen Sie's mal unter ›Tötungsdelikte‹«, schlug ich vor.

»Oh, heißer Tip.« Er suchte unter T. Da war es, mit einer Nummer daneben, die sich wohl auf das zugehörige Videoband bezog. Wir stiegen die schmale Treppe hinauf und traten durch eine Tür, die so niedrig war, daß wir die Köpfe einziehen mußten. Drinnen erwartete uns ein Labyrinth aus kleinen, mannshohen Kämmerchen, deren Wände mit säuberlich beschrifteten, senkrecht eingeordneten Videokassetten vollgestellt waren. Leland suchte und fand die Bänder, die wir wollten. Dann führte er mich wieder nach unten und rechts um die Ecke, wo sich vier Kabinen mit Video-Apparaturen befanden. Er schaltete das erste Gerät an und legte das Band ein. Der erste Spot erschien auf dem Schirm vor uns. Leland drückte die Schnellvorlauf-Taste. Ich sah die Nachrichten des betreffenden Jahres vorbeirauschen wie die Geschichte der menschlichen Zivilisation in zwei Minuten, alles putzmunter und zackig. Ich erspähte eine Standaufnahme von Isabelle Barney. »Das ist sie«, rief ich.

Leland spulte das Band ein Stück zurück und ließ es dann mit Normalgeschwindigkeit ablaufen. Ein Nachrichtensprecher, den ich seit Jahren nicht mehr gesehen hatte, kommentierte jetzt auf einmal eine Serie zusammenmontierter Filmschnipsel, die schlaglichtartig Isabelles Tod, David Barneys Verhaftung und den anschließenden Prozeß illustrierten. Der Freispruch wirkte in dieser kondensierten Form als ein Ergebnis prompter und reibungslos funktionierender Wahrheitsfindung – wohlformuliert, flüssig vorgetragen, im Namen von Recht und Freiheit. David Barney war zu sehen, wie er aus dem Gerichtssaal kam, offenbar etwas benommen.

»Stop. Das will ich sehen.«

Leland hielt das Band an und ließ mich das Bild eingehend studieren. Barney war in den Vierzigern, mit zurückgekämmtem, hellbraunem, welligem Haar. Er hatte Falten auf der Stirn und um die Augenwinkel, eine gerade Nase und ein verkrampftes Grinsen über künstlich-ebenmäßigen Zähnen, ein energisches Kinn und kräftige Hände mit stumpf geschnittenen Fingernägeln. Er war etwas mehr als mittelgroß. Sein Anwalt wirkte im Vergleich zu ihm sehr groß, grau und düster.

»Danke«, sagte ich. Ich merkte erst jetzt, daß ich den Atem angehalten hatte. Leland drückte auf die Abspieltaste, und die Nachrichten wechselten gleich darauf zu einem völlig anderen Thema über. Er gab mir Curtis McIntyres Karteifoto wieder. »Nichts von ihm zu sehen.«

Für das Geld, das ich ihm gegeben hatte, hätte er wenigstens Enttäuschung heucheln können. »Kann es am Kamerawinkel liegen?« fragte ich.

»Wir haben die Totale und die Nahaufnahme. Sie haben ja gesehen, wie sie allein durch die Tür kommen. Nach dem, was wir hier drauf haben, ist niemand zu ihm hingegangen. Aber wie gesagt, der Typ kann ihn ja angesprochen haben, als nicht mehr gefilmt wurde.«

»Na gut, vielen Dank«, sagte ich. »Dann muß ich mich wohl auf meine andere Quelle stützen.«

Ich ging zu meinem Wagen zurück, ohne recht zu wissen, was ich jetzt tun sollte. Falls sich bestätigte, daß Curtis McIntyre gesessen hatte, wollte ich ihn zur Rede stellen, aber noch war es nicht soweit. Theoretisch hatte ich noch etliche Leute zu befragen, aber

David Barneys Anruf hatte mich aus der Bahn geworfen. Ich wollte meine Zeit nicht darauf verwenden, sein Alibi zu untermauern, aber wenn das, was er sagte, stimmte, würden wir ziemlich dumm dastehen.

Ich fuhr die gewundene Straße auf der anderen Bergseite hinunter, bog nach rechts in den Promontory Drive ein, folgte der Küstenstraße und gelangte von hinten wieder nach Horton Ravine. Die nächsten anderthalb Stunden benutzte ich dazu, die Nachbarschaft abzuklappern, um herauszufinden, ob jemand in der Mordnacht zufällig draußen gewesen war. Es war nicht gerade ein berauschendes Gefühl, mich in David Barneys unmittelbarer Nähe zu tummeln, aber ich sah keine andere Möglichkeit, mir Informationen zu beschaffen. So etwas telefonisch anzugehen, kann man gleich bleibenlassen. Damit gibt man den Leuten nur die Möglichkeit, einfach einzuhängen, Geschichten zu erfinden oder sich aufzuspielen.

Ein Nachbar war weggezogen, ein anderer gestorben. Eine Frau, die auf einem Nachbargrundstück wohnte, meinte, einen Knall gehört zu haben, hatte sich damals aber nicht weiter darum gekümmert und später Zweifel bekommen, ob es nicht doch etwas anderes gewesen sei. Was zum Beispiel, dachte ich. Vielleicht bin ich ja besonders paranoid, aber wenn ich etwa höre, das wie ein Schuß klingt, sehe ich immer auf die Uhr, um den genauen Zeitpunkt festzuhalten.

Von den Bewohnern der übrigen acht an diesem Straßenstück verstreut liegenden Häuser war niemand in der fraglichen Nacht draußen gewesen, und keiner hatte etwas gesehen. Ich hatte den Eindruck, daß das alles viel zu lange her war, um noch einen Gedanken wert zu sein. Ein Mord, der sechs Jahre zurückliegt, beschäftigt die Phantasie nicht mehr. Sie hatten alle ihre Version der Geschichte schon zu oft erzählt.

Ich fuhr zum Mittagessen nach Hause und ging zuerst kurz in meine Wohnung, um den Anrufbeantworter abzuhören. Es war nichts drauf. Dann ging ich nach nebenan zu Henry. Ich war gespannt auf William.

Henry stand in der Küche, die Arme bis zu den Ellbogen mit Vollweizenmehl bepudert. Er knetete Brotteig. Kleine Klümpchen klebten an seinen Fingern wie Holzkitt. Normalerweise hatten Henrys Backvorbereitungen etwas Meditatives – methodisch, routiniert, beruhigend für den Betrachter. Heute dagegen wirkte sein Geknete grimmig, und in seinem Blick lag etwas Gehetztes. Neben ihm an der Arbeitsplatte stand ein Mann, der sein Zwillingsbruder hätte sein können: groß und schlank, mit dem gleichen schneeweißen Haar, den gleichen blauen Augen, den gleichen aristokratischen Zügen. Die Ähnlichkeit sprang sofort ins Auge. Doch die Unterschiede waren fundamental, fielen aber erst beim zweiten Hinsehen auf.

Henry trug ein Hawaii-Hemd, weiße Shorts und Sandalen, und seine langen Gliedmaßen waren so sehnig und sonnengebräunt wie die eines Langstreckenläufers. William trug einen dreiteiligen Nadelstreifenanzug, ein gestärktes weißes Hemd und eine Krawatte. Seine Haltung war sehr aufrecht, fast steif, als müßte er damit eine allgemeine Schwäche kompensieren, von der ich bei Henry nie etwas gemerkt hatte. William hielt eine Broschüre in der leicht zittrigen Hand und tippte mit einer Gabel auf einen Längsschnitt des menschlichen Herzens. Er hielt inne, damit wir einander vorgestellt werden konnten, und wir gingen durch die einschlägigen Floskeln. »Also, wo war ich?« fragte er.

Henry sah mich ausdruckslos an. »William hat mir gerade die medizinischen Prozeduren nach seinem Herzinfarkt erläutert.«

»Ganz recht. Das wird Sie interessieren«, sagte William zu mir. »Ich nehme an, Ihre Anatomiekenntnisse sind genauso rudimentär wie seine.«

»Eine Prüfung würde ich sicher nicht bestehen«, sagte ich.

»Das war bei mir genauso« erwiderte William, »bis zu diesem Vorfall. Schau her, Henry, das wirst du dir bestimmt genauer ansehen wollen.«

»Ich weiß nicht«, sagte Henry.

»Siehst du, die rechte Herzkammer nimmt das Blut auf, das aus dem Körper kommt, und pumpt es durch die Lunge, wo das Kohlendioxyd und andere Abfallstoffe gegen Sauerstoff ausgetauscht werden. Die linke Kammer nimmt das sauerstoffreiche Blut aus der Lunge auf und pumpt es durch die Aorta wieder hinaus in den Körper ...« Das Schaubild sah aus wie der Plan einer Parkanlage mit durch schraffierte Pfeile markierten Einbahnstraßen. »Wenn diese Arterien verstopfen, wird es problematisch.« William tippte nachdrücklich mit seiner Gabel auf das Diagramm. »Das ist so, wie wenn ein Felsrutsch eine Straße blockiert. Der Verkehr wird aufgehalten, und es entsteht ein böser Stau.« Er blätterte eine Seite weiter, das Heftchen vor der Brust wie ein Vorschullehrer, der den Kindern etwas vorliest. Das nächste Schaubild war ein Querschnitt durch ein Herzkranzgefäß, das aussah wie ein mit Flusen verstopfter Staubsaugerschlauch.

Henry unterbrach ihn. »Haben Sie schon zu Mittag gegessen?«

»Deshalb bin ich hergekommen.«

»Im Kühlschrank ist Thunfisch. Sie können uns ein paar Sandwiches machen. Ißt du Thunfisch, William?«

»Ich mußte es aufgeben. Thun ist sowieso schon ein sehr fetter Fisch, und dann noch Mayonnaise ...« Er schüttelte den Kopf. »Für mich nicht, danke. Ich werde mir eine von den natriumarmen Suppen warmmachen, die ich mitgebracht habe. Ich möchte ihm keine Mühe machen, das habe ich ihm auch gesagt. Es gibt nichts Schlimmeres, als den eigenen Angehörigen zur Last zu fallen. Ein krankes Herz ist noch lange kein Todesurteil. Mäßigung heißt das Schlüsselwort. Körperliche Betätigung in Maßen, richtige Ernährung, ausreichend Ruhe ... es gibt keinen Grund, weshalb ich nicht neunzig werden sollte.«

»In unserer Familie werden alle über neunzig«, sagte Henry schroff. Er patschte die Brotlaibe zurecht und legte sie nacheinander in eine Reihe gefetteter Backformen.

Ich hörte ein leises Ping.

William nahm seine Taschenuhr heraus und schnippte den Dekkel auf. »Zeit für meine Pillen«, sagte er. »Ich denke, ich werde jetzt meine Medikamente nehmen und mich dann in meinem Zimmer ein wenig ausruhen, um den Streß durch den Jet-Lag auszugleichen. Ich hoffe, Sie entschuldigen mich, Miss Millhone. Es war mir ein Vergnügen, Ihre Bekanntschaft zu machen.«

»Ganz meinerseits, William.«

Wir gaben uns wieder die Hand. Der Vortrag über die Risiken fettreicher Ernährung schien seine Kräfte ein wenig gestärkt zu haben.

Während ich die Sandwiches zubereitete, schob Henry sechs Laibe Brot in den Ofen. Wir trauten uns nicht, etwas zu sagen, da wir hörten, wie William sich im Bad ein Glas Wasser holte und dann wieder in sein Zimmer zurückging. Wir setzten uns zum Essen.

»Man darf wohl davon ausgehen, daß das zwei sehr lange Wochen werden«, murmelte Henry.

Ich ging zum Kühlschrank, nahm zwei Pepsi Light heraus und brachte sie mit an den Tisch. Henry öffnete beide und schob mir dann eines wieder hin. Während wir aßen, informierte ich ihn über den Stand meiner Ermittlungen, zum einen, weil er es gern hatte, wenn ich ihm von meiner Arbeit erzählte, und zum andern, weil ich immer wieder feststelle, daß es mir hilft, meine Gedanken zu ordnen, wenn ich höre, was ich zu sagen habe.

»Und wie ist Ihr Gefühl, was diesen Barney anbelangt?« fragte er.

Ich zuckte die Achseln. »Der Mann ist ein Widerling, aber von Kenneth Voigt bin ich auch nicht gerade angetan. Ein unangenehmer Mensch. Na ja, zum Glück richtet sich die Justiz nicht nach meiner persönlichen Meinung.«

»Glauben Sie, daß dieser Informant die Wahrheit sagt?«

»Ich werde schon viel mehr wissen, wenn klar ist, wo er am einundzwanzigsten Mai war«, sagte ich.

»Warum sollte er lügen? Zumal, wenn es sich so leicht überprüfen läßt? Wenn er wirklich im Gefängnis gesessen hat, brauchen Sie doch, wenn ich es richtig sehe, nur hinzugehen und in seinen Akten nachzusehen.«

»Aber warum sollte David Barney lügen, wenn da doch genau das gleiche gilt? Anscheinend ist bisher niemand auf den Gedanken gekommen, diese Datumsgeschichte zu überprüfen –«

»Es sei denn, Morley Shine hätte es getan, ehe er starb.« Henry imitierte die Achtung-bedeutsamer-Moment-Musik eines Radiohörspiels: »Da-da-da.«

Ich lächelte, den Mund zu voll mit Thunfisch-Sandwich, um eine Antwort herauszubringen. »Na, großartig. Das hat mir gerade noch gefehlt«, sagte ich, sobald ich dazu in der Lage war. »Ich mache meinen Job ordentlich und segne ebenfalls das Zeitliche.« Ich wischte mir den Mund mit einer Papierserviette ab und nahm einen Schluck Pepsi.

Henry machte eine wegwerfende Handbewegung. »Das war sicher nur ein Vernebelungsmanöver von Barney.«

»Ich hoffe sehr, daß es so ist. Ich weiß wirklich nicht, was ich machen soll, wenn sich herausstellt, daß an diesem ganzen Zeug etwas dran ist.«

Berühmte letzte Worte. Ehe ich aufbrach, rief ich Lieutenant Becker an, um nachzufragen, ob er schon etwas vom Gefängnisregister gehört hatte.

»Ich habe eben mit ihnen telefoniert. Der Mann hat recht. Curtis McIntyre ist an dem Tag wegen eines Einbruchsdelikts zur Anklagevernehmung vorgeführt worden. Er könnte natürlich auf dem Weg zum Haftrichter im Gang an Barney vorbeigekommen sein, aber dann wäre er mit den anderen Gefangenen zusammengekettet gewesen. Er hätte unmöglich mit ihm reden können.«

»Ich sollte wohl herausfinden, was hier gespielt wird«, sagte ich.

»Dann tun Sie's besser schnell. McIntyre ist heute früh um sechs aus der Haft entlassen worden.«

10

Ich eilte zurück ins Büro und rief Sergeant Hixon an, eine Freundin von mir im Bezirksgefängnis. Sie sah in Curtis McIntyres Haftakte nach und gab mir die Adresse durch, die er seinem letzten Bewährungshelfer genannt hatte. Curtis schien jeweils einen Teil des Jahres von der mietfreien Wohnmöglichkeit zu profitieren, die das Santa Teresa County Sheriffs Department bot – für ihn wahrscheinlich so etwas wie ein Time-Share-Ferienappartment auf Hawaii. Wenn er nicht gerade die Gratis-Mahlzeiten und die Volleyballanlagen der Bezirksstrafanstalt nutzte, bewohnte er offenbar ein Zimmer im Thrifty Motel (»tage-, wochen-, monatweise ... mit Kochgelegenheit«) an der oberen State Street.

Ich parkte meinen VW auf der gegenüberliegenden Straßenseite und musterte das Etablissement, das, wie ein kurzer Überschlag ergab, in bequemer Gehweite des Gefängnisses lag. Curtis brauchte bei der Entlassung noch nicht einmal das Geld für ein Taxi zu berappen. Ich dachte mir, daß er wohl in dem einzigen Zimmer wohnen mußte, vor dem kein klappriger Wagen stand. Die übrigen Bewohner verfügten über ein Sortiment von Chevies und zehn Jahre alten Cadillacs, die bevorzugten Vehikel von Auto-Versicherungsbetrügern, was sie ja vielleicht auch waren. Curtis war noch nicht lange genug auf freiem Fuß, um schon wieder illegalen Aktivitäten nachzugehen. Nun ja, vielleicht Verunreinigung städtischer Anlagen, unsittliches Verhalten oder Spucken in der Öffentlichkeit, aber nichts *Ernstes*.

Das Thrifty Motel wirkte wie eine jener Absteigen, die schon Bonny und Clyde als Unterschlupf dienten. Es war L-förmig, aus

Hohlblocksteinen gebaut und in jenem eigentümlichen Grün gestrichen, das Eigelb annimmt, wenn es zu lange gekocht wird. Es hatte insgesamt zwölf Zimmer, jedes mit einer kleinen Eingangsveranda, die kaum größer war als eine Fußmatte. Jemand hatte Stiefmütterchen in lauter Kaffeedosen der gleichen Marke gepflanzt und jeweils zwei oder drei davon um die Treppenstufen arrangiert. Das Büro am Eingang wurde dominiert von einem Cola-Automaten, und die Frontscheibe war mit Faksimiles aller gängigen Kreditkarten bepflastert.

Ich wollte gerade die Straße überqueren und nachsehen, ob er da war, als ich ihn aus genau dem Raum treten sah, den ich ihm im stillen zugeordnet hatte. Er wirkte ausgeruht und frischrasiert und trug Jeans, ein weißes T-Shirt und eine Jeans-Jacke. Er fuhr sich mit einem Kamm durchs Haar, das noch duschfeucht war und sich um seine Ohren kringelte. Er rauchte und kaute gleichzeitig Kaugummi, eine herb-frische Duftkomposition für den Atem. Ich ließ den VW an und folgte ihm in einiger Entfernung.

Ich behielt ihn im Auge, während er in westlicher Richtung davonschlenderte und etliche kleinere Geschäfte passierte: eine Pizza-Bude, eine Tankstelle, eine Transporter-Vermietung, einen Laden für Heimwerker- und einen für Gartenbedarf. Dahinter, wo die Straße eine leichte Linkskurve machte, lag ein Bar-Grillrestaurant namens Wander Inn. Die Tür stand offen. Curtis schnippte seine Zigarette auf den Bürgersteig und verschwand im Eingang. Ich fuhr auf den Schotterparkplatz hinter dem Gebäude und parkte auf einem von zehn freien Stellplätzen. Ich ging durch den Hintereingang, vorbei an den Toiletten und an der Küche, wo ich den Mann am Fritierbecken ein Drahtsieb voller goldgelber Pommes frites trockenschütteln sah.

Das Lokal war ganz Plastik und Bierdunst, illuminiert von einem breiten Strahl Tageslicht, das zur Vordertür hereinfiel. Schon um diese Uhrzeit hüllte der Zigarettenqualm alles in einen leichten Nebelschleier wie auf alten Fotos. Das einzig Bunte waren die grellen Grundfarben des Flippers, auf dem eine Barbarella mit riesigen Spitzkegelbrüsten im hautengen Raumanzug und schenkelhohen gelben Stiefeln breitbeinig auf dem Erdball ritt. Hinter ihr schoß ein großes, rotes Dildo-förmiges Raumschiff in Richtung Mond.

An der Bar wandten sechs Männer die Köpfe nach mir um, aber Curtis war nicht darunter. Ich sichtete ihn in einer Nische, eine Bierflasche an den Lippen. Sein Adamsapfel ruckte auf und ab wie ein Pumpkolben. Er stellte die leere Flasche auf den Tisch und verharrte einen Moment, um eine Serie dröhnender Rülpser zu produzieren wie ein wütender Seelöwe, der sein Weibchen anbellt.

Eine Kellnerin in weißer Bluse, schwarzen Hosen und Tennisschuhen kam aus der Küche, bewehrt mit einem Tablett mit heißem Essen, das sie zu seinem Tisch trug. Ich wartete, bis sie ihm einen Cheeseburger und einen Berg Pommes frites hingestellt hatte, was er beides mit üppigen Dosen Salz und Ketchup überschüttete. Er türmte Salat, Tomatenscheiben, Gürkchen und Zwiebeln auf den Burger, legte dann die obere Brötchenhälfte wieder darauf und quetschte das ganze Gebilde platt. Zum Abbeißen mußte er es mit beiden Händen zum Mund führen. Ich ging zu seiner Nische und schlüpfte ihm gegenüber auf die Bank. Er gab seiner Begeisterung so lebhaft Ausdruck, wie es ihm mit vollem Mund und ketchupverschmierten Lippen möglich war. »Hey, wie geht's? Ist ja toll! Schön, Sie zu sehen. Ist ja ein Ding. Woher wußten Sie, daß ich hier bin?« Er schluckte den Inhalt seiner Backentaschen hinunter und wischte sich mit einer Papierserviette über die untere Gesichtshälfte. Ich reichte ihm eine zweite Serviette aus dem Spender und beobachtete, wie er sich die Finger abputzte, worauf er prompt darauf bestand, mir die Hand zu schütteln. Ich sah keine höfliche Möglichkeit, dem zu entgehen, obwohl mir klar war, daß meine Hand noch eine Stunde nach Zwiebeln riechen würde.

Ich stützte mich auf die verschränkten Unterarme, um weitere Kontakte im Vorfeld abzubiegen. »Curtis, ich muß mit Ihnen reden.«

»Ich hab' Zeit. Möchten Sie ein Bier? Nur zu, ich spendier' Ihnen eins.«

Ohne meine Einwilligung abzuwarten, signalisierte er dem Barkeeper seine Bestellung, indem er seine Bierflasche hochhob und zwei Finger in die Luft reckte. »Möchten Sie auch was essen? Bestellen Sie sich was«, sagte er.

»Ich habe gerade gegessen.«

»Na, dann ein paar Fritten. Bedienen Sie sich. Woher haben Sie gewußt, daß ich wieder draußen bin? Das letzte Mal, als wir uns gesehen haben, saß ich noch im Bau. Sie sehen toll aus.«

»Danke. Sie auch. Das war übrigens gestern«, erinnerte ich ihn.

Curtis sprang auf und ging hinüber an die Bar, um das Bier zu holen. Während er weg war, aß ich ein paar von seinen Pommes frites. Sie waren handgeschnitten, mit Schale, und richtig schön knusprig. Er kam mit dem Bier zurück, und ich sah, wie er Anstalten machte, sich neben mich zu quetschen.

»Nichts da«, sagte ich. Er benahm sich, als seien wir liiert, und die Typen an der Bar äugten neugierig zu uns herüber.

Ich weigerte mich, zur Seite zu rutschen, und er mußte sich wohl oder übel wieder auf seinen alten Platz setzen. Er streckte mir ein Bier entgegen und grinste mich fröhlich an. Curtis schien zu glauben, daß ihm an diesem Nachmittag zu all dem schönen Bier, den Zigaretten und den ganzen gesättigten Fettsäuren auch noch eine nette Begegnung im Bett beschieden war. Er stützte das Kinn auf die Faust und probierte es wieder mit dem seelenvollen Hundebaby-Blick. »Sie werden doch nicht so häßlich zu mir sein?«

»Essen Sie auf, Curtis, und sparen Sie sich diesen Hundeblick. Er löst bei mir nur den Wunsch aus, Ihnen mit der zusammengerollten Zeitung einen Klaps zu geben.«

»Verdammt, Sie sind wirklich süß«, sagte er. Die Liebesgefühle schlugen ihm offenbar auf den Appetit. Er schob seinen Teller weg und zündete sich eine Zigarette an. Er offerierte mir einen Zug, als seien wir postkoitale Bettgenossen.

»Ich bin gar nicht süß. Ich bin eine sehr kratzbürstige Person. Könnten wir jetzt vielleicht zur Sache kommen? Ich habe da ein Problem mit der Geschichte, die Sie mir erzählt haben.«

Er runzelte die Stirn, um Ernst zu demonstrieren. »Wieso?«

»Sie sagten, Sie hätten sich den Prozeß gegen David Barney angesehen –«

»Nicht den ganzen. Das hab' ich ja schon gesagt. Verbrechen sind ja vielleicht was Spannendes, aber die Justiz ist langweilig, finden Sie nicht?«

»Sie sagten, Sie hätten mit David Barney gesprochen, als er gleich nach dem Freispruch aus dem Gerichtssaal kam.«

»Das hab' ich gesagt?«

»Jawohl, das haben Sie gesagt.«

»Weiß ich gar nicht mehr. Und was ist das Problem?«

»Das Problem ist, daß Sie zu dem Zeitpunkt im Gefängnis saßen und auf Ihre Anklagevernehmung wegen Einbruchs gewartet haben.«

»Neee«, sagte er ungläubig. »*Ich* war im Knast?«

»Jawohl, das waren Sie.«

»Na gut, Treffer. Da haben Sie mich drangekriegt. Hatte ich ganz vergessen. Ich hab' da wohl mit dem Datum was durcheinandergebracht, aber der Rest ist die reine Wahrheit.« Er hob die Hand, als wolle er einen Eid ablegen. »Ich schwör's bei Gott.«

»Sparen Sie sich den Quatsch, Curtis, und sagen Sie mir, was hier abläuft. Sie haben nie mit ihm geredet. Das ist doch alles erstunken und erlogen.«

»Moment. Warten Sie mal. Ich hab' mit ihm geredet. Es war nur nicht da, wo ich gesagt hab'.«

»Wo dann?«

»Bei ihm zu Hause.«

»Sie waren bei ihm *zu Hause*? Das ist doch Blödsinn. Wann soll das denn gewesen sein?«

»Weiß nicht. Ein paar Wochen nach dem Prozeß.«

»Ich dachte, da saßen Sie noch im Gefängnis.«

»Nee, da war ich schon wieder draußen, ganz legal und normal. Mein Anwalt hat einen Deal rausgehandelt. Ich hab' mich ... wie sagt man noch mal? Der geringfügigeren Straftat schuldig bekannt.«

»Sparen Sie sich das Wortgeklingel, und erzählen Sie mir, wie es kam, daß Sie zu David Barney nach Hause gegangen sind. Haben Sie ihn angerufen oder er Sie?«

»Weiß ich nicht mehr.«

»Sie *wissen* es nicht mehr?« äffte ich ihn in beißendem Ton nach. Ich wurde allmählich grob, aber Curtis schien es gar nicht zu merken. Er war es vermutlich gewohnt, so behandelt zu werden – von all den wenig zartfühlenden Vertretern der Staatsanwaltschaft, mit denen er im Zuge seiner kurzen, glanzvollen Karriere zu tun gehabt hatte.

»Ich hab' ihn angerufen.«

»Wie sind Sie an seine Telefonnummer gekommen?«

»Über die Auskunft.«

»Was hat Sie dazu bewogen, sich mit ihm in Verbindung zu setzen?«

»Ich dachte, er hat bestimmt nicht viele Freunde. Ich kenn' das ja. Wenn man mal mit dem Gesetz in Konflikt kommt, wollen die Leute nichts mehr von einem wissen. Mit einem Knastbruder wollen sie nichts zu tun haben.«

»Und da dachten Sie sich, er hätte einen Freund nötig und der würden Sie sein. Und wie geht die Geschichte weiter?«

Er guckte verlegen und hatte immerhin den Anstand, sich ein bißchen zu winden. »Na ja, ich wußte ja, wo er wohnt – draußen in Horton Ravine. Und da hab' ich mir gedacht, ein Essen oder ein paar Drinks würden allemal dabei rausspringen. Wir waren ja schließlich Zellengenossen, und ich dachte, er würde mich auf jeden Fall höflich behandeln.«

»Sie sind zu ihm gegangen, um ihn anzupumpen«, sagte ich.

»So könnte man es sagen.«

Das war bislang der einzige Satz aus seinem Mund, der aufrichtig klang.

»Ich war gerade aus dem Knast gekommen. Ich hatte so gut wie nichts auf der Kralle, und dieser Typ hatte jede Menge Kohle. Er ist stinkreich –«

»Schon gut. Das können Sie sich schenken. Beschreiben Sie das Haus.«

»Er hat zu der Zeit in dem Haus von seiner toten Frau gewohnt – dort oben auf dem Hügel, so ein spanisches Ding, mit einem Innenhof und so einer Terrasse mit einem Pool, der so schwarz –«

»Alles klar. Weiter.«

»Ich klingle. Er ist da, und ich sag', ich war gerade in der Gegend und wollte mal reinschauen, um ihm zu gratulieren, daß er aus dieser Mordsache rausgekommen ist. Er sagt, ich soll doch reinkommen, und wir kippen ein paar Drinks –«

»Was haben Sie getrunken?«

»Er hat sich so ein Weibergesöff gemixt, Wodka-Tonic mit irgendwas. Ich hatte Bourbon, mit einem kleinen Schuß Wasser. Klasse-Bourbon, muß ich echt sagen.«

»Sie haben also getrunken ...«

»Genau. Wir haben uns ein paar hinter die Binde gegossen, und er hat der Frau in der Küche gesagt, sie soll uns was zu knabbern bringen. Dieses grüne Zeug. Guacamole und Salsa und solche dreieckigen Chips, die so grau sind. Ich hab' ihn gefragt: ›Was zum Teufel ist das?‹ und er hat gesagt: ›Das sind blaue Mais-Tortilla-Chips‹. Sahen aber mehr grau aus, wenn Sie mich fragen. Wir haben rumgesessen und getrunken und geredet, bis es fast Mitternacht war.«

»Was war mit dem Abendessen?«

»Gab kein Abendessen. Nur das Knabberzeug, deshalb waren wir ja so blau.«

»Und was war dann?«

»Dann hat er das gesagt – daß er sie umgelegt hat.«

»Was genau hat er gesagt?«

»Er hat gesagt, er hat geklingelt und sie ist runtergekommen und hat das Licht über der Tür angeknipst. Er hat gewartet, bis er kein Licht mehr durch den Spion gesehen hat, weil sie das Auge dran hatte. Dann hat er losgeballert. Bumm!«

»Warum haben Sie mir das nicht gleich erzählt?«

»Ich dachte, das kann ich nicht bringen«, sagte er im Brustton moralischer Überzeugung. »Ich meine, ich bin doch hingegangen, um ihn zu fragen, ob er mir Geld leiht. Ich wollte nicht, daß es so aussieht, als ob ich sauer auf ihn wär', weil er mich abgewimmelt hat. Hätte mir doch keiner geglaubt, wenn ich die Sache so erzählt hätte. Außerdem war er ja nett zu mir, und ich wollte nicht als hinterfotziger Arsch dastehen – entschuldigen Sie mein Französisch.«

»Wieso hätte er zugeben sollen, daß er sie getötet hat?«

»Wieso nicht? Wenn er mal freigesprochen ist, können sie ihn doch nicht noch einmal vor Gericht stellen.«

»Nicht vor ein Strafgericht.«

»Na und? Was juckt ihn ein blöder Zivil-Prozeß?«

»Und Sie sind bereit, das vor Gericht zu wiederholen?«

»Von mir aus.«

»Sie werden unter Eid aussagen müssen«, sagte ich, um sicherzustellen, daß ihm wirklich klar war, worum es ging.

»Ich weiß. Nur ...«

»Nur was?«

»Ich hätt' gern ein bißchen was dafür«, sagte er.

»Wie meinen Sie das?«

»Na ja, eine Hand wäscht die andere.«

»Geld wird Ihnen niemand dafür geben.«

»Ich weiß. Ich mein' auch nicht Geld.«

»Was denn?«

»Ich hätt' gern einen kleinen Nachlaß bei meiner Bewährung, so was in der Art.«

»Curtis, ein Geschäft ist nicht drin. Das steht überhaupt nicht in meiner Macht.«

»Ich hab' ja nichts von Geschäft gesagt, aber eine kleine Anerkennung könnt' ich gebrauchen.«

Ich sah ihn lange und ernst an. Warum glaubte ich nichts von dem, was er mir erzählte? Weil er aussah wie jemand, der die Wahrheit nicht einmal erkennen würde, wenn sie ihn ansprang. Ich weiß nicht, was mich zu meiner nächsten Frage trieb. »Curtis, sind Sie je wegen Meineids drangekriegt worden?«

»Meineid?«

»Verdammt noch mal! Sie wissen genau, was Meineid ist. Beantworten Sie einfach meine Frage, und lassen Sie uns weitermachen.«

Er kratzte sich am Kinn und sah mir nicht ganz in die Augen. »*Drangekriegt* nicht.«

»Ach, zum Teufel noch mal«, sagte ich.

Ich zwängte mich aus der Sitzbank, wandte mich ab und marschierte in Richtung Hinterausgang. Ich hörte, wie er aufsprang. Ich drehte mich kurz um und sah, wie er ein paar Scheine auf den Tisch warf und mir nachsetzte. Ich trat auf den Parkplatz, wobei mich die grelle Sonne, die auf den weißen Kies knallte, kurz zurückzucken ließ.

»Hey! Halt, warten Sie! Ich sag' Ihnen die Wahrheit.«

Er griff nach mir, und ich zog meinen Arm weg. »Sie werden im Zeugenstand ein schwaches Bild abgeben«, sagte ich, ohne meine Schritte zu drosseln. »Sie haben eine Menge auf dem Kerbholz, unter anderem auch Meineidsgeschichten –«

»›Geschichten‹ nicht. Nur eine. Na ja, zwei, wenn man diese andere Sache mitzählt.«

»Ich will nichts mehr hören. Sie haben Ihre Geschichte schon einmal umgemodelt. Und Sie werden es wieder tun, wenn Sie das nächste Mal gefragt werden. Barneys Anwalt wird Sie auseinandernehmen.«

»He, ich kapier' nicht, warum Sie so von mir denken«, sagte er. »Nur, weil ich einmal gelogen hab', heißt das noch lange nicht, daß ich nicht auch die Wahrheit sagen kann.«

»Sie können Lüge und Wahrheit noch nicht mal unterscheiden, Curtis. Das ist es, was mir Sorge macht.«

»Ich kann unterscheiden.«

Ich schloß meinen Wagen auf, öffnete die Tür und kurbelte das Fenster herunter, um den Luftwiderstand beim Zumachen zu reduzieren. Ich stieg ein und klappte die Tür zu, wobei ich um ein Haar seine Hand eingeklemmt hätte, die auf dem Rahmen ruhte. Ich öffnete das Handschuhfach, nahm eine meiner Visitenkarten heraus und warf sie ihm durchs Fenster zu. »Rufen Sie mich an, wenn Sie sich entschlossen haben, die Wahrheit zu sagen.«

Ich ließ den Wagen an und preschte, Staub und Kies hinter mir aufwirbelnd, vom Parkplatz.

Ich fuhr zurück zum Büro, das Radio voll aufgedreht. Es war fünf nach halb vier und natürlich gebührenpflichtige Parkzeit. Ich dachte nicht daran, daß Lonnies Parkplatz frei sein mußte, da er ja in Santa Maria war. Ich kurvte durch die Gegend, bei jeder Runde ein Stück weiter weg, um eine Parklücke in noch einigermaßen zumutbarer Entfernung zu finden. Schließlich fand ich ein etwas fragwürdiges Plätzchen, wo meine hintere Stoßstange in eine Einfahrt ragte. Damit riskierte ich zwar einen Strafzettel, aber vielleicht hatten die Politessen ja schon Feierabend.

Den Rest des Nachmittags verbrachte ich mit Kleinkram. Mein Termin mit Laura Barney war zwar erst in einer Stunde, aber im Grunde schlug ich nur die Zeit tot, während ich auf eine Möglichkeit lauerte, mit Lonnie zu reden, der, wie Ida Ruth mir wiederholt versicherte, im Moment leider nicht erreichbar war. Ich lungerte in der Nähe ihres Schreibtischs herum, um auf jeden Fall zur Stelle zu sein, falls er zufällig anrufen sollte. »Er ruft nie an, wenn er zu tun hat«, sagte sie geduldig.

»Rufen Sie ihn jemals an?«

»Wenn ich klug bin, nicht. Er wird sehr ärgerlich, wenn ich's tue.«

»Meinen Sie nicht, er würde es gerne wissen wollen, wenn sich sein Hauptzeuge als Niete entpuppt?«

»Was hat er davon? Jetzt ist diese Sache dran. Er ist mit anderen Dingen beschäftigt. Ich arbeite seit sechs Jahren für ihn, und allmählich kenne ich ihn. Ich kann ihm eine Nachricht hinterlassen, aber er wird sie einfach ignorieren, bis dieser Prozeß vorbei ist.«

»Und was soll ich tun, bis er wieder da ist? Ich kann es mir nicht leisten, Zeit zu verplempern, und ich hasse Leerlauf.«

»Tun Sie, was Sie wollen. Ihn werden Sie vor Montag früh um neun garantiert nicht erreichen.«

Ich sah auf meine Uhr. Es war immer noch Mittwoch, 16 Uhr 05. »Ich habe in einer halben Stunde einen Termin beim St. Terry-Krankenhaus. Danach werde ich dann wahrscheinlich nach Hause fahren und putzen«, sagte ich.

»Wieso putzen? Das sieht Ihnen gar nicht ähnlich.«

»Ich mache alle drei Monate Großputz. Das ist ein Ritual, das ich von meiner Tante übernommen habe. Sämtliche Teppiche klopfen, Bettwäsche an der Luft trocknen ...«

Sie sah mich angewidert an. »Warum machen Sie nicht eine schöne Wanderung in den Los Padres?«

»Ich treibe mich nicht in der freien Natur rum, wenn ich es irgendwie vermeiden kann, Ida Ruth. Dort oben in den Bergen gibt es Zecken, so groß wie Wasserwanzen. Wenn einen so ein Biest am Knöchel erwischt, saugt es einem das ganze Blut aus dem Leib. Und außerdem kriegt man vermutlich auch noch die Beulenpest.«

Sie lachte und machte eine wegwerfende Handbewegung.

Schließlich räumte ich diversen Kleinkram von meinem Schreibtisch und schloß hinter mir ab. Ich war gespannt auf David Barneys Ex-Frau, rechnete aber nicht damit, daß sie mich besonders weiterbringen würde. Ich ging die Treppe hinunter und marschierte die dreieinhalb Blocks zu meinem Wagen. Erfreulicherweise steckte kein Strafzettel an der Windschutzscheibe. Unerfreulicherweise sprang der Motor nicht an, als ich den Anlasser betätigte. Ich brachte ihn zwar dazu, ein eifrig bemühtes, mahlendes Geräusch von sich zu geben, aber er kriegte einfach nicht die Kurve.

Ich stieg aus, ging zum Heck und öffnete die Motorklappe. Ich starrte auf den Motor, als wüßte ich, was ich da vor mir hatte. Das einzige Teil der Auto-Innereien, das ich identifizieren kann, ist der Keilriemen, und der schien ganz okay. Ich bemerkte, daß irgendwelche kleinen Dinger von einem runden Etwas abgegangen waren. Ich sagte: »Oh«, und stöpselte sie wieder fest. Ich wollte gerade wieder einsteigen, als ein Wagen halb in die Einfahrt einbog und stehenblieb. Ich betätigte erneut den Anlasser, und der Motor sprang an.

»Kann ich was helfen?« Der Mann am Steuer hatte sich über den Vordersitz gebeugt und kurbelte das Beifahrerfenster hinunter.

»Nein, danke. Schon in Ordnung. Versperre ich Ihnen die Einfahrt?«

»Kein Problem. Ist ja Platz genug. Was ist es denn? Die Batterie? Soll ich es mir mal ansehen?«

Was sollte das? Der Motor lief. Ich brauchte keine Hilfe. »Danke, aber ich habe schon alles im Griff«, sagte ich. Um meine Worte zu unterstreichen, gab ich Gas. Ich schaltete in den Leerlauf, ratlos, was ich tun sollte. Ich konnte nicht vorwärts ausparken wegen des Wagens vor mir. Rückwärts setzen konnte ich auch nicht, weil mir sein Wagen den Weg versperrte.

Er stellte seinen Motor ab und stieg aus. Ich ließ meinen weitertuckern und überlegte, ob mir wohl noch Zeit blieb, mein Fenster hochzukurbeln, ohne allzu unfreundlich zu erscheinen. Er wirkte allerdings eher harmlos, obgleich mir sein Gesicht irgendwie bekannt vorkam. Ein nett aussehender Mann, Ende vierzig, mit hellbraunem, welligem Haar, an den Schläfen schon leicht ergraut. Gerade Nase, energisches Kinn. Kurzärmliges T-Shirt, legere Hose, die Füße barfuß in Segeltuchschuhen.

»Wohnen Sie hier in der Gegend?« fragte er höflich.

Ich kannte diesen Mann. Ich spürte, wie mein Lächeln erschlaffte. Ich sagte: »Sie sind David Barney.«

Er legte den Arm auf mein Wagendach und beugte sich an mein Fenster. Ich spürte, wie dieser Mann auf subtile Weise in mein Terrain eindrang, obgleich er sich nach wie vor freundlich verhielt. »Hören Sie, ich weiß, das gehört sich nicht. Mir ist klar, daß ich mich danebenbenehme, aber wenn Sie mir nur fünf Minuten zugestehen, werde ich Sie nie wieder belästigen.«

Ich musterte ihn kurz, während ich auf mein inneres Alarmsystem lauschte. Kein Klingeln, kein Heulen, kein Warnzeichen. Am Telefon war mir dieser Kerl gegen den Strich gegangen, aber jetzt, leibhaftig und von nahem besehen, schien er ein ganz normaler Mensch zu sein. Es war hellichter Tag in einem anständigen, bürgerlichen Wohnviertel. Er schien nicht bewaffnet. Was sollte er schon wollen? Mich auf offener Straße niederschießen, einen Monat vor seinem Prozeß? Im Moment hatte ich keine Ahnung, wie meine Ermittlungen weiterlaufen sollten. Vielleicht würde er mir ja irgendeine Inspiration liefern. Ich überdachte kurz die professionelle Seite. Nach dem anwaltlichen Standesrecht ist es einem Anwalt untersagt, direkt mit dem »Mandanten der Gegenseite« zu kommunizieren. Privatdetektive unterliegen diesen strengen Bestimmungen jedoch nicht.

»Fünf Minuten«, sagte ich. »Dann muß ich zu einem Termin.«

Ich erzählte ihm nicht, daß es sich um ein Treffen mit seiner Ex-Frau handelte. Ich stellte den Motor ab und blieb bei halb heruntergekurbeltem Fenster in meinem Wagen sitzen.

Er schloß die Augen und stieß einen tiefen Seufzer aus. »Danke«, sagte er. »Ich hatte nicht damit gerechnet, daß Sie das tun würden. Ich weiß gar nicht, wo ich anfangen soll«, erklärte er. »Zuerst muß ich Ihnen etwas gestehen. Ich habe Ihre Verteilerkappen abgezogen. Das war eine List, und ich entschuldige mich vielmals. Aber ich dachte, anders würde ich Sie nie dazu kriegen, mit mir zu reden.«

»Da lagen Sie richtig«, sagte ich.

Er sah die Straße hinunter und schüttelte den Kopf. »Ist es Ihnen schon mal passiert, daß Sie Ihre Glaubwürdigkeit verloren haben? Das ist ein verblüffendes Phänomen. Da sind Sie ihr Leben lang ein unbescholtener Bürger gewesen, der brav seine Steuern und Rechnungen bezahlt, und auf einmal zählt das nichts mehr, und alles, was Sie sagen, kann gegen Sie verwendet werden. Das ist verrückt ...«

Ich driftete kurz ab, weil ich daran denken mußte, wie vor gar nicht langer Zeit meine eigene Glaubwürdigkeit plötzlich dahin gewesen war und ich von derselben Firma, die mir sechs Jahre lang in allem vertraut hatte, der Annahme von Bestechungsgeldern verdächtigt worden war.

»... habe ich wirklich geglaubt, es sei vorbei. Ich dachte, ich hätte das Schlimmste hinter mir, als ich in dem Strafprozeß freigesprochen worden bin. Ich habe kaum mein Leben wieder, und jetzt soll mir alles entzogen werden, was ich besitze. Ich lebe wie ein Aussätziger. Ich bin geächtet ...« Er richtete sich auf. »Ach, verdammt, lassen wir das«, sagte er. »Ich will kein Mitleid –«

»Was wollen Sie dann?«

»An Ihren Gerechtigkeitssinn appellieren. Dieser McIntyre, Ihr Informant –«

»Woher wissen Sie den Namen?«

»Mein Anwalt hat seine Aussage vorliegen. Ich war völlig am Boden, als ich hörte, was dieser Mensch da erzählt.«

»Es ist mir nicht möglich, mit Ihnen darüber zu debattieren, Mr. Barney. Ich hoffe, Sie verstehen das.«

»Ich weiß. Das verlange ich ja auch gar nicht. Ich bitte Sie lediglich inständig, sich das Ganze noch einmal zu überlegen. Selbst wenn er tatsächlich damals nach dem Urteil im Gerichtsgebäude gewesen sein sollte, wieso hätte ich so etwas zu ihm sagen sollen? Ich müßte ja verrückt sein. Kennen Sie diesen ... wie heißt er doch gleich, Curtis? Ich war mit dem Mann noch nicht einmal vierundzwanzig Stunden in einer Zelle zusammen. Der Kerl ist ein schmieriger kleiner Gauner. Er kommt nach dem Freispruch zu mir, und ich gestehe ihm, daß ich den Mord begangen habe? Das ist doch Irrsinn. Er ist ein Wirrkopf. Sie können ihm das doch nicht abnehmen.«

Ich spürte den absurden Drang, Curtis in Schutz zu nehmen. Ich konnte Barney unmöglich erzählen, daß der Informant seine Geschichte revidiert hatte. Curtis' Aussage konnte uns immer noch nützlich sein, falls wir je dahinterkommen sollten, was wirklich los war. Ich hatte nicht vor, mich auf eine Diskussion über die Details seiner Geschichte einzulassen, so wacklig sie auch scheinen mochte. »Das ist kein besonders gutes Argument«, sagte ich.

Barney fuhr fort: »Denken Sie nur mal darüber nach. Bitte. Wirkt er auf Sie wie der Typ, dem ich meine schwärzesten Geheimnisse anvertrauen würde? Das ist doch ein abgekartetes Spiel. Jemand bezahlt ihn dafür, daß er das sagt –«

»Kommen Sie auf den Punkt. Diese Sache mit dem abgekarteten Spiel ist doch kalter Kaffee. Davon will ich nichts hören.«

»Okay, schon gut. Ich verstehe Ihren Standpunkt. Das war auch nicht das, was ich wollte«, sagte er. »Ich habe es am Telefon schon angesprochen – die Sache mit diesem Shine. Ich war fix und fertig, als ich hörte, daß er tot ist. Das war ein echter Schock für mich, glauben Sie mir. Ich weiß, Sie haben mir das in dem Moment nicht abgenommen, aber es ist wirklich wahr. Ich habe letzte Woche mit ihm gesprochen und ihm dasselbe erzählt, was ich Ihnen jetzt erzähle. Er meinte, er wollte ein paar Sachen überprüfen. Ich dachte, der Mann könnte mir vielleicht helfen. Als ich hörte, daß er gestorben ist, bin ich wirklich erschrocken. Ich habe das Gefühl, daß ich mit einem unsichtbaren Gegner Schach spiele, und er hat gerade einen Zug gemacht. Ich werde immer weiter in die Enge getrieben und sehe keinen Ausweg.«

»Moment mal. Dachten Sie, Morley Shine könnte etwas erreichen, was Ihr Anwalt nicht fertigbringt?«

»Foss mit dieser Sache zu betrauen, war ein Riesenfehler. Zivilprozesse interessieren ihn nicht. Vielleicht ist er ja ausgebrannt, oder er ist es einfach leid, mich zu vertreten. Er verfährt strikt nach Schema und tut, soweit ich sehe, nur das allgemein Übliche. Er hat einen Ermittler drangesetzt – einen von diesen Burschen, die einen Haufen Papierkram produzieren, aber nichts Vertrauenerweckendes tun.«

»Warum entziehen Sie ihm dann nicht das Mandat?«

»Weil man mir dann nur vorwerfen würde, ich wollte das Verfahren sabotieren. Außerdem habe ich kein Geld mehr. Das bißchen, was mir noch bleibt, geht für meinen Anwalt und die laufenden Kosten für das Haus drauf. Ich weiß nicht, was Kenneth Voigt glaubt, was bei der Sache für ihn rauskommt, selbst wenn sein Plan aufgeht.«

»Ich bin nicht bereit, mit Ihnen über die juristische Sachlage zu diskutieren. Das ist sinnlos, Mr. Barney. Ich verstehe, daß Sie Probleme haben –«

»Hey, Sie haben ja recht. Ich wollte das auch gar nicht im einzelnen aufrollen. Der Punkt ist der: wenn die Sache vor Gericht kommt, springt nichts dabei raus als ein Haufen Geld für die beiden Anwälte. Aber Voigt wird nicht lockerlassen. Der Kerl will Blut sehen und würde sich nie mit einem Handschlag und einem dicken Scheck zufriedengeben, selbst wenn ich das Geld hätte. Aber ich will Ihnen eins sagen – ich habe etwas anderes, und zwar ein Alibi.«

»Ach, wirklich«, sagte ich ungerührt.

»Ja, wirklich«, sagte er. »Es ist nicht absolut wasserdicht, aber immerhin ganz schön solide.«

»Warum ist dieses Alibi im Strafprozeß nicht auf den Tisch gekommen? Ich habe die Protokolle gelesen. Ich erinnere mich nicht, daß da je von einem Alibi die Rede gewesen wäre.«

»Dann sollten Sie sich vielleicht hinsetzen und die Protokolle erneut lesen. Da steht die Aussage nämlich schwarz auf weiß drin. Ein gewisser Angeloni. Er hat bezeugt, daß ich meilenweit vom Tatort weg war.«

»Und Sie selbst haben nie zu Ihrer Entlastung ausgesagt?«

Er schüttelte den Kopf. »Foss hat es mir nicht erlaubt. Er wollte nicht, daß die Anklage mich auseinandernimmt, und das war ja ganz geschickt so. Er meinte, es wäre ›kontraproduktiv‹, wenn ich in den Zeugenstand träte. Wahrscheinlich dachte er, ich würde einen schlechten Eindruck auf die Geschworenen machen.«

»Warum erzählen Sie mir das alles?«

»Um die Sache abzubiegen, ehe es zum Prozeß kommt. Die Uhr tickt. Die Zeit ist knapp. Ich denke, es ist meine einzige Chance, dafür zu sorgen, daß Lonnie Kingman weiß, welche Karten wir in der Hand halten. Vielleicht kann er mit Voigt reden und ihn dazu bringen, die Klage zurückzuziehen.«

»Dann soll Herb Foss mit Lonnie reden! Dazu sind Anwälte doch da.«

»Ich habe ihn ja darum gebeten. Aber der Kerl verschaukelt mich nur. Ich bin zu dem Schluß gekommen, daß es Zeit ist, ihn einfach zu umgehen.«

»Heißt das, Sie wollen mir verraten, was *Ihre* Verteidigung in der Hinterhand hat?«

»Ganz recht.«

»Sind Sie lebensmüde?«

»Ich habe Ihnen ja gesagt, ich bin verzweifelt. Ich stehe das nicht noch einmal durch. Sie brauchen sich ja nicht auf mein Wort zu verlassen. Prüfen Sie die Fakten selbst nach«, sagte er. »Also, wollen Sie mich anhören oder nicht?«

Das einzige, was ich wollte, war, meine Stirn gegen das Steuerrad zu schlagen, bis sie blutete. Vielleicht würde mir ja der Schmerz helfen, wieder klar zu denken. Aber ich muß gestehen, er hatte mich am Haken. Zumindest wäre es für Lonnie von großem Vorteil, Herb Foss' Strategie zu kennen, oder nicht? »Herrgott, meinetwegen. Schießen Sie los«, sagte ich.

11

»Hören Sie, ich weiß, es glaubt mir keiner, daß ich joggen war, als Isabelle umgebracht wurde, aber ich kann Ihnen genau sagen, wo ich gewesen bin. Um ein Uhr vierzig war ich an der Süd-Abfahrt Eins-Null-Eins-San Vicente, etwa acht Meilen von ihrem Haus entfernt. Wenn Iz zwischen ein und zwei Uhr erschossen wurde, kann ich unmöglich den Mord begangen und trotzdem zu der Zeit dort an der Kreuzung gewesen sein. Ich meine, ich jogge zwar seit Jahren und bin ziemlich gut in Form, aber *so* gut dann doch nicht.«

»Wieso wissen Sie die Uhrzeit so genau?«

»Ich bin auf Zeit gelaufen. Das mache ich trainingshalber. Und ich will Ihnen sagen, wer noch dort war: Tippy Parsons, Rhes Tochter. Sie fuhr einen kleinen Transporter und war sichtlich durchgedreht. Sie kam die Ausfahrt runtergebrettert und bog links ab, in den San Vicente.«

»Hast sie Sie gesehen?«

»Ich weiß nicht, ob sie es gemerkt hat, aber sie hätte mich beinahe überfahren, als sie aus der Ausfahrt kam. Ich habe auf die Uhr geguckt, weil ich wußte, daß meine Zeit beim Teufel war, und das hat mich geärgert.«

»Hat Sie *irgend jemand* gesehen?«

»Jawohl. Ein Mann, der an einer kaputten Rohrleitung gearbeitet hat. Ein ganzer Reparaturtrupp war dort draußen. Sie erinnern sich vielleicht nicht mehr, aber in dem Jahr hatten wir über Weihnachten schwere Unwetter. Weil der Boden nichts mehr aufnehmen konnte, wurde das Erdreich weggespült, und diese alten Rohre haben sich überall in Wohlgefallen aufgelöst.«

»Sie sagten, Ihr Alibi sei nicht hundertprozentig wasserdicht. Was soll das heißen?«

Er lächelte leise. »Wenn man tot ist oder hinter Gittern sitzt, *dann* ist das wasserdicht. Ein Fuchs wie Kingman findet doch immer eine Möglichkeit, die Tatsachen zu verdrehen. Ich kann nur sagen: Ich war meilenweit weg, und ich habe einen Zeugen. Und zwar einen ehrlichen, rechtschaffenen Mann, nicht so ein Stück Dreck wie dieser dahergelaufene McIntyre.«

»Und was ist mit Tippy? Meines Wissens hat sie nie ein Wort darüber verloren. Warum haben Sie sie nicht zur Rede gestellt?«

»Wozu zum Teufel? Ich dachte, wenn sie mich gesehen hätte, hätte sie wohl inzwischen etwas gesagt. Und selbst wenn sie mich bemerkt hat, stünde doch mein Wort gegen ihres. Sie war damals sechzehn und völlig durch den Wind. Vielleicht hatte sie gerade mit ihrem Freund Schluß gemacht, oder ihre Katze war gestorben. Entscheidend ist doch wohl nur eines: ich war meilenweit weg, als Isabelle umgebracht wurde. Ich wußte gar nicht, was passiert war, bis ich eine Stunde später wieder an ihrem Haus vorbeikam. Da stand alles voller Polizeiautos, und alles war hell erleuchtet –«

»Und die Leute von dem Reparaturtrupp? Werden die Ihre Aussage bestätigen?«

»Ich wüßte nicht, wieso nicht. Der eine hat ja schon ausgesagt. Ein gewisser Angeloni. Er steht auf der Zeugenliste, wahrscheinlich ganz oben. Er hat mich auf jeden Fall gesehen, und ich weiß, daß er das mit dem Lieferwagen mitgekriegt hat. Sie hat mir einen solchen Schrecken eingejagt, daß ich mich erst mal auf den Bordstein setzen mußte, bis sich mein Herzschlag wieder normalisiert hatte. Es hat fünf oder sechs Minuten gedauert, bis ich wieder okay war. Dann habe ich mir gesagt, zum Teufel damit, und bin weitergelaufen, Richtung Heimat.«

»Und das haben Sie der Polizei auch erzählt?«

»Lesen Sie den Bericht. Die Bullen hatten sich nun mal in den Kopf gesetzt, daß ich der Mörder war, und sind dem nicht weiter nachgegangen.«

Ich schwieg einen Moment und fragte mich, was ich davon halten sollte. Noch vor zwei Tagen hätte ich seine Geschichte als schlichten Schwindel abgetan, aber jetzt war ich mir da nicht mehr so sicher. »Ich werde es weitergeben, wenn ich Lonnie das nächste Mal spreche. Das ist alles, was ich tun kann.« Du lieber Himmel, würde ich am Ende noch sein Alibi untermauern müssen?

Er setzte an, noch etwas zu sagen, schien sich dann aber eines Besseren zu besinnen. »Prima. Tun Sie das. Mehr will ich gar nicht. Ich bin froh, daß Sie mich angehört haben«, sagte er. Sein Blick streifte meinen. »Vielen Dank.«

»Schon gut«, sagte ich.

Er ging zu seinem Auto zurück. Ich beobachtete im Rückspiegel, wie er den Motor anließ und rückwärts aus der Einfahrt setzte. Er fuhr los, und ich horchte auf die Geräusche seines Getriebes, als er schaltete. Seltsame Geschichte. Irgend etwas ließ eine kleine Alarmglocke in mir klingeln, aber ich kam nicht dahinter, was es war. War Tippy Parsons wirklich dort an der Kreuzung gewesen? Das mußte sich doch überprüfen lassen. Mir fiel wieder ein, was ich über das Unwetter damals gelesen hatte.

Ich ließ den VW an, parkte aus und fuhr zu meinem Termin mit seiner Ex-Frau.

Die Santa Teresa Medical Clinic, wo Laura Barney arbeitete, war ein kleiner Holzbau im Schatten des zwei Grundstücke weiter gelegenen St. Terry-Krankenhauses. Von außen war sie unscheinbar – fast ein bißchen schäbig –, innen dagegen freundlich, aber man merkte die Finanzknappheit. Die Stühle im Wartezimmer hatten blaue Hartplastiksitze und Metallbeine und waren zu Sechser-Einheiten zusammengeschraubt. Die Wände waren gelb, der Fußboden aus marmorierten PVC-Fliesen, gelbbraun mit weißen Schlieren. Am einen Ende des Raums befand sich ein breiter Anmeldetresen, durch den bogenförmigen Durchbruch auf der anderen Seite sah ich vier Schreibtische, steiflehnige Bürostühle, Telefone, Schreibmaschinen ... keine Spur von High-Tech, Stromliniendesign oder Farbkodierung. Die rückwärtige Wand wurde gesäumt von gelbbraunen Metall-Aktenschränken. Aus dem versprengten Häuflein von Kleinkindern, Schwangeren und weinenden Säuglingen schloß ich, daß es sich um eine Kombination aus Schwangeren- und Säuglingsvorsorge-Einrichtung handeln mußte. Die Sprechstunde war fast zu Ende, und die Patienten, die jetzt noch warteten, wurden wahrscheinlich schon seit einer Stunde vertröstet. Spielzeug und zerlesene Zeitschriften lagen über den Fußboden verstreut.

Ich trat an den Anmeldetresen und erkannte Laura Barney an ihrem Namensschildchen mit der Aufschrift: »Schwester L. Barney«. Sie trug eine weiße Schwesternuniform und weiße Schuhe mit Kreppsohlen. Ich schätzte sie auf Anfang vierzig. Sie war in einem Alter, wo sie immer noch das gleiche frische, ansprechende Äußere präsentieren konnte wie vor zehn Jahren – nur daß es sehr viel mehr Make-up erforderte und der Effekt vermutlich nach ein, zwei Stunden nachließ. Zu dieser Tageszeit waren die verschiedenen Schichten aus Make-up und Puder schon fast durchsichtig, und darunter kam von roten Äderchen durchsetzte Raucherinnen-Haut zum Vorschein. Sie sah aus wie eine Frau, die von den Umständen zur Berufstätigkeit gezwungen wird, und die darüber gar nicht glücklich ist.

Sie war gerade dabei, eine neue Kraft einzuweisen, vermutlich das junge Mädchen, mit dem ich am Telefon gesprochen hatte. Laura zählte Geld auf den Tisch wie ein Bankkassierer, indem sie die Scheine so rasch hinblätterte, daß das Auge kaum mitkam, und sie dabei so drehte, daß sie richtig herum lagen. Wenn einer dazwischen war, der aus der Reihe tanzte, steckte sie ihn rasch an den richtigen Platz. »Alle Scheine müssen mit der gleichen Seite nach oben liegen und der Größe nach sortiert, die kleinsten vorn. Einer, Fünfer, Zehner, Zwanziger«, erklärte sie. »Auf diese Weise passiert es Ihnen nicht, daß Sie versehentlich einen Zehner statt eines Einers herausgeben. Schauen Sie her ...« Sie fächerte die Noten auseinander wie ein Zauberer das Blatt bei einem Kartentrick. Ich erwartete schon, daß sie sagen würde: »Ziehen Sie einen beliebigen Schein ...« Aber sie sagte statt dessen: »Hören Sie zu?«

»Ja, Ma'am.« Die junge Frau war vielleicht neunzehn, mit fünfzehn Pfund Übergewicht, dunklem, lockigem Haar, rot angelaufenen Wangen und dunklen Augen, die von unterdrückten Tränen glitzerten.

Schwester L. Barney öffnete die Kassenschublade wieder und entnahm ihr ein unordentliches Bündel Banknoten, das sie dem Mädchen wortlos hinhielt. Die junge Nachwuchskraft nahm es und begann schüchtern, die Handvoll Scheine durchzublättern, und drehte einen, in einer unbeholfenen Imitation der routinierten Eleganz ihrer Lehrmeisterin, auf die richtige Seite. Mehrere Noten steckten an der verkehrten Stelle, und sie klemmte das Bündel an ihre Brust, während sie sich bemühte, sie in die korrekte Reihenfolge zu bringen. Zwei Fünfer fielen ihr herunter. Sie stammelte eine Entschuldigung und bückte sich rasch, um sie wieder aufzuheben. Laura Barney sah ihr leise lächelnd zu, und aus ihren Augen funkelte der Drang, das Geld an sich zu reißen und es selbst zu machen. Es mußte sie in allen Fingern jucken, zu demonstrieren, wie flink und flüssig eine erfahrene Kassiererin eine so elementare Tätigkeit verrichtete. Unter ihrem gebannten Blick schien das Mädchen noch ungeschickter zu werden.

Sie selbst wirkte energisch und tüchtig. Sie hatte einen Kugelschreiber in der Hand, mit dem sie ungeduldig klickte. Sie verschwendete bestimmt nicht viel Zeit oder Mitgefühl an die Patienten. Rein damit, raus damit. Leistung nur gegen Barzahlung. Ihr Lächeln war freundlich, aber starr und hielt wahrscheinlich gerade die paar Sekunden, die man brauchte, um die Kälte dahinter zu erkennen. Wenn man sich später beim Arzt über sie beschweren wollte, würde man es schwer haben, konkret zu benennen, was man an ihr auszusetzen hatte. Ich hatte schon öfter mit solchen Leuten zu tun gehabt. Sie war ganz Form ohne Inhalt, eine Pedantin in Kleinigkeiten, eine eifrige Hüterin der Vorschriften und Bestimmungen. Sie war eine Schwester, die einem versicherte, die Tetanusspritze würde sich anfühlen wie ein kleiner Bienenstich, während sie einem in Wirklichkeit einen Knubbel von der Größe eines Türknaufs am Arm verpaßte.

Sie sah mich an und setzte sofort wieder das starre Lächeln auf. »Ja?«

»Ich bin Kinsey Millhone«, sagte ich. Ihr Verhalten suggerierte, daß ich mich in ungebührlicher Weise vorgedrängelt hatte. Sie beendete ihre Geld-Sortier-Lektion und rief dann unmittelbar nacheinander zwei Patientinnen auf. »Mrs. Gonzales? Mrs. Russo?«

Zwei Frauen erhoben sich von ihren jeweiligen Stühlen. Die eine trug einen in Tücher gewickelten Säugling im Arm, die andere ein Kleinkind auf der Hüfte. Beide hatten außerdem noch Kinder im Vorschulalter dabei. Laura Barney hielt die hölzerne Schwingtür auf, die den Warteraum von dem Gang trennte, der zu den Sprechzimmern führte. Die beiden Frauen und die zugehörigen Kinder traten an ihr vorbei durch den Durchgang. Das Wartezimmer war nun leer. Sie hielt die Tür noch immer auf. »Würden Sie mir bitte folgen?«

»O ja, natürlich.«

Sie griff sich zwei Patientenkarten, als wollte sie uns mit Speisekarten versehen, und bugsierte uns alle nach hinten, während sie in rasantem Spanisch Instruktionen erteilte. Als alle auf irgendwelche Sprechzimmer verteilt waren, ging sie weiter den Flur hinunter, wobei ihre Kreppsohlen auf den PVC-Fliesen quietschten. Der Raum, in den sie mich führte, war ein drei mal drei Meter großes Gelaß mit einem Fenster, einem schartigen Holzschreibtisch, zwei Stühlen und einer Gegensprechanlage, die Umgebung, in der einem mitgeteilt wird, was die eben durchgeführten Laboruntersuchungen Schreckliches ergeben haben. Sie schloß die Tür und verwies mich auf den einen Stuhl, während sie das Fenster öffnete und sich dann selbst setzte. Sie zog ein Päckchen Virginia Slims und eine Schachtel Streichhölzer aus ihrer Kitteltasche und steckte sich eine Zigarette an. Sie sah verstohlen auf ihre Uhr, während sie so tat, als rückte sie das Armband zurecht. »Sie sind gekommen, um mir Fragen wegen David zu stellen. Was genau wollen Sie denn wissen?«

»Ich nehme an, Sie stehen nicht sonderlich gut mit ihm?«

»Wir kommen prima aus. Ich sehe ihn so gut wie nie.«

»Sie haben auch bei dem Mordprozeß ausgesagt, nicht wahr?«

»Ganz allgemein. Sie brauchten mich, um zu demonstrieren, was für ein skrupelloser Schweinehund er ist. Haben Sie die Protokolle gelesen?«

»Ich bin noch dabei, den ganzen Papierkram durchzugehen. Ich bin erst am Sonntagabend mit der Sache betraut worden. Ich muß noch eine Menge aufarbeiten. Es würde mir sehr helfen, wenn Sie mir vielleicht aus Ihrer Sicht kurz die Fakten darstellen könnten.«

»Fakten. Hmm, mal sehen. Ich habe David bei einer Party kennengelernt ... ja, das war auf den Monat genau vor neun Jahren. Macht sich das nicht gut? Ich habe mich in ihn verliebt, und sechs Wochen später haben wir geheiratet. Wir waren etwa zwei Jahre verheiratet, als ihm eine Stelle in Peter Weidmanns Firma angeboten wurde. Natürlich waren wir begeistert.«

Ich unterbrach sie. »Wie kam das zustande?«

»Über einen Freund von einem Freund. Wir wohnten damals in Los Angeles und wollten gern dort weg. David hörte, daß Peter jemanden suchte, und bewarb sich. Wir waren gerade zwei Monate in Santa Teresa, als Isabelle in den Laden eintrat. David konnte sie anfangs gar nicht leiden. Ich hielt sie für enorm gescheit und begabt. Ich war diejenige, die es betrieben hat, daß wir uns anfreundeten. Ziemlich bald wurde sie Peters Augenstern. Er war sozusagen ihr Mentor. Es hätte David nichts gebracht, mit ihr zu konkurrieren, da sie doch alle renommeeträchtigen Projekte zugeschanzt bekam. Ich habe David empfohlen, sich privat und beruflich gut mit ihr zu stellen. Man kann sagen, ich habe die Beziehung überhaupt erst initiiert.«

»Wie haben Sie herausgefunden, daß die beiden ein Verhältnis hatten?«

»Simone ist irgendeine Bemerkung herausgerutscht. Ich weiß nicht mehr, was es war, aber auf einmal fügte sich alles zusammen. Ich hatte schon seit längerer Zeit gemerkt, daß David sich mir gegenüber distanzierte. Und es war allgemein bekannt, daß Isabelle und Kenneth Probleme hatten. Ich habe nur ein Weilchen gebraucht, um zwei und zwei zusammenzuzählen. Liebe macht blind, Sie wissen ja. Ich habe ihn zur Rede gestellt, ich dumme Gans. Heute wünschte ich, ich hätte den Mund gehalten.«

»Wieso das?«

»Ich habe ihn erst recht in die Sache reingetrieben. Die Beziehung lief nicht lange gut. Wenn ich so schlau gewesen wäre, das Ganze zu ignorieren, wäre es vielleicht einfach von selbst im Sand verlaufen.«

»Glauben Sie, er hat sie umgebracht?«

»Es muß jemand gewesen sein, der sie ziemlich gut kannte.« Die Sprechanlage summte abrupt los. Sie drückte auf den Knopf. »Ja, Doktor?«

Der Doktor klang, als riefe er aus einer öffentlichen Telefonzelle an. »Ich möchte Mrs. Russo untersuchen. Könnten Sie bitte reinkommen?«

Sie sagte »Ja, Sir« zu ihm und dann zu mir: »Ich muß gehen. Wenn sonst noch was ist, muß es warten.«

Sie hielt mir die Tür auf, und ich ging hinaus.

Sie war im Nu verschwunden, und ich mußte selbst nach draußen finden. Ich ging zu meinem Auto zurück und setzte mich hinein. Als erstes fischte ich in den Tiefen meiner ledernen Umhängetasche nach meiner Geldbörse. Ich nahm das ganze Papiergeld heraus und ordnete die Scheine sorgfältig so, daß sie alle mit der gleichen Seite zu mir lagen, die Einer vorn und ein Zwanziger hinten als Schlußlicht.

Ich fuhr zurück zur Kanzlei und parkte meinen Wagen auf Lonnies Platz. Dann erklomm ich, immer zwei Stufen auf einmal nehmend, die Treppe zum dritten Stock. Wenn Ida Ruth erstaunt war, mich schon wieder zu sehen, ließ sie es sich nicht anmerken. Ich schloß mein Büro auf und begann, die Akten durchzugehen, die zwar inzwischen etwas besser geordnet waren, aber immer noch überall herumlagen. Ich fand den Ordner, den ich suchte, und nahm ihn mit an meinen Schreibtisch, wo ich das Licht anknipste und mich auf meinem Drehstuhl niederließ.

Was ich herauszog, waren die Fotokopien der sechs Jahre alten Zeitungsseiten, die ich gemacht hatte, ehe ich losgezogen war, um die Barneysche Nachbarschaft abzuklappern. Ja, da war ausführlich die Rede von den schweren Regenfällen, die über fast ganz

Kalifornien niedergegangen waren. Und es wurde auch erwähnt, daß Einsatztrupps der Stadtwerke Überstunden machen mußten, um der vielen geborstenen Wasserrohre Herr zu werden. Die Wetterverhältnisse hatten auch eine kleine Verbrechenswelle mit sich gebracht – Kriminelle, die wohl infolge des athmosphärischen Umschwungs ein bißchen Amok liefen. Ich blätterte die Seiten durch, überflog Meldung um Meldung. Ich wußte selbst nicht genau, was ich suchte ... ein Bindeglied, irgendeine Verbindung zu damals.

Die Fragen lagen auf der Hand. Wenn Tippy Parsons David Barneys Alibi stützen konnte, warum war sie dann nicht schon vor Jahren mit ihrer Aussage herausgerückt? Natürlich konnte es sein, daß sie gar nicht dort gewesen war. Vielleicht hatte er jemand anderen gesehen, oder er hatte sich die ganze Sache nur ausgedacht, um seinen Kopf aus der Schlinge zu ziehen. Und falls sie *wirklich* dort gewesen war, bestand immer noch die Möglichkeit, daß sie ihn nicht gesehen hatte, aber ihre Anwesenheit würde seiner Darstellung immerhin eine gewisse Glaubhaftigkeit verleihen. Und was war mit diesem Mann, von dem Barney behauptete, er habe die Szene mitbekommen? Welche Rolle spielte er bei alledem?

Ich griff zum Telefon und wählte Rhe Parsons Nummer, in der Hoffnung, sie in ihrem Atelier zu erwischen. Beim siebten Klingeln nahm sie ab, hörbar außer Atem. »Ja?«

»Rhe, hier ist Kinsey Millhone. Tut mir leid, wenn ich Sie störe. Sie klingen, als hätte ich Sie schon wieder mitten aus der Arbeit gerissen.«

»Oh, hi. Machen Sie sich nichts draus. Ist wohl meine eigene Schuld. Ich sollte mir ein schnurloses Telefon zulegen und es mit ins Atelier nehmen. Entschuldigen Sie mein Geschnaufe. Ich bin wirklich nicht in Form. Wie geht es Ihnen?«

»Mir geht es gut, danke. Ist Tippy zufällig da?«

»Nein. Sie arbeitet heute bis sechs. Bei der Langustenbude unten am Pier. Worum geht es denn? Kann ich Ihnen vielleicht weiterhelfen?«

»Vielleicht«, sagte ich. »Ich wollte gern wissen, wo sie in der Nacht war, als Isabelle ermordet wurde.«

»Sie war zu Hause, da bin ich mir ganz sicher. Warum?«

»Ach, es ist wahrscheinlich nichts dran, aber jemand meint, sie in einem Lieferwagen herumfahren gesehen zu haben.«

»Einem Lieferwagen? Tippy hat nie einen Lieferwagen gehabt.«

»Dann muß es wohl ein Irrtum sein. War sie bei Ihnen, als die Polizei angerufen hat?«

»Sie meinen, wegen Isabelles Tod?« Für einen Moment war da ein Zögern in ihrer Stimme, das mir eine Warnung hätte sein sollen, aber vor lauter Konzentration auf meine Frage vergaß ich völlig, daß ich es mit einer *Mutter* zu tun hatte. »Sie wohnte damals bei ihrem Vater«, sagte sie zurückhaltend.

»Richtig. Das sagten Sie ja schon. Jetzt fällt's mir wieder ein. Hatte *er* vielleicht einen Lieferwagen?«

Totenstille. Dann: »Hören Sie, Ihre Andeutungen mißfallen mir sehr.«

»Welche Andeutungen? Ich frage doch nur.«

»Ihre Fragen klingen sehr pointiert. Ich hoffe, Sie wollen nicht unterstellen, daß Tippy irgend etwas mit der Sache mit Iz zu tun hatte.«

»Seien Sie nicht albern, Rhe. Ich würde nie und nimmer so etwas unterstellen. Ich versuche lediglich, eine Aussage zu entkräften. Das ist alles.«

»Was für eine Aussage?«

»Hören Sie, es ist wahrscheinlich nichts dran, und ich möchte mich lieber nicht weiter dazu äußern. Ich kann ja später mit Tippy selbst reden. Das hätte ich gleich tun sollen.«

»Kinsey, wenn irgend jemand irgendwelche Behauptungen über meine Tochter in die Welt setzt, habe ich ein Recht darauf, es zu erfahren. Wer sagt, sie sei unterwegs gewesen? Das ist eine unverschämte Anschuldigung.«

»*Anschuldigung*? Moment mal. Es ist doch wohl kaum eine Anschuldigung, wenn jemand sagt, er habe sie in einem Lieferwagen herumfahren sehen.«

»Wer hat das gesagt?«

»Rhe, es ist mir wirklich nicht möglich, meine Quellen offenzulegen. Ich arbeite für Lonnie Kingman, und diese Information fällt unter das Anwaltsgeheimnis ...« Das stimmte zwar nicht, klang aber gut. Das Anwaltsgeheimnis galt nicht für mich und meinen Umgang mit irgendwelchen Zeugen. Ich konnte hören, wie sie sich zu zügeln versuchte.

»Ich wäre Ihnen sehr dankbar, wenn Sie mir sagen würden, was hier gespielt wird. Ich verspreche, Sie nicht nach Ihren Quellen zu fragen, wenn das *wirklich* so ein Staatsgeheimnis ist.«

Ich ging kurz mit mir zu Rate und befand, daß es keinen Grund gab, ihr die Information selbst vorzuenthalten. »Jemand behauptet, sie in der betreffenden Nacht draußen gesehen zu haben. Ich will nicht behaupten, daß das im Zusammenhang mit Isabelles Tod irgendwie relevant wäre, aber es kam mir merkwürdig vor, daß sie nie etwas davon gesagt hat. Ich dachte, sie hätte Ihnen vielleicht etwas erzählt.«

Rhes Stimme war kontrolliert. »Sie hat nie etwas davon gesagt, weil sie nicht draußen war.«

»Wunderbar. Mehr will ich ja gar nicht wissen.«

»Und selbst wenn, geht Sie das gar nichts an.«

Ich legte im Geist die Hand hinters Ohr. »Was heißt, ›selbst wenn‹?«

»Nichts. Nur so eine Redewendung.«

»Würden Sie ihr sagen, sie möchte mich bitte anrufen?«

»Ich werde ihr nicht sagen, daß sie Sie anrufen soll!«

»Wie Sie wollen, Rhe. Entschuldigen Sie die Störung.« Ich knallte den Hörer auf und spürte, wie mir die Hitze ins Gesicht stieg. Was hatte diese Frau? Ich machte mir eine Notiz wegen einer Vorladung für Tippy, falls das nicht schon passiert war. Ich hatte Barneys Geschichte nicht sonderlich viel Glauben geschenkt, bis ich Rhes Reaktion erlebte.

Ich bat Ruth, mir die kompletten Protokolle des Mordprozesses zu beschaffen. Dann lümmelte ich mich in meinen Drehstuhl, die Füße auf dem Schreibtisch, die Hände vor dem Bauch gefaltet, um über die ganze Entwicklung nachzudenken. Durch Morleys Schlampigkeit und seinen plötzlichen Tod saßen wir ganz schön in der Klemme. Lonnies Hauptzeuge entpuppte sich als windig, und jetzt sah es auch noch so aus, als hätte der Angeklagte tatsächlich ein Alibi. Das würde Lonnie gar nicht gerne hören. Immer noch besser, er erfuhr es jetzt, als am ersten Verhandlungstag, wenn Herb Foss seine Eröffnungsrede an die Geschworenen hielt, aber es würde ihm trotzdem nicht gefallen. Er würde Freitag abend nach Hause kommen und ein schönes Wochenende mit seiner Frau verbringen wollen. Er war seit achtzehn Monaten mit einer *Kenpo*-Karatelehrerin verheiratet, die er erfolgreich in einem Verfahren wegen schwerer Körperverletzung verteidigt hatte. Ich versuche immer noch dahinterzukommen, was Maria eigentlich getan hatte, aber bisher konnte ich nur aus ihm herausholen, daß die strittige Handlung aus einem Vergewaltigungsversuch resultierte und der Mann sich in der Folge aus dem aktiven Leben zurückziehen mußte. Ich zwang meine abschweifenden Gedanken zu der aktuellen Sachlage zurück. Wenn Lonnie am Montag morgen ins Büro spaziert kam, würde die Hölle losbrechen. Und ein Teil des Ärgers würde zwangsläufig mich treffen.

Ich ging noch einmal die Zeugenliste durch, die Lonnie im Zuge der Offenlegung der Prozeßunterlagen erhalten hatte. Ein William Angeloni war dort aufgeführt, obgleich seine Aussage nicht schriftlich niedergelegt worden war. Ich schrieb mir seine Adresse auf, sah im Telefonbuch nach und notierte seine Nummer. Ich nahm den Telefonhörer ab und legte ihn dann wieder auf. Besser, ich ging persönlich hin, dann konnte ich ihn mir gleich anschauen. Vielleicht war er ja irgendein Windhund, den David Barney angeheuert hatte, damit er für ihn log. Ich stopfte ein paar Papiere in meine Aktenmappe und rannte wieder los.

Die besagte Straße lag drüben auf der Westseite, und das Haus war ein kleiner Steinbungalow, der gerade umfassenden Umbaumaßnahmen unterzogen wurde. Teile des Dachs waren abgedeckt, die Außenmauern auf der einen Seite herausgebrochen. Große, milchige Plastikfolien über den Dachsparren schützten die noch intakten Räume. An der einen Außenwand lagerten säuberlich gestapelt

Holz und Hohlblocksteine. Ein großer, dunkelblauer Container stand in der Einfahrt, voll mit Steinschutt und alten, von rostigen Nägeln starrenden Dachlatten. Es schien, als hätten die Arbeiter für heute schon Feierabend gemacht, aber im Hof stand noch ein Mann mit einer Bierdose in der Hand. Ich parkte meinen Wagen auf der anderen Straßenseite, stieg aus und ging hinüber an den Rand des ramponierten Rasens. »Ich suche Bill Angeloni. Sind Sie das zufällig?«

»Das bin ich«, sagte er. Er war Mitte dreißig und extrem gutaussehend – dunkles, glattes Haar, etwas länger und zur Seite gekämmt, dunkle Augen, ausgeprägte Nase, Grübchen und ein männliches Kinn, dessen Bartwuchs beizukommen bestimmt sechs Bahnen mit dem Rasierapparat erforderte. Er trug Jeans, dreckverkrustete Arbeitsstiefel und ein blaues Jeanshemd mit aufgerollten Ärmeln. Die Haare auf seinen Unterarmen waren dunkel und seidig. Er roch nach feuchter Erde und Metall. Er sah aus wie der Hauptdarsteller in einem Film über die tragische Liebe zwischen einer Millionenerbin und einem Wildhüter. Ich mahnte mich, daß es wahrscheinlich ungebührlich wäre, mich an seine Brust zu werfen und meine Nase dortselbst zu vergraben.

»Kinsey Millhone«, stellte ich mich vor. Wir schüttelten uns kurz die Hand, und ich erklärte ihm, in welchem Auftrag ich kam. »Ich hatte gerade eine kleine Unterhaltung mit David Barney, und er erwähnte Ihren Namen.«

Angeloni schüttelte den Kopf. »Ich kann's nicht fassen, daß das arme Schwein schon wieder vor Gericht muß.« Er leerte sein Bier vollends, zerdrückte die Dose und beförderte sie mit einem gekonnten Sprungwurf in den Container, wo sie mit einem Plong landete. Er sagte: »Zwei Punkte«, und imitierte, die Faust vor dem Mund, eine johlende Menge. Er hatte ein sympathisches, offenes Lächeln.

»Diesmal geht's um Mord«, sagte ich.

»Herrje. Aber ich dachte immer, sie könnten einen nicht zweimal wegen derselben Sache drankriegen.«

»Das gilt für Strafverfahren. Das ist jetzt ein Zivilprozeß.«

»Ich bin froh, daß ich nicht an seiner Stelle bin. Möchten Sie ein

Bier? Ich bin gerade von der Arbeit gekommen, und dann brauche ich immer erst ein paar. Dieses Haus ist ein einziger Trümmerhaufen. Vorsicht, hier liegen überall Nägel herum.«

»Klar, ich nehme gern eins«, sagte ich. Ich folgte ihm in Richtung Küche, die durch das Plastik eindeutig zu identifizieren war. Sein Hintern war auch sehr niedlich. »Wie lange geht das schon?«

»Der Umbau? Einen Monat etwa. Wir bauen ein großes Wohnzimmer an und ein paar Schlafzimmer für die Kinder.«

Vergiß es, dachte ich, während wir uns den Weg in die Küche bahnten.

Er nahm zwei Bier aus einem Sechserpack und machte sie beide auf. »Ich muß den Grill anwerfen, bevor Julianna mit der ganzen Kinderschar nach Hause kommt. Mein Koch-Tag heute«, sagte er mit seinem Grübchen-Lächeln.

»Wie viele Kinder haben Sie?«

Er hielt eine Hand hoch und wackelte mit den Fingern.

»Fünf?«

»Und eines in Arbeit. Alles Jungen. Diesmal hätten wir gern ein kleines Mädchen.«

»Sind Sie noch bei den Stadtwerken?«

»Zehn Jahre im Mai«, sagte er. »Und Sie sind Privatdetektivin. Wie ist das denn so?«

Ich plauderte ein wenig über meine Arbeit, während er die Asche aus dem Grill räumte. Er hatte einen kleinen elektrischen Anzünder, den er in ein Verlängerungskabel stöpselte. Dann häufte er Holzkohlenbriketts darauf, die er mit einer langen Zange zurechtrückte. Ich wußte, ich hätte die Sache straffen sollen. Ich brauchte ja weiter nichts als die Bestätigung, daß er Barney in der Mordnacht gesehen hatte – und vielleicht auch noch Tippy Parsons –, aber irgendwie hatten diese häuslichen Tätigkeiten etwas Hypnotisches. Ich war noch nie mit einem Mann zusammengewesen, der meinetwegen einen Grill angeworfen hätte. Glückliche Julianna.

»Könnten Sie mir von der Nacht erzählen, als Sie David Barney gesehen haben?«

»Da gibt's nicht viel zu erzählen. Wir waren draußen und haben die Straße aufgebuddelt, um ein kaputtes Rohr zu finden. Es hatte tagelang geschüttet, aber inzwischen hatte es aufgehört. Ich hörte einen dumpfen Schlag, und als ich hochguckte, sah ich einen Mann im Jogginganzug auf der Straße liegen. Ein kleiner Lieferwagen schoß gerade links um die Ecke in den San Vicente und hatte ihn wohl leicht erwischt. Er rappelte sich auf, humpelte zu uns herüber und setzte sich auf den Bordstein. Er war ein bißchen zittrig, aber nicht verletzt. Vor allem sauer, wie das eben so ist. Wir haben ihm angeboten, einen Krankenwagen zu rufen, aber er wollte nichts davon wissen. Er blieb sitzen, bis er sich einigermaßen gefangen hatte, und lief dann wieder los, langsam und ein bißchen humpelnd. Die ganze Sache hat vielleicht zehn Minuten gedauert.«

»Haben Sie den Fahrer des Lieferwagens gesehen?«

»Nicht so genau. Es war ein junges Mädchen, aber ihr Gesicht habe ich nicht richtig gesehen.«

»Und die Nummer? Haben Sie sich die gemerkt?«

Er zuckte bedauernd die Achseln. »Ich hab' gar nicht dran gedacht. Aber der Lieferwagen war weiß, soviel ist sicher.«

»Wissen Sie die Marke?«

»Ford oder Chevy. Jedenfalls ein Amerikaner.«

»Woher wußten Sie, daß der Mann David Barney war? Hat er sich vorgestellt?«

»In dem Moment nicht. Er hat sich später mit uns in Verbindung gesetzt.«

»Woher wußte er, wer Sie waren?«

»Er hat uns über die Stadtwerke ausfindig gemacht. Mich und meinen Kumpel James. Er wußte ja Datum, Zeit und Ort, deshalb war das nicht weiter schwer.«

»Kann James das alles bestätigen?«

»Klar. Wir haben ja beide mit dem Mann geredet.«

»Und als Mr. Barney sich dann mit Ihnen in Verbindung setzte – wußten Sie da schon von der Ermordung seiner Frau?«

»Ich hatte es in der Zeitung gelesen. Aber der Zusammenhang war mir nicht klar, bis er uns gesagt hat, wer er war. Mein Gott, gräßliche Sache. Haben Sie davon gehört?«

»Deswegen bin ich hier. Der Mann schwört nach wie vor, daß er's nicht war.«

»Na ja, ich seh' auch nicht, wie er's hätte tun sollen. Er war ja meilenweit weg.«

»Erinnern Sie sich noch an die genaue Uhrzeit?«

»Ziemlich genau ein Uhr fünfundvierzig. Vielleicht ein kleines bißchen früher, aber später auf keinen Fall, weil ich noch auf die Uhr geguckt habe, als er wieder losgelaufen ist.«

»Fanden Sie es nicht merkwürdig, daß jemand um halb zwei in der Nacht draußen herumjoggt?«

»Überhaupt nicht. Ich hatte ihn ja schon in der Nacht zuvor die gleiche Strecke laufen sehen. Bei Nachteinsätzen sieht man die seltsamsten Sachen.«

»Sie haben bei dem Mordprozeß ausgesagt?«

»Klar.«

»Und diesmal? Werden Sie wieder aussagen?«

»Aber sicher. Von Herzen gern. Man muß dem armen Kerl doch helfen.«

Ich ging im stillen noch einmal Barneys Geschichte durch und versuchte, mich genau zu erinnern, was er gesagt hatte. »Und die Polizei? Haben die Sie auch befragt?«

»Irgendein Beamter vom Morddezernat hat mich angerufen, und ich habe ihm alles erzählt, was ich wußte. Er hat sich bedankt, und das war das letzte, was ich von ihm gehört habe. Ich will Ihnen was sagen – die konnten ihn nicht leiden. Für sie war er schon schuldig, ehe er vor Gericht stand.«

»Vielen Dank. Das war sehr freundlich von Ihnen. Sie haben mir sehr geholfen. Ich werde mich vielleicht wieder bei Ihnen melden, falls ich noch Fragen habe.« Ich gab ihm meine Karte, für den Fall, daß ihm noch etwas einfiel. Ich setzte mich in mein Auto und machte mir erst mal Notizen, solange ich seine Aussage noch frisch im Gedächtnis hatte.

Ich dachte über Tippy nach, gründelte in meinem Gedächtnis. Nach dem, was Rhe gesagt hatte, mußte das die Zeit ihres Jugendalkoholismus' gewesen sein. Wenn ich mich recht erinnerte, hatte

Rhe sie zu ihrem Vater geschickt, weil sie nicht mehr miteinander klargekommen waren. Woher wollte Rhe dann wissen, ob Tippy in der fraglichen Nacht zu Hause gewesen war oder nicht? Vielleicht sollte ich einfach Tippy fragen und basta. »Das Nächstliegende tun« war schon immer eine meiner zentralen Arbeits-Maximen.

Ich sah auf meine Armbanduhr. Es war fünf nach halb sechs. Die Langusten-Bude lag draußen auf dem Pier – etwa zwei Blocks von meiner Wohnung und nicht sehr weit von Bill Angelonis Haus. Ich fuhr über die Rückseite des Capillo Hill heimwärts. Wenn Tippy in der betreffenden Nacht wirklich unterwegs gewesen war, sah ich keinen Grund, weshalb sie es sechs Jahre später nicht zugeben sollte. Vielleicht hatte sie nur nie jemand danach gefragt. Welch ein aufmunternder Gedanke.

12

Ich parkte vor meinem Haus, ging hinein, warf meine Aktenmappe zur Seite, griff meinen Anorak vom Haken hinter der Tür und ging die zwei Blocks bis zum Kai zu Fuß. Die Sonne war noch nicht ganz untergegangen, aber das Licht war bereits grau. Die Tage waren jetzt von dieser verlängerten Dämmerung gekennzeichnet, in der sich unter den Bäumen schon Dunkel sammelte, während der Himmel noch immer die Farbe von blankem Aluminium hatte. Wenn die Sonne dann schließlich unterging, färbten sich die Wolken lila und blau, und das letzte Licht bohrte sich in roten Strahlen durch die Düsternis. In Kalifornien bewegt sich die Temperatur in den Winternächten gewöhnlich um zehn, zwölf Grad, und dasselbe gilt auch für viele Sommernächte, was es einem gestattet, das ganze Jahr unter einer Steppdecke zu schlafen.

Zu meiner Rechten, etwa vierhundert Meter weiter, umspannte der schlanke Arm der Mole das Hafenbecken, Segelschiffe in seiner Beuge wiegend. Das Meer schlug gegen die Kaimauer, und wuchtige Wellen sprühten Gischt über mich hinweg. Unter meinen Füßen schien sich der Pier zu bewegen, als schöben ihn die Wellen vor sich her. Der Geruch von Kreosot stieg wie Dunstschwaden aus den dunkelglänzend nassen, massigen Holzpfeilern. Das Wasser stand hoch und hatte die Farbe von dunkelblauer Tinte, das silberne Pfahlwerk war von der Nässe verfärbt. Autos fuhren über den Pier, und das Rumpeln loser Bohlen summierte sich zu einem steten Vibrieren über die gesamte Länge. Nebel wälzte sich herein und brachte dumpfigen Tanggeruch mit sich. Dunkle Boote dümpelten gleich vorne im Arme-Leute-Hafen.

Auf dem Kai selbst strahlten die Lichter grell und kalt vor dem tiefen Dunkel des Meeres. Das Yacht Club-Restaurant war hell erleuchtet, die Luft ringsum erfüllt vom appetitlichen Duft nach Fisch und Steaks, frisch vom Holzkohlengrill. Einer der Parkwächter spurtete gerade zum anderen Ende des kleinen Parkplatzes, um einen Wagen vorzufahren. Möwen hockten auf dem Spitzdach des Anglerkiosks, dessen Schindelschrägen von einem schneeweißen Rand aus angesammeltem Vogeldreck gesäumt war. Die Angler waren am Zusammenpacken und klapperten mit ihren Angelkästen, während ein Pelikan perläugig um sie herumwatschelte und immer noch hoffte, daß ein Happen für ihn abfiel.

Zur Stadtseite hin waren die dunklen Hügel mit Lichtpunkten übersät. Der Freeway 101 verlief parallel zum Strand, der auf diesem Stück einen überraschenden Knick in Ost-Westrichtung macht. Hinter den vier Spuren des Freeway staffelten sich die ein- und zweistöckigen Häuser des Geschäftsviertels entlang der State Street, je weiter weg, desto kleiner, wie ein Musterbeispiel für perspektivisches Zeichnen. Die Palmen hoben sich dunkel vor dem künstlichen Licht ab, das jetzt nach und nach das Zentrum in einen fahlgelben Schein tauchte.

Die Sonne war inzwischen verschwunden, aber der Himmel war immer noch nicht ganz dunkel, sondern hatte eher das aschige Anthrazit von verkohltem Holz. Ich war jetzt bei der braungestrichenen Bretterbude angelangt, die den Langusten-Imbiß beherbergt. Acht Holzklapptische und -bänke waren davor auf dem Pier verankert. Die drei Arbeitskräfte, die den Laden schmissen, waren jung, alle um die zwanzig, in Jeans und einheitlichen dunkelblauen T-Shirts, auf denen ein Krebs prangte. Die Front der Bude säumten Seewasser-Aquarien mit lebenden Krebsen und Langusten, die dichtgestapelt aufeinander hockten wie mürrische Meeresspinnen. Außerdem war da eine Schauvitrine mit zerstoßenem Eis und zu grauen, rosa und weißen Reihen drapierten Fischsteaks. Dahinter zog sich der Tresen entlang. Durch eine offene Tür im Hintergrund konnte ich sehen, wie gerade ein riesiger Fisch ausgenommen wurde.

Es war gleich Feierabend, und die drei waren schon am Aufräumen und Putzen. Ich beobachtete Tippy fast eine Minute lang, ehe sie mich bemerkte. Ihre Bewegungen waren energisch, ihr ganzes Auftreten effizient und kompetent. Sie wartete darauf, daß ein Mann vor der Schauvitrine seine Wahl traf. »Letzte Bestellung für heute. Wir müssen in fünf Minuten schließen.«

»Oh, klar. Tut mir leid. Ist mir ganz entgangen, daß es schon so spät ist.« Er trat rasch an das Wasserbassin und zeigte auf das unglückliche Objekt seiner Begierde. Sie steckte den Bestellblock in ihre Tasche und tauchte den Arm in das trübe Wasser. Sie packte die Languste flink von oben, hielt sie ihm zur Inspektion hin, klatschte sie dann auf die Arbeitsplatte, griff sich ein Schlachtermesser und setzte die Spitze unter dem Panzer an, dort, wo der Schwanz aus dem pieksigen Körper austritt. Ich sah zwar noch rechtzeitig weg, hörte aber das dumpfe Geräusch, als sie auf den Messerschaft schlug und dem Tier sauber die Wirbelsäule durchtrennte. Was für eine Art, sich sein Brot zu verdienen. Soviel Tod für einen Hungerlohn. Sie steckte die Languste in den Dampferhitzer, schlug die Tür zu und stellte die Uhr. Dann wandte sie sich mir zu, ohne zu registrieren, wen sie vor sich hatte.

»Bitte?«

»Hi, Tippy. Kinsey Millhone. Wie geht's?«

Ich sah den verspäteten Funken des Erkennens in ihren Augen. »Oh, hi. Meine Mom hat gerade angerufen und gesagt, Sie würden vorbeikommen.« Sie wandte den Kopf. »Corey? Kann ich jetzt gehen? Ich mache morgen die Kasse, wenn du's heute machen kannst.«

»Kein Problem.«

Sie wandte sich dem Mann zu, der auf seine Languste wartete. »Möchten Sie was trinken?«

»Haben Sie Eistee in Dosen?«

Sie nahm die Dose aus der Kühlbox, gab Eis in einen Pappbecher und fischte ein kleines Schälchen Krautsalat aus der Vitrine. Sie schrieb die Gesamtsumme von Hand unten auf den Kassenbon und riß diesen mit einer schwungvollen Bewegung ab. Er reichte ihr einen Zehner, und sie gab ihm mit der gleichen Effizienz das

Wechselgeld heraus. Die Uhr am Kocher begann zu piepen. Sie griff mit einem Küchenhandschuh hinein und klatschte die dampfende Languste auf einen Pappteller. Der Typ hatte kaum sein Essen entgegengenommen, als sie schon die Schürze abband und durch die zweiteilige Tür an der Seite heraustrat.

»Wir können uns an einen von den Tischen setzen, oder wollen Sie lieber woanders hin? Mein Auto steht dort drüben. Sollen wir im Wagen reden?«

»Wir können ja mal in die Richtung gehen. Ich habe wirklich nur ein paar kurze Fragen.«

»Sie wollen wissen, wo ich in der Nacht war, als Tante Isabelle ermordet wurde, stimmt's?«

»Stimmt.« Es wurmte mich, daß Rhe Zeit gehabt hatte, sie vorzuwarnen, aber was hätte ich machen sollen? Selbst wenn ich direkt hergekommen wäre, hätte Rhe Zeit genug gehabt für einen Anruf. Jetzt hatte Tippy die Möglichkeit gehabt, sich eine schlaue Geschichte auszudenken ... falls sie das nötig hatte.

»O Mann, ich habe versucht, mich zu erinnern. Ich denke, ich war bei meinem Dad.«

Ich starrte sie einen Moment an. »Sie wissen es nicht mehr?«

»So konkret nicht. Ich war damals noch auf der High School. Da hatte ich sicher eine Menge Hausaufgaben zu machen oder so was.«

»Hatten Sie nicht Ferien? Das war doch der Tag nach Weihnachten. Die meisten Schüler haben in der Woche zwischen Weihnachten und Neujahr frei.«

Sie runzelte leicht die Stirn. »Kann sein. Wenn Sie's sagen. Ich weiß es wirklich nicht mehr.«

»Haben Sie eine ungefähre Vorstellung, wann Ihre Mutter anrief, um Ihnen die Sache mit Isabelle mitzuteilen?«

»Hm, vielleicht eine Stunde später. So etwa eine Stunde, nachdem es passiert war. Ich weiß, daß sie von Tante Isabelle aus angerufen hat, aber da war sie wohl schon eine Weile bei Simone.«

»Könnte es sein, daß Sie so um eins, halb zwei noch unterwegs waren?«

»Um halb zwei nachts? Sie meinen, ob ich noch aus war?«

»Ja, vielleicht mit einem jungen Mann, oder auch einfach nur so, mit Freunden.«

»Mm-mm. Mein Dad wollte nicht, daß ich so lange wegblieb.«

»War er in dieser Nacht zu Hause?«

»Bestimmt. Wahrscheinlich«, sagte sie.

»Wissen Sie noch, was Ihre Mutter sagte, als sie anrief?«

Sie dachte kurz nach. »Nein, ich glaube nicht. Ich meine, ich weiß noch, daß sie mich geweckt hat und daß sie geweint hat und so.«

»Hat Ihr Vater einen Lieferwagen?«

»Nur in der Firma«, sagte sie. »Er hat einen Malerbetrieb und transportiert seine Ausrüstung in einem Lieferwagen.«

»Hatte er damals schon denselben Lieferwagen?«

»Den hat er, solange ich zurückdenken kann. Jetzt braucht er allerdings einen neuen.«

»Ist der, den er hat, weiß?«

Das ließ sie kurz stutzen. Womöglich eine Fangfrage? »Ja«, sagte sie zögernd. »Wieso?«

»Die Sache ist die«, sagte ich. »Ich habe mit jemandem gesprochen, der sagt, er hätte Sie in der fraglichen Nacht draußen herumfahren sehen, mit einem weißen Lieferwagen.«

»Also, das ist ein Ding. Ich war *nicht weg*«, sagte sie mit einem Hauch von Empörung.

»Und Ihr Vater? Vielleicht hat er den Lieferwagen benutzt?«

»Das glaube ich nicht.«

»Wie heißt er? Ich kann ihn ja fragen. Vielleicht fällt ihm etwas ein.«

»Bitte, nur zu. Meinetwegen. Er heißt Chris White. Er wohnt am West Glen, von meiner Mutter aus gleich um die Kurve.«

»Danke. Das hilft mir sehr.«

Das schien sie zu beunruhigen. »Ach, ja?«

Ich zuckte die Achseln und sagte: »Ja, sicher. Wenn Ihr Vater bestätigen kann, daß Sie zu Hause waren, ist diese andere Sache wohl nur eine Verwechslung.« Ich ließ gerade eben eine Spur von Skepsis in meiner Stimme schwingen, ein kleines Zweifelsvögelchen, das weit weg im Wald zwitscherte. Es verfehlte seine Wirkung nicht.

»Wer war das, der gesagt hat, er hätte mich gesehen?«

»Darüber würde ich mir keine Gedanken machen.« Ich sah auf die Uhr. »Ich lasse Sie jetzt besser gehen.«

»Soll ich Sie heimfahren oder so? Das macht mir nichts aus.« Ganz das hilfsbereite kleine Mädchen.

»Ich bin gleich zu Hause, danke. Ich melde mich später noch einmal.«

»Nacht«, sagte sie. Ihr Abschiedslächeln schien aufgesetzt, einer dieser Strahleversuche, den widersprechende Emotionen sabotieren. Wenn sie nicht aufpaßte, würde sie ihren Stirnrunzel-Falten mit dreißig nur noch mit einer Schönheitsoperation beikommen können. Ich sah ihr nach, und sie bedachte mich mit einem halbherzigen Winken, das ich genauso halbherzig erwiderte. Ich marschierte über den Pier zurück und dachte aus irgendwelchen unerfindlichen Gründen: »Schißhase, Lügennase.«

Mein Abendessen bestand aus Knusper-Flakes und Magermilch. Ich aß an der Spüle stehend, das Schüsselchen in der Hand, und starrte aus dem Fenster. Ich tilgte alles aus meinem Denken, zerrubbelte die Ereignisse des Tages zu einem Wölkchen Staub. Die Sache mit Tippy ließ mich immer noch nicht los, aber es hatte keinen Sinn, irgend etwas forcieren zu wollen. Ich übergab das Ganze meinem Unterbewußtsein zur weiteren Bearbeitung. Was immer es war, was mich irritierte, es würde schon noch an die Oberfläche kommen.

Um 18 Uhr 40 machte ich mich auf den Weg zu meinem Termin bei Francesca Voigt. Wie die meisten Hauptpersonen in diesem Drama wohnten auch sie und Kenneth in Horton Ravine. Ich fuhr den Cabana westwärts und die lange, gewundene Hügelstraße bis über Harley's Beach hinaus, so daß ich von hinten in die Schlucht gelangte, von der der Ortsteil seinen Namen hat. Ursprünglich hatte es hier zwei Ranches von jeweils über dreitausend Morgen gegeben, die um die Mitte des neunzehnten Jahrhunderts ein Kapitän namens Robertson erworben, zusammengelegt und seinerseits an einen Schafzüchter namens Tobias Horton weiterverkauft hatte. Seither war das Land in über 670 Parzellen aufgeteilt worden, die zwischen eineinhalb und fünfzig Morgen groß und durch fast fünfzig Kilometer Straßen und Schleichpfade vernetzt waren. Ein Luftbild hätte gezeigt, daß die beiden Häuser, obgleich scheinbar meilenweit voneinander entfernt, in Wahrheit nur zwei Grundstücke auseinander lagen und weniger durch räumliche Distanz als durch gewundene Straßenkilometer voneinander getrennt waren. Tatsächlich war David Barney nicht der einzige, der ganz in der Nähe von Isabelles Haus wohnte.

Die Voigts lebten auf circa sechs bis acht Hektar, falls die Grundstücksgrenzen identisch mit den Hecken waren, die sich die Straße entlang schlängelten und den Hang hinunter zogen. Die Sträucher und Beete waren durchweg sorgsam gepflegt, und am Rande des Gartens standen Grüppchen von hohen Eukalyptusbäumen. Die Zufahrt beschrieb einen Halbkreis, dessen Zentrum ein dicht bepflanztes Stiefmütterchenbeet bildete, ein Gemisch aus Tiefrot- und Lilatönen, die im Schein der Gartenstrahler leuchteten. Auf der rechten Seite sah ich Pferdeställe, eine Sattelkammer und eine leere Koppel. Die Luft muffelte ein ganz klein wenig nach Stroh, Feuchtigkeit und den verschiedenen Abfallprodukten von Pferden.

Das Haus war flach, weißes Balkenwerk, weißgetünchter Backstein, mit langgezogenen Steinterrassen entlang der Vorderfront und dunkelgrünen Holzläden, die breite, zweiflügelige Fenster flankierten. Ich stellte meinen Wagen in der Zufahrt ab, klingelte und wartete. Ein phlegmatisches weißes Hausmädchen in schwarzer Tracht öffnete mir. Die Frau war meiner Schätzung nach in den Fünfzigern und wirkte aus irgendeinem Grund ausländisch – Gesichtsform, Statur ... ich kam nicht dahinter. Sie sah mir nicht richtig in die Augen. Ihr Blick blieb irgendwo in der Nähe meines Schlüsselbeins hängen und verharrte dort, während ich ihr sagte, wer ich war und daß ich erwartet würde. Sie antwortete nicht, vermittelte aber durch ihre Körpersprache, daß sie meine Erklärungen verstanden hatte.

Ich folgte ihr durch die mit poliertem weißem Marmor ausgelegte Diele und dann über weißen Teppichboden, so dick und so rein wie eine jungfräuliche Schneedecke. Wir durchquerten das Wohnzimmer – Glas und Chrom, kein Nippes, kein Buch. Der Raum schien für eine Familie von Riesen bestimmt. Die Möbel waren alle weiß bezogen und überdimensioniert: breite, klobige Sofas, wuchtige Sessel, der Glas-Couchtisch so groß wie eine Doppelbettmatratze. Auf einer mächtigen Anrichte stand eine Schüssel mit hölzernen Äpfeln vom Kaliber eines Softballs. Der Effekt war eigenartig: ich fühlte mich, wie ich mich mit fünf Jahren gefühlt hatte. Vielleicht war ich ja geschrumpft, ohne es zu merken.

Wir gingen durch einen Flur, durch den locker ein Schneepflug gepaßt hätte. Das Hausmädchen blieb vor einer Tür stehen, klopfte einmal an, öffnete, hielt mir die Tür auf und starrte höflich auf mein Brustbein, während ich an ihr vorbeischlüpfte. Francesca saß an einer Nähmaschine in einem Zimmer, das für gewöhnliche Menschen dimensioniert und buttergelb gestrichen war. Über eine ganze Wand zog sich ein ästhetisch unterteilter, maßgeschreinerter Einbauschrank, dessen offene Türen den Blick auf verschiedene Fächer mit Schnittmustern, Stoffballen, Litzen und Borten sowie Nähzubehör freigaben. Das Zimmer war luftig, die Beleuchtung ausgezeichnet, die hellen Hartholzdielen abgezogen und lackiert.

Francesca war groß und sehr schlank, mit hyperkurzem braunem Haar und fein ziselierten Gesichtszügen. Sie hatte vorstehende Wangenknochen, eine markante Kieferpartie, eine lange, gerade Nase und einen Schmollmund mit einer ausgeprägten Oberlippe. Sie trug weite weiße Hosen aus einem geschmeidig fallenden Material und eine lange, pfirsichfarbene Tunika mit einem schweren Ledergürtel. Ihre Hände waren schmal, die Finger lang, die Nägel konisch gefeilt und lackiert. Sie hatte einen Satz schwerer, silberner Armreifen am Handgelenk, die wie Ketten klirrten und mich in meinem Verdacht bestätigten, daß Glamour eine Bürde ist, die nur schöne Frauen verkraften. Sie sah aus, als würde sie nach Flieder oder frisch geschälten Orangen duften.

Francesca streckte mir lächelnd die Hand hin, und wir stellten uns vor. »Setzen Sie sich. Ich bin gleich fertig. Wenn Sie möchten, kann uns Guda ein Gläschen Wein bringen.«

»Das wäre nett.«

Ich sah mich um und bekam gerade noch mit, wie Gudas Blick zu Francescas Gürtelschnalle hinabglitt. Ich deutete es als Zeichen dafür, daß sie verstanden hatte und gehorchen würde. Sie nickte und schwebte auf ihren Kreppsohlen hinaus. »Spricht sie Englisch?« fragte ich, als die Tür zu war.

»Nicht fließend, aber gut genug. Sie ist Schwedin. Sie ist erst einen Monat bei uns. Die Ärmste. Ich weiß, sie hat Heimweh, aber ich bekomme nicht viel aus ihr heraus.« Sie setzte sich wieder an ihre Maschine und nahm sich eine Bahn hauchdünnen blauen Stoffs vor, die sie an dem einen Ende gereiht hatte. »Ich hoffe, Sie finden mich nicht unhöflich, aber ich lasse ungern ein Stück halbfertig liegen.«

Sie drehte die Stoffbahn mit einer geübten Bewegung um, verstellte einen Knopf und nähte mit Zickzack-Stichen über das andere Ende. Die Nähmaschine gab ein beruhigendes, tiefes Surren von sich. Ich sah ihr zu und hatte das Gefühl, als sei ich stumm. Ich verstand nicht genug vom Nähen, um eine konkrete Frage formulieren zu können, aber Francesca schien meine Neugier zu spüren. »Das wird ein Turban, falls Sie sich fragen, was ich hier mache. Ich entwerfe Kopfbedeckungen für Krebspatientinnen.«

»Wie sind Sie darauf gekommen?«

Sie legte ein Stück Klettband auf den Stoff und nähte es entlang der Kanten fest, indem sie den Antriebshebel der Maschine mit dem Knie bediente. »Ich mußte mich vor zwei Jahren einer Chemotherapie unterziehen, wegen Brustkrebs. Eines Morgens, als ich unter der Dusche stand, fielen mir die Haare in dicken Büscheln aus. Ich hatte in einer Stunde eine Lunch-Verabredung, und da stand ich mit meinem Kahlkopf. Ich band mir einen improvisierten Turban um, aus einem Schal, den ich gerade zur Hand hatte, aber es war nicht gerade der große Hit. Synthetik hält nicht so gut auf der glatten Kopfhaut. Diese Geschäftsidee hat mich während der Chemotherapie aufrechterhalten und wieder auf die Beine gebracht. Komisch, wie so etwas läuft. Die tragischsten Dinge können sich ins Positive wenden, wenn man offen dafür ist.« Sie sah zu mir herüber. »Waren Sie je ernstlich krank?«

»Ich bin zusammengeschlagen worden. Zählt das?«

Sie reagierte nicht mit den üblichen Ausrufen indignierten Entsetzens. Nach dem, was sie durchgemacht hatte, erschien ihr ein schlichter Schlägerei-K.o. wahrscheinlich als mindere Widrigkeit. »Rufen Sie mich an, falls Ihnen das noch einmal passiert. Ich habe Spezial-Kosmetika zum Abdecken von Blutergüssen. Ich führe nämlich eine ganze Produkt-Linie für alle Wechselfälle des Lebens. Die Firma heißt ›Steck's weg‹. Ich bin die Alleineigentümerin.«

»Wie geht es Ihnen jetzt gesundheitlich?«

»Gut. Danke für die Nachfrage. Heutzutage schaffen es viele. Es ist nicht mehr wie früher, als eine Krebsdiagnose noch ein Todesurteil war.« Sie nähte das zweite Stück Klettband fest, stellte das Füßchen hoch, zog das fertige Werk darunter weg und schnitt die Fäden ab. Dann drapierte sie den Turban gekonnt um ihren Kopf. »Na, was sagen Sie?«

»Sehr exotisch«, sagte ich. »Aber *Sie* könnten sich auch Klopapier um den Kopf wickeln und würden immer noch gut aussehen.«

Sie lachte. »Das gefällt mir. Der Einmal-Turban.« Sie notierte es sich im stillen, setzte dann den Turban ab und schüttelte ihr Haar aus. »Fertig. Gehen wir doch nach draußen auf die Terrasse. Wir können ja die Heizung anstellen, wenn es kalt wird.«

Von der breiten Steinterrasse hinter dem Haus sah man über Santa Teresa und bis zu den Bergen. Unter uns brannten schon Straßenlaternen, die das Gitternetz der Straßen nachzeichneten. Wir setzten uns in Korbsessel mit dicken Sitzkissen aus blumengemustertem Chintz. Der Pool war von Strahlern erhellt, ein schimmerndes blaugrünes Rechteck mit einer Druckdüse am einen Ende. Dampfschwaden stiegen von der Oberfläche auf und erzeugten eine milde, chlorhaltige Brise. Das Gras ringsherum wirkte üppig und dunkel, das Haus hinter uns wie ein gelber Leuchtkörper.

Guda erschien mit einer Flasche Chardonnay in einem Kühler,

zwei langstieligen Weingläsern und einem Tablett mit verschiedenen Häppchen. Ich deponierte meine Füße auf einer korbgeflochtenen Ottomane und sprach den kleinen Köstlichkeiten zu. Guda brachte uns Knäcke-Kräcker, so krachig und geschmacksneutral wie Holzschindeln, mit kleinen Häufchen von knoblauchigem Kräuter-Frischkäse garniert. Auf dem Kräcker-Teller hatte sie außerdem noch thunfischgefüllte Cocktail-Tomaten und hausgemachte Blätterteig-Käsesticks arrangiert. Nach meinem üppigen Flocken-Mahl mußte ich mich sehr bezwingen, um mich nicht auf die Häppchen zu stürzen wie ein hungriger Hund. Ich kostete den Wein, eine seidige Mischung aus Apfel und Eiche. Arme, geschundene Privatdetektive leben kaum je so. Wir toben unsere Luxusbedürfnisse auf der Ebene von offenem Tischwein aus. »Sie haben's gut«, sagte ich.

Francesca musterte ihre Umgebung, als sähe sie alles durch meine Augen. »Komisch, daß Sie das sagen. Ich denke daran, Kenneth zu verlassen. Ich werde warten, bis der Prozeß vorbei ist, aber dann wüßte ich nicht, was mich noch halten sollte.«

Dieses Geständnis verblüffte mich. »Im Ernst?«

»Ja, im Ernst. Es ist eine Sache der Prioritäten. Seine Liebe zu gewinnen, erschien mir früher so wichtig. Jetzt merke ich, daß mein Glück überhaupt nichts mit ihm zu tun hat. Er hat zu mir gehalten, über die Operation und die Chemotherapie hinweg, und ich bin ihm sehr dankbar dafür. Ich habe eine Menge Horrorgeschichten gehört, von Ehepartnern, die dem Dauerstreß gegen Krebs nicht gewachsen sind. Ich bin diejenige, die sich verändert hat. Dankbarkeit macht noch keine Ehe. Ich bin eines Morgens aufgewacht und habe gemerkt, daß ich nicht mehr ich selbst bin.«

»Was hat diese Erkenntnis ausgelöst?«

»Nichts Bestimmtes. Das ist, als ob man in einer Dunkelkammer sitzt und plötzlich das Licht angeht.«

»Was wollen Sie tun, wenn Sie ihn verlassen?«

»Ich weiß es nicht genau, aber irgend etwas Simples. Für mich ist dieses Haus wahrscheinlich genauso erstaunlich wie für Sie. Ich bin nicht reich geboren. Mein Vater war Hausmeister in einer

Grundschule, und meine Mutter hat in einer Apotheke gearbeitet und die Regale mit Zahnseide und Gurgellösung aufgefüllt.«

Ich mußte über das Bild lachen. »Aber Sie wirken, als gehörten Sie hierher.«

»Ich weiß nicht recht, ob das ein Kompliment ist. Ich lerne schnell. Als ich Kenneth kennenlernte, habe ich die Leute in seiner Umgebung genau beobachtet. Ich habe herausgefunden, wer wirklich Klasse hatte, und den Betreffenden alles nachgemacht, mit ein paar eigenen Schnörkeln, als persönliche Note. Das ist alles nur eine Reihe von Tricks. Ich könnte es Ihnen an einem Nachmittag beibringen. Es ist ganz amüsant, aber nicht weiter wichtig.«

»Finden Sie es nicht toll, das alles zu haben?«

»In gewisser Weise schon. Ich meine, natürlich ist es nett, aber ich verbringe meine Tage meistens im Nähzimmer. Das könnte ich woanders auch.«

»Ich kann's nicht fassen, daß Sie so etwas sagen. Ich hatte gehört, Kenneth sei für Sie alles.«

»Das habe ich auch gedacht, und das war wohl auch so. Zu Anfang unserer Beziehung war ich total verliebt in ihn. Es war fast schon so etwas wie Besessenheit. Ich hielt ihn für mächtig und stark, klug und verantwortlich. Sehr männlich«, sagte sie mit tiefer Stimme. »Er entsprach genau meinem Idealbild von einem Mann, aber soll ich Ihnen etwas verraten? Er hat sich als ziemlich seicht entpuppt, was nicht heißen soll, daß ich mich für besonders tiefgründig halte. Ich bin eines Morgens aufgewacht und dachte: Was tue ich da? Es ist wirklich mühsam, mit ihm zusammenzusein. Er liest nicht. Er denkt nicht über die Dinge nach. Er hat vorgefaßte Ansichten, aber keine eigenen Ideen. Und die meisten seiner Ansichten bezieht er aus *Time-Magazine*. Er ist emotional so abgeschottet, daß ich mich fühle, als würde ich in der Wüste leben.«

»Das gilt für die meisten Leute, die ich kenne«, sagte ich.

»Kann sein. Vielleicht liegt es ja auch an mir, aber er hat sich in den letzten Jahren wirklich sehr verändert. Er ist so finster und verschlossen. Sie haben ihn doch getroffen, oder? Wie war denn Ihr Eindruck?«

Ich zuckte unverbindlich die Achseln. »Er kam mir ganz okay vor«, sagte ich. Ich hatte den Mann erst einmal gesehen, und wenn ich ihn auch nicht gerade anziehend gefunden hatte, hütete ich mich doch generell davor, mit Leuten über ihre Ehepartner herzuziehen. Wer weiß denn schon, ob sich die beiden nicht noch am selben Abend wieder versöhnen und alles, was ich gesagt hatte, brühwarm weiterberichtet wird? Ich wechselte das Thema. »Apropos Eindruck – wie hat denn Isabelle auf Sie gewirkt? Ich nehme an, das wird auch Gegenstand Ihrer Aussage sein.«

Francesca verzog das Gesicht und schob die Antwort auf, bis sie unsere Weingläser aufgefüllt hatte. »Das und die berühmte Geschichte mit der verschwundenen Pistole. Da waren wir ja alle dabei. Also, Isabelle – sie war in gewisser Weise ein bißchen wie Kenneth – viel Charisma an der Oberfläche, aber nichts dahinter. Sie hatte Talent, aber als Mensch hatte sie wenig Herz.«

»Sie und Kenneth haben zusammengefunden, nachdem sie sich mit David Barney eingelassen hatte?«

»Richtig. Wir lernten uns bei einem Wohltätigkeits-Fest im Canyon Country Club kennen. Ich war mit einer Freundin dort, und irgend jemand hat uns miteinander bekannt gemacht. Isabelle hatte ihn gerade verlassen, und er war wie ein geprügelter kleiner Hund. Sie wissen ja, wie das ist. Es gibt nichts Unwiderstehlicheres als einen hilfsbedürftigen Mann. Ich war hingerissen. Ich stellte ihm nach. Ich dachte, ich müßte sterben, wenn ich ihn nicht bekäme. Man hat mich gewarnt, aber ich wollte nicht hören. Die ganzen sechs Monate, die seine Scheidung dauerte, habe ich ihn umsorgt und getröstet und gehätschelt und umgurrt.«

»Und das hat funktioniert?«

»Oh, ich habe bekommen, was ich wollte. Ich hatte nur nicht viel davon. Wir haben geheiratet, sobald er frei war, aber sein Herz war nicht dabei. Er hing immer noch an ihr, was mich natürlich lange Zeit erst recht an ihn gebunden hat. Ich wußte, er liebte mich nicht, wie hätte ich ihm da widerstehen können? Ich mußte schwänzeln und tänzeln. Ich mußte ihm um jeden Preis gefallen. Aber es hat natürlich alles nichts genützt. Ich meine, im Grunde fliegt er auf

Frauen, die ihn genauso zurückweisen, wie er mich. Ist das nicht tragisch? Er wird sich wahrscheinlich bis über beide Ohren in mich verlieben, sobald ich die Scheidung einreiche.«

»Was war der Grund für Ihre veränderte Einstellung? Der Krebs?«

»Das war *ein* Grund. Der Prozeß hat auch das Seine dazu getan. An einem bestimmten Punkt ist mir aufgegangen, daß das einfach seine Art war, weiter an Isabelle festzuhalten. So kann er immer noch um sie kreisen. Er kann ihretwegen leiden. Und wenn er sie nicht mehr haben kann, will er wenigstens ihr Geld. Darum geht es doch.«

»Und was ist mit der Tochter, Shelby? Welche Rolle spielt sie bei der ganzen Sache?«

»Sie ist ein nettes Kind. Er sieht sie kaum. Sie ist kaum je zu Hause. Ab und zu – so alle zwei, drei Monate – fährt er sie im Internat besuchen. Dann führt er sie einen Tag lang aus, zum Essen, ins Kino, und das ist es auch schon.«

»Ich dachte, der Prozeß fände ihretwegen statt, um sicherzustellen, daß für sie gesorgt ist.«

»Das sagt er, aber es ist einfach lächerlich. Er ist hoch versichert. Wenn ihm etwas passieren würde, bekäme Shelby eine Million Dollar. Was braucht sie denn noch mehr? Er will einfach nicht loslassen, deswegen der Prozeß. Herrje, klingt das gemein?«

»Gar nicht. Ich weiß Ihre Offenheit zu schätzen. Ich hatte, ehrlich gesagt, nicht gedacht, daß Sie mir viel erzählen würden.«

»Ich erzähle Ihnen alles, was Sie wissen möchten. Ich nehme auf diese Menschen keine Rücksicht mehr. Früher dachte ich, ich müsse zu ihnen halten. Es gab Zeiten, da hätte ich kein Wort gesagt. Ich hätte Schuldgefühle gehabt und mich als Verräterin gefühlt. Inzwischen macht mir das nichts mehr aus. Ich sehe sie jetzt so deutlich – wie wenn man kurzsichtig ist und plötzlich Kontaktlinsen kriegt. Es ist auf einmal alles so verblüffend klar.«

»Zum Beispiel?«

»Was ich eben gesagt habe ... Kenneth und seine Besessenheit. Das Schlimmste nach der Trennung war für ihn, sich der Tatsache zu stellen, daß Isabelle hemmungslos narzißtisch war. Jetzt, wo sie tot ist, kann er sich wieder an den Glauben klammern, sie sei einfach vollkommen gewesen.«

»Isabelle und David haben sich bei der Arbeit kennengelernt? In Peter Weidmanns Firma?«

»Genau. Es war ›Liebe auf den ersten Blick‹«, sagte sie, wobei sie mit den Fingern Gänsefüßchen in die Luft malte.

»Glauben Sie, er hat sie umgebracht?«

»David? Ich weiß nicht recht, was ich darauf antworten soll. Während der Prozeß lief, war ich fest davon überzeugt, aber inzwischen erscheint es mir nicht mehr so plausibel. Ich meine, sehen Sie sich die Sache doch mal genauer an. Ist Ihnen schon mal aufgefallen, wie ›weiblich‹ diese Mordmethode war? Es erstaunt mich schon die ganze Zeit, daß das noch niemand angesprochen hat. Das mag vielleicht sexistisch klingen, aber es hat doch schon fast etwas ›Steriles‹, jemanden durch einen Tür-Spion zu erschießen. Vielleicht ist das ja nur ein Vorurteil, aber ich denke, wenn Männer töten, tun sie es gewaltsamer und direkter. Sie würgen oder schlagen oder stechen zu. Das ist geradeheraus. Und wenn sie schießen, dann gehen sie hin und BUMM! Sie ballern ihr Opfer über den Haufen, aber sie schleichen sich nicht heimlich an.«

»Mit anderen Worten: Männer töten Auge in Auge.«

»Genau. Wenn man durch einen Spion schießt, braucht man sich der Wirkung nicht zu stellen. Man muß es nicht mal aushalten, das Blut zu *sehen*, geschweige denn, sich damit zu beflecken. David mag sie ja verfolgt haben, aber er hat es so offenkundig getan, vor Gottes und vor unser aller Augen. Gerichtliche Verfügungen, Polizei, Schreiereien am Telefon. Da müßte ihm doch klar gewesen sein, daß der Verdacht zuallererst auf ihn fällt. Und diese Geschichte mit dem Joggen! So etwas Idiotisches. Glauben Sie mir, der Mann ist clever. Wenn er es gewesen wäre, hätte er sich bestimmt ein besseres Alibi einfallen lassen.«

»Aber worauf wollen Sie hinaus? Sie müssen doch irgendeine Theorie haben, sonst würden Sie das ja wohl nicht sagen.«

»Simone käme auch in Frage.«

»Isabelles *Zwillingsschwester?*«

»Kennen Sie die Geschichte nicht?«

»Ich fürchte, nein«, sagte ich. »Aber ich bin sicher, Sie werden mich aufklären.«

Sie lachte über meinen Ton. »Also, passen Sie auf. Die beiden haben sich nie besonders gut verstanden. Isabelle tat, was ihr gefiel, und Simone war meistens die Dumme. Isabelle hatte alles – jedenfalls äußerlich gesehen: Schönheit, Talent, ein reizendes Kind. Und genau das war der wunde Punkt. Simone wollte ein Kind, mehr als alles auf der Welt. Ihre biologische Uhr stand schon auf Sommerzeit. Ich nehme an, Sie haben sie getroffen?«

»Ich habe gestern mit ihr gesprochen.«

»Ist Ihnen nicht aufgefallen, daß sie hinkt?«

»Doch, natürlich, aber sie hat nicht darüber gesprochen, und ich habe nicht gefragt.«

»Ein schlimmer Unfall. Und Isabelles Schuld. Das war vor sieben Jahren, wenn ich mich recht erinnere, etwa ein Jahr vor Iz' Tod. Iz war betrunken nach Hause gefahren und hatte das Auto in der Einfahrt stehenlassen, ohne die Handbremse anzuziehen. Der Wagen machte sich selbständig und rollte den steilen Hang hinunter, pflügte durch die Büsche und wurde immer schneller. Simone war unten am Briefkasten, und er erwischte sie mit voller Wucht. Zertrümmerte ihr das Becken und den Oberschenkelknochen. Es hieß zuerst, sie würde nie wieder laufen können, aber sie hat es geschafft. Sie haben es ja selbst gesehen. Sie ist wieder ganz gut zu Fuß.«

»Aber mit dem Kinderkriegen war es aus.«

»Richtig. Und was noch dazu kam: sie war damals verlobt, und der Mann hat sie sitzenlassen. Er wollte eine Familie. Punkt, Ende. Das hat Simone den Rest gegeben.«

Ich musterte ihr Gesicht und versuchte, das Gewicht dieser Information abzuschätzen. »Nicht von der Hand zu weisen«, sagte ich.

13

Auf dem Heimweg schaute ich noch bei Rosie vorbei. Ich hänge normalerweise nicht in Lokalen herum, aber ich war unruhig und hatte keine Lust, allein zu sein. Bei Rosie kann ich hinten in einer Nische sitzen und über das Leben meditieren, ohne angestarrt, angemacht, angequatscht oder angepflaumt zu werden. Außerdem dachte ich, nach dem Wein bei Francesca könnte mir ein Kaffee nicht schaden. Nicht, daß ich ihn nötig gehabt hätte, um wieder nüchtern zu werden. Der Wein bei Francesca war so zart und delikat gewesen wie ein Veilchen. Der Weißwein bei Rosie kam aus großen Zwei-Liter-Schraubflaschen, die man hinterher zum Lagern von Benzin und anderen leicht entzündlichen Flüssigkeiten verwenden konnte.

Es war ziemlich viel los. Ein Kegelclub war da, eine lärmende Horde Frauen, die ihren Sieg bei irgendeinem Liga-Turnier feierten. Sie paradierten durch die Gaststube, mit einem Pokal vom Kaliber einer Siegesstatue, unter Johlen und Pfeifen und Trampeln. Eigentlich duldete Rosie keine Krawallmacher, aber die gute Laune der Keglerinnen steckte an, und sie sagte nichts.

Ich nahm einen Becher und goß mir Kaffee aus der Kanne ein, die Rosie hinter der Theke bereithält. Als ich in meine Lieblings-Nische schlüpfte, sah ich Henry hereinkommen. Ich winkte, und er steuerte auf Umwegen auf mich zu. Eine der Kegeldamen fütterte die Jukebox mit Münzen. Musik dröhnte durch den Raum, vermischt mit Zigarettenqualm, Huhus und lautem Gelächter.

Henry glitt auf die Bank mir gegenüber und ließ den Kopf auf die Arme sinken. »Wunderbar. Krach, Whiskey, Rauch, Leben! Ich habe es so satt, mit diesem Hypochonder zusammenzusein. Er macht mich wahnsinnig. Gott ist mein Zeuge. Seine Gesundheitsvorkehrungen haben uns den ganzen Tag beschäftigt. Jede Stunde, auf die Sekunde pünktlich, muß er eine Pille nehmen oder ein Glas Wasser trinken ... um seinen Organismus durchzuspülen. Er macht Joga zur Entspannung. Er macht Gymnastik zum Wachwerden. Er mißt zweimal täglich seinen Blutdruck. Er untersucht seinen Urin mit kleinen Teststreifen auf Zucker und Eiweiß. Er führt ständig Buch über alle seine Körperfunktionen. Jedes kleine Zwikken und Zwacken. Wenn sein Magen gurgelt, ist das ein Symptom. Wenn er einen fahren läßt, gibt er ein Bulletin heraus. Als ob ich es nicht längst gemerkt hätte. Dieser Mensch ist der größte Egomane, Langweiler und Sauertopf, dem ich je begegnet bin, und er ist erst einen Tag hier. Ich kann es nicht fassen. Mein eigener Bruder.«

»Möchten Sie was trinken?«

»Ich getraue mich nicht. Ich könnte nicht mehr aufhören. Sie würden mich zur Ausnüchterung bringen müssen.«

»War er schon immer so?«

Henry nickte trübsinnig. »Es war mir bisher nur nicht so aufgefallen. Oder vielleicht ist es auch mit zunehmender Senilität schlimmer geworden. Ich erinnere mich, als Kind hatte er dauernd diese Unfälle. Er fiel von Bäumen und von Schaukeln. Einmal brach er sich den Arm. Dann das Handgelenk. Er hat sich fast das Auge mit einem Bleistift ausgestochen. Und die ewigen Schnittwunden. Mein Gott, man durfte ihn nicht in die Nähe eines Messers lassen. Er hatte alle möglichen Allergien und die merkwürdigsten Störungen. Er hatte eine spastische Speicheldrüse ... ich schwöre es. Später kam dann eine Phase von zehn Jahren, in der ihm alle inneren Organe rausgenommen wurden. Mandeln und Polypen, der Blinddarm, die Gallenblase, eine Niere, ein knapper Meter Dünndarm. Dieser Mensch hat es sogar fertiggebracht, sich die Milz zu zerreißen. Raus damit. Aus den Teilen, die er abgestoßen hat, hätte man einen kompletten neuen Menschen basteln können.«

Ich sah auf und bemerkte direkt neben mir Rosie, die Henrys

Ausbruch mit gelassener Miene lauschte. »Ist er am Ende mit Nerven?«

»Sein Bruder aus Michigan ist zu Besuch da.«

»Mag er nicht Bruder?«

»Dieser Mensch treibt ihn in den Wahnsinn. Er ist ein Hypochonder.«

Sie wandte sich Henry interessiert zu. »Was ist Problem? Ist er krank?«

»Nein, er ist nicht krank. Er ist total neurotisch.«

»Bringen hierher. Ich kriege hin. Kein Grund für Aufregung.«

»Ich glaube nicht, daß Sie das Problem in seiner ganzen Tragweite erfassen«, sagte ich.

»Ist kein Problem. Ich kriege hin. Wie ist Name von Bruder?«

»Er heißt William.«

Rosie sagte: »William«, während sie etwas in ihr Notizbüchlein schrieb. »Alles klar. Ich kriege hin. Keine Sorge.«

Sie entschwand, und ihr hawaiianisches Flattergewand umwehte sie wie ein Hexenumhang.

»Bilde ich mir das nur ein, oder ist ihr Englisch in letzter Zeit schlechter geworden?« fragte ich.

Henry sah mich mit einem matten Lächeln an.

Ich tätschelte ihm mütterlich die Hand. »Nur Mut. Alles klar. Kein Grund für Aufregung. Sie kriegt hin.«

Ich war schon um zehn zu Hause, aber ich hatte nicht die geringste Lust, noch weiter zu putzen. Ich zog die Schuhe aus und benutzte meine Socken, um im Hinaufgehen halbherzig die Wendeltreppe abzustauben. *Es* wird schon für mich arbeiten, dachte ich. . .

In den frühen Morgenstunden wurde ich durch ein Telegramm meines Unterbewußtseins geweckt. »Lieferwagen«, lautete die Botschaft. Wieso Lieferwagen? Meine Augen klappten auf, und ich starrte auf das Oberlicht über meinem Bett. Der Dachraum war ganz dunkel, aber von der Lichtglocke über der Stadt schimmerte das Oberlicht hell. Die Botschaft hatte mit Tippys Auftauchen an dieser Straßenkreuzung zu tun. Ich hatte über diesen Punkt nachgegrübelt, seit David Barney davon gesprochen hatte. Wenn er sich die ganze Geschichte nur ausdachte, wieso garnierte er sie dann mit ihrem Namen? Sie hätte doch eine Erklärung haben können, wo sie in der betreffenden Nacht gewesen war. Wenn er log, wieso sollte er dann dieses Risiko eingehen? Die Leute vom Reparaturtrupp hatten sie auch gesehen ... na ja, nicht sie, aber den Lieferwagen. Wo sonst war mir das Wort Lieferwagen noch begegnet?

Ich setzte mich auf, schlug die Decke zurück und knipste das Licht an, das mich zuerst geblendet zusammenzucken ließ. In Ermangelung eines Morgenrocks zog ich meinen Trainingsanzug über. Ich tappte barfuß die Treppe hinunter, schaltete die Tischlampe an, suchte meine Aktenmappe und sah den Stapel Ordner durch, den ich aus dem Büro mitgebracht hatte. Ich fand die Faltmappe, die ich suchte, trug sie zum Sofa, setzte mich, schlug die Beine unter und ging die Kopien der alten Nummern der *Santa Teresa Dispatch* durch. Zum dritten Mal in zwei Tagen überflog ich Spalte um Spalte verwischter Druckzeilen. Fünfundzwanzigster Dezember – nichts. Ah! Auf der ersten Seite des Lokalteils vom sechsundzwanzigsten stand die kurze Meldung, die ich schon gesehen hatte, über den Unfall mit Fahrerflucht, der einem alten Mann das Leben gekostet hatte, der aus einem Pflegeheim in der Nähe weggelaufen war. Ein Lieferwagen hatte ihn auf der oberen State Street angefahren, und er war noch am Unfallort gestorben. Der Name des Opfers wurde nicht genannt, da die Benachrichtigung der Angehörigen noch nicht erfolgt war. Leider hatte ich von den Ausgaben der nächsten Woche keine Kopien gemacht, so daß ich die Sache nicht weiterverfolgen konnte.

Ich nahm mir das Telefonbuch vor und sah in den gelben Seiten unter der Rubrik Altenpflege-Einrichtungen nach. Die Unterrubriken waren Wohnheime, Kliniken, Pflegeheime, Altersheime und Sanatorien und enthielten hauptsächlich Verweise auf die jeweils anderen Kategorien. Schließlich fand ich unter Pflegeheime eine umfassende Liste. In der Nähe des Unfallorts gab es nur eine solche Einrichtung. Ich notierte mir die Adresse, drehte dann das Licht wieder aus und ging zurück in mein Bett. Wenn sich herausstellte, daß zwischen diesem Lieferwagen und dem, der Tippys Vater gehörte, ein Zusammenhang bestand, dann war es schon sehr viel erklärlicher, weshalb das Mädchen nicht zugeben wollte, daß es unterwegs gewesen war. Und es würde dafür sprechen, daß David Barney in allem die Wahrheit sagte.

Am Morgen fuhr ich, nachdem ich wie üblich meine fünf Kilometer gelaufen war, gefrühstückt und geduscht hatte, hinaus nach South Rockingham, wo der alte Mann angefahren worden war. Noch um die Jahrhundertwende war South Rockingham nichts als Farmland gewesen, flache Felder mit Bohnen und Walnüssen, wo zur Erntezeit Trupps von Wanderarbeitern mit dampfgetriebenen Maschinen, Küchenbaracken und Wagen voller Schlafzeug angerückt waren. Auf einem alten Foto sieht man etwa dreißig Arbeiter, aufgereiht vor ihren sperrigen, ratternden Maschinen. Die meisten haben Schnurrbärte und finstere Gesichter und tragen bunte Halstücher, langärmlige Hemden, Latzhosen und Filzhüte. Unerschütterlich stehen sie da, auf ihre Heugabeln gelehnt, während eine staubverhangene Mittagssonne auf sie herunterbrennt. Das Land sieht auf solchen Bildern immer platt und erbarmungslos aus. Es gibt nur wenige Bäume, und das Gras, soweit überhaupt vorhanden, ist karg und stoppelig. Spätere Luftaufnahmen zeigen Straßen, die strahlenförmig von einem runden Hügel abgehen wie die Speichen eines Wagenrads. Um die Siedlung herum fügen sich die rechteckigen Parzellen mit jungen Zitrusbäumen zu einer Patchwork-Decke. Heute ist South Rockingham ein Mittelschichts-Wohnviertel aus bescheidenen Einfamilienhäusern, die zur Hälfte aus der Zeit vor 1940 stammen. Der Rest wurde während eines Mini-Booms in der Dekade zwischen 1955 und 1965 errichtet. Jedes Fleckchen Erde ist dicht bewachsen, jedes verfügbare Plätzchen bebaut. Dennoch gilt es als erstrebenswert, hier zu wohnen, weil dieser Ortsteil ruhig, attraktiv und gepflegt ist und über alle nötigen Einrichtungen verfügt.

Ich fand das Pflegeheim: ein einstöckiger Steinbau, auf drei Seiten von Parkflächen umrahmt. Von außen wirkte das Fünfzig-Betten-Haus schlicht und sauber – vermutlich nicht billig. Ich parkte am Bordstein und erklomm die vier Betonstufen zu dem leicht ansteigenden Fußweg. Der Rasen zu beiden Seiten war im Winterschlaf, kurzgeschoren und fleckig-gelb. Eine amerikanische Fahne hing schlaff von einem Mast beim Eingang.

Ich trat durch eine breite Tür in eine komfortabel möblierte Eingangshalle, die im Stil an eine bessere Motel-Kette erinnerte. Von Weihnachten war noch nichts zu bemerken. Die Farbgebung war angenehm: ruhige, gedeckte Blau- und Grüntöne. Es gab eine chintzbezogene Couch und vier dazu passende Polstersessel, die so arrangiert waren, daß sie zu einem gemütlichen Plausch einluden. Die Zeitschriften auf dem Couchtisch waren säuberlich aufgefächert. Die einander überlappenden Titel bildeten einen Bogen, der mit *Vital in die besten Jahre* begann. Für Grün sorgten auch zwei Ficus-Bäume, die sich bei näherem Hinsehen als künstlich entpuppten. Sie konnten beide eine staubwischende Hand gebrauchen, aber wenigstens waren sie nicht anfällig für Spinnmilben und Mehltau.

An der Anmeldung bat ich, den Leiter des Heims sprechen zu dürfen, und man schickte mich zum Büro eines gewissen Mr. Hugo, gleich links, auf der Mitte des Flures. Dieser Trakt war ausschließlich Verwaltungszwecken vorbehalten, von Patienten, Rollstühlen, Fahrbetten oder sonstigem Klinikzubehör keine Spur. Es roch nicht einmal nach Krankenhaus. Ich trug kurz mein Ansinnen vor, und nach fünfminütigem Warten wurde ich von Mr. Hugos persönlicher Sekretärin vorgelassen. Pflegeheim-Direktoren haben offenbar reichlich Lücken in ihrem Terminkalender.

Edward Hugo war schwarz, Mitte sechzig, mit krausem, grauweißem Haar und einem breiten, weißen Oberlippenbart. Seine Haut war glänzend braun, die Farbe von Karamel. Die Falten in seinem Gesicht erinnerten an ein gefaltetes und wieder auseinandergeklapptes Origami-Papier. Er war unauffällig gekleidet, aber irgend etwas in seiner Art erinnerte an obligatorische Smoking-Auftritte bei lokalen Wohltätigkeitsveranstaltungen. Er reichte mir über den Schreibtsich hinweg die Hand und nahm dann wieder

Platz, während ich mich ebenfalls setzte. »Was kann ich für Sie tun?«

»Ich wüßte gern den Namen eines ehemaligen Patienten von Ihnen, der Weihnachten vor sechs Jahren von einem unbekannten Autofahrer angefahren und tödlich verletzt wurde.«

Er nickte. »Ich weiß, wen Sie meinen. Würden Sie mir Ihre Gründe erläutern?«

»Ich versuche, ein Alibi in einer anderen Kriminalsache zu überprüfen. Es würde mir sehr helfen, wenn ich in Erfahrung bringen könnte, ob der Schuldige jemals ermittelt wurde.«

»Ich glaube, nein. Meines Wissens nicht. Die Sache geht mir, offen gestanden, immer noch nach. Der Name des alten Herrn war Noah McKell. Sein Sohn Hartford lebt hier in der Stadt. Ich kann veranlassen, daß Mrs. Rudolph seine Nummer heraussucht, falls Sie mit ihm sprechen wollen.«

Er fuhr in der gleichen Art fort, direkt, freundlich, sachlich, und brachte es fertig, mir in zehn Minuten in sorgsam formulierten Sätzen alle wesentlichen Informationen zu vermitteln. Nach seiner Darstellung hatte sich Noah McKell in jener Nacht von seiner Tropfkanüle und seinem Katheter befreit, seine Straßenkleidung angezogen und sein Einzelzimmer durch das Fenster verlassen.

Das erstaunte mich. »Sind die Fenster nicht gesichert?«

»Das hier ist ein Krankenhaus, Miss Millhone, kein Gefängnis. Vergitterte Fenster wären eine Gefahr, falls je ein Feuer ausbräche. Außerdem sind wir der Meinung, daß die frische Luft und der Blick ins Grüne unseren Patienten guttun. Er hatte sich vorher schon zweimal vom Gelände entfernt, was uns in Anbetracht seiner Verfassung große Sorge bereitete. Wir hatten eine Fixierung zu seinem eigenen Schutz erwogen, konnten uns aber nicht dazu durchringen, und sein Sohn war entschieden dagegen. Wir haben dafür gesorgt, daß das Gitter an seinem Bett hochgeklappt wurde und etwa jede halbe Stunde jemand nach ihm sah. Die diensthabende Schwester ging um ein Uhr fünfzehn zu ihm hinein und entdeckte das leere Bett.

Als wir merkten, daß er weg war, haben wir natürlich unverzüglich entsprechende Maßnahmen ergriffen. Die Polizei wurde alarmiert, und unsere Wachleute hier starteten augenblicklich eine Suchaktion. Ich wurde zu Hause telefonisch benachrichtigt und kam sofort herüber. Ich wohne droben an der Tecolote Road, so daß ich gleich da war. Als ich kam, waren wir bereits von dem Unfall informiert worden. Wir fuhren hin und identifizierten die Leiche.«

»Gab es irgendwelche Zeugen?«

»Eine Frau am Empfang im Gipsy Motel hörte den dumpfen Schlag«, sagte er. »Sie lief hinaus, um zu helfen, aber der alte Mann war schon tot. Sie war es auch, die die Polizei benachrichtigte.«

»Wissen Sie den Namen noch?«

»Nicht auswendig. Mr. McKell wird Ihnen sicher sagen können, wie die Frau hieß. Vielleicht ist sie ja immer noch dort.«

»Ich denke, ich sollte auf jeden Fall mit ihm sprechen. Falls der Fahrer inzwischen ermittelt wurde, brauche ich nicht noch mehr Leute mit meinen Fragen zu belästigen.«

»Ich möchte meinen, er hätte uns Bescheid gesagt, wenn es so wäre. Bitte rufen Sie mich doch an, und lassen Sie es mich wissen, wenn Sie etwas herausfinden. Das würde mich sehr entlasten.«

»Das werde ich tun, Mr. Hugo. Vielen Dank für Ihre Hilfe.«

Ich telefonierte von einer Zelle bei einem Hamburger-Imbiß an der oberen State Street. Es war unsinnig, ins Büro zurückzufahren, wenn die Unfallstelle nur zwei Ecken weiter war. Ich nahm einen Stift und einen Block heraus, um gegebenenfalls Notizen machen zu können.

Am anderen Ende meldete sich eine Männerstimme mit Hartford McKell. Ich erklärte, wer ich war und was ich wollte. Er klang wie ein ziemlich humorloser Mensch – geradeaus, ungeduldig, mit dem Hang, einen zu unterbrechen. Was den Tod seines Vaters betraf, schnitt er jede Beileidsbekundung sofort ab. Die Geschichte schien förmlich aus ihm herauszubrechen, sein Zorn trotz der langen Zeit, die vergangen war, unvermindert. Ich sagte nichts, von gelegentlichen Zwischenfragen abgesehen. Der Fahrer des Wagens war nie ermittelt worden. Die Polizei von Santa Teresa hatte eine gründliche Untersuchung eingeleitet, aber außer den Reifenspuren war am Unfallort nicht viel zu finden gewesen. Die einzige Zeugin – die Motelangestellte, eine gewisse Regina Turner – hatte eine grobe Beschreibung des Lieferwagens geben können, das Kennzeichen jedoch nicht erkennen können. Es war einer jener Unfälle gewesen, die allgemeine Empörung hervorriefen, und McKell hatte fünfundzwanzigtausend Dollar Belohnung für jeden Hinweis ausgesetzt, der zur Ergreifung und Bestrafung des Täters führte. »Ich hatte Pop aus San Francisco hierher geholt. Er hatte einen Schlaganfall, und ich wollte ihn in der Nähe haben. Wissen Sie, wo er hinwollte, wenn er aus dem Heim weglief? Er dachte, er sei immer noch droben in San Francisco, nur ein paar Blocks von seiner Wohnung. Er wollte nach Hause, weil er sich Sorgen um seine Katze machte. Das Tier ist seit fünfzehn Jahren tot, aber Pop wollte sich vergewissern, daß es seiner Katze gutging. Es macht mich rasend, wenn ich daran denke, daß der Mörder ungeschoren davongekommen ist.«

»Ich kann verstehen –«

Er fiel mir ins Wort. »Das kann niemand verstehen, aber eines will ich Ihnen sagen: Man überfährt doch keinen alten Mann und rast dann einfach weiter, ohne sich auch nur umzudrehen.«

»Panik«, sagte ich. »Um ein Uhr morgens sind die Straßen praktisch leer. Der Fahrer hat wahrscheinlich gedacht, nur weg, dann merkt keiner etwas.«

»Was der Kerl sich gedacht hat, ist mir egal. Ich will, daß sie ihn kriegen. Das ist alles, was mich interessiert. Haben Sie etwas, was uns hilft, ihn zu schnappen, oder nicht?«

»Ich bin dran.«

»Finden Sie den Fahrer, und die fünfundzwanzigtausend gehören Ihnen.«

»Ich weiß Ihr Angebot zu schätzen, Mr. McKell, aber das ist nicht mein Hauptinteresse. Ich werde tun, was ich kann.«

Wir beendeten unser Gespräch. Ich setzte mich wieder in mein Auto und fuhr die State Street hinunter, bis zu jener Kreuzung zwei Querstraßen weiter, wo der alte McKell ums Leben gekommen war. An den vier Ecken gab es ein Motel, ein freies Grundstück, ein medizinisches Behandlungszentrum mit viel Grün und einen kleinen Bungalow, der aussah wie ein Privathaus, jetzt aber Maklerbüros beherbergte. Das Gipsy Motel war ein schlichter Block aus Übernachtungseinheiten, mit dem ganzen architektonischen Charme eines Schuhkartons, ringsum von Parkplätzen umgeben. An der Frontseite ragte ein metallener Ziehharmonika-Vorbau heraus. Der zweistöckige Bau stammte offenbar aus den sechziger Jahren und bestand vor allem aus Beton und automatischen Alu-Glas-Gleittüren. Ich stellte meinen Wagen auf dem Parkplatzteil ab, der für die Anmeldung reserviert war. Das Büro war ein Glaskasten mit Fertig-Gitterstores, die die Frühnachmittagssonne aussperrten. Ein blinkendes Neonschild am Eingang besagte abwechselnd *Zimmer frei* und *belegt.*

Die Frau hinter dem Anmeldetresen war groß – nicht Riesen- aber doch Superformat. Sie hatte eine große, wohlgeformte Nase, einen breiten, rosa bemalten Mund und weißblondes Haar, das zu einem hoch auf dem Oberkopf angesetzten, tauartigen Zopf gezwirbelt war. Sie trug eine zartfliederfarbene, schräge Brille, deren Gläser im unteren Teil leicht mit pfirsichfarbenem Make-up verschmiert waren. Ihre Straßenkleidung wurde von einem pinkfarbenen Nylonkittel von der Sorte verdeckt, wie sie Kosmetikerinnen tragen.

Ich nahm eine meiner Karten heraus und legte sie auf den Tresen. »Vielleicht können Sie mir helfen. Ich suche Regina Turner.«

»Ich werd's versuchen. Ich bin Regina Turner. Guten Tag«, sagte sie. Wir gaben uns die Hand. Unser Gespräch wurde erst mal unterbrochen, weil das Telefon klingelte. Sie hielt einen Finger als eine Art Digitalanzeiger in die Höhe, während sie irgendwelche Reservierungen entgegennahm. »Entschuldigen Sie«, sagte sie zu mir, als sie wieder aufgelegt hatte. Sie sah flüchtig auf meine Karte und fixierte dann scharf mein Gesicht. »Ich beantworte keine Fragen über Gäste.«

»Es geht um etwas anderes«, sagte ich. Als ich meine Erklärung zur Hälfte abgespult hatte, merkte ich, daß sie nicht mehr zuhörte.

Offensichtlich hatte sie unser Gespräch innerlich bereits abgehakt. »Sie können mir wohl nicht weiterhelfen«, sagte ich.

»Ich würde es gern«, antwortete sie. »Die Polizei hat mich befragt, gleich nachdem der alte Mann überfahren wurde. Ich war völlig fertig, aber ich habe ihnen alles gesagt, was ich wußte.«

»Hatten Sie in der betreffenden Nacht Dienst?«

»Ich bin fast immer nachts hier. Man kriegt ja heutzutage keine guten Leute mehr, schon gar nicht während der Feiertage. Ich war hier in der Anmeldung, als es passierte. Ich hörte das Quietschen ... ein gräßliches Geräusch. Und dann einen dumpfen Schlag. Dieser Lieferwagen muß mit sechzig Meilen um die Kurve da hinten gedonnert sein. Hat den Alten auf dem Überweg erwischt und regelrecht durch die Luft geschleudert. Sah aus, wie wenn jemand von einem Stier auf die Hörner genommen wird. Sie kennen das doch sicher aus Filmen, oder? Er schlug so hart auf, daß ich es hören konnte. Ich habe aus dem vorderen Fenster geschaut und gesehen, wie der Lieferwagen davongerast ist. Ich habe die Kreuzung genau im Blick. Sie sehen ja selbst. Ich habe die Notrufzentrale angerufen und bin rausgelaufen, um zu sehen, ob ich was tun konnte. Aber als ich ankam, war der arme Mann schon tot und der Lieferwagen verschwunden.«

»Wissen Sie noch die genaue Zeit?«

»Elf Minuten nach eins. Ich hatte damals schon diese kleine Digitaluhr hier auf dem Tresen stehen, und ich erinnere mich, daß sie eins-eins-eins gezeigt hat, weil das nämlich mein Geburtsdatum ist. Der elfte Januar. Ich weiß nicht, wieso, aber so etwas bleibt einem jahrelang im Gedächtnis.«

»Sie haben nicht gesehen, wer den Wagen fuhr?«

»Nein, davon habe ich nichts mitgekriegt. Ich habe nur den Lieferwagen gesehen. Er war weiß, mit so einem dunkelblauen Firmenzeichen auf der einen Seite.«

»Was für ein Zeichen?«

Sie schüttelte den Kopf. »Das kann ich nicht sagen.«

»Das ist schon sehr viel. Jede Kleinigkeit hilft uns weiter«, sagte ich. Es gab wohl nur schlaffe sechstausend weiße Lieferwagen in

Kalifornien. Das Unfallfahrzeug war möglicherweise verschrottet, umgespritzt, verkauft oder über die Staatsgrenze geschafft worden. »Vielen Dank für Ihre Mühe.«

»Wollen Sie ihre Karte wiederhaben?« fragte sie.

»Behalten Sie sie. Ich hoffe, Sie melden sich, falls Ihnen noch etwas einfällt.«

»Ganz bestimmt.«

An der Tür blieb ich noch einmal stehen. »Meinen Sie, Sie könnten den Wagen identifizieren, wenn ich Ihnen ein paar Fotos zeige?«

»Ich glaube schon. Ich kann ihn zwar nicht beschreiben, aber ich denke, ich würde ihn wiedererkennen, wenn ich ihn sähe.«

»Prima. Ich komme noch mal wieder.«

Ich ging zu meinem Auto zurück. Mir war klar, daß ich diesen kleinen Hoffnungsschub erst einmal dämpfen mußte. Es war alles nur Spekulation. Ich bin nicht blöd. Ich wußte wohl, wie groß die Wahrscheinlichkeit war, daß der weiße Lieferwagen, der McKell angefahren hatte, derselbe war, der eine halbe Stunde später und dreizehn Kilometer weiter um ein Haar David Barney erwischt hätte. Es stand zuviel auf dem Spiel, um voreilige Schlüsse zu ziehen. Lieber nach der guten, alten Lehrbuchmethode vorgehen. Der erste Schritt mußte sein, Fotos von mehreren ähnlichen Fahrzeugen zu machen, unter anderem auch von dem Lieferwagen, der Tippys Vater, Chris White, gehörte. Wenn Regina Turner diesen Wagen wiedererkannte, hatte ich einen konkreten Ansatzpunkt. Der zweite Schritt würde natürlich darin bestehen, dahinter zu kommen, wer am Steuer gesessen hatte.

14

Ich fuhr zurück ins Büro und parkte wieder auf Lonnies Platz. Wie üblich nahm ich immer zwei Treppenstufen auf einmal, bis in den dritten Stock, wo ich mich einen Moment keuchend an die Wand lehnte, bis ich wieder zu Atem gekommen war. Ich betrat die Kanzlei durch die unscheinbare, schilderlose Tür auf der Hälfte des Flures. Wir benutzten diesen Ausgang als Abkürzung zu den Toiletten auf der anderen Flurseite. Ursprünglich bestand der dritte Stock aus sechs separaten Büro-Suiten, aber Kingman und Ives haben nach und nach allen verfügbaren Raum vereinnahmt, außer den Klos, die draußen am Korridor liegen, damit sie für die Allgemeinheit zugänglich sind.

Ich schloß meine Tür auf und hörte als erstes meinen Anrufbeantworter ab. Louise Mendelberg hatte angerufen, um zu fragen, ob es vielleicht möglich sei, daß ich Morleys Schlüssel am Nachmittag zurückbrächte. Morleys Bruder wurde demnächst erwartet, und sie wollten, daß er das Auto benutzen konnte. Wenn es mir nicht zuviel Umstände mache, könne ich jederzeit kommen.

Ich beschloß, meinen Schreibtisch aufzuräumen und dann die Akten zu kopieren, die ich aus Morleys Haus mitgenommen hatte, damit ich sie ebenfalls gleich zurückbringen konnte. Ich setzte mich hin und sah die Post durch, packte die Rechnungen auf einen Stapel und stopfte den ganzen Reklame-Mist in den Papierkorb. Ich öffnete die Rechnungen und stellte einen kurzen Überschlag an. Jawohl, ich konnte sie bezahlen. Nein, es war mir nicht möglich, meinen Job an den Nagel zu hängen und von meinen Ersparnissen zu leben, die ohnehin gleich Null waren. Ich prüfte kurz meinen

Kontostand und bezahlte ein, zwei Rechnungen, nur so zum Spaß. Nehmt hin, ihr Gas- und Elektrizitätswerke. Ha, ha, ha! Wieder nichts, Pacific Telephone.

Ich suchte die Akten zusammen und ging nach unten zum Kopierer. Ich brauchte dreißig Minuten, um alles zu kopieren und wieder abzuheften. Ich steckte die Originale in die Einkaufstüte, die Louise mir gegeben hatte, sortierte einen Karton mit Unterlagen aus, um sie zu Hause durchzusehen, holte dann meine 35-Millimeter-Kamera aus der untersten Schublade und lud sie mit einem Farbfilm. Ich nahm mir das Telefonbuch vor und suchte Tippys Vater in den gelben Seiten unter ›Malerfachbetriebe‹. Chris Whites Firma, Olympic Painting, figurierte auf einer ansehnlichen viertelseitigen Kasten-Anzeige, unter Nennung seines Namens, der Firmenadresse, der Telefonnummer und der Lizenznummer sowie des Spektrums der angebotenen Dienstleistungen: »Malerarbeiten aller Art, Druckstrahlverfahren (Wasser wird gestellt), eigene Farbherstellung und -mischung, Tapezierarbeiten.« Ich notierte, was mir für meine Zwecke relevant erschien. Wenn ich die Akten zurückgebracht hatte, würde ich fünf, sechs weiße Lieferwagen suchen und Fotos machen. Ich hielt einen kurzen Schwatz mit Ida Ruth und verließ die Kanzlei durch die gleiche Tür, durch die ich gekommen war, beladen mit der Einkaufstasche und dem Karton.

Die Fahrt nach Colgate war ganz nett. Es war ein klarer, kalter Tag, und ich stellte die Heizung des VW so, daß sie mir heiße Luft auf die Füße blies. Allmählich dachte ich ernsthaft über die Möglichkeit nach, daß David Barney unschuldig war. Bisher waren wir davon ausgegangen, daß er Isabelle erschossen hatte. Er bot sich als Tatverdächtiger an, weil er die Mittel, das Motiv und die Gelegenheit gehabt hätte, sie umzubringen, aber Mord ist oft etwas Unlogisches, geboren aus Leidenschaften, die durch Besessenheit und innere Qual deformiert sind. Emotionen fließen nicht geradlinig. Wie Wasser sickern unsere Gefühle in Ritzen und Spalten, suchen sich die kleinen Nischen der Bedürftigkeit und der ungestillten Sehnsüchte, die feinen Haarrisse in unserem Charakter, die man von außen normalerweise nicht sieht. Wehe, wenn an die Sammelgrube im Grunde unseres Herzens gerührt wird. In ihren eisigen, schwarzen Tiefen hausen seltsame, unberechenbare Kreaturen, die man besser nicht weckt. Bei dieser Ermittlungsarbeit wurde mir wieder einmal die unbehagliche Tatsache bewußt, daß ich mich, indem ich in den trüben Wassern stocherte, den Bestien aussetzte, die dort lauerten.

Morley Shines Einfahrt war leer, der rote Ford-Mietwagen nirgends zu sehen. Der Mercury stand immer noch auf dem Rasen an der Seite. Ich studierte vom Türabsatz aus das Rostfleckenmuster auf dem Kotflügel, während ich abwartete, ob jemand auf mein Klopfen reagierte. Zwei Minuten vergingen. Ich klopfte erneut, diesmal lauter, und hoffte inständig, daß ich nicht Dorothy Shine von ihrem Krankenlager aufscheuchte. Nach fünf Minuten schien es mir gerechtfertigt, davon auszugehen, daß keiner da war. Vielleicht hatte Louise Dorothy zum Arzt gebracht, oder sie hatten beide zum Bestattungsinstitut fahren müssen, um einen Sarg auszusuchen. Louise hatte mir ja gesagt, daß sie die Hintertür immer unabgeschlossen ließen. Also ging ich ums Haus, unter der Überdachung hindurch, die die Garage mit dem Haus verband. Die Tür zum Wirtschaftsraum war nicht nur unverschlossen, sondern lediglich angelehnt. Ich klopfte wieder an die Glasscheibe und wartete dann ein angemessenes Weilchen, für den Fall, daß doch jemand zu Hause war. Ich ließ meinen Blick ziellos über das Grundstück schweifen. Ich fühlte mich leicht deprimiert. Das Ganze wirkte, als würde es bald unter den Hammer kommen. Der hintere Garten war vernachlässigt, das Wintergras verdorrt und verfroren. In den unkrautüberwucherten Beeten, die den Rasen säumten, standen noch die einjährigen Herbstblumen in lieblos gepflanzten Büscheln. Die ehemals sonnengelben Ringelblumen waren jetzt braun, ein Garten von toten Blüten mit schlaffen, welken Blättern. Wahrscheinlich hatte Morley schon seit einem Jahr nicht mehr mit seiner Frau hier draußen gesessen. Ich sah einen gemauerten Grill, dessen Drahtstäbe so viel Rost angesetzt hatten, daß sie sich fast berührten.

Ich schob die Tür ganz auf und trat ein. Ich wußte selbst nicht recht, warum ich solche Skrupel hatte. Normalerweise hätte ich nicht lange gezögert und mich ein bißchen umgesehen, einfach, weil ich neugierig bin und die Gelegenheit günstig war. Aber hier hatte ich irgendwie nicht die Stirn, einfach herumzuschnüffeln. Morley war tot, und was von seinem Leben geblieben war, sollte vor Übergriffen sicher sein. Ich legte die Einkaufstasche wie mir geheißen auf die Waschmaschine. Selbst hier roch es medizinisch, und aus den Tiefen des Hauses hörte ich das Ticken einer Uhr. Ich zog die Tür hinter mir zu und ging wieder nach vorne zur Straße.

Als ich meine Wagenschlüssel herausholte, fiel mir siedendheiß ein, daß ich ja Morleys Schlüssel in der Tasche mit den Akten hatte lassen wollen. Ich machte auf dem Absatz kehrt und eilte im Leichttrab wieder zurück. Als ich an dem Mercury vorbeikam, merkte ich, wie mein Schritt sich verlangsamte. Was da wohl im Kofferraum sein mag, flüsterte mein böses Ich. Und selbst mein gutes meinte, es könne nicht schaden, wenn ich nachsah. Man hatte mir anstandslos Zutritt zu seinen Büroräumen gewährt. Ich hielt seine Schlüssel in der Hand, und im Interesse der Gründlichkeit schien es nur selbstverständlich, daß ich auch sein Fahrzeug inspizierte. Als ich an diesem Punkt meiner Rationalisierungen angekommen war, hatte ich bereits den Kofferraumdeckel hochgeklappt. Ich starrte enttäuscht auf den Reservereifen, den Wagenheber und eine leere Coors-Bierdose, die aussah, als ob sie schon seit Monaten hier drinnen herumrollte.

Ich schloß den Kofferraum und ging zur Fahrertür, schloß sie auf und durchsuchte das Innere des Wagens, wobei ich mit dem Fond begann. Die Sitze waren mit dunkelgrünem Wildlederimitat bezogen und rochen nach Zigarettenrauch und altem Haaröl. Der Geruch ließ für einen Moment Morley vor mir auferstehen, und mich durchzuckte ein plötzlicher Schmerz. »O Gott, Morley, hilf mir«, sagte ich.

Die Inspektion des hinteren Fußraumes erbrachte eine Benzinquittung und eine Haarnadel. Ich wußte nicht genau, was ich suchte ... eine Rechnung, ein Streichholzbriefchen, ein Fahrtenbuch, irgend etwas, was mir Hinweise darauf gab, wo Morley im Zuge seiner Ermittlungen gewesen war und was er gemacht hatte.

Ich schlüpfte auf den Fahrersitz und legte die Hände ums Steuerrad. Ich fühlte mich wie ein Kind. Morleys Beine waren länger gewesen als meine, und ich kam kaum an die Pedale. In den Seitentaschen nichts. Nichts auf dem Armaturenbrett. Ich beugte mich nach rechts, um ins Handschuhfach zu gucken, das voller Krempel war. Das war schon eher nach meinem Geschmack. Lappen, eine Damenhaarbürste, weitere Benzinquittungen (alle aus der Gegend und keine jüngeren Datums), ein Schraubenschlüssel, ein Päckchen Kleenex-Tücher, ein gebrauchtes Scheibenwischerblatt, Versicherungs- und Anmeldebescheinigungen für die letzten sieben Jahre. Ich nahm Stück um Stück heraus, aber nichts schien in irgendeinem Zusammenhang mit diesem Fall zu stehen.

Ich packte alles wieder ins Handschuhfach zurück, wobei ich es gleich noch ordnete. Ich richtete mich auf, legte die Hände wieder um das Steuerrad und stellte mir vor, ich sei Morley. Bei meinen Durchsuchungsaktionen finde ich die Hälfte der Zeit nichts, aber ich gebe die Hoffnung nicht auf. Ich denke immer, es wird schon etwas zum Vorschein kommen, wenn ich nur die richtige Schublade aufziehe, in die richtige Jackentasche greife. Ich prüfte den Aschenbecher: er war immer noch voll. Morley hatte wohl einen Haufen Zeit in dem Mercury verbracht. In diesem Metier, in dem man dauernd unterwegs ist, wird einem der Wagen zum mobilen Büro, zum Patrouillenfahrzeug, zum Observierungsposten, wo man nächtelang auf der Lauer liegt, und zeitweise sogar zum Motel, wenn in der Reisekasse Ebbe ist. Der Mercury war perfekt, alt und unauffällig, genau die Sorte Wagen, die man im Rückspiegel hat, ohne sie wirklich zu registrieren. Ich wandte mich jetzt den Gefilden oberhalb meiner Augenhöhe zu.

Auf die Sonnenblende hatte er einen kunstledernen Vorsatz mit einem Spiegel, einer Tasche für die Sonnenbrille, einem Stift und einem unbenutzt aussehenden Block gesteckt. Das Ding wurde von zwei dünnen Metallklemmen gehalten. Ich griff nach oben und klappte die Blende herunter. Auf der Rückseite hatte Morley einen länglichen Papierstreifen unter eine der Klemmen geschoben. Es war der perfekte Ort, um solche Zettel aufzubewahren: Erledigungslisten, Reinigungsbons, Parkscheine. Der Papierstreifen stammte von der perforierten Verschlußklappe einer Filmtüte von einem Foto-Schnelldienst in einem Einkaufszentrum in Colgate. Er trug eine Nummer, aber kein Datum, so daß er schon seit Monaten dort geklemmt haben konnte. Ich steckte ihn in die Tasche, stieg aus und schloß den Wagen wieder ab. Dann drehte ich meine Strafrunde zum Wirtschaftsraum, um die Schlüssel in der braunen Tasche mit den Akten zu deponieren.

Ich fuhr fünf Straßen weiter zum Einkaufszentrum. Durch das Schaufenster des Foto-Schnelldienstes sah ich einen Asiaten mit Gummihandschuhen Filme aus dem Entwicklerbad fischen. Auf einem Transportband wanderten fertige Abzüge langsam an der einen Seite des Fensters nach vorn und quer vorüber. Ich blieb fasziniert stehen und sah zu, wie eine Geburtstagsparty ihren Lauf nahm: vom Kuchen und den eingepackten Geschenken auf einem Tisch hin zu einer Horde grinsender Gratulanten, die geschniegelt und selbstgefällig dastanden, während sich das überraschte Geburtstagskind im verschwitzten Tennisdress bemühte, gute Miene zu machen. Ich wollte Zeit schinden, das Unvermeidliche hinauszögern. Ich wollte, daß sich der abgegebene Film als die große Offenbarung entpuppte. Ich wollte, daß die Fotos in einem zentralen und bedeutsamen Zusammenhang mit den Ermittlungen standen. Ich wollte Morley weiter für den guten Detektiv halten können, für den ich ihn immer gehalten hatte. Ach, verdammt. Ich schob die Tür auf und trat ein. Besser, ich brachte es hinter mich. Es sprach manches dafür, daß ich gleich eine Serie von Schnappschüssen aus seinem letzten Urlaub in den Händen halten würde.

Im Laden roch es scharf nach Chemikalien. Außer mir war keine Kundschaft da, und der junge Mann, der mich bediente, war im Nu mit der Tüte zur Stelle. Ich zahlte 7 Dollar 65, und er versicherte mir, daß ich für alle Abzüge, die mir nicht gefielen, mein Geld zurückerhalten würde. Ich ließ den Umschlag zu und ging zu meinem Auto. Ich stieg ein und deponierte die Tüte, gegen das Steuerrad gelehnt, auf meinem Schoß. Schließlich riß ich die Klappe auf. Ich ließ die Bilder herausgleiten.

Mir entfuhr ein Laut der Verblüffung ... kein richtiges Wort, nur irgend etwas mit einem hörbaren Ausrufezeichen dahinter.

Es waren insgesamt zwölf Fotos, alle am unteren Rand mit dem Datum vom letzten Freitag gekennzeichnet. Was ich da vor mir hatte, waren sechs weiße Lieferwagen aus jeweils zwei verschiedenen Perspektiven. Einer trug ein dunkelblaues Firmenzeichen aus fünf ineinandergreifenden Ringen. Die Aufschrift lautete Olympic Painting. Darunter stand Chris Whites Name, mit einer Telefonnummer daneben. Morley war auf der gleichen Fährte gewesen wie ich, aber was hatte das zu bedeuten?

Ich ging die Fotos noch einmal durch. Es schien, als hätte er genau das getan, was ich selbst vorgehabt hatte. Er hatte offensichtlich Firmenparkplätze und Gebrauchtwagenhändler abgeklappert und sechs bis sieben Jahre alte weiße Lieferwagen fotografiert, ein paar mit Firmenzeichen, andere ohne. Außer Chris Whites Firmenwagen waren da der Kleintransporter eines Gartenbaubetriebes und der Wagen eines Party-Service mit einem geschlossenen Kasten. Clever gemacht. Die Verschiedenheit der Lieferwagen in dieser Vorführserie erhöhte die Wahrscheinlichkeit, daß unsere einzige Zeugin sich doch noch an konkretere Details erinnerte.

Ich starrte durch die Windschutzscheibe und grübelte, was das alles wohl zu bedeuten hatte. Wenn er bei Regina Turner im Gipsy Motel gewesen war, hatte sie nichts davon gesagt. Aber sie hätte es doch sicher angesprochen, wenn sie zweimal zu ein und demselben Unfall vor sechs Jahren befragt worden wäre. Aber woher konnte er von dem Firmenzeichen und der Farbe des Fahrzeuges gewußt haben, wenn nicht von ihr? Vielleicht hatte ihm David Barney von dem Wagen erzählt, der *ihn* fast erwischt hatte. Vielleicht war Morley auch auf die Idee gekommen, die alten Zeitungen durchzusehen. Vielleicht hatte er sich eine Kopie des Polizeiprotokolls über den tödlichen Fahrerflucht-Unfall beschafft und dann beschlossen, gleich Fotos mitzunehmen, wenn er die einzige Zeugin aufsuchte. Der verantwortliche Beamte am Unfallort hatte sicher die Beschreibung des Fahrzeugs sowie Reginas Namen und Arbeitsadresse aufgenommen. Das Problem war nur, daß ich in den Akten, die ich gefunden hatte, weder auf das Polizeiprotokoll gestoßen war noch auf irgendwelche Zeitungskopien, die darauf hätten schließen lassen, daß er sich für die sonstigen Geschehnisse in der Mordnacht interessiert hatte. Wenn ich an einem Fall arbeite, mache ich immer einen Haufen Notizen. Wenn mir etwas zustieße, würde der nächste, der die Ermittlungen übernahm, gleich wissen, was ich gemacht und was ich vorgehabt hatte. Aber ganz offensichtlich hatte Morley nicht so gearbeitet ...

Oder vielleicht doch?

Ich hatte ihn immer für schlau und tüchtig gehalten. Der Mann, der mir dieses Handwerk beigebracht hatte, war in Kleinigkeiten geradezu pedantisch, und da er und Morley Partner gewesen waren, hatte ich immer unterstellt, daß sie diese Arbeitshaltung teilten. Deshalb war ich wahrscheinlich auch so schockiert gewesen, als ich Morleys Büros gesehen hatte. Der chaotische Zustand seiner Unterlagen hatte mich an seiner Professionalität zweifeln lassen. Aber wenn er nun gar nicht so unorganisiert gewesen war, wie es schien?

Ein Bild drängte sich mir plötzlich auf.

Als ich klein war, kursierte bei uns in der Grundschule eine Zeitlang ein neuer Kult-Artikel. Es war ein Wahrsageinstrument, eine »Kristallkugel«, bestehend aus einer geschlossenen Plastikkugel mit einem kleinen Guckfensterchen. Sie war mit einer dunklen Flüssigkeit gefüllt, in der eine Art Würfel mit vielen Seitenflächen schwamm. Darauf standen verschiedene Botschaften. Man stellte eine Frage und drehte die Kugel auf den Kopf. Wenn man sie wieder umdrehte, stieg der Würfel an die Oberfläche, und eine der Aufschriften zeigte nach oben. Das war dann die Antwort auf die gestellte Frage.

Ich spürte, wie aus meinem tiefsten Inneren eine Botschaft emporzusteigen begann. Irgend etwas war hier faul, aber was? Ich mußte daran denken, wie David Barney angedeutet hatte, es sei doch eine erstaunliche Parallelität der Ereignisse, daß Morley gerade jetzt gestorben war. War da etwas dran? Ich konnte dieser Frage im Moment nicht weiter nachgehen, aber sie hatte eindeutig etwas Beunruhigendes. Ich schob den Gedanken weg, ahnte aber schon, daß er sich wie eine Klette in meinem Kopf festsetzen würde.

Immerhin hatte mir Morley mit den Fotos einen Arbeitsschritt erspart, und dafür war ich dankbar. Es tröstete mich, daß wir offensichtlich in die gleiche Richtung gedacht hatten. Ich konnte jetzt direkt zum Gipsy Motel zurückfahren und Regina Turner die Bilder vorlegen.

»Na, das ging aber schnell«, sagte sie, als sie mich sah.

»Ich hatte Glück«, sagte ich. »Ich bin zufällig auf ein paar geeignete Bilder gestoßen.«

»Ich will sie mir gern ansehen.«

»Eine Frage noch. Hat sich bei Ihnen je ein Detektiv namens Morley Shine gemeldet?«

Ihr Gesicht verdüsterte sich einen Moment. »Nein, ich glaube nicht. Nicht, daß ich wüßte. Nein, ganz sicher nicht. Mit Namen bin ich gut – die Gäste, die öfter kommen, mögen es, wenn man sich erinnert –, und der da ist ja ziemlich ausgefallen. Ich würde es bestimmt noch wissen, wenn ich mit ihm gesprochen hätte, noch dazu über diese Sache. Was hat er damit zu tun?«

»Er hat diesen Fall bis vor zwei Tagen bearbeitet. Er ist am Sonntag abend an einem Herzinfarkt gestorben. Deshalb bin ich eingesprungen. Es sieht so aus, als hätte er auch einen Zusammenhang zwischen den beiden Vorfällen vermutet.«

»Was war noch mal der andere? Als Sie vorhin hier waren, sagten Sie etwas von einem Beinahe-Unfall.«

»Ein weißer Lieferwagen hat einen Mann an einer Abfahrt vom Eins-Null-Eins-Süd leicht angefahren. Das war so etwa um ein Uhr fünfundvierzig. Der Mann hat behauptet, er hätte die Fahrerin erkannt, wußte aber nichts von dem anderen Unfall vorher.« Ich hielt den Umschlag hoch. »Morley Shine hat diesen Film hier zum Entwickeln gebracht. Falls er vorhatte, mit Ihnen zu reden, hat er wahrscheinlich noch auf die Fotos gewartet, um sie Ihnen zur Identifikation vorzulegen.« Ich schob ihr den Umschlag über den Tresen.

Sie rückte ihre Brille zurecht und nahm die zwölf Fotos heraus.

Sie studierte sie nachdenklich, prüfte jedes einzelne ganz konzentriert, ehe sie es auf den Tisch legte, wo sich quer über die Schreibunterlage eine Lieferwagen-Karawane formierte. Ich lauerte auf eine Reaktion, aber als sie zu dem Wagen von Tippys Vater kam, passierte gar nichts – keine Regung in ihrem Gesicht, kein Ausdruck der Überraschung oder des Wiedererkennens. Sie musterte die sechs Lieferwagen eingehend und tippte dann mit dem Zeigefinger auf den mit dem Olympic Painting-Zeichen. Sie sagte: »Das ist er.«

»Sind Sie sicher?«

»Ganz sicher.« Sie nahm das Foto und inspizierte es aus nächster Nähe. »Ich hätte nicht gedacht, daß ich den noch einmal wiedersehe.« Sie sah mich an. »Vielleicht kriegt da ja doch noch jemand seine gerechte Strafe. Das wäre wirklich erfreulich.«

Ich sah einen Moment lang Tippy vor mir. »Vielleicht«, sagte ich. »Jedenfalls wird sich die Polizei bei Ihnen melden, sobald ich sie benachrichtigt habe.«

»Wollen Sie jetzt gleich hin?«

Ich schüttelte zögernd den Kopf. »Ich muß erst noch etwas anderes erledigen.«

Ich rief schnell bei dem Langusten-Imbiß an, aber Tippy hatte ihre Schicht getauscht und würde heute nicht kommen. Ich verließ das Motel und fuhr nach Montebello, in der Hoffnung, Tippy zu Haus zu erwischen ... am liebsten, ohne daß ihre Mutter im Hintergrund wachte. Ich hatte diese Frau selbst aufgescheucht. Rhe wußte, daß etwas im Anmarsch war, auch wenn sie den Ernst der Lage wahrscheinlich nicht ahnte.

Der West Glen ist eine der Hauptverkehrsadern durch Montebello, eine gewundene, zweispurige Straße, gesäumt von hohen Hecken und niedrigen Steinmäuerchen. Winden ergossen sich über die Zäune wie blaue Wasserfälle. Die knorrigen Äste der immergrünen Eichen bildeten über mir einen dichten Schirm, Platanen wechselten sich mit Eukalyptusbäumen und Akazien ab. Dichte Büsche leuchtend pinkfarbener Geranien wucherten am Straßenrand wie Unkraut.

Rhe und Tippy bewohnten einen kleinen Drei-Zimmer-Bungalow dicht an der Straße. Ich quetschte meinen Wagen in eine Lücke auf dem Randstreifen, ging über den schmalen Fußweg zur Eingangstür und klingelte. Tippy erschien fast im selben Moment, die Jacke halb übergezogen. Tasche und Wagenschlüssel in der Hand. Sie war ganz offensichtlich im Gehen begriffen. Sie starrte mich verdutzt an, die Hand auf dem Türknauf. »Was wollen Sie denn hier?«

»Ich habe noch ein paar Fragen an Sie, wenn es recht ist«, sagte ich.

Sie zögerte, sah auf die Uhr. Auf ihrem Gesicht spiegelte sich ein kleiner innerer Kampf – Unwille, Ärger und Wohlerzogenheit, die sich gegenseitig niederzuringen versuchten. »O Mann, ich weiß nicht. Ich bin in zwanzig Minuten mit meiner Freundin verabredet. Geht es – können Sie's kurz machen?«

»Sicher. Kann ich reinkommen?«

Sie trat zurück, nicht sonderlich entzückt, aber zu höflich, um es mir zu verwehren. Sie trug Jeans und hochhackige Stiefel, und unter ihrer blauen Jeansjacke schaute ein Stück von einem schwarzen Body hervor. Ihr Haar war diesmal offen und hing ihr bis auf den halben Rücken, die Strähnen vom Flechten noch deutlich gewellt. Ihre Augen waren klar, ihr Gesicht rosig. Irgendwie setzte es mir zu, daß sie so jung aussah.

Ich orientierte mich mit einem kurzen Blick.

Der Wohnteil des Häuschens bestand in einem kombinierten Eß-Wohnzimmer mit einer kleinen offenen Küche im Hintergrund. An den Wänden hingen Original-Kunstwerke, wahrscheinlich Rhes eigene Produktion. Die Böden waren aus mexikanischen Tonfliesen. Die Couch war mit handbemaltem Zeltleinen bezogen – breite Pinselstriche in Himmelblau, Lavendel und Maulwurfsgrau, mit lässig über die ganze Sitzfläche verteilten himmel- und lavendelblauen Kissen. Die übrigen Sitzgelegenheiten waren preisgünstige Mexiko-Importe, karamelfarbenes Leder in einem tonnenförmigen Rattangestell. Es gab einen offenen Kamin, und überall standen große Körbe mit getrockneten Blumen. Von einem Bord in der

Küche hing kupfernes Kochgeschirr. Getrocknete Kräuter baumelten von den Deckenbalken. Durch eine zweiflügelige Glastür sah ich einen kleinen Hof mit einem Pfefferbaum und einer Menge blühender Topfpflanzen.

»Ist Ihre Mutter da?«

»Sie ist einkaufen. Muß jeden Moment wieder da sein. Was wollten Sie denn? Ich habe es wirklich eilig und nicht lange Zeit.«

Ich nahm mir die Freiheit, mich auf die Couch zu setzen, obgleich man nicht behaupten konnte, sie hätte mir einen Platz angeboten. Sie wählte eines der mexikanischen Sitzmöbel und ließ sich ohne große Begeisterung hineinfallen.

Ich streckte ihr kommentarlos die Fotos hin.

»Was ist das?«

»Schauen Sie's sich an.«

Sie öffnete stirnrunzelnd den Umschlag und zog die Fotos heraus. Sie ging sie mit gleichgültiger Miene durch, bis sie zu dem mit dem Olympic-Painting-Lieferwagen kam. Aufgeschreckt sah sie mich an. »Sie haben den Wagen von meinem Dad fotografiert?«

»Diese Bilder hat ein anderer Detektiv gemacht.«

»Weshalb?«

»Der Lieferwagen Ihres Vaters wurde in der Nacht, als Ihre Tante ermordet wurde, zweimal gesehen. Ich nehme an, daß der andere Ermittler diese Bilder einer Zeugin zur Identifikation vorlegen wollte.«

»Zeugin wofür?« Ich meinte, in ihrer Stimme einen erschrockenen Unterton zu hören.

Ich hielt meine Stimme so ruhig und sachlich, wie ich konnte. »Einen Unfall mit Fahrerflucht, bei dem ein alter Mann ums Leben kam. Das war auf der oberen State Street in South Rockingham.«

Sie schien außerstande, die nächste Frage zu stellen, die da hätte lauten müssen: Warum erzählen Sie mir das? Sie wußte, worauf ich hinauswollte.

Ich fuhr fort: »Ich dachte, wir sollten noch einmal darüber sprechen, wo Sie in der fraglichen Nacht waren.«

»Ich habe Ihnen doch schon gesagt, ich war nirgends.«

»Das haben Sie«, sagte ich achzelzuckend. »Dann war es vielleicht Ihr Vater, der den Wagen gefahren hat.«

Wir starrten uns in die Augen. Ich konnte sehen, wie sie ihre Chancen kalkulierte, sich aus dieser Zwickmühle herauszuwinden. Wenn sie nicht zugab, daß sie unterwegs gewesen war, schob sie ihren Vater in die Schußlinie.

»Mein Dad ist nicht gefahren.«

»Dann waren Sie's?«

»Nein!«

»Wer dann?«

»Woher soll ich das wissen? Vielleicht hat jemand den Wagen geklaut und eine kleine Spritztour gemacht.«

»Ach, hören Sie auf, Tippy. Kommen Sie mir nicht damit. Sie waren mit dem Wagen unterwegs, und Sie wissen verdammt genau, daß es so war. Also lassen Sie die Mätzchen und reden Sie.«

»Ich war nicht weg!«

»Hey, nun sehen Sie doch mal den Tatsachen ins Auge. Ich fühle ja mit Ihnen, Mädchen, aber Sie werden nicht umhinkönnen, die Verantwortung für das, was Sie getan haben, auf sich zu nehmen.«

Sie schwieg und starrte zu Boden, sichtlich stur und verstockt. Schließlich sagte sie: »Ich weiß überhaupt nicht, wovon Sie reden.«

Ich gab ihr einen verbalen Schubs. »Was war los? Waren Sie betrunken?«

»Nein.«

»Ihre Mutter hat mir erzählt, daß man Ihnen eine Zeitlang den Führerschein entzogen hat. Hatten Sie den Wagen ohne Erlaubnis genommen?«

»Sie können mir nichts nachweisen.«

»Ach, nein?«

»Wie wollen Sie denn noch irgend etwas beweisen? Das ist sechs Jahre her.«

»Zunächst einmal habe ich zwei Augenzeugen«, sagte ich. »Die eine Person hat Sie von der Unfallstelle wegfahren sehen. Die andere sah Sie kurz darauf an der Ausfahrt Freeway-Süd-San Vicente. Wollen Sie mir nicht erzählen, was damals passiert ist?«

Ihr Blick flackerte nervös, und Röte stieg ihr ins Gesicht. »Ich will einen Anwalt.«

»Warum erzählen Sie mir nicht Ihre Seite der ganzen Geschichte. Ich würde sie gern hören.«

»Ich habe Ihnen nichts zu erzählen«, sagte sie. »Sie können mich nicht zwingen, auch nur ein einziges Wort zu sagen, solange ich keinen Anwalt dabei habe. Das steht im Gesetz.« Sie lehnte sich zurück und verschränkte die Arme.

Ich grinste und verdrehte spöttisch die Augen. »Nein, tut es nicht. Das steht im *Miranda*-Urteil. Die Polizei muß sich daran halten. Ich nicht. Ich bin Privatdetektivin. Für mich gelten andere Spielregeln. Kommen Sie schon, erzählen Sie mir, was los war. Das wird Ihnen guttun.«

»Wieso sollte ich Ihnen irgend etwas erzählen? Ich kann Sie nicht leiden.«

»Lassen Sie mich raten. Sie wohnten damals bei Ihrem Vater, und er war nicht zu Hause, und dann riefen ein paar Freunde an und wollten unbedingt noch etwas unternehmen. Da haben Sie sich den Lieferwagen ausgeliehen und sie abgeholt, und dann sind Sie zu dritt oder viert oder wie vielen auch immer noch ein bißchen herumgezogen, an den Strand, mit ein paar Sechserpacks. Und plötzlich war es Mitternacht, und Ihnen wurde klar, daß Sie sich beeilen mußten, um vor Ihrem Vater zu Hause zu sein. Also haben Sie die anderen heimgefahren. Und als Sie dann selbst nach Hause gebraust sind, haben Sie diesen Mann angefahren. Sie sind in Panik davongerast, weil Sie wußten, sie säßen ganz schön in der Tinte, wenn Sie geschnappt würden. Na, wie ist das? Einigermaßen korrekt?«

Ihr Gesicht war immer noch steinern, aber ich konnte sehen, daß sie gegen die Tränen ankämpfte und sich verzweifelt bemühte, ihre Lippen am Zittern zu hindern.

»Hat Ihnen jemals jemand etwas über den Mann erzählt, den Sie erwischt haben? Er hieß Noah McKell. Er war zweiundneunzig und wohnte in einem Pflegeheim, ein Stück weiter die Straße hinauf. Ihn hatte offenbar die Wanderlust gepackt. Sein Sohn meint, er wollte vermutlich nach Hause. Ist das nicht rührend? Der arme alte Kerl hatte vorher in San Francisco gewohnt. Er dachte wohl, er sei immer noch dort, und machte sich Sorgen um seine Katze. Anscheinend hatte er vergessen, daß die Katze schon seit Jahren tot war. Er wollte nach Hause, um sie zu füttern, ist aber nie angekommen.«

Sie legte einen Finger auf ihre Lippen, als wollte sie sie verschließen. Die Tränen begannen zu fließen. »Ich habe ja versucht, mich zu bessern. Ehrlich. Ich war bei den AA und alles und habe ganz neu angefangen.«

»Das haben Sie, und das ist toll. Aber ab und zu muß sich doch in Ihrem tiefsten Inneren eine Stimme melden, oder nicht? Und irgendwann werden Sie wieder anfangen zu trinken, nur um diese Stimme zum Schweigen zu bringen.«

Ihr Ton glitt jetzt ins Kieksige ab. »O Gott, es tut mir leid. Wirklich. Es tut mir so leid. Es war ein Unfall. Ich wollte es nicht.« Sie umschlang sich selbst mit den Armen, krümmte sich und schluchzte laut wie ein Kind, das sie ja auch war. Ich sah sie voller Mitleid an, machte aber keinen Versuch, sie zu trösten. Es war nicht mein Job, das Leben leichter zu machen. Sollte sie doch die Reue spüren, den ganzen Schmerz, die Schuldgefühle. Ich wußte nicht, ob sie die Sache je in ihrer vollen Tragweite an sich herangelassen hatte. Die Tränen kamen in unkontrollierbaren Wellen, heftige, tiefe Schluchzer, die sie von Kopf bis Fuß zu schütteln schienen. Sie klang eher wie ein heulendes wildes Tier als wie ein von Scham überwältigtes junges Mädchen. Ich ließ es geschehen, kaum fähig, sie anzusehen, bis ihr Schmerz etwas nachließ. Schließlich legte sich der Sturm, wie ein hysterischer Lachanfall, der allmählich verebbt. Sie kramte in ihrer Handtasche herum und zog einen Packen Papiertaschentücher heraus. Sie nahm eines, um sich die Augen zu wischen und die Nase zu schneuzen. »Mein Gott.« Sie umkrallte die Taschentücher und preßte sie gegen ihren Mund. Fast wäre sie wieder in Tränen ausgebrochen, aber sie fing sich. »Ich habe seit der Nacht damals keinen Tropfen Alkohol mehr angerührt. Das war hart.« Jetzt verfiel sie in

Selbstmitleid, vielleicht in der Hoffnung auf Mitgefühl, Erbarmen oder Gnade.

»Das war es sicherlich«, sagte ich, »und ich kann nur sagen: Hut ab. Sie haben schwere Arbeit geleistet. Jetzt ist es an der Zeit, die Wahrheit zu sagen. Sie können nicht einfach alles wegpacken und erwarten, daß eine echte Heilung eintritt.«

»Sie brauchen mir keine Vorträge zu halten.«

»Offenbar doch. Sie hatten sechs Jahre lang Zeit, um darüber nachzudenken, und bisher haben Sie das einzig Richtige nicht getan. Ich will Ihnen etwas sagen: Es wird einen viel besseren Eindruck machen, wenn Sie von sich aus zur Polizei gehen. Ich weiß, daß Sie das alles nicht wollten. Ich glaube Ihnen gern, daß Sie panische Angst hatten, aber die Wahrheit bleibt nun mal die Wahrheit. Ich will Ihnen Bedenkzeit lassen, aber am Freitag werde ich zur Polizei gehen. Wenn Sie klug sind, sehen Sie zu, daß Sie Ihren Hintern hochkriegen und vor mir dort sind.«

Ich stand auf und nahm meine große Ledertasche über die Schulter. Sie machte keine Anstalten, mir zu folgen. An der Haustür drehte ich mich noch einmal zu ihr um. »Noch eins, dann lasse ich Sie mit ihrem Gewissen allein. Haben Sie in der bewußten Nacht David Barney gesehen?«

Sie seufzte. »Ja.«

»Würden Sie das etwas genauer ausführen?«

»Ich bin fast in ihn reingefahren, als ich vom Freeway kam. Ich hörte einen leichten Schlag, und als ich aus dem Seitenfenster sah, starrte er mir genau ins Gesicht.«

»Sie sind sich ja wohl darüber im klaren, daß Sie ihn schon vor Jahren gründlich hätten entlasten können, wenn Sie das zugegeben hätten.« Ich wartete ihre Reaktion nicht ab. Sie fing jetzt an, die Gequälte herauszukehren, und damit wollte ich nichts zu schaffen haben.

15

Nachdem ich Tippy verlassen hatte, fuhr ich kurz zu mir, auf ein schnelles Mittagessen, das ich eher lustlos verdrückte. Es war herzlich wenig im Kühlschrank, und ich sah mich gezwungen, eine Dose Spargelsuppe aufzumachen, die ich ursprünglich wohl gekauft hatte, um sie über irgend etwas anderes zu kippen. Ich habe mir sagen lassen, daß alle Küchennovizen mit diesem alten Trick operieren. Selleriecremesuppe auf Schweinekoteletts, eine Stunde bei 180 Grad überbacken. Champignoncremesuppe auf Hackbraten, gleiche Zeit, gleiche Temperatur. Hühnercremesuppe auf Hühnerbrust, eine halbe Tasse Reis zugeben. Die Variationen sind unerschöpflich, und das Beste ist: wenn man einmal Gäste hat, sieht man sie nie wieder. Außer den oben genannten Gerichten bin ich noch imstande, Rührei und einen ganz passablen Thunfischsalat zuzubereiten, aber das ist auch schon so ziemlich alles. Ich esse haufenweise Sandwiches, Erdnußbutter mit Gürkchen oder Käse mit Gürkchen, um nur zwei Sorten zu nennen. Gerne mag ich auch in Scheiben geschnittene harte Eier auf Vollweizenbrot mit viel Salz und Mayonnaise. Wenn man mich fragt, ist das einzige, was für das Kochen spricht, daß man seine Hände beschäftigen kann, während man über andere Dinge nachdenkt.

Die Sache mit Morleys Tod ließ mich nicht los. Und wenn David Barneys Paranoia berechtigt war? Alles übrige, was er gesagt hatte, stimmte ja. Wenn Morley nun tatsächlich der Wahrheit zu dicht auf der Spur gewesen und deswegen ausgeschaltet worden war? Ich schwankte zwischen dem Impuls, das Ganze als viel zu weit hergeholt zu verwerfen, und dem beunruhigenden Gedanken, daß sich womöglich irgendwo ein raffinierter Mörder ins Fäustchen lachte. Ich dachte beide Gedanken abwechselnd weiter, explorierte ihre Möglichkeiten. Vielleicht hatte das Gespräch mit David Barney Morleys Neugier geweckt. Vielleicht war er ja zufällig über irgend etwas Wichtiges gestolpert. War er zum Schweigen gebracht worden? Ich merkte, wie ich vor diesem Gedanken zurückscheute. Das war so verdammt melodramatisch. Morley war einem Herzinfarkt erlegen. Der Totenschein war von seinem Hausarzt ausgestellt. Zweifellos gab es Substanzen, die die Symptomatik eines Herzstillstands hervorrufen konnten, aber es war kaum vorstellbar, wie ihm jemand ein solches Mittel verabreicht haben sollte. Morley war nicht dumm gewesen. Bei seinen Gesundheitsproblemen hätte er sicher nie irgend etwas eingenommen, was ihm nicht sein Arzt verschrieben hatte. Es kam ja wohl nur Gift in Frage, aber meines Wissens hatte niemand diese Möglichkeit auch nur in Betracht gezogen. Wer war ich, mich einfach einzumischen und seiner kranken Witwe noch mehr Kummer zu bereiten? Sie hatte auch so schon Probleme genug, und alles, was ich vorzubringen hatte, waren vage Vermutungen.

Ich aß meine Suppe auf, wusch das Schüsselchen ab und deponierte es zusammen mit dem einsamen Löffel auf dem Abtropf-Gestell. Wenn ich diesen Zyklus von Flocken und Suppe beibehielt, konnte ich mich eine ganze Woche lang ernähren, ohne mehr Abwasch zu produzieren. Ich wanderte ziellos in meiner Wohnung auf und ab, von Unruhe und Unbehagen getrieben. Ich mußte dringend mit Lonnie reden, sah aber keine Möglichkeit, es sei denn, ich nahm die Stunde Fahrt nach Santa Maria auf mich. Ida Ruth meinte, jede Störung würde ihn nur auf die Palme bringen, aber er mußte doch wohl erfahren, was hier ablief. Sein Fall war ein einziges Chaos, und ich sah nicht, wie ich es sortieren sollte, ehe er wiederkam. Er würde gar nicht gut auf mich zu sprechen sein.

Wir hatten jetzt Donnerstag nachmittag. Morleys Beerdigung war für Freitag angesetzt, und wenn ich Zweifel an der Todesursache anmelden wollte, mußte ich mich beeilen. Wenn sie ihn erst einmal unter der Erde hatten, würde die ganze Angelegenheit mit begraben. Da auf eine natürliche Todesursache erkannt worden war, hatte sich vermutlich niemand die Mühe gemacht, seine letzten Lebenstage zu rekonstruieren. Ich hatte immer noch keine Ahnung, wo er gewesen war und wen er getroffen hatte. Ich wußte nur, daß er die Fotos gemacht hatte. Ich ging davon aus, daß ihn das Gespräch mit David Barney darauf gebracht hatte, aber sicher war auch das nicht. Vielleicht hatte er ja mit Dorothy oder Louise über den Fall geredet.

Ich rief bei den Morleys an. Louise nahm beim ersten Läuten ab.

»Hi, Louise. Hier ist Kinsey. Haben Sie die Tasche gefunden?«

»Ja, vielen Dank. Tut mir leid, daß wir nicht da waren, aber Dorothy wollte zum Bestattungsinstitut, um Morley noch einmal zu sehen. Als wir heimkamen, haben wir gleich gemerkt, daß Sie da waren.«

»Wie hält sich Dorothy?«

»Den Umständen entsprechend, ganz gut. Sie ist ein ganz schön zähes altes Hühnchen. Das sind wir beide, wenn's darauf ankommt.«

»Ähm, hören Sie, Louise, ich weiß, es ist lästig, aber könnte ich vielleicht heute nachmittag kurz mit Ihnen beiden reden?«

»Worüber?«

»Das möchte ich Ihnen wirklich lieber persönlich sagen. Kann Dorothy einen kurzen Besuch verkraften?«

Ich hörte sie zögern.

»Es ist wichtig«, sagte ich.

»Augenblick. Ich frage nach.« Sie legte die Hand über die Sprechmuschel, und ich hörte leises Gemurmel. Dann war sie wieder da. »Wenn Sie's kurz machen können«, sagte sie.

»Ich bin in fünfzehn Minuten da.«

Zum dritten Mal in zwei Tagen fuhr ich hinaus nach Colgate zu Morleys Haus. Die Frühnachmittagssonne kam gerade durch. Dezember und Januar sind bei uns wirklich die besten Monate. Im Februar ist es manchmal ziemlich regnerisch und meistens grau. Der Frühling in Santa Teresa ist wie der Frühling überall im Land. Im Frühsommer hüllt uns ständiger Nebel ein, so daß die Tage mit einem hellen Weiß-Grau beginnen und mit einem merkwürdig goldenen Licht enden. Bisher war dieser Dezember eine gelungene Mischung gewesen, ein täglicher sprunghafter Wechsel zwischen Frühling und Sommer.

Louise machte mir auf und führte mich ins Wohnzimmer, wo Dorothy, auf das Sofa gebettet, wartete.

»Ich werde uns eine Kanne Tee machen«, murmelte Louise. Sie entschuldigte sich und ging hinaus. Kurz darauf hörte ich Geschirr klappern.

Dorothy war noch in Rock und Pullover von ihrem Besuch im Bestattungsinstitut. Sie hatte keine Schuhe an, und ihre Beine waren in eine wärmende Decke gehüllt. Ein schmaler Fuß, so fragil wie Porzellan, guckte heraus. Vielleicht hatten sie und Louise ja mehr wie Schwestern ausgesehen, ehe die Krankheit ihr alle Farbe aus dem Gesicht gesogen hatte. Beide waren feinknochig, mit blauen Augen und zarter Haut. Dorothy trug eine platinblonde Perücke in der Art einer nachlässigen Schlafzimmerfrisur. Sie fing meinen Blick auf und griff sich lächelnd an den derangierten Dutt, um ihn ein wenig zu justieren. »Ich wollte schon immer blond sein«, sagte sie wehmütig. Dann streckte sie mir die Hand hin. »Sie sind also Kinsey Millhone. Morley hat mir viel von Ihnen erzählt.« Wir begrüßten uns. Ihre Hand war leicht und kalt und ledrig wie eine Vogelklaue.

»Morley hat von mir gesprochen?« sagte ich überrascht.

»Er hat immer gemeint, Sie könnten es weit bringen, wenn Sie nur lernen würden, Ihre Zunge im Zaum zu halten.«

Ich lachte. »Das gelingt mir immer noch nicht ganz, aber es freut mich. Ich habe es immer bedauert, daß er und Ben ihre Differenzen nicht ausräumen konnten.«

»Dafür waren sie beide viel zu dickschädlig«, sagte sie mit gespielter Empörung. »Morley wußte gar nicht mehr, worüber sie sich eigentlich gestritten hatten. Setzen Sie sich doch. Louise wird uns gleich eine Tasse Tee bringen.«

Ich wählte einen kleinen, mit Gobelinstoff bezogenen Stuhl. »Ich will Ihnen nicht lange zur Last fallen. Ich danke Ihnen, daß ich herkommen durfte. Sie sind bestimmt müde.«

»Ach, das bin ich gewöhnt. Wenn mich die Kräfte verlassen, müssen Sie es mir nachsehen und sich mit Loo weiter unterhalten. Wir waren gerade im Bestattungsinstitut, zum ›letzten Abschied‹, wie sie das nennen.«

»Wie sieht er aus?«

»Nun, ja, *gut* sehen Tote wohl nie aus. Irgendwie wirken sie immer so eingefallen. Ist Ihnen das schon mal aufgefallen? Als hätte man ihnen die Hälfte der Füllung rausgenommen«, sagte sie. Ihr Ton war so nüchtern, als spräche sie über eine alte Matratze und nicht über den Mann, mit dem sie über vierzig Jahre verheiratet gewesen war. »Ich hoffe, das klingt nicht herzlos. Ich habe diesen Mann innig geliebt, und ich kann Ihnen gar nicht sagen, was für ein Schock es war, ihn so plötzlich zu verlieren. Im letzten Jahr haben wir viel über den Tod geredet, aber ich dachte immer, es ginge um meinen.«

Louise kam wieder herein. »Der Tee ist gleich fertig. Solange könnten Sie uns doch schon mal erzählen, was Sie hergeführt hat.« Sie hockte sich auf die Armlehne von Morleys Ledersessel.

»Ich muß ein paar Dinge klären, und ich dachte, Sie könnten mir vielleicht helfen. Hat Morley je mit Ihnen über den Fall gesprochen, an dem er zuletzt gearbeitet hat? Wenn Sie die Hintergründe schon kennen, brauche ich sie Ihnen nicht erst lange zu erläutern.«

Dorothy zupfte ihre Decke zurecht. »Morley hat mir von allen seinen Fällen erzählt. Wenn ich es richtig verstanden habe, war dieser Barney schon mal wegen Mordes vor Gericht. Mit diesem Prozeß will jetzt der Ex-Mann des Opfers versuchen, ihn des Mordes zu überführen, damit ihm die Erbschaft entzogen wird.«

»Genau«, sagte ich. »David Barney hat gestern zweimal mit mir Kontakt aufgenommen. Er sagte, er habe am Mittwoch der letzten Woche mit Morley gesprochen. Er deutete an, Morley habe einigen Punkten nachgehen wollen, die ihn hätten entlasten können. Hat Morley Ihnen gesagt, was er vorhatte? Ich versuche, das Geschehen zu rekonstruieren, und möchte nach Möglichkeit keine voreiligen Schlüsse ziehen.«

»Hm, lassen Sie mich mal nachdenken. Ich weiß, daß dieser Mensch an ihn herangetreten ist, aber Einzelheiten sind mir nicht bekannt. Ich hatte am Mittwoch nachmittag meine Chemotherapie und war in schlechter Verfassung. Normalerweise haben wir abends immer ein bißchen miteinander geredet, aber ich war total erschöpft und mußte ins Bett. Ich habe den ganzen Abend geschlafen und auch noch den halben Donnerstag.«

Ich sah Louise an. »Und Sie? Hat er Ihnen davon erzählt?«

Sie schüttelte den Kopf. »Nichts Konkretes. Nur, daß er mit dem Mann gesprochen habe und ein paar Dinge tun müsse.«

»Meinen Sie, daß er geglaubt hat, was David Barney ihm erzählt hat?«

Louise dachte kurz nach und schüttelte dann den Kopf. »Ich bin mir nicht ganz sicher. Irgendwie muß er ihm wohl schon geglaubt haben, sonst hätte er bestimmt nichts unternommen.«

Dorothy mischte sich ein. »Nein, das kannst du nicht sagen, Loosie. Was dieser Mensch auch erzählt haben mag – Morley hat sich immer bemüht, nach allen Seiten offen zu bleiben. Er hat immer gesagt, es sei blödsinnig, sich auf Annahmen zu verlassen, solange man nicht alle Fakten vorliegen hätte.«

Ich sagte: »Genau das habe ich auch gelernt.« Ich griff in meine Umhängetasche und fischte den Packen Fotos heraus. »Sieht aus, als hätte er die hier irgendwann am Freitag gemacht. Hat er Ihnen gesagt, was er an dem Tag vorhatte?«

»Das kann ich beantworten«, sagte Louise prompt. »Wir haben früh zusammen zu Mittag gegessen. Da er sich ja an seine Diät halten mußte, nahm er die Mahlzeiten lieber zu Hause ein. Da sei die Versuchung nicht so groß, hat er gemeint. Er ging so etwa um zwölf und fuhr raus in sein Büro, um die Post zu holen. Er hatte am frühen Nachmittag einen Termin und war dann den Rest des Tages unterwegs, auf der Suche nach diesen Lieferwagen. Er hat den Film auf dem Heimweg abgegeben und gesagt, er wolle die Fotos am Samstag abholen, aber da ging es ihm ja schon nicht gut. Er hat es wahrscheinlich einfach vergessen.«

»Woher wußte er, was er suchen mußte?«

»Sie meinen, welche Art Lieferwagen? Darüber hat er nichts gesagt. Er dachte, der fragliche Wagen sei womöglich in irgendeinen Unfall verwickelt gewesen, aber er hat nicht gesagt, was für ein Unfall das war oder wie er darauf gekommen ist. Die Beschreibung hatte er aus dem Polizeiprotokoll.«

Ich dachte über den zeitlichen Ablauf nach. Offenbar hatte sich das alles aus seinem Gespräch mit David Barney ergeben. »Was war am Samstag?«

»Sie meinen, bezüglich seiner Arbeit?«

»Ich meine, überhaupt.« Ich sah von Louise zu Dorothy, um sie beide zu ermuntern, meine Frage zu beantworten.

Dorothy reagierte. »Nichts Besonderes. Er fuhr ins Büro und erledigte dort ein paar Sachen. Post und dergleichen, wie es klang.«

»Hatte er einen Termin?«

»Wenn er sich mit jemandem getroffen hat, hat er nichts davon gesagt. Er kam gegen Mittag zurück und hat kaum etwas gegessen. Er hat seine Mahlzeiten gewöhnlich bei mir im Zimmer eingenommen, damit wir in der Zeit zusammensein konnten. Ich habe ihn gefragt, ob ihm nicht gut sei. Er sagte, er habe Kopfschmerzen und sei wohl dabei, irgend etwas auszubrüten. Ich dachte, da wird Louise sich freuen – zwei Kranke auf einmal. Ich habe ihm gesagt, er solle sich hinlegen. Ich konnte es kaum fassen, aber er hat es tatsächlich getan. Dann stellte sich heraus, daß er diese schreckliche Magen-Darm-Grippe hatte, die überall umging. Übelkeit, Erbrechen, Durchfall, Magenkrämpfe.«

»Könnte es auch daher gekommen sein, daß er etwas Schlechtes gegessen hatte?«

»Das kann ich mir kaum vorstellen. Zum Frühstück hatte er nur Flocken mit Magermilch.«

»So etwas hat Morley gegessen? Sieht ihm gar nicht ähnlich«, sagte ich.

Dorothy lachte. »Sein Arzt hatte ihn – auf mein beharrliches Drängen hin – auf Diät gesetzt. Fünfzehnhundert Kalorien am Tag. Zum Mittagessen am Samstag hat er nur ein bißchen Suppe und ein paar Happen trockenen Toast gegessen. Er meinte, ihm sei ein bißchen schlecht und er habe keinen großen Appetit. Am Nachmittag war ihm dann hundeelend. Er hat die halbe Nacht mit dem Kopf über der Kloschüssel gehangen. Wir haben noch gewitzelt, daß wir uns wohl abwechseln müßten, falls es mir schlechter gehen sollte. Am Sonntag morgen fühlte er sich besser, obwohl er gar nicht gut aussah. Seine Gesichtsfarbe war erschreckend, aber das Erbrechen hatte aufgehört, und er konnte immerhin schon ein bißchen Ginger Ale bei sich behalten.«

»Erzählen Sie mir von dem Mittagessen am Sonntag. Hatten Sie es selbst gekocht?«

»Ach Gott, nein, ich koche nie. Ich habe schon seit Monaten nicht mehr gekocht. Kannst du dich noch erinnern, Loosie?«

»Ich habe uns eine kalte Platte gemacht, gedünstete Hühnerbrust mit Salat«, sagte sie. Aus der Küche kam das durchdringende Pfeifen des Wasserkessels. Sie entschuldigte sich und eilte hinaus, während Dorothy den Faden übernahm.

»Mir ging es inzwischen besser. Also habe ich mich zu den beiden gesetzt, um ihnen ein wenig Gesellschaft zu leisten. Er klagte über Schmerzen in der Brust, aber ich dachte, das käme vom Magen. Louise war besorgt, aber ich habe ihn noch aufgezogen. Ich habe vergessen, was ich gesagt habe, aber ich war fest davon überzeugt, daß es nichts Ernstes war. Er schob den Teller weg und stand auf. Er preßte sich die Hand auf die Brust und rang nach Atem. Er machte zwei Schritte und sackte dann zusammen. Er war gleich tot. Wir haben den Krankenwagen gerufen und erst noch Mund-zu-Mund-Beatmung versucht, aber es hatte keinen Sinn mehr.«

»Mrs. Shine, ich weiß nicht, wie ich es sagen soll, aber könnten Sie sich vorstellen, einer Autopsie zuzustimmen? Ich weiß, das ist ein schmerzliches Thema, und Sie sehen vielleicht keine Notwendigkeit, aber mir wäre um vieles wohler, wenn wir bezüglich der Todesursache wirklich Gewißheit hätten.«

»Wieso zweifeln Sie daran?«

»Ich frage mich, ob es nicht sein kann, daß jemand ... äh ... nun ja, an seinem Essen oder seinen Medikamenten herummanipuliert hat.«

Ihre Augen richteten sich mit fast schon leuchtender Klarheit auf mein Gesicht. »Sie glauben, er ist ermordet worden.«

»Ich hätte es gern ausgeschlossen. Das mag völlig unbegründet sein, aber anders werden wir es nie sicher wissen. Wenn er erst einmal beerdigt ist...«

»Ich verstehe«, sagte sie. »Ich würde es gern mit Louise besprechen und vielleicht auch noch mit Morleys Bruder, der heute abend kommt.«

»Kann ich Sie am späteren Abend nochmals anrufen? Es tut mir leid, daß ich Sie drängen muß. Ich weiß, das ist eine große Belastung, aber da die Trauerfeier ja schon morgen ist, bleibt nicht mehr viel Zeit.«

»Sie brauchen sich nicht zu entschuldigen«, sagte sie. »Natürlich können Sie anrufen. Im Augenblick denke ich nicht, daß einer Autopsie etwas im Wege steht.«

»Ich würde gern mit der Gerichtsmedizin sprechen, um die Leute schon mal vorzuwarnen, aber ich möchte nichts ohne Ihre Einwilligung tun.«

»Ich habe nichts dagegen.«

»Wogegen?« fragte Louise, die gerade mit einem vollbeladenen Teetablett durch die Tür kam. Sie setzte das Tablett auf dem Couchtisch ab. Dorothy informierte sie, indem sie die Entscheidungsfrage so knapp und präzise resümierte wie vorhin den anstehenden Prozeß.

»Ach, gib ihr doch grünes Licht«, sagte Louise. Sie goß eine Tasse voll und reichte sie mir. »Wenn du es erst mit Frank besprichst, kommt ihr nie zu einem Entschluß.«

Dorothy lächelte. »Das habe ich auch gedacht, aber ich wollte es nicht sagen.« Und zu mir sagte sie: »Tun Sie, was Sie für das Beste halten.«

»Danke.«

Detektiv Burt Walker von der Gerichtsmedizin war ein Mann von Anfang vierzig mit schütterem hellbraunem Haar und einem kurzgetrimmten rotblonden Schnauz- und Backenbart. Sein Gesicht war rund und rötlich, und seine ganze Erscheinung ließ ein skandinavisches Erbteil vermuten. Er trug eine dünne Drahtbrille mit kleinen runden Gläsern. Er war nicht schwer gebaut, wirkte aber wie ein Mann, der mit den Jahren Gewicht ansetzt. Die Pfunde standen ihm gut. Er trug ein braunes Tweed-Jackett, beige Hosen, ein blaues Hemd und einen roten Schlips mit weißen Punkten. Während ich ihm die Umstände erläuterte, saß er vornübergebeugt da, den einen Ellbogen aufgestützt. Seine einzige Reaktion war ein gelegentliches Nicken oder Stirnreiben. Ich legte ihm meine Zweifel dar, konnte aber nicht einschätzen, ob er mich wirklich ernst nahm oder mir nur aus Höflichkeit zuhörte.

Als ich fertig war, sah er mich an. »Was wollen Sie damit sagen?«

Ich zuckte die Achseln. Ich hatte doch Hemmungen, meinen vagen Verdacht unverblümt auszusprechen. »Daß er in Wirklichkeit an irgendeiner Art von Gift gestorben ist.«

»Oder daß es vielleicht ein Gift war, das den tödlichen Herzanfall ausgelöst hat«, sagte Burt.

»Richtig.«

»Hm. Das ist nicht undenkbar«, sagte er langsam. »Klingt, als könnte ihm jemand etwas verabreicht haben. Es besteht wohl nicht die Möglichkeit, daß er es selbst getan hat, weil er verzweifelt oder deprimiert war?«

»Wohl nicht. Seine Frau hat zwar Krebs, aber sie waren vierzig Jahre verheiratet, und er wußte, daß sie ihn brauchte. Er hätte sie nie im Stich gelassen. Soweit ich weiß, hingen Sie sehr aneinander. Wenn er vergiftet wurde, muß es wohl etwas gewesen sein, was er unwissentlich zu sich genommen hat.«

»Haben Sie irgendeine Theorie, um welche Substanz es sich gehandelt haben könnte?«

Ich schüttelte den Kopf. »Ich verstehe nichts von diesen Dingen. Ich habe mit seiner Frau über seine letzten Lebenstage gesprochen, und die erinnert sich an nichts Besonderes. Nichts Auffälliges oder Verdächtiges. Sie sagt, seine Gesichtsfarbe sei erschreckend gewesen, aber ich habe nicht näher nachgefragt, was sie damit meint.«

»Könnte also schon mal nichts Ätzendes gewesen sein, weil man das sofort merkt«, sagte er. Er seufzte, schüttelte den Kopf. »Ich weiß nicht, was ich Ihnen sagen soll. Ich werde keinen Toxikologen daransetzen, nach einer nebulösen ›unbekannten Substanz‹ zu fahnden. Das geht ins Uferlose. Nehmen Sie nur mal die vielen verschiedenen Arzneimittel, Pestizide, Industrieprodukte ... Mannomann ... oder auch nur die Chemikalien, mit denen man im Haushalt hantiert. Nach dem, was Sie sagen – mal angenommen, Sie hätten recht, nur mal theoretisch –, wird das Problem noch dadurch verkompliziert, daß er in so miserabler körperlicher Verfassung war.«

»Haben Sie Morley gekannt?«

Er lachte. »Ja, ich habe Morley gekannt. Prima Kerl, aber er lebte noch immer in den fünfziger Jahren, als man noch dachte, ein halber Liter Alkohol am Tag und drei Päckchen Zigaretten gehörten einfach zum Vergnügen. Bei Leuten wie Morley, deren Leber- und Nierenfunktionen sowieso schon durch Krankheit beeinträchtigt sind, wirken toxische Substanzen jeder Art doppelt stark, weil sie nicht wirksam ausgeschieden werden können, und solche Menschen vertragen daher in der Regel nicht so viel wie ein gesunder Mensch. Ein paar Dinge können wir schon mal ausschließen«, sagte er. »Säuren, Laugen. Wenn ich Sie recht verstehe, hat seine Frau nichts davon gesagt, daß sein Atem auffällig gerochen hätte.«

»Nein, und das hätte sie bestimmt bemerkt. Sie haben es noch mit Mund-zu-Mund-Beatmung versucht und erst dann gemerkt, daß es keinen Sinn hatte.«

»Damit entfallen Zyanid, Paraldehyd, Äther, Disulfid und Nikotinsulfat. Aber das alles könnte man sowieso niemandem heimlich unterjubeln.«

»Arsen?«

»Schon eher. Die Symptome, die Sie schildern, würden ganz gut dazu passen. Nur nicht, daß er sich zwischendurch besser fühlte. Das gefällt mir gar nicht. Zu schade, daß er nicht in der Ambulanz war. Die hätten es rausgefunden.«

»Ich nehme an, da seine Frau so krank ist, wollte er keine Umstände machen«, sagte ich. »Alle hatten die Magen-Darm-Grippe. Er hat wahrscheinlich gedacht, es sei nichts weiter.«

»War es ja vielleicht auch nicht«, sagte Burt. »Aber noch etwas: Wenn es etwas war, was er gegessen hat, und wenn wir annehmen, daß der Magen-Darm-Trakt die Eintrittspforte war, dann ergibt sich ein Zeitraum, in dem sowohl chemische Umwandlungs- als auch Ausscheidungsprozesse stattgefunden haben. Mal ganz allgemein gesagt: Chemische Substanzen, die in einen lebenden Organismus gelangen, werden entweder Stoffwechselprozessen unterzogen oder ausgeschieden oder beides, was bedeutet, daß sich die Menge an nachweisbarem Gift immer weiter reduziert. Das Verdauungssystem tut sein Werk. Zu allem Überfluß kotzt der Mann die Beweismittel auch noch aus. Wenn das Gift rasch tötet, sind bei der Autopsie fast immer noch erhebliche Mengen zu finden. Daß er einbalsamiert wurde, macht es auch nicht besser. Wenn die Konservierungsflüssigkeit in das Kreislaufsystem gespritzt wird und die inneren Organe durchtränkt, schwimmen dem Toxikologen alle Felle davon.«

»Aber würde sich denn trotzdem noch etwas nachweisen lassen?«

»Wahrscheinlich schon. Wir müßten Proben von der Einbalsamierungsflüssigkeit nehmen und mit dem vergleichen, was sich an Fremdstoffen und -verbindungen in den inneren Organen findet. Ich will Ihnen sagen, was das Beste wäre, wenn es Ihnen wirklich ernst damit ist. Bringen Sie mir sämtliche Haushaltsprodukte, die Sie bei ihm zu Hause finden können. Filzen Sie den Müll auf verdächtige Essensreste. Suchen Sie nach Pillenfläschchen, Rattengift, Kakerlaken-Pulver, Putz- und Desinfektionsmitteln, Insektenvertilger und dergleichen. Ich kann ja mal mit dem Leichenbestatter reden und hören, ob er irgend etwas beizusteuern hat. Diese Leute sind ganz schön gewitzt, wenn sie erst einmal wissen, wonach man sucht.«

»Sie werden es also tun?«

»Na ja, wenn sie die Papiere unterschreibt, werden wir's einmal versuchen.«

Mich packte Erregung, zu gleichen Teilen mit Angst gemischt. Wenn ich mich irrte, würde ich ziemlich dumm dastehen.

»Warum grinsen Sie so?« fragte er.

»Ich hätte nicht gedacht, daß Sie mich ernst nehmen.«

»Ich werde dafür bezahlt, daß ich Leute im Zweifelsfall ernst nehme. Sehr oft ergibt sich der Nachweis einer Vergiftung nur dadurch, daß irgendwelche Angehörigen oder Freunde einen vagen Verdacht haben. Wir werden Morley hierher schaffen und ihn uns ansehen.«

»Und die Beerdigung?«

»Die Trauerfeier kann ruhig stattfinden. Wir lassen ihn danach herbringen und machen uns gleich dran.« Er hielt inne und sah mich forschend an. »Haben Sie schon einen Verdacht, wer es war, falls sich herausstellen sollte, daß Sie recht haben?«

»Ich habe nicht die geringste Ahnung«, sagte ich. »Ich versuche immer noch herauszukriegen, wer Isabelle Barney umgebracht hat.«

»An Ihrer Stelle würde ich mich nicht zu intensiv bemühen.«

»Wieso?«

»Weil diese Art Neugier Morley vielleicht das Leben gekostet hat.«

16

Auch wenn ich es selbst nicht glauben konnte – ich war schon wieder auf dem Weg zu den Shines. Burt Walker hatte mich beauftragt, ihm sämtliche Haushaltsprodukte zu bringen, die potentiell als Gift fungieren konnten. Louise stand draußen beim Briefkasten, als ich anhielt. Wenn sie erstaunt war, mich zu sehen, ließ sie sich nichts anmerken. Sie wartete geduldig, bis ich geparkt hatte und ausgestiegen war. Wir schlenderten wie alte Freundinnen zum Haus.

»Wo ist Dorothy?« fragte ich.

»Sie hat sich hingelegt.«

»Hat es ihr sehr zugesetzt?«

Ihr Blick war offen und ehrlich. »Meine Schwester ist ein realistischer Mensch. Morley ist tot. Wenn ihn jemand vergiftet hat, will sie es wissen. Natürlich setzt einem das zu. Wie sollte es auch nicht?«

»Es tut mir wirklich sehr leid, daß ich sie noch zusätzlich belasten muß, aber ich sehe keinen Weg, es zu vermeiden.«

»Daran können wir wohl nichts ändern. Was führt Sie wieder her?«

Ich erzählte ihr von meinem Gespräch mit dem Gerichtsmediziner. »Er scheint nicht besonders optimistisch, aber immerhin ist er willens, der Sache nachzugehen, wenn ich ihm ein paar Sachen bringe, mit denen er vergiftet worden sein könnte. Ich brauche irgendein Behältnis für das Zeug, das wir finden.«

»Wie wär's mit einem Müllbeutel? Wir nehmen immer die kleinen mit der Schnur zum Zuziehen.«

»Perfekt«, sagte ich.

Ich folgte ihr in die Küche, und wir sammelten gemeinsam alles ein, was im Entferntesten in Frage kam. Der Putzmittelschrank unter der Spüle entpuppte sich als eine wahre Fundgrube an toxischen Substanzen. Es war ernüchternd, sich klarmachen zu müssen, daß die Durchschnitts-Hausfrau tagtäglich knietief im Gift watet. Manche Artikel verwarf ich gleich, zum Beispiel den Abflußreiniger, weil ich mir sagte, daß er wohl kaum eine tödliche Dosis von diesem haarknäuelzersetzenden Teufelszeug zu sich genommen haben konnte, ohne es zu merken.

Louise hatte einen scharfen Blick und wies mich auf Produkte hin, die ich sonst womöglich übersehen hätte. In unseren Sack wanderten Backofenspray, WC-Reiniger, Silberputzmittel, Salmiak, Spiritus und ein Päckchen Ameisen-Fallen. Einen Moment lang stand mir das schiefe Bild vor Augen, wie Morley mit zurückgelegtem Kopf Ameisen-Fallen hinunterschlürfte wie eine Prozession lebender Goldfische. Etliche seiner Medikamente standen auf dem Küchenfensterbrett aufgereiht, und wir warfen auch sie in meine Halloween-Tüte.

Im Bad entnahmen wir dem Medizinschränkchen alles, was mit Morleys Namen gekennzeichnet war, sowie ein paar freiverkäufliche Arzneimittel, die in großen Mengen möglicherweise tödlich sein konnten. Aspirin, Beruhigungsdragees, Natron-Brausetabletten, ein Antihistamin-Präparat. Nichts davon wirkte besonders unheilvoll oder gefährlich. Wir inspizierten sämtliche Papierkörbe, fanden aber nichts, was auch nur im entferntesten verdächtig schien. Die Durchsuchung der Garage erbrachte ein paar Dosen und Flaschen, aber längst nicht so viele, wie ich erwartet hatte. »Er hatte es wohl nicht so mit Insektenvertilger und Düngemitteln«, sagte ich beiläufig. Louise packte gerade Terpentin und Verdünner in meinen Sack.

»Morley hat Gartenarbeit gehaßt. Das war Dorothys Sache.« Sie trat von den Borden zurück und drehte sich langsam um ihre Achse, um noch einmal das Terrain zu überprüfen. »Sieht aus, als wär's das. Ach, das Motoröl«, sagte sie. Sie wandte sich mir zu und sah mich an.

»Stecken Sie's ruhig mit hinein«, sagte ich. »Ich kann mir zwar nicht vorstellen, daß er sich eine Überdosis Sears-Extra einverleibt hat, aber möglich ist alles. Was ist mit seinem Büro? Hatte er dort im Bad auch einen Medizinschrank?«

»Daran habe ich gar nicht gedacht. Bestimmt. Warten Sie, ich suche am besten gleich die Schlüssel, wo wir schon dabei sind.«

»Bemühen Sie sich nicht. Ich kann die Frau vom Schönheitssalon bitten, mich von ihrer Seite aus reinzulassen.«

Wir gingen wieder vor das Haus, und ich nahm meine Autoschlüssel heraus. »Danke für Ihre Hilfe, Louise.«

»Lassen Sie uns wissen, was diese Leute finden«, sagte sie.

»Das wird ein Weilchen dauern. Die toxikologische Auswertung zieht sich manchmal einen Monat hin.«

»Aber die Autopsie selbst? Da müßten sie doch auch schon etwas sagen können.«

»Vor der Trauerfeier passiert sowieso nichts.«

»Sehen wir Sie dort?«

»Soweit ich es absehen kann, ja.«

Auf der Fahrt zu Morleys Büro wurde ich von Zweifeln übermannt. Das war doch einfach albern. Morley hätte niemals irgend etwas gegessen, was mit Silberputzmittel oder Entroster versetzt war. Er war zwar nicht gerade ein Epikuräer gewesen, aber er hätte es sicher gemerkt, sobald er nur den ersten Löffel Entkalker oder Möbelpolitur zu sich genommen hätte. Das mit den Medikamenten konnte ich nicht beurteilen. Keines der Fläschchen war auch nur annähernd leer gewesen, was nicht dafür sprach, daß er sich versehentlich oder auf andere Weise eine Überdosis zugeführt hatte. Zwei Mittel waren Kapseln. Daran konnte natürlich jemand herummanipuliert haben. Ich wußte ja, daß die Hintertür meistens unverschlossen oder sogar offen war. Da konnte jeder hineinspaziert sein und die Kügelchen gegen irgend etwas Tödliches ausgetauscht haben.

Ich war jetzt bei Morleys Büro angelangt und parkte in der Einfahrt. Ich ging um den Bungalow herum zur Vordertür, meinen Plastiksack mit mir schleppend wie ein verirrter Weihnachtsmann.

Beim zweiten Hinsehen wirkte das Etablissement noch trostloser als beim ersten Mal. Die Außenwände waren in leuchtendem Ostereier-Türkis gestrichen, die Fensterrahmen und Dachverzierungen rauchweiß. Diverse Reklameschilder zwischen den Schaufenster-Schneewehen verkündeten, daß dieser Salon nunmehr Jhirmack und Redken führte. Ich trat ein.

Diesmal war der Laden leer, und Betty, die wohl die Inhaberin sein mußte, saß hinten bei einem Kaffee und einer Zigarette über ihren Abrechnungsbüchern. »Wo sind dann die anderen?«

»Sie sind essen gegangen. Jeannie hat heute Geburtstag, und ich habe gesagt, ich hüte das Telefon. Was kann ich für Sie tun?«

»Ich muß noch mal in Morleys Büro.«

»Nur zu«, sagte sie achselzuckend.

Jemand hatte die Rouleaus heruntergelassen. Das Licht im Raum war gelbbraun, trübe Sonne, durch rissiges Papier gefiltert. An meine Nase drang neben dem Flair von Schimmel und Hausstaub der Geruch von alten Zigarettenkippen, vermischt mit dem Aroma von dampfendem Kaffee und frischem Rauch, das vom Salon nebenan durch das Heizgebläse herüberdrang.

Eine kursorische Durchsuchung der Schreibtisch-Schubladen und Aktenschränke erbrachte in Sachen toxische Substanzen rein gar nichts. Im Bad fand ich eine Dose Scheuerpulver, deren ganzer Inhalt aus ein paar kleinen Klümpchen bestand, die beim Schütteln wie Trockenerbsen rasselten. Im Medizinschrank war nichts außer einem halbleeren Fläschchen Verdauungspillen. Ich steckte auch diese in meinen Sack, für den Fall, daß sie mit Rattengift, zerstoßenem Glas oder Mottenkugeln versetzt waren. Nachdem ich dieses kleine Melodram nun einmal inszeniert hatte, fühlte ich mich verpflichtet, es bis zum Ende durchzuspielen. Der Mülleimer im Bad war leer. Ich ging wieder in das Büro zurück, um den Papierkorb unter Morleys Schreibtisch zu überprüfen, aber er war spurlos verschwunden. Ich sah mich verdutzt um. Ich hatte ihn doch bei meinem ersten Besuch hier gesehen.

Ich öffnete die Verbindungstür und steckte den Kopf hindurch. »Wo ist denn Morleys Papierkorb abgeblieben?«

»Draußen auf der Treppe.«

»Danke. Könnten Sie mir noch einen Gefallen tun?«

»Ich kann's versuchen«, sagte sie.

»Es könnte sich herausstellen, daß Morleys Büro Schauplatz eines Verbrechens war. Aber sicher wissen wir das erst in ein paar Tagen. Könnten Sie solange aufpassen, daß nichts verändert wird?«

»Was heißt das? Keinen 'reinlassen?«

»Ganz recht. Nichts anfassen und nichts wegwerfen.«

»Das hat Morley immer schon so gehalten«, sagte sie.

Ich schloß die Tür wieder und barg den Papierkorb von der Vordertreppe, wo sich jetzt ein Ameisen-Ho-Chi-Minh-Pfad über den Beton schlängelte. Mit spitzen Fingern pulte ich darin herum, während ich gleichzeitig Ameisen wegschnippte. Ich setzte mich auf die oberste Stufe und machte mich daran, den Korb auszukippen. Papier, Kataloge, gebrauchte Kleenex-Tücher, Styropor-Kaffeebecher. Die Pappschachtel mit dem halbaufgegessenen Backwerk war inzwischen zur Hauptnahrungsquelle der wimmelnden Ameisenkolonie geworden. Ich stellte den Karton neben mich auf die Treppe und inspizierte rasch den Inhalt. Morley mußte auf dem Weg noch eben beim Bäcker vorbeigefahren sein, sich ein kleines Nasch-Häppchen geholt und es mit hierher genommen haben. Er hatte die Hälfte gegessen und dann den Rest weggeworfen, wahrscheinlich aus schlechtem Gewissen, weil er gegen seinen Diätplan verstoßen hatte. Ich musterte das verbliebene Stück genauer, kam aber nicht dahinter, was es war. Obst schien es nicht zu sein, aber womit sonst machte man Strudel? Ich sammelte die Überbleibsel sorgfältig ein und wickelte sie in das Papier, in das die Pappschachtel ursprünglich eingepackt gewesen war.

Sonst war nichts Interessantes zu finden. Ich stopfte alles wieder in den Papierkorb zurück und stellte diesen gleich innen hinter die Tür, die ich von außen abschloß. Ich ging zu meinem Wagen und brachte meine ganze Müllsammlung zur Gerichtsmedizin, wo ich sie der Sekretärin aushändigte, damit sie sie an Burt weitergab.

Mir war nur danach, Schluß zu machen und nach Hause zu fahren. Dieser ganze Fall schlug mir auf den Magen. Ich war kaputt und deprimiert. Das einzige, was ich bisher erreicht hatte, war, Lonnies Prozeß zu demontieren. Dank meiner Bemühungen war die Aussage unseres Informanten inzwischen unsicher, und der Angeklagte selbst hatte ein Alibi. Noch mehr solcher illustren Beiträge meinerseits, und Barneys Anwalt würde die Niederschlagung des Verfahrens erwirken können. Beklemmung schnürte mir die Brust zu, und ich fühlte eine Angst tief im Bauch, wie ich sie seit meiner Grundschulzeit nicht mehr gekannt hatte. Ich wollte ja nicht jammern, aber ich merkte immer mehr, wie der Rausschmiß durch die CF mein Selbstbewußtsein unterminiert hatte. Früher hatte ich immer aus dem Instinkt heraus gehandelt. Ich war zwar während meiner Ermittlungen immer wieder mal frustriert gewesen, aber ich hatte mit einer schon fast arroganten Selbstsicherheit operiert, getragen von der festen Überzeugung, daß ich diesen Job letztlich so gut machte wie jeder andere. So verunsichert wie jetzt hatte ich mich nie gefühlt. Was sollte werden, wenn ich mich zum zweiten Mal innerhalb von sechs Wochen auf der Straße wiederfand?

Ich fuhr nach Hause und putzte wie Aschenputtel unter Amphetaminen. Das war das einzige, was meine Anspannung lösen konnte. Ich griff mir ein paar Putzschwämme und den Haushaltsreiniger und nahm das Bad oben unterm Dach in Angriff. Ich weiß nicht, wie Männer mit den Streßsituationen des Lebens umgehen. Sie spielen vielleicht Golf oder reparieren Autos oder trinken Bier und sehen fern. Die Frauen, die ich kenne (die, die nicht freß- oder kaufsüchtig sind) suchen ihr Heil im Putzen. Ich legte mit Putzlappen und Wischmop los und mähte die Keime mit üppigen Desinfektionsmittel-Dosen nieder, indem ich sämtliche sichtbaren Flächen je nachdem besprühte oder einschäumte. Was mir entkam, schlug ich zumindest kampfunfähig.

Um sechs machte ich Pause. Meine Hände rochen nach Scheuerflüssigkeit. Ich hatte nicht nur das gesamte obere Bad in einen hygienisch einwandfreien Zustand versetzt, sondern auch noch den Dachraum staubgewischt und gesaugt und die Bettwäsche gewechselt. Ich wollte mich gerade an meine Kommodenschubladen machen, als ich merkte, daß es an der Zeit war, einen Happen zu essen. Vielleicht war es sogar Zeit, ganz Feierabend zu machen. Ich nahm eine kurze Dusche und zog dann frische Jeans und einen sauberen Rollkragenpullover an. Bis zum Selberkochen ging mein Häuslichkeitsanfall dann doch nicht. Ich schnappte mir meine Umhängetasche und eine Jacke und marschierte zu Rosie.

Es bestürzte mich etwas, feststellen zu müssen, daß es genauso voll war wie am Vorabend. Diesmal war statt der Keglerinnen offenbar ein Softball-Team da – Typen in Trainingshosen und einheitlichen kurzärmligen Trikots, die hintendrauf den Namen einer örtlichen Elektro-Firma trugen. Jede Menge Zigarettenqualm, erhobene Bierkrüge und kehlige Lachsalven, wie sie der Alkohol entfesselt. Das Lokal wirkte wie einer dieser Bier-Werbespots, wo die Leute sich so höllisch gut amüsieren wie im wirklichen Leben nie. Aus der Juke-Box dröhnte ein Song-Cut, der so entstellt war, daß man ihn kaum identifizieren konnte. In dem Fernseher am einen Ende der Bar liefen die Sportnachrichten, und man sah immer neue Runden irgendeines endlosen, staubigen Stock-Car-Rennens. Niemand schenkte dem Spektakel auch nur die gerinste Aufmerksamkeit, aber der Ton war laut aufgedreht, damit er gegen das allgemeine Getöse ankam.

Rosie sah alldem mit einem zufriedenen Strahlen zu. Was war nur mit dieser Frau passiert? Sonst hatte sie niemals Lärm geduldet, sich nie als Sportler-Stammkneipe zu profilieren versucht. Ich hatte immer befürchtet, das Lokal könnte irgendwann von den Yuppies entdeckt und in einen schicken Treff für Manager und Anwälte umfunktioniert werden. Aber es wäre mir nie in den Sinn gekommen, daß ich mich hier einmal Ellbogen an Ellbogen mit einer Horde Sportschau-Süchtigen drängeln würde.

Ich entdeckte Henry und seinen Bruder William. Henry trug Bermudas, ein weißes T-Shirt und Leinenschuhe, und seine langen, braunen Beine wirkten muskulös und kräftig. William steckte immer noch in seinem Anzug, hatte aber die zugehörige Weste abgelegt. Während Henry lässig auf seinem Stuhl lümmelte, ein Bier vor sich, saß William kerzengerade vor einem Mineralwasser mit Zitronenschnitz. Ich winkte Henry zu und steuerte meine Lieblings-nische ganz hinten an. Auf halbem Weg blieb ich stehen. Henry sah mich mit einem solchen Ausdruck stummen Flehens an, daß ich mich doch für seinen Tisch entschied.

William erhob sich.

Henry schob mir mit dem Fuß einen Stuhl hin. »Möchten Sie ein Bier? Ich spendiere Ihnen eines.«

»Ich hätte lieber Weißwein, wenn es Ihnen nichts ausmacht«, sagte ich.

»Aber sicher. Kein Problem. Also Weißwein.«

Ich hätte schwören können, daß die beiden seit dem Vortag, als ich sie zuletzt gesehen hatte, einen Regressionsprozeß durchgemacht hatten. Ich sah sie förmlich mit acht und zehn vor mir. Henry bestand nur aus Ellbogen und Knien und hatte eine mürrisch-kampflustige Kleine-Bruder-Haltung am Leib. Wahrscheinlich hatte er seine ganze Kindheit hindurch unter Williams heikler und besserwisserischer Art gelitten. Vielleicht hatte ihre Mutter Henry der Obhut seines Bruders anvertraut und ihnen so eine ungewollte Nähe aufgezwungen. William schien durchaus der Typ, der seinen kleinen Bruder unter der Knute hielt und ihn piesackte, wenn er ihn nicht gerade verpetzte. Jetzt, mit dreiundachtzig, wirkte Henry gleichzeitig nervös und rebellisch, unfähig, sich anders zu behaupten als durch Clownerien und Seitenhiebe.

Er hielt Ausschau nach Rosie, während William sich wieder setzte. Ich wandte mich William zu und erhob meine Stimme, damit er mich bei dem ganzen Krach hören konnte. »Wie war Ihr erster Tag in Santa Teresa?«

»Ich würde sagen, der Tag war ganz nett. Ich hatte einen kleinen Anfall von Herzrasen ...« Williams Stimme war schwach und brüchig.

Ich legte die Hand ans Ohr, um zu signalisieren, daß ich Mühe hatte, ihn zu verstehen. Henry beugte sich zu mir.

»Wir haben den Nachmittag in der Not-Ambulanz verbracht«, schrie Henry. »War sehr lustig. So eine Art Zirkus für gratisversicherte Rentner.«

William sagte: »Ich hatte ein Problem mit meinem Herzen. Der

Doktor hat ein EKG machen lassen. Ich weiß nicht mehr, wie er diese spezielle Störung nannte ...«

»Luft im Bauch«, brüllte Henry. »Du brauchtest weiter nichts zu tun als zu rülpsen.«

William schien von Henrys Witzen nicht weiter beeindruckt. »Meinem Bruder ist jeder Hinweis auf die Vergänglichkeit des Menschen nicht geheuer.«

»Nachdem ich dich mein Leben lang vor Augen hatte, sollte ich eigentlich daran gewöhnt sein.«

Ich konzentrierte mich immer noch auf William. »Fühlen Sie sich jetzt okay?«

»Ja, danke«, erwiderte er.

»Also, ich fühle mich *so*«, sagte Henry. Er verdrehte die Augen, ließ die Zunge aus dem Mundwinkel hängen und umkrallte seine Brust.

William war kein Lächeln zu entlocken. »Möchten Sie mal sehen?«

Ich wußte nicht recht, was er meinte, bis er den Papierstreifen mit seinem EKG herauszog. »Das haben sie Ihnen mitgegeben?« fragte ich.

»Nur diesen Teil. Der Rest liegt bei meiner Karte. Ich habe meine Kranken-Unterlagen mitgebracht, für den Fall, daß ich sie brauche.«

Wie starrten alle drei auf die Borte aus Tintenlinien mit den Zacken in regelmäßigen Intervallen. Es sah aus wie ein Ozean-Querschnitt mit vier Haifischflossen.

William beugte sich dichter zu mir. »Der Arzt will mich genauestens im Auge behalten.«

»Versteht sich«, sagte ich.

»Schade, daß Sie sich nicht einen Tag frei nehmen können«, sagte Henry zu mir. »Sonst könnten wir immer abwechselnd Williams Puls kontrollieren.«

»Spotte nur, soviel du willst, aber letztlich muß jeder mit der eigenen Sterblichkeit zurande kommen«, sagte William ganz ruhig.

»Tja, hm, morgen muß ich erst mal mit der Sterblichkeit anderer

Leute zurande kommen«, sagte ich. Und zu Henry gewandt, setzte ich hinzu: »Morley Shines Trauerfeier.«

»Ein Freund von Ihnen?«

»Ein Detektiv-Kollege hier aus der Stadt«, sagte ich. »Er war früher mit dem Mann befreundet, der mich ausgebildet hat, daher kannte ich ihn seit vielen Jahren.«

»Starb er in Ausübung seiner Pflicht?« fragte William.

Ich schüttelte den Kopf. »Nicht direkt. Er hatte am Sonntag abend einen tödlichen Herzinfarkt.« Sobald es draußen war, wünschte ich, ich hätte die Klappe gehalten. Ich sah Williams Hand an seine Brust fahren.

Er sagte: »Und wie alt war der Mann?«

»Achgottchen, ich weiß gar nicht.« Natürlich log ich. Morley war gut zwanzig Jahre jünger gewesen als William. »Oho, da ist ja Rosie.« Wenn es sein muß, kann ich Munterkeit verbreiten, daß es kracht.

Rosie war gerade aus der Küche aufgetaucht und schaute quer durch die Gaststube zu uns herüber. Sie näherte sich mit entschlossener Miene. Als sie an der Bar vorbeikam, stellte sie den Fernseher leise. Henry und ich wechselten bedeutsame Blicke. Sicher dachte er das gleiche wie ich: Sie würde sich um William kümmern, und zwar ohne Pardon. Er tat mir fast schon leid. Die Juke-Box verstummte, und der Lärmpegel sank. Die Stille war eine Wohltat.

William schob seinen Stuhl zurück und erhob sich höflich. »Miss Rosie. Welch eine Freude. Ich hoffe, wir können Sie überreden, sich zu uns zu setzen.«

Ich sah vom einen zum anderen. »Sie kennen sich schon?«

Henry sagte: »Sie war vorhin schon mal an unserem Tisch, als wir gekommen sind.«

Rosies Blick wanderte zu William und senkte sich dann bescheiden. »Aber Sie sind vielleicht gerade in Unterhaltung«, sagte sie, wie immer eine Extra-Bestätigung heischend. Und das von dieser Frau, die jeden gnadenlos tyrannisierte.

»Ach, kommen Sie. Setzen Sie sich«, bekräftigte ich Williams

Einladung. Er stand noch immer und wartete offensichtlich ab, daß sie sich setzte, wozu sie jedoch keine Anstalten machte.

Henry und mich nahm Rosie kaum zur Kenntnis. Die Blicke, mit denen sie William bedachte, schwankten zwischen kokett und forschend. Jetzt musterte sie das EKG. Sie steckte die Hände unter die Schürze. »Sinus-Tachykardie«, verkündete sie. »Herz schlägt plötzlich hundertmal in Minute. Ist schreckliches Gefühl.«

William sah sie überrascht an. »Genauso ist es«, sagte er. »Ich habe erst heute nachmittag einen solchen Anfall gehabt. Ich mußte die Not-Ambulanz aufsuchen. Der Arzt dort hat diese Untersuchung gemacht.«

»Ist nichts zu machen«, sagte sie mit Genugtuung. »Habe ich gleiche Krankheit. Vielleicht ein paar Pillen. Aber sonst ist hoffnungslos.« Sie hockte sich zierlich auf die Stuhlkante. »Sitzen Sie.«

William setzte sich. »Das ist viel schlimmer als Kammerflimmern«, sagte er.

»Ist viel, viel schlimmer als Flimmern und Herzrasen zusammen«, sagte Rosie. »Zeigen Sie her.« Sie nahm den Papierstreifen an sich, rückte ihre Brille auf die Nasenspitze und beugte sich zurück, um besser sehen zu können. »Da, sehen Sie. Ist das Möglichkeit!«

William beäugte den Papierstreifen, als hätte er plötzlich eine ganz neue Bedeutung angenommen. »Ist es so ernst?«

»Schlimm. Nicht so schlimm wie meine, aber sehr ernst. Sehen Sie da? Die Wellen und die spitze Dinger?« Sie schüttelte den Kopf, die Mundwinkel abschätzig verzogen. Abrupt gab sie ihm das EKG wieder. »Werd ich Ihnen bringen einen Sherry.«

»Nein, nein. Kommt nicht in Frage. Ich nehme keine Spirituosen zu mir«, sagte er.

»Das hier Sherry ungarisches. Ist ganz was andres. Ich trinke immer selbst bei erste Zeichen von Anfall. Zack! Weg ist. Einfach so. Nix mehr Wellen. Nix mehr spitze Dinger.«

»Von Sherry hat der Arzt nichts gesagt«, wandte William skeptisch ein.

»Wollen Sie wissen, warum hat nicht gesagt? Wieviel Sie haben bezahlt für Doktor-Besuch heute? Viel Geld, wette ich. Sechzig, achtzig Dollar. Glauben Sie, er nicht scharf drauf, daß Sie wieder kommen gelaufen? Sie haben soviel Geld? Ich sage, hören auf mich, dann werden Sie sein wie neu in Handumdrehen. Probieren Sie. Wenn Sie nicht fühlen besser, Sie nicht zahlen. Gebe ich Garantie. Ich spendiere erste Sherry. Auf Kosten von Haus. Ganz umsonst.«

Er schien mit sich zu ringen, bis Rosie ihn mit stählernem Blick fixierte. Er zeigte mit Daumen und Zeigefinger etwa zwei Zentimeter an. »Vielleicht ein ganz klein wenig.«

»Schenke ich selbst ein«, sagte sie, schon am Aufstehen.

Ich hob die Hand. »Könnte ich bitte ein Glas Weißwein haben? Geht auf Henrys Rechnung.«

»Eine Runde Blutdruck-Medizin für alle«, sagte er.

Rosie ignorierte seinen Scherz-Versuch und entschwand in Richtung Bar. Ich wagte es nicht, Henry anzusehen, weil ich wußte, daß er grinsen würde. Rosie hatte es geschafft – William fraß ihr aus der Hand. Während Henry mit Spott auf ihn reagierte und ich mit Höflichkeit, behandelte Rosie den guten William mit absolutem Ernst. Ich hatte keine Ahnung, worauf sie hinauswollte, aber jedenfalls schien William durch ihre Strategie restlos entwaffnet.

»Von Spirituosen hat der Arzt nichts gesagt«, wiederholte er standhaft.

»Es wird schon nichts schaden«, steuerte ich bei, um den Ball im Spiel zu halten. Vielleicht wollte sie ihn ja betrunken machen und seine Abwehr schwächen, um ihm dann die Wahrheit zu sagen – daß er für einen Mann seines Alters gesund war wie ein Pferd.

»Ich möchte nichts tun, was der langfristigen Behandlung zuwiderläuft«, sagte er.

»Ach, Hergott noch mal. Nun trink schon«, knurrte Henry.

Ich setzte unter dem Tisch meinen Fuß auf Henrys Fuß und drückte leicht zu. Sein Gesichtsausdruck wandelte sich schlagartig. »Tja, hm, da fällt mir etwas ein. Großvater Pitts hat sich gelegentlich auch ein Gläschen genehmigt. Du erinnerst dich doch, William? Ich sehe ihn noch genau vor mir, auf der Vorderveranda, in seinem Schaukelstuhl, mit seinem Glas Black Jack.«

»Aber dann ist er *gestorben*«, sagte William.

»Natürlich ist er gestorben! Der Mann war hunderteins!«

Williams Miene verdüsterte sich. »Du brauchst nicht so zu schreien.«

»Ach, verdammt! Nicht einmal die biblischen Patriarchen sind so alt geworden wie er. Es ging ihm großartig. Er war gesund und munter. Alle in unserer Familie –«

»Hennnrrry, halt an dich«, sang ich.

Er war auf der Stelle still. Rosie kam jetzt wieder an den Tisch, ein Tablett in den Händen. Sie brachte ein Glas Weißwein für mich, ein Bier für Henry sowie zwei Likörgläser und eine kleine dekorative Flasche mit einer bernsteinfarbenen Flüssigkeit. William hatte sich wohlerzogen wieder erhoben. Er zog einen Stuhl für sie ab. Sie stellte das Tablett hin und schenkte ihm ein affektiertes Lächeln. »Ein echter Gentleman«, sagte sie, während sie ihn regelrecht anplinkerte. »Reizend.« Sie reichte mir den Wein und Henry das Bier und setzte sich dann. »Sie erlauben, bitteschön.«

»Nur eine ganz kleine Menge«, sagte er.

»Sage *ich* Menge«, verkündete sie. »Zeige ich Ihnen, wie man trinkt. So.« Sie goß das eine Gläschen randvoll mit Sherry, führte es an die Lippen, legte den Kopf in den Nacken und kippte den Inhalt hinunter. Dann tupfte sie sich zierlich die Mundwinkel mit dem Zeigefingerknöchel. »Jetzt Sie«, sagte sie. Sie füllte das zweite Likörglas und gab es William.

Er zögerte.

»Tun Sie, was sich sage«, kommandierte sie.

William tat, was sie sagte. Sobald der Alkohol seine Kehle netzte, überkam ihn ein Schauer ... ein köstlicher, unwillkürlicher Spasmus, der in den Schultern begann und rasch seine Wirbelsäule hinunterlief. »Donnerschlag!«

»Ist richtige Wort, ›Donnerschlag‹«, sagte sie. Sie musterte ihn verschlagen, und ihr Lachen war eindeutig lasziv. Sie goß sich und ihm erneut ein und kippte ihre Dosis wie ein alter Cowboy in einem John Wayne-Film. William, offenbar auf den Geschmack gekommen, tat es ihr nach. Auf seine Wangen war jetzt ein wenig Farbe getreten. Henry und ich sahen mit großen Augen zu.

»So!« Rosie klatschte mit der Hand auf den Tisch und gab sich einen Ruck. Sie stand auf und stellte die Sherry-Flasche und die beiden Gläser sorgsam wieder auf das Tablett zurück. »Morgen. Zwei Uhr. Genau wie Medizin. Ganz pünktlich. Jetzt werd' ich bringen Essen. Weiß ich genau, was gut. Kein Wort.«

Ich fühlte, wie mir das Herz in die Hose rutschte. Ich wußte, das Essen würde aus irgendeinem phantastischen Gebräu aus ungarischen Gewürzen und saturierten Fettsäuren bestehen, aber ich hatte nicht die Kraft, zu flüchten.

William sah ihr nach. »In der Tat bemerkenswert«, sagte er. »Ich glaube, ich spüre schon, wie mein Blutdruck sinkt.«

17

Ich schlief schlecht in dieser Nacht und joggte am Freitag morgen nur halbherzig. Morleys Trauerfeier war um 10 Uhr, und ich fürchtete mich davor. Es hingen immer noch zu viele unbeantwortete Fragen in der Luft, und ich fühlte mich irgendwie für die meisten verantwortlich. Lonnie würde aus Santa Maria zurückkommen, sobald die Verhandlung vorbei war. Ich hatte noch einen Stapel Zeugenvorladungen, die Morley nicht zugestellt hatte, aber es war unsinnig, mich damit auf die Socken zu machen, ehe nicht klar war, was eigentlich los war. Vielleicht würde Lonnie ja gar nicht vor Gericht gehen. Ich duschte und wühlte dann in meiner Unterwäscheschublade, auf der Suche nach einer Strumpfhose, die nicht aussah, als seien Junge Katzen die Beine hochgeklettert. Die Schublade war ein einziges Geknäule aus alten T-Shirts und einzelnen Socken. Irgendwann mußte ich mich wirklich daran machen, hier Ordnung zu schaffen. Ich zog mein Universal-Kleid an, das für Beerdigungen perfekt geeignet ist: schwarz und langärmlig und aus irgendeinem exotischen Polyestergemisch, das man ein Jahr lang irgendwo verbuddeln könnte, ohne daß es eine Knitterfalte bekäme. Ich schlüpfte in ein Paar schwarze, flache Schuhe, damit ich laufen konnte ohne zu humpeln. Ich habe Freundinnen, die auf hohe Absätze stehen, aber ich kann das nicht nachvollziehen. Ich denke mir, wenn hohe Absätze so etwas Tolles wären, würden alle Männer welche tragen. Ich beschloß, das Frühstück ausfallen zu lassen und frühzeitig ins Büro zu fahren.

Es war sieben Uhr achtundzwanzig, und mein Wagen war der erste auf dem Parkplatz. Da in das Treppenhaus kein Tageslicht hereinfiel, war es stockfinster. Das Licht der kleinen Taschenlampe an meinem Schlüsselring reichte gerade aus, um zu verhindern, daß ich stolperte und auf die Nase fiel. Im dritten Stock ließ ich mich durch die Vordertür ein. Alles war düster und kalt. Ich brachte ein paar Minuten damit zu, Lichter anzuknipsen und die Illusion zu erzeugen, daß der Arbeitstag begonnen hatte. Ich warf die Kaffeemaschine an. Als ich mein Büro aufgeschlossen hatte, verbreitete sich bereits der Duft von frischem Kaffee.

Ich warf einen Blick auf meinen Anrufbeantworter und sah, daß das Lämpchen beharrlich blinkte. Ich drückte die Abhörtaste und wurde von einem ärgerlich klingenden Kenneth Voigt begrüßt. »Miss Millhone. Ken Voigt. Es ist jetzt Donnerstag abend ... äh ... Mitternacht. Ich bekam eben einen Anruf von Rhe Parsons, die völlig außer sich ist wegen dieser Geschichte mit Tippy. Ich habe versucht, Lonnie in Santa Maria zu erreichen, aber die Vermittlung im Motel ist nicht mehr besetzt. Ich bin morgen früh ab acht im Büro, und ich wünsche, daß diese Angelegenheit bereinigt wird. Rufen Sie mich an, sobald Sie da sind.« Er nannte noch die Telefonnummer von Voigt Motors und verabschiedete sich dann mit einem Klicken.

Ich sah auf die Uhr. Sieben Uhr dreiundvierzig. Ich wählte die Nummer, die er hinterlassen hatte, bekam aber nur ein Tonband, das mir in höflichem Ton erklärte, die Niederlassung sei leider derzeit geschlossen, und mir eine Nummer für dringende Notfälle gab, weil es ja immerhin sein konnte, daß ich anrief, um mitzuteilen, das Gebäude gehe gerade in Flammen auf. Ich hatte die Jacke noch an, und es hatte wenig Sinn, mich an den Schreibtisch zu setzen. Ich konnte mich ebensogut gleich dem Donnerwetter stellen. Ida Ruth kam gerade, und ich sagte ihr, wo ich hinwollte, und überließ ihr das Feld. Ich ging wieder hinunter auf den Parkplatz und stieg in mein Auto. Ich hatte Kenneth Voigt erst ein einziges Mal gesehen, aber er war mir als jemand erschienen, der anderen gern die Meinung sagt. Mir war überhaupt nicht danach, die jüngsten Entwicklungen mit ihm zu diskutieren. Schon allein deshalb nicht, weil ich Lonnie noch nichts erzählt hatte und weil ich fand, es sei sein Job, die schlechten Nachrichten zu übermitteln. Zumindest konnte er Voigt auch gleich hinsichtlich der rechtlichen Konsequenzen beraten.

Auf dem Freeway floß noch mäßiger Verkehr, und ich war um fünf nach acht bei der Ausfahrt Cutter Road. Voigt Motors war autorisierter Vertragshändler für Mercedes-Benz, Porsche, Jaguar, Rolls-Royce, Bentley, BMW und Aston Martin. Ich parkte meinen VW und marschierte zum Eingang. Das Gebäude sah aus wie eine Südstaaten-Plantage, ein Tribut aus Glas und Beton an Stil, Eleganz und aristokratische Lebensart. Ein diskretes, handgefertigtes Schild verkündete in goldenen Lettern die Geschäftszeiten: Montag–Freitag 8.30–20 Uhr, Samstag 9–18 Uhr und Sonntag 10–16 Uhr. Ich legte die gewölbte Hand an die Rauchglasscheibe und spähte nach irgendeinem Lebenszeichen in den dunklen Räumen. Ich erkannte sechs oder sieben glänzende Automobile, und irgendwo ganz hinten brannte Licht. Rechterhand schwang sich eine Treppe nach oben. Ich klopfte mit einem Schlüssel gegen die Scheibe und hoffte, das leise Klicken würde weit genug tragen, um etwas zu bewirken.

Kurz darauf erschien Kenneth Voigt oben auf der Treppe. Er lugte über das Geländer, kam dann herunter und über den schimmernden Marmorboden auf mich zu. Er trug einen dunklen Nadelstreifenanzug, ein frischgestärktes blaues Hemd und eine dunkelblaue Krawatte. Er sah aus wie ein Mann, der es geschafft hat, eines der prosperierendsten Nobel-Autohäuser im ganzen Bezirk von Santa Teresa aufzubauen. Er machte einen Schlenker und knipste erst noch die Raumbeleuchtung an, die eine Flotte jungfräulicher Automobile illuminierte. Er schloß auf und ließ mich ein. »Demnach haben Sie meine Nachricht bekommen.«

»Ich war heute schon früh im Büro. Ich dachte mir, wir könnten uns auch gleich persönlich unterhalten.«

»Da werden Sie sich einen Moment gedulden müssen. Ich wollte gerade ein Telefonat nach New York machen.« Er ging quer durch den Ausstellungsraum zu einer Reihe identischer, an der Frontseite verglaster Bürozellen, wo während der Arbeitszeit die Geschäfte abgewickelt wurden. Ich sah, wie er sich in irgend jemandes Drehsessel niederließ. Er drückte eine Nummer, lehnte sich zurück und behielt mich im Auge, während er wartete. Offenbar nahm am anderen Ende jemand ab, denn er merkte plötzlich auf und begann gestikulierend zu reden. Er schaffte es, auch aus der Ferne noch zugeknöpft und unerbittlich zu wirken.

Vermassle bloß nichts, ermahnte ich mich. Halt dein Mundwerk im Zaum. Der Mann war Lonnies Klient, nicht meiner, und ich konnte es mir nicht erlauben, ihn gegen mich aufzubringen. Ich spazierte im Ausstellungsraum herum, in der Hoffnung, so meinen natürlichen Impuls zu bezwingen, mich aus dem Staub zu machen. Gefeuert zu werden, hatte mir einigen Schneid abgekauft. Ich konzentrierte mich auf meine Umgebung, sog die Aura der Eleganz in mich auf.

Es roch ansprechend nach Leder und Auto-Wachs. Ich fragte mich, wie es sich wohl anfühlte, genügend Kohle auf dem Konto zu haben, um mehr als zweihunderttausend Dollar für einen Wagen hinzublättern. Ich stellte mir vor, daß die Transaktion mit viel Schmunzeln und wenig Schachern vor sich ging. Wer sich einen Rolls-Royce leisten konnte, mußte ja wissen, daß es ihn eine hübsche Stange Geld kosten würde, den Fuß durch diese Tür zu setzen. Was gab es da groß zu handeln? Für welche Summe der alte Bentley in Zahlung genommen würde?

Mein Blick blieb an einem Corniche III hängen – ein zweitüriges, rotes Kabriolett. Das Verdeck war offen. Die Sitze und Polsterteile waren mit rot gepaspeltem, cremeweißen Leder bezogen. Ich sah zu Voigt hinüber. Er war von seinem Telefonat völlig in Anspruch genommen. Ich öffnete die Fahrertür des Rolls und stieg ein. Nicht übel. Eine Liste der technischen Daten steckte, auf Pergament gedruckt und in Leder gebunden, im Handschuhfach. Sie sah aus wie die Weinkarte eines teuren Restaurants. So etwas Vulgäres wie ein Preis war nirgends aufgeführt, aber ich erfuhr, daß das Leergewicht des Fahrzeugs 2430 kg betrug und das Kofferraumvolumen 0,27 m^3. Ich studierte die Instrumente und Schalter am Armaturenbrett und bewunderte die Walnuß-Intarsien. Ich fuhr los, indem ich das Steuerrad hin- und herdrehte und dazu Reifenquietsch-Geräusche machte. James Bond im Tunten-Dress. Ich war gerade im Begriff, eine Haarnadelkurve in einer Bergstraße oberhalb von Monte Carlo zu nehmen, als ich plötzlich Voigt neben dem Wagen stehen sah. Ich spürte, wie mir die Röte ins Gesicht stieg. »Wirklich schön«, murmelte ich. Ich wußte, ich sagte es nur, um mich bei ihm einzuschleimen, aber ich konnte nicht dagegen an.

Er öffnete die Tür und schlüpfte auf den Beifahrersitz. Er betrachtete liebevoll das Armaturenbrett und strich dann über das geschmeidige Leder des Notsitzes. »Vierzehn Häute für jeden Corniche. Nach Geschäftsschluß setze ich mich auch manchmal hier rein.«

»Sie sind der Inhaber dieses Ladens und fahren selbst keinen Rolls?«

»Noch kann ich es mir nicht ganz leisten«, sagte er. »Ich hatte vor, mir einen zu kaufen, wenn wir diesen Prozeß gewinnen, einfach nur aus Spaß.« Sein Gesichtsausdruck war gequält. »Nach dem, was Rhe mir gesagt hat, haben Sie da in einem Hornissennest gestochert. Sie spricht davon, Sie und Lonnie zu verklagen, daß Ihnen Hören und Sehen vergeht.«

»Weswegen?«

»Keine Ahnung. Heutzutage braucht man doch keinen Grund, um jemanden zu verklagen. Weiß der Himmel, welche Folgen das für meinen Prozeß haben wird. Ihr Auftrag ist es, Zeugen heranzuschaffen. Sie hatten keine Weisung, irgendwelchen anderen Dingen nachzugehen.«

»Ich kann den juristischen Aspekt der Situation nicht beurteilen – das ist wirklich Lonnies Job...«

»Wie ist es bloß dazu gekommen? Das verstehe ich nicht.«

Bemüht, nicht in einen defensiven Ton zu verfallen, erzählte ich ihm von meinem Gespräch mit Barney und von all dem, was ich seither herausgefunden hatte. Ich setzte an, ihm die Sache mit Tippy und dem Tod des alten Mannes näher zu erläutern. Voigt ließ mich nicht weiterreden.

»Das ist doch einfach lächerlich. Völlig absurd! Morley hat monatelang an dieser Sache gearbeitet, und er ist nie auf die Idee gekommen, Tippy diese Fahrerfluchtgeschichte anzuhängen.«

»Das stimmt nicht. Er war auf der gleichen Spur wie ich. Er hatte sogar schon Fotos von dem Lieferwagen ihres Vaters gemacht, was für mich der nächste Schritt gewesen wäre. Ich habe dieses Foto der Zeugin vorgelegt, und sie hat den Wagen als das Unfallfahrzeug identifiziert.«

Er runzelte die Stirn. »Ach, Herrgott, und wenn? Nach all den Jahren hat das doch keine Beweiskraft mehr. Sie setzen Millionen aufs Spiel, und warum das alles?«

»Darum, weil ich mit Tippy gesprochen habe, und sie mir gesagt hat, daß sie es war.«

»Ich sehe nicht, wieso das von Belang sein sollte. Nur, weil David Barney behauptet, er hätte sie in der Mordnacht gesehen? Das ist doch Quatsch.«

»Sie sind daran vielleicht nicht interessiert, aber das Gericht wird es mit Sicherheit interessieren. Warten Sie nur, bis Herb Foss dahinterkommt. Er wird auf dem Zeitpunkt herumreiten, was das Zeug hält.«

»Aber wenn es doch früher war? Sie wissen doch gar nicht, ob der Zeitpunkt stimmt.«

»Doch, das weiß ich. Es gibt einen Zeugen, und ich habe mit ihm gesprochen.«

Er fuhr sich mit der Hand übers Gesicht und legte sie einen Moment vor den Mund. Dann sagte er: »Auch das noch. Das wird Lonnie gar nicht gefallen. Haben Sie schon mit ihm gesprochen?«

»Er kommt heute abend wieder. Dann werde ich mit ihm reden.«

»Sie wissen ja gar nicht, was für mich in der Sache drinsteckt. Ich habe Tausende von Dollars investiert, von alldem Schmerz und Leid gar nicht zu reden. Und das alles haben Sie zunichte gemacht. Und weshalb? Wegen irgendeiner alten Fahrerflucht-Geschichte, die sechs Jahre zurückliegt?«

»Augenblick mal. Dieser Fußgänger ist genauso tot wie Isabelle. Denken Sie vielleicht, sein Leben zählt nicht, nur weil er schon zweiundneunzig war? Sprechen Sie mit seinem Sohn, wenn Sie etwas von Schmerz und Leid hören wollen.«

Ungeduld huschte über sein Gesicht. »Ich kann mir nicht vorstellen, daß die Polizei die Sache an die Staatsanwaltschaft weiterleitet. Tippy war damals noch Jugendliche, und sie hat sich seither mustergültig geführt. Ich möchte wirklich nicht hartherzig erscheinen, aber was geschehen ist, ist geschehen. In Isabelles Fall geht es dagegen um kaltblütigen Mord.«

»Ich möchte darüber nicht diskutieren. Warten wir ab, was Lonnie sagt. Vielleicht sieht er das Ganze völlig anders. Vielleicht hat er ja eine ganz neue Strategie parat.«

»Darauf würde ich an Ihrer Stelle hoffen. Sonst kommt David Barney nämlich mit einem Mord davon.«

»Man kann nicht gut mit etwas ›davonkommen‹, was man gar nicht getan hat.«

In einem der Büros begann ein Telefon zu klingeln. Wir hielten beide unwillkürlich inne, sahen in die Richtung und warteten, daß der Anrufbeantworter in Aktion trat. Beim fünften Läuten warf Voigt einen irritierten Blick nach hinten. »O verflixt, ich muß das Ding abgestellt haben.« Er stieg aus, durchquerte hastigen Schrittes den Ausstellungsraum und riß den Hörer beim siebten oder achten Läuten ans Ohr. Als ich merkte, daß er wieder in ein längeres Gespräch verwickelt war, stieg ich aus dem Rolls und verschwand durch den Seitenausgang.

Die nächste Stunde verbrachte ich in einem Café in Colgate. Nach außen hin frühstückte ich, aber in Wirklichkeit verkroch ich mich nur. Ich wollte wieder die alte Kinsey sein ... große Klappe und einen Tritt für jeden, der ihr dumm kam. Duckmäuserisch und unsicher zu sein, war einfach ätzend.

Die Wynington-Blake-Einsegnungshalle in Colgate ist ein Allzweck-Sanktuarium, darauf angelegt, so gut wie jeder denkbaren religiösen Veranstaltung gerecht zu werden. Beim Eintreten wurde mir ein gedrucktes Programm überreicht. Ich setzte mich auf einen Platz ganz hinten und brachte ein paar Minuten damit zu, meine

Umgebung zu studieren. Der Bau war entfernt kirchenähnlich: eine Pseudo-Apsis, ein Pseudo-Kirchenschiff mit einem großen bunten Fenster aus sattfarbenen Glasziegeln. Morleys geschlossener Sarg stand vorn, flankiert von Trauerkränzen. Es gab nirgends ein religiöses Symbol – keine Engel, keine Kreuze, keine Heiligen, kein Bildnis von Gott, Jesus, Mohammed, Brahma oder sonst irgendeinem Höchsten Wesen. Anstelle eines Altars stand da ein länglicher Tisch, anstelle einer Kanzel ein Rednerpult mit Mikrophon.

Wir saßen in Kirchenbänken, aber es gab keine Orgelmusik. Das sakrale Äquivalent einer Kaufhaus-Musikberieselungsanlage umspülte uns mit gedämpften Akkorden, die vage an eine Sonntagsschule erinnerten. Trotz des weltlichen Tenors der Veranstaltung waren alle Leute feierlich-dunkel gekleidet und angemessen still und in sich gekehrt. Der Saal war voll, und die meisten Anwesenden hatte ich noch nie gesehen. Ich fragte mich, ob die Etikette wohl die gleiche war wie bei einer Hochzeit – die Freunde des Verstorbenen auf der einen Seite, die der Witwe auf der anderen. Wenn Dorothy Shine und ihre Schwester da waren, saßen sie sicher in dem kleinen Angehörigen-Alkoven vorne rechts, den Blicken der Öffentlichkeit durch eine Trennwand aus Glasziegeln entzogen.

Ich registrierte links von mir gedämpfte Unruhe und bemerkte, daß zwei ältere Herren sich vom Seitengang her in die Bank zwängten. Sobald sie sich gesetzt hatten, spürte ich einen sanften Stoß von einem Ellbogen. Ich sah zur Seite und war kurz desorientiert, als ich William und Henry neben mir erblickte. William trug einen düster-anthrazitfarbenen Anzug. Henry hatte auf seinen üblichen Shorts-und-T-Shirt-Dress verzichtet und prangte in einem ganz reputierlichen Outfit, bestehend aus weißem Hemd, Schlips, dunklem Sportsakko und etwas helleren Hosen. Und Tennis-Schuhen.

»William fand, Sie sollten in dieser schweren Stunde Beistand haben«, flüsterte Henry mir zu.

Ich beugte mich vor. Tatsächlich, William fixierte mich mit trauerschwerem Blick. »Den kann ich allerdings brauchen, aber wie kommt er darauf?«

»Er liebt Trauerfeiern«, flüsterte Henry. »Das ist für ihn wie Weihnachten. Er ist schon ganz früh aufgewacht, vor lauter Aufregung –«

William neigte sich herüber und legte den Zeigefinger auf die Lippen.

Ich stieß Henry in die Rippen.

»Tatsache«, sagte er. »Ich konnte ihn nicht davon abbringen. Er bestand darauf, daß ich mich in diese lächerliche Verkleidung werfen sollte. Ich glaube, er hofft auf eine richtig tragische Friedhofsszene, mit einer Witwe, die sich ins offene Grab stürzt.«

Etwas raschelte. Vorne war jetzt ein gesetzter Herr in einem weißen Chorgewand an das Rednerpult getreten. Unter dem Gewand blitzte ein metallic-blauer Anzug hervor, der ihn wie einen Fernsehprediger aussehen ließ. Er ordnete offenbar seine Notizen für die Trauerrede. Das Mikrophon war an, und man hörte lautes Geknister.

Henry verschränkte die Arme. »Bei den Katholiken würde das anders laufen. Da hätten sie einen Knaben in einem Kleid, der einen Weihrauchkessel schwenkt, als ließe er eine Katze am Schwanz baumeln.«

William ermahnte Henry mit einem beredten Stirnrunzeln zur Ruhe. Henry schaffte es, sich die nächsten zwanzig Minuten zu benehmen, während der kommissarische Pastor die einschlägigen Worte von sich gab. Es war offensichtlich, daß er eine Art Miet-Geistlicher war, den man für diesen Anlaß angeheuert hatte. Zweimal sprach er von Morley als »Marlon«, und einige Tugenden, die er ihm attestierte, hatten mit dem Menschen, den ich gekannt hatte, nichts zu tun. Aber wir bemühten uns alle, gute Miene zu machen. Wenn man tot ist, ist man tot, und es kann einem eigentlich egal sein, ob ein paar Lügen über einen verbreitet werden. Wir standen auf und setzten uns wieder hin. Wir sangen Choräle und beugten die Köpfe, während Gebete gesprochen wurden. Es wurden Passagen aus einer neuen Bibel-Ausgabe gelesen, in der jedes lyrische Bild und jede poetische Formulierung in banales Alltagsenglisch übersetzt war.

»Der Herr ist mein Berater. Er lädt mich ein, mich im Grünen zu erholen. Er führt mich an stille Teiche. Er baut mich seelisch auf und führt mich die rechten Wege. Und auch wenn ich durch den finsteren Wald des Todes muß, werde ich mich nicht fürchten ...«

Henry sah mich konsterniert an.

Als wir endlich entlassen waren, nahm mich Henry am Ellbogen, und wir gingen zur Tür. William blieb noch zurück und stellte sich mit einer Reihe anderer Leute vor dem Sarg an, um dem Toten die letzte Ehre zu erweisen. Ehe wir auf den Korridor hinaustraten, drehte ich mich noch einmal kurz um. Ich sah William im ernsten Gespräch mit dem Geistlichen. Wir gingen durch den Vorderausgang hinaus auf die überdachte Treppe, die die ganze Breite des Gebäudes einnahm. Die Leute hatten sich in zwei Gruppen aufgeteilt. Die einen verweilten noch in der Einsegnungshalle, während die anderen sich draußen auf dem Parkplatz Zigaretten anzündeten. Schwefliger Streichholzgeruch wehte herüber. Es war richtiges Begräbniswetter, kalt und grau. Bis zum frühen Nachmittag würden sich die Wolken sicher verziehen, aber vorerst war der Himmel noch trübe.

Als ich nach rechts sah, fiel mir eine Frau ins Auge, die leicht hinkend davoneilte. »Simone?«

Sie drehte sich um und sah mich an. Ich bin zwar, was Haute Couture angeht, eine absolute Ignorantin, aber was sie da trug, konnte sogar ich identifizieren. Das zweiteilige »Ensemble« war die Kreation eines Mode-Designers, der ein Vermögen damit verdiente, Frauen unförmig, aufgetakelt und dumm aussehen zu lassen. Sie wandte sich ab und humpelte so rasch auf ihren Wagen zu, daß ihr Körper schaukelte.

Ich zupfte Henry am Arm. »Bin sofort wieder da.«

Simone rannte zwar nicht direkt, aber es war ganz offensichtlich, daß sie nicht mit mir sprechen wollte. Ich verfolgte sie strammen Schrittes und holte auf. »Simone, könnten Sie bitte einen Moment warten?«

Sie blieb stehen und ließ mich herankommen.

»Warum so eilig?«

Sie wandte sich mir zu, kalte Wut in der Stimme. »Rhe Parsons hat mich angerufen. Sie sind im Begriff, Tippys Leben zu ruinieren. In meinen Augen sind Sie eine miese Person, und ich will nicht mit Ihnen reden.«

»Hey, warten Sie. Ich habe Neuigkeiten für Sie. Ich sauge mir die Dinge doch nicht aus den Fingern. Ich werde dafür bezahlt, daß ich Ermittlungen –«

Sie fiel mir ins Wort. »Ach, ja? Was Sie nicht sagen. Und wer hat Sie bezahlt? David Barney vielleicht? Er sieht gut aus und ist wieder zu haben. Bestimmt ist er gern zu einem kleinen Handel bereit.«

»Selbstverständlich hat er nichts damit zu tun. Was haben Sie denn? Wenn sie eine Straftat begangen hat –«

»Das Mädchen war sechzehn Jahre alt!«

»Das Mädchen war betrunken«, sagte ich. »Es ist mir egal, wie alt sie war. Sie muß die Verantwortung –«

»Kommen Sie mir nicht mit diesem moralischen Geschwätz. Dafür habe ich keine Zeit«, sagte sie, schon wieder im Gehen. Sie erreichte ihren Wagen und fummelte mit dem Schlüssel herum. Sie stieg ein und knallte die Tür zu.

»Sie sind sauer, weil David Barney dadurch aus dem Schneider ist.«

»Ich bin sauer, weil David Barney ein gräßlicher Kerl ist. Ein verachtenswerter Mensch. Ich bin sauer, weil anständige Leute leiden müssen, während die übelsten Typen mit allem davonkommen.«

»Denken Sie wirklich, nur weil man jemanden nicht leiden kann, darf man getrost zusehen, wie er zu Unrecht wegen Mordes verurteilt wird?«

»Er hat Iz gehaßt.« Sie steckte den Schlüssel ins Zündschloß, ließ den Motor an und löste die Handbremse.

»Das heißt noch lange nicht, daß er sie ermordet hat. Ihnen hätte es schließlich auch nicht an einem Motiv gefehlt.«

»Mir?«

»Der Unfall, bei dem Sie verletzt wurden, war doch Isabelles Schuld, oder nicht? Soviel ich gehört habe, hat sie in betrunkenem

Zustand den Wagen in der Einfahrt stehenlassen, ohne die Handbremse anzuziehen. Ihretwegen mußten Sie die Hoffnung begraben, jemals Kinder zu bekommen. Das ist ein hoher Preis, wenn man sowieso die meiste Zeit hinter jemandem den Dreck weggeräumt hat. Das kann doch nicht spurlos an Ihnen vorüber –«

»Das ist ja lächerlich. Wegen so etwas ermordet man doch niemanden.«

»Und ob. Gucken Sie nur mal an einem x-beliebigen Tag in die Zeitung.«

»David Barney ist ein Dreckskerl. Er würde alles tun, um die Schuld von sich abzuwälzen.«

»Das weiß ich nicht von ihm. Ich weiß es von jemand anderem.«

»Von wem?«

»Dazu möchte ich mich lieber nicht äußern . . .«

»Jedenfalls ist es Ihre eigene Dummheit, wenn Sie das glauben.«

»Ich habe nicht gesagt, daß ich es glaube, aber der Grundgedanke ist entscheidend.«

»Und der wäre?«

»Auch andere Leute hätten ein Motiv gehabt, Isabelle den Tod zu wünschen. Wir waren alle so fixiert darauf, daß es David Barney war, daß wir in anderen Richtungen gar nicht mehr gesucht haben.«

Sie schien einen Moment sprachlos. Dann trat etwas Hintergründiges in ihren Blick. »Na gut. Wieso suchen Sie dann nicht in der richtigen Richtung?«

»Was meinen Sie?«

»Ich meine Yolanda Weidmann. Isabelle hat Peters Firma ruiniert, als sie ausgestiegen ist. Er hat ihr ihre Karriere überhaupt erst ermöglicht. Er hat einen Haufen Zeit und Geld investiert, als niemand sonst einen Finger für sie rühren wollte. Sie müssen sich klarmachen, was für eine verrückte Person Isabelle war. Sprunghaft, selbstzerstörerisch, dazu der viele Alkohol und die Drogen. Sie hatte keinen Abschluß. Sie hatte nichts vorzuweisen, ehe Peter sich ihrer angenommen hat. Er war ihr Lehrmeister, und sie hat ihn nach Strich und Faden verschaukelt. Sie hat ihn einfach sitzenlassen, nach allem, was er für sie getan hatte. Und dann noch die

Geschichte mit seinem Herzinfarkt. Das war die Krönung. Offiziell kam es vom Streß und der Überarbeitung. Aber die Wahrheit ist, daß sie ihm das Herz gebrochen hat. Darauf läuft es hinaus.«

»Aber als ich mit ihm gesprochen habe, schien er nicht sonderlich verbittert.«

»Ich habe auch nicht gesagt, daß *er* verbittert ist. Yolanda ist diejenige, welche. Sie ist eine richtige Giftspinne, eine Frau, mit der man sich nicht streiten möchte.«

»Ich höre.«

»Sie haben sie doch kennengelernt. Sagen Sie selbst.«

Ich zuckte die Achseln. »Persönlich kann ich sie nicht ausstehen. Ich war eine halbe Stunde dort, und sie hat ihn die ganze Zeit heruntergemacht. Tausend kleine Spitzen und Sticheleien, lauter Witzchen auf seine Kosten. Dann schon lieber einen offenen, handfesten Krach. Das ist wenigstens ehrlich. Sie erschien mir so ... wie soll ich sagen ... hinterlistig.«

Simone lächelte leise. »O ja, sie ist sehr raffiniert. Aber ich versichere Ihnen, unter alledem ist sie eine wahre Glucke. Sie darf ihn behandeln, wie immer sie möchte, aber wehe, jemand anderes besitzt die Frechheit! Ich finde, sie ist eine sehr plausible Kandidatin.«

»Aber die Frau muß doch mindestens fünfundsechzig sein. Es ist schwer vorstellbar, daß sie sich plötzlich aufs Morden verlegt.«

»Sie kennen Yolanda nicht. Mich erstaunt nur, daß sie's nicht schon früher getan hat. Und was ihr Alter angeht, sie ist allemal besser in Form als ich.« Sie wandte den Blick ab und straffte sich. »Ich muß los. Entschuldigen Sie, daß mir die Pferde durchgegangen sind.« Sie legte den Rückwärtsgang ein und parkte aus. Ich sah ihr interessiert nach, als sie davonfuhr.

18

Ich kehrte um und ging wieder zum Ausgang zurück. Ich sah Henry über den Parkplatz auf seinen Wagen zusteuern. Der erste Schwung der Trauergäste hatte sich bereits weitgehend zerstreut, und die, die noch drinnen geblieben waren, kamen jetzt nach und nach auch heraus. William tauchte aus den kühlen Tiefen der Einsegnungshalle auf. Er wirkte irgendwie beleidigt und verwirrt. Er stülpte sich den Hut auf den Kopf und justierte ihn so, daß er gerade saß. »Ich kapiere nicht, welche Konfession das war.«

»Ich glaube, der Gottesdienst sollte alle Optionen abdecken«, sagte ich.

Er sah über seine Schulter und musterte indigniert die Fassade. »Dieser Bau sieht aus wie ein Restaurant.«

»Na ja, wissen Sie, Essengehen ist heutzutage auch eine Art Religion«, sagte ich trocken. »Früher haben die Leute den Zehnten an die Kirche abgeführt. Heute gibt man dem Kellner zehn Prozent.«

»Ich muß sagen, das war eine stillose Trauerfeier. Bei uns in Michigan werden noch richtige Gottesdienste abgehalten. Wenn ich es recht verstehe, gibt es noch nicht einmal eine Beisetzungszeremonie am Grab. Höchst respektlos, wenn Sie mich fragen.«

»Das macht nichts«, sagte ich. »Morley hatte keine sonderlich entwickelte religiöse Ader, und er hätte wahrscheinlich nicht gewollt, daß um seinen Tod irgendein Zirkus veranstaltet wird. Außerdem ist seine Frau krank, und sie konnte vielleicht einfach nicht noch mehr verkraften.« Ich sagte nicht, daß der Leichnam vermutlich gleich zur Gerichtsmedizin geschafft wurde.

»Wo ist Henry?« fragte William.

»Ich glaube, er ist den Wagen holen gegangen.«

»Möchten Sie noch mit uns kommen? Wir werden zu Hause ein leichtes Mittagessen auf der Veranda einnehmen und würden uns freuen, wenn Sie uns die Ehre geben würden. Wir haben auch Rose eingeladen, um uns auf diese Weise für ihre Freundlichkeit zu revanchieren.«

»Ich würde gerne mitkommen, aber ich habe noch etwas zu erledigen. Ich werde etwas später vorbeischauen.«

Henry kam in seinem fünffenstrigen Coupé angerollt. Er fährt einen 1932er Chevrolet, den er als Neuwagen erworben hat. Das Auto ist akribisch gepflegt und instandgehalten, und Lackierung, Stoßstangen und Sitzbezüge sind noch original. Wenn es Williams Wagen gewesen wäre, hätte er sicher affig gewirkt. Mit Henry am Steuer wirkte er nur verwegen und sexy. Auf Henry muß man ein Auge halten, da er immer noch eine große Anziehungskraft auf Frauen aller Altersstufen ausübt, mich eingeschlossen. Ich sah, wie die Leute zuerst den Wagen und dann Henry musterten, um herauszufinden, ob er irgendein Prominenter war. Da Santa Teresa keine zwei Stunden von Hollywood entfernt liegt, leben hier etliche Filmstars. Jeder weiß das, aber es haut einen doch um, wenn man merkt, daß der Typ bei der Wagenwaschanlage, der aussieht wie John Travolta, tatsächlich John Travolta ist. Einmal wäre ich fast gegen einen Baum gefahren, weil ich Steve Martin durch Montebello fahren sah und ihn mir unbedingt ganz genau angucken wollte. Er sieht auch in Natur aus wie in Technicolor, falls es jemanden interessiert.

William stieg zu Henry ins Auto, und sie schaukelten davon. Es war immer noch nicht abzusehen, was Rosie vorhatte. Was immer sie im Schilde führte, sie war noch beim Vorgeplänkel. Aber William war mir heute schon weniger selbstfixiert vorgekommen. Wir hatten immerhin ein dreiminütiges Gespräch über die Bühne gekriegt, ohne daß auch nur ein einziges Mal von seiner Gesundheit die Rede gewesen wäre.

Ich fuhr wieder zurück in die Stadt, über den 101-Süd. Ich nahm die Abfahrt Missile und hielt mich ostwärts bis zur State Street und dann rechts. Die Axminster-Galerie, wo an diesem Abend Rhe Parsons Ausstellung eröffnet werden sollte, befand sich in einem Komplex, der außerdem das Axminster-Theater und eine Reihe kleinerer Geschäfte beherbergte. Die Galerie selbst lag an einem Fußgängerweg, der hinter den Läden entlangführte. Ich stellte meinen Wagen in einer Seitenstraße ab und nahm die Diretissima über einen öffentlichen Parkplatz. Der Eingang war durch ein handgeschmiedetes Eisenschild gekennzeichnet. Ein Kastenwagen stand mit dem Heck dicht an der Tür, und ich sah, wie zwei Männer quaderförmige Blöcke ausluden, die in dicke Umzugsdecken gehüllt waren. Die Tür stand offen, und ich folgte den Trägern ins Innere.

Der Eingang war schmal, vermutlich aus Effektgründen absichtlich verkleinert, denn ich gelangte gleich darauf in einen riesigen Raum mit fast zehn Metern Deckenhöhe. Die Wände waren knallweiß, und Lichtfluten ergossen sich durch große Oberlichter, die man geöffnet hatte, um frische Luft hereinzulassen. Eine komplizierte Konstruktion aus Zeltleinen, Schnüren und Rollen unmittelbar unter der Decke gestattete es, den Raum im Bedarfsfall abzudunkeln. Auf dem grauen Zementboden lagen Orientteppiche, und an den Wänden hingen Batiken und gerahmte abstrakte Gouachen.

Rhe Parsons beriet sich gerade mit einer Frau in einem Arbeitskittel. Offenbar ging es um die Plazierung der beiden letzten Stücke, die die Träger gerade hereinbrachten. Ich sah mich ein bißchen um, während die beiden weiter diskutierten. Tippy thronte auf einem Hocker an der hinteren Wand und begutachtete die Gesamtwirkung aus ihrer Perspektive. Rhes Ausstellung bestand aus sechzehn Stücken, die auf unterschiedlich hohen Podesten arrangiert waren. Sie arbeitete mit Gießharz und produzierte große, glatte Blöcke von einem halben Meter Kantenlänge, die auf den ersten Blick alle gleich aussahen. Ich inspizierte die fünf nächststehenden. Ich sah, daß das durchscheinende Material aus fein getönten Schichten bestand, von denen manche ein Objekt einschlossen – ein perfekt konserviertes Insekt, eine Sicherheitsnadel, ein Medaillon an einer Kette, einen Bund goldener Schlüssel. Das durchscheinende Licht erzeugte den Effekt von Eisblöcken, nur daß das Harz solide und unvergänglich wirkte. Es war nicht schwer, sich vorzustellen, wie diese Totems irgendwann einmal ausgegraben würden, zusammen mit Putzmittelflaschen, Getränkedosenlaschen und Wegwerfwindeln.

Rhe mußte mich gesehen haben, zeigte jedoch keine Reaktion. Sie trug Bluejeans und einen dicken Mohairpullover in hellen Blau- und Mauvetönen. Ihr dunkles Haar war im Nacken zusammengenommen und mit einem Band umschnürt, eine lange seidige Troddel, die ihr fast bis zur Taille hing. Tippy trug einen Overall aus leichtem Baumwollköper. Hinter dem Rücken ihrer Mutter begrüßte sie mich mit einem kurzen Fingerwedeln, das ich als »Hi« interpretierte. Es war sehr tröstlich, daß die Person, deren Leben ich angeblich ruiniert hatte, am Leben und wohlauf war und noch mit mir kommunizierte.

Rhe murmelte ihrer Mitstreiterin leise etwas zu, und die Frau drehte sich um und starrte zu mir herüber. Sie nahm ein Schreib-Board an sich und klackerte auf ihren Klotzabsätzen über den Zementboden davon.

»Hallo, Rhe.«

»Was zum Teufel wollen Sie hier?«

»Ich dachte, wir sollten uns unterhalten. Ich wollte Ihnen keine Unannehmlichkeiten bereiten.«

»Wunderbar. Ausgezeichnet. Ich werde es meinem Anwalt weitersagen.«

Aus dem Augenwinkel sah ich Tippy von ihrem Hocker hüpfen und auf uns zukommen. Rhe machte eine Handbewegung, wie man sie von Hundebesitzern kennt. Sie schnippte mit den Fingern und zeigte mit der ausgestreckten Hand in Tippys Richtung, was soviel hieß wie »Bleib da« oder »Platz«.

Aber Tippy war nicht so gut abgerichtet. Sie sagte »Mom ...« in einem Ton, der Empörung und Gekränktheit zugleich ausdrückte.

»Das geht dich nichts an.«

»Es betrifft mich doch auch!«

»Warte im Wagen auf mich, Kleines. Ich komme sofort.«

»Darf ich nicht mal zuhören?«

»Tu, was ich dir sage!«

»O Mann!« sagte Tippy. Sie verdrehte die Augen und seufzte laut, tat aber, wie ihr geheißen.

Sobald sie weg war, zischte mich Rhe eisig an: »Ahnen Sie überhaupt, was Sie da angerichtet haben?«

»Hey, ich bin hierher gekommen, um mit Ihnen zu sprechen, nicht, um mich beschimpfen zu lassen. Was habe ich denn getan?«

»Tippy hat sich *gerade* gefangen. Sie ist endlich auf dem richtigen Gleis, und da kommen Sie mit dieser aberwitzigen Behauptung.«

»Aberwitzig würde ich es nicht nennen ...«

»Lassen wir die Wortklauberei. Der Punkt ist doch, selbst wenn es stimmt, was ich sehr bezweifeln möchte, brauchten Sie es doch nicht an die große Glocke zu hängen –«

»Welche große Glocke?«

»Und außerdem – wenn Sie so fest davon überzeugt sind, daß Tippy eine Straftat begangen hat, hat sie Anspruch auf einen Anwalt. Sie hatten kein Recht, sie in die Enge zu treiben, ohne daß ich dabei war.«

»Sie ist zweiundzwanzig, Rhe. Vor dem Gesetz ist sie erwachsen. Ich will ihr nichts anhängen. Ich dachte, es gäbe vielleicht eine einfache Erklärung, und in dem Fall wollte ich sie hören. Ich habe nichts weiter getan, als mit ihr zu reden, um die Fakten in Erfahrung zu bringen, und ich habe es getan, ohne vorher zur Polizei zu gehen, was ich ohne weiteres gekonnt hätte. Wenn ich weiß, daß eine Straftat vorliegt, kann ich doch nicht einfach weggucken. Sobald ich sie decke, mache ich mich mitschuldig.«

»Sie haben sie eingeschüchtert. Sie haben ihr gedroht und sie manipuliert. Als ich nach Hause kam, war sie völlig hysterisch. Ich weiß zwar nichts über Ihr Leben, aber Sie täten sicher besser daran, sich an Ihre eigene Nase zu fassen. Sie brauchen sich hier nicht zur Richterin aufzuschwingen –«

Ich hob die Hände. »Augenblick mal. Einen Moment. Hier geht es nicht um mich. Hier geht es um Tippy, die im übrigen mit den

Realitäten wesentlich besser fertig zu werden scheint als Sie. Ich verstehe ja, daß Sie sie beschützen wollen. Das ginge mir auch so, aber wir sollten doch nicht die Fakten aus den Augen verlieren.«

»Welche Fakten? Da gibt es keine Fakten!«

»Schon gut. Lassen wir das. Ein vernünftiges Gespräch ist offenbar nicht möglich. Ich sehe das jetzt. Ich werde dafür sorgen, daß Lonnie sich mit Ihrem Anwalt in Verbindung setzt, sobald er wieder da ist.«

»Gut. Tun Sie das. Aber machen Sie sich auf alles gefaßt.«

Der Drang, das letzte Wort behalten zu wollen, war nahezu unwiderstehlich, aber ich hielt die Klappe und ging, bevor ich noch etwas sagte, was ich später womöglich bereuen würde. Als ich aus der Galerie ins Freie trat, kam Tippy auf mich zu. Sie ging neben mir her und paßte sich meinem Schritt an. »An Ihrer Stelle würde ich es lieber vermeiden, daß Ihre Mutter uns zusammen sieht.«

»Was hat sie gesagt?«

»In etwa das, was zu erwarten war.«

»Machen Sie sich nichts daraus, ja? Ich weiß, sie ist auf hundertachtzig, aber sie wird es schon packen. Sie hatte in letzter Zeit eine Menge Streß, aber das legt sich schon wieder.«

»Hoffen wir's um ihretwillen«, sagte ich. »Hören Sie, Tip, es tut mir wirklich leid, daß das passieren mußte. Ich fühle mich beschissen, aber ich wüßte nicht, wie ich es hätte umgehen können.«

»Ist doch nicht Ihre Schuld. Ich bin diejenige, die Mist gebaut hat. Ich sollte mich beschissen fühlen, nicht Sie.«

»Wie geht es Ihnen?«

»Ganz gut«, sagte sie. »Ich habe gestern abend mit einer von meinen AA-Betreuerinnen gesprochen, und sie war einfach toll. Sobald wir hier fertig sind, gehe ich noch einmal zu ihr, um mit ihr zu reden, und später am Nachmittag gehe ich dann zur Polizei.«

»Ihre Mutter hat schon recht. Es ist wahrscheinlich besser, vorher mit einem Anwalt zu reden. Er wird Sie beraten, wie Sie die Sache am besten präsentieren.«

»Das ist mir egal. Ich will es nur hinter mich bringen.«

»Trotzdem ist es sicher klüger. Außerdem wird die Polizei ohnehin wollen, daß Ihr Anwalt hinzugezogen wird, ehe Sie eine Aussage zu Protokoll geben. Möchten Sie, daß ich mitkomme?«

Sie schüttelte den Kopf. »Danke, aber das schaffe ich schon.«

»Alles Gute.«

»Ihnen auch.« Sie sah zögernd zu der Galerie hinüber. »Dann gehe ich mal besser wieder. Wir werden uns wohl heute abend bei der Vernissage nicht sehen.«

»Vermutlich nicht, aber was Ihre Mutter macht, gefällt mir gut«, sagte ich. »Rufen Sie an, wenn Sie mich brauchen.«

Sie lächelte und winkte mir im Rückwärtsgehen zu, ehe sie sich umwandte und zur Galerie zurückmarschierte.

Ich stieg in mein Auto und blieb erst einmal reglos sitzen. Mir war schwer ums Herz. Tippy war ein nettes Mädchen. Ich hätte ihr so gerne erspart, was sie jetzt durchstehen mußte. Letzten Endes würde sie es schaffen, da war ich zuversichtlich, aber mir war nicht gerade wohl dabei, sie in diese ganze Qual gestürzt zu haben. Natürlich konnte ich mir sagen, daß sie es sich selbst eingebrockt hatte, aber die Wahrheit war, daß sie immerhin sechs Jahre lang einen Weg gefunden hatte, damit zu leben. Ich konnte nur vermuten, daß Reue und Gewissensbisse sie geplagt hatten. Vielleicht gab es ja einfach keinen anderen Weg, als öffentlich Sühne zu leisten. Aber im Moment saß ich erst einmal da mit meinen Gefühlen. Ich konnte nicht noch mehr wütende Menschen verkraften. Ich hatte die Nase voll von Vorwürfen, Drohungen und Einschüchterungsversuchen. Mein Job war es, herauszufinden, was Sache war, und genau das würde ich tun.

Ich ließ den VW an, jagte ihn auf Touren und wendete verkehrswidrig. Eine Ecke weiter war ein Drugstore. Ich hielt auf dem winzigen Vorplatz und flitzte hinein, um drei Packen Karteikarten zu erstehen – einer weiß, einer grün und der dritte orange. Dann fuhr ich nach Hause. Ich hatte immer noch einen Stapel Akten aus Morleys Büro in meinem Wagen. Ich fand einen Parkplatz gleich gegenüber von meiner Wohnung. Ich raffte zusammen, was auf dem Rücksitz lag, und schwankte durchs Gartentor, bepackt wie ein Maulesel. Ich schleppte alles nach hinten in den Hof und fummelte meinen Schlüssel heraus.

In dem verglasten Verbindungsgang zwischen Henrys Haus und meinem konnte ich die kleine Lunchgesellschaft sehen. Die Dezembersonne war nur schwach, aber durch das viele Glas speicherte der Wintergarten die Wärme wie ein Treibhaus. William und Rosie steckten die Köpfe zusammen und waren offenbar in ein angeregtes Gespräch vertieft. Vermutlich ging es um Perikarditis, Kolitis oder die Gefahren der Laktose-Intoleranz. Henrys Gesicht war düster, und ich hätte schwören können, daß er schmollte – ein Verhalten, das dem Henry, den ich kannte, äußerst wenig ähnlich sah. Ich quetschte die Akten mit der Hüfte gegen den Türrahmen, während ich meine Wohnung aufschloß. Drinnen warf ich alles auf die Küchenbar. Ich drehte mich um und sah Henry hinter mir hereinkommen, in der Hand einen vollgehäuften Teller – Zitronenhuhn, Ratatouille, grünen Salat und selbstgebackene Brötchen.

»Hi, wie geht's? Ist das für mich? Sieht ja toll aus. Na, wie stehen die Aktien?«

Er setzte den Teller auf der Küchenbar ab. »Es ist nicht zu fassen«, sagte er.

»Was ist? Hat Rosie noch keinen Weg gefunden, William ein bißchen aufzumöbeln?«

Henry kniff die Augen zusammen und tippte sich mit dem Zeigefinger an die Schläfe. »Sehr witzige Frage. Endlich dämmert es mir. Wissen Sie, was sie macht? Sie flirtet mit ihm!«

»Rosie flirtet doch immer.«

»Aber William flirtet zurück.« Er zog eine Küchenschublade auf, nahm ein Messer und eine Gabel heraus und reichte sie mir, zusammen mit einer Papierserviette.

»Aber da ist doch nichts dabei«, sagte ich. Dann sah ich sein Gesicht. »Oder doch?«

»Sie essen, ich rede. Was ist, wenn etwas Ernsthaftes daraus wird? Was stellen Sie sich vor, was dann passiert?«

»Ach, hören Sie auf. Die beiden kennen sich einen Tag.« Ich kostete zuerst ein Brötchen – butterzart.

»Er bleibt zwei Wochen hier. Ich mag gar nicht daran denken, wie das die nächsten dreizehn Tage weitergehen wird, bei dem Tempo, das die beiden vorlegen«, sagte er.

»Sie sind eifersüchtig.«

»Ich bin gar nicht eifersüchtig. Ich fürchte Schlimmes. Heute morgen war er noch ganz normal. Hat einen Riesenheckmeck um seinen Stuhlgang gemacht. Und zweimal seinen Blutdruck gemessen. Er hatte irgendwelche mysteriösen Symptome, die ihn eine Stunde lang beschäftigt haben. Dann sind wir zu der Trauerfeier gegangen, und da wirkte er immer noch normal. Wir sind heimgekommen, und er mußte sich erst einmal eine Weile hinlegen. Ganz der alte William. Kein Problem, damit kann ich umgehen. Ich habe das Mittagessen gekocht, und dann erschien Rosie mit Rouge auf den Wangen. Und das nächste, was ich sehe, sind die beiden, wie sie die Köpfe zusammenstecken und kichern und sich in die Rippen stupsen wie zwei Halbwüchsige!«

»Aber das ist doch süß. Ich mag Rosie.« Ich hatte mich jetzt dem Huhn zugewandt und aß drauflos. Mir war gar nicht bewußt gewesen, wie hungrig ich war, bis ich den ersten Bissen im Mund hatte.

»Ich mag sie auch. Rosie ist prima. Sie ist großartig. Aber als *Schwägerin*?«

»Soweit wird es nicht kommen.«

»Ach, nein? Sie sollten mal da rübergehen und die beiden reden hören. Es dreht einem den Magen um.«

»Ach, Henry, Sie übertreiben wirklich. William ist fünfundachtzig. Sie ist bestimmt fünfundsechzig, auch wenn sie es niemals zugeben würde.«

»Genau das ist es ja. Sie ist zu jung für ihn.«

Ich mußte lachen. »Das ist doch nicht Ihr Ernst.«

»Es ist mein voller Ernst, und es wundert mich, daß Sie es so locker nehmen. Wenn sie sich nun in eine heiße Liebesaffaire stürzen? Können Sie sich das vorstellen, die beiden in meinem Gästezimmer?«

»Ist es das, was Sie stört? Das William womöglich ein Sexualleben haben könnte? Sie erstaunen mich, Henry. Das sieht Ihnen gar nicht ähnlich.«

»Ich finde das höchst vulgär«, sagte er.

»Er hat doch noch gar nichts gemacht! Und außerdem dachte ich, Sie wollten, daß er aufhört, dauernd um seine Gesundheit zu kreisen. Was könnte denn Besseres passieren? Dann hat er etwas anderes, worum er kreisen kann.«

Henry starrte mich an, und in seinen Gesichtsausdruck mischte sich Unsicherheit. »Sie finden das nicht anstößig? Eine Liebesaffäre in seinem Alter?«

»Ich finde das ganz wunderbar. Sie haben doch selbst noch vor gar nicht langer Zeit eine Liebesaffäre gehabt.«

»Und was ist dabei herausgekommen?«

»Sie haben es überlebt.«

»Aber er, wird er es auch überleben? Ich sehe schon vor mir, wie Rosie zu Weihnachten nach Michigan fliegt. Ich will ja nicht überheblich klingen, aber diese Frau hat keinen Stil. Sie pult sich mit einer Haarnadel in den Zähnen!«

»Ach, hören Sie doch auf, sich Sorgen zu machen.«

Sein Mund war ein verkniffener Strich, während er die Sache überdachte. »Es würde wahrscheinlich sowieso nichts nützen, etwas zu sagen. Sie würden einfach so tun, als wüßten sie gar nicht, wovon ich rede.«

Ich hielt den Mund und konzentrierte mich auf mein Essen. »Schmeckt einfach toll«, lobte ich.

»Ist noch mehr da, falls Sie noch etwas möchten«, sagte er. Er zeigte auf die Karteikarten. »Haben Sie noch zu tun?«

Ich nickte. »Sobald ich aufgegessen habe.«

Er seufzte. »Tja dann, Schluß mit dem Quatsch. Ich lasse Sie besser an Ihre Arbeit gehen.«

»Halten Sie mich auf dem laufenden.«

»Aber sicher«, sagte er.

Wir machten die üblichen Abschieds-Lippengeräusche, und er verschwand. Ich schloß die Tür hinter ihm und flitzte dann nach oben, wo ich die Schuhe von mir schleuderte und mich aus meinem

Allzweck-Kleid und der Strumpfhose pellte. Ich schlüpfte in meine Jeans, den Rollkragenpullover, Socken und Nikes. Uff.

Ich ging wieder nach unten, öffnete eine Dose Pepsi Light und machte mich ans Werk. Ich breitete das ganze Material auf der Küchenplatte aus: Morleys Akten, seinen Merkkalender, seinen Terminkalender und die Rohentwürfe für seine Berichte. Ich erstellte eine Liste aller Personen, mit denen er geredet hatte, nebst Datum und Inhalt des Gesprächs, soweit aus den Notizen ersichtlich. Ich riß den ersten Packen Karteikarten auf und begann, mir selbst Notizen zu machen und die Geschichte Stück um Stück so zu skizzieren, wie sie sich mir darstellte. Diese Methode benutzte ich immer, wenn ich an einem Fall arbeitete. Die Karten würde ich dann an mein Pinnbrett heften, damit ich sehen konnte, wie sich das Ganze ausnahm. Das hatte ich von Ben Byrd gelernt, der mir dieses Handwerk beigebracht hatte. Ich dachte, daß Ben es wohl wiederum von Morley gelernt haben mußte, der ja bis zu ihrem Zerwürfnis sein Partner gewesen war. Ich lächelte vor mich hin. Sie hatten ihre Agentur Byrd-Shine genannt – zwei Detektive von altem Schrot und Korn, mit Whiskeyflaschen im Schreibtisch und einer nie erlahmenden Leidenschaft für endlose Gin-Rommé-Partien. Ihre Spezialität waren »Ermittlungen in Eheangelegenheiten« gewesen, d. h. Seitensprünge. Damals galt Ehebruch noch als ein schockierender Verstoß gegen Moral, gute Erziehung, Anstand und Geschmack. Heute reichten solche Banalitäten nicht einmal mehr für einen Talkshow-Auftritt.

Die Karteikarten gestatteten mir vielfältige Ansätze: Zeittafeln, Beziehungsdiagramme, Bekanntes und Unbekanntes, Motive, Spekulationen. Manchmal mischte ich den Packen durch, um dann die Karten wie eine Patience auszulegen. Aus irgendeinem Grund hatte ich diese Methode schon länger nicht mehr angewandt. Es tat gut, wieder darauf zurückzugreifen. Es war entspannend und beruhigend, eine willkommene Erholungspause, in der es nur darum ging, die Fakten zu registrieren.

Ich stieg von meinem Hocker und ging zum Abstellschrank. Ich zerrte mein Pinnbrett heraus und baute es auf der Küchenplatte auf. In diesem Stadium bemühe ich mich noch nicht, die Karten irgendwie zu ordnen. Ich zensiere nicht. Ich halte mich an keinen Plan. Ich versuche einfach nur, alle Informationen festzuhalten, alles aufzuschreiben, was mir einfällt. Alles, was den Mord an Isabelle betraf, kam auf grüne Karten, Tippys Unfall auf die orangefarbenen und die beteiligten Personen auf die weißen. Ich suchte das Schächtelchen mit den Nadeln und begann, die Karten an das Brett zu heften. Als ich damit fertig war, war es Viertel vor fünf. Ich saß auf einem Küchenhocker, die Ellbogen auf die Platte und das Kinn in die Hände gestützt. Ich musterte das Gesamtbild. Es schien nicht viel herzugeben ... ein wahlloses Durcheinander von Farben, ohne ersichtliches Muster.

Was erhoffte ich mir? Das fehlende Bindeglied. Den augenfälligen Widerspruch. Irgend etwas, was nicht zusammenpaßte; Bekanntes, das plötzlich in einem neuen Licht erschien, Unbekanntes, das Gestalt annahm. In Abständen nahm ich alle Karten ab, um sie dann wieder neu aufzuhängen, in einer bestimmten Reihenfolge oder wie sie kamen, mal nach diesem, mal nach jenem Prinzip gruppiert. Ich dachte an Isabelles Ermordung, ließ meine Gedanken ziellos schweifen. Wie ergötzlich mußte es für den Mörder gewesen sein, den Fortgang dieses ganzen Dramas zu verfolgen. Vielleicht hatte ja David Barneys Psychoterror diese Person überhaupt erst auf die Idee gebracht. Wenn Isabelle jetzt erschossen würde, wer geriete dann automatisch in Verdacht? Der Mörder mußte jemand gewesen sein, der David Barneys Gewohnheiten kannte, jemand, der nahe genug dabei war, um das Geschehen mitzubekommen. Aber das galt ja wohl für die meisten Leute, die Isabelle gekannt hatten. Die Weidmanns wohnten nur einen Katzensprung entfernt und ihre Schwester Simone sogar auf demselben Grundstück. Laura Barney war ebenfalls eine interessante Möglichkeit. Sie kannte sicher David Barneys Hang zu nächtlichen Jogging-Exerzitien. Auf den ersten Blick schien es, als hätte sie wenig oder nichts zu gewinnen. Ich war bisher davon ausgegangen, daß Habsucht das Motiv gewesen war, aber es gab sicher neben Geld noch andere Formen von Gewinn, die man aus einem Mord ziehen konnte. Welche perfektere Rache ließe sich denken, als die Frau umzubringen, die einem den Mann weggenommen hat, und dann noch zuzusehen, wie diesem Mann der Mord angehängt wird?

Da war irgend etwas. Ich war mir so gut wie sicher. Vielleicht ein bestimmter Blickwinkel, irgendeine bisher übersehene kleine Information, eine neue Interpretation der bereits bekannten Fakten.

Als das Telefon läutete, schreckte ich so zusammen, daß mir fast das Herz stehenblieb.

Es war Ida Ruth. »Kinsey. Ich hoffe, ich störe nicht, aber eben hat jemand von der Gerichtsmedizin für Sie angerufen, ein Mr. Walker. Ich nehme an, er hat Ihnen eine Nachricht auf den Anrufbeantworter gesprochen und es dann hier versucht. Er möchte, daß Sie ihn so schnell wie möglich zurückrufen.«

Ich klemmte den Hörer zwischen Kinn und Schulter, während ich einen Stift nahm und nach einem Block angelte. »Hat Burt Ihnen eine Nummer gesagt?«

Sie gab mir die Nummer. Sobald sie aufgelegt hatte, rief ich sein Büro an.

19

»Gerichtsmedizin. Detective Walker.«

»Hallo, Burt. Hier ist Kinsey. Ida Ruth hat mir gesagt, Sie hätten gesagt, ich solle Sie anrufen.«

»Oh, prima. Gut, daß sie Sie erreicht hat. Bleiben Sie eine Sekunde dran, ich muß eben meine Notizen suchen.« Ich hörte Papiergeraschel im Hintergrund. Er hielt die Sprechmuschel zu und ich hörte gedämpft, wie er mit jemandem redete. Dann war er wieder dran. »Pardon. Wir sind gerade mit der Autopsie fertig geworden. Demnach war die Todesursache Nierenversagen, mit Anzeichen für eine Schädigung der Leber sowie Schädigungen des kardiovakulären Systems mit daraus resultierendem Kreislaufkollaps, Tubulärnekrose –«

»Wodurch hervorgerufen?«

»Darauf komme ich gleich. Ich habe nach unserem Gespräch gestern bei Wynington-Blake angerufen. Ich habe ein bißchen mit dem Leichenbestatter geplaudert. Ich wollte ihm erzählen, was wir vorhaben, und einfach mal hören, ob ihm irgend etwas aufgefallen ist. Er sagt, als sie Morley gebracht haben, hätte er ›eine markante Gelbfärbung‹ aufgewiesen.«

»Vom Trinken?«

»Das habe ich zuerst auch gedacht, aber dann habe ich ein bißchen genauer nachgeforscht. Ich habe mir diese Haushalts- und Gartenartikel angeguckt, die Sie hergebracht haben. Dieser Gebäckrest hat mich stutzig gemacht, weil es irgend etwas Gemüseartiges war. Bei den meisten anderen Sachen konnte ich mir nicht vorstellen, daß jemand etwas davon zu sich nimmt, ohne es zu merken. Ich habe ein bißchen nachgelesen, und ich will Ihnen sagen, worauf ich gekommen bin. Die Autopsie hat es dann auch bestätigt. Schon mal was von *Amanita phalloides* gehört?

»Klingt wie eine Sex-Stellung. Was zum Teufel ist das?«

»Der grüne Knollenblätterpilz. Eine andere Möglichkeit wäre *Amanita Verna*, ein anderer Vertreter derselben Familie, auch bekannt als falscher Champignon. Beide sind tödlich. Nach den Resten dieses Backwerks zu urteilen, scheint es, als ob ihm jemand einen leckeren *Amanita*-Strudel fabriziert hätte.«

»Klingt makaber.«

»Ist es auch. Passen Sie auf. Eine Injektion von einem Fünfzigmillionstel-Gramm Phalloidin bei einer Maus führt innerhalb von zwei Tagen zum Tod. Für einen Menschen reichen etwa fünfzig Gramm Pilze.«

»Großer Gott.«

»Und jede der beiden Arten würde ziemlich genau die Symptome hervorrufen, die Morley nach Ihrer Schilderung gezeigt hat. Interessant ist vor allem, daß auf den Verzehr häufig eine sogenannte Latenzphase von sechs bis zwanzig Stunden folgt. Dann kommt es zu Übelkeit, Bauchschmerzen, Erbrechen und Durchfall und schließlich zum Herz-Kreislauf-Kollaps.«

»Das heißt, wenn ihm Samstag mittag schlecht wurde, hätte er das Zeug zwischen irgendwann am Freitag und Samstag morgen essen können.«

»Sieht so aus.«

»Wo findet man diese Teufelsdinger? Wachsen die hier in der Gegend?«

»Im Buch steht ›Nordamerika und Pazifikküste, Spätsommer und Herbst‹. Wäre schon ein bißchen spät, aber möglich ist es wohl. *Verna* kommt wohl häufig in Laub- und Nadelwäldern vor und wächst einzeln oder in Trupps oder Ringen. Ist angeblich an der Westküste selten, aber es könnte sie ja jemand von woanders mitgebracht haben. Getrocknet oder eingefroren oder so etwas. Wo haben Sie die Gebäckreste gefunden, bei ihm zu Hause?«

»Im Papierkorb in seinem Büro, draußen in Colgate. Gesehen

habe ich die Schachtel schon beim ersten Mal, als ich da war, aber ich habe mir nichts dabei gedacht, bis ich dann zum zweiten Mal rausgefahren bin.«

»Ahnen Sie, woher er sie hatte?«

»Ich bin gar nicht auf die Idee gekommen, zu fragen. Ich habe das Zeug einfach nur zu allem anderen in meinen Sack gepackt. Ich bin davon ausgegangen, daß er beim Bäcker vorbeigefahren ist und es sich selbst geholt hat. Betty, die Frau vom Schönheitssalon, sagt, er habe immer heimlich alles mögliche genascht. Er war seit einer Woche auf einer strengen Diät, aber sie hat gesehen, wie er sich Doughnuts mitbrachte und Sachen vom Chinesen und sonstige Fast food, und deshalb habe ich mich über die Bäckerei-Schachtel nicht weiter gewundert. Vielleicht hat sie ihm ja jemand gebracht und vor die Tür gelegt –«

Burt unterbrach mich. »Noch etwas. Ich sehe das gerade hier in meinen Unterlagen. Typischerweise tritt eine vorübergehende Beruhigung ein. Sie haben mir doch gesagt, daß er sich zwischendurch besser fühlte? Bei einer *Amanita*-Vergiftung sieht es manchmal so aus, als ob sich der Zustand bessert.«

»Sie meinen den Sonntagmorgen«, sagte ich.

»Genau. Aber in Wahrheit ist dann schon alles gelaufen. Das Gift zerfrißt die Leber, löst die Blutkörperchen auf und führt zu inneren Blutungen. Wahrscheinlich hatte er Blut im Stuhl und im Erbrochenen, obwohl er ja anscheinend nichts davon gesagt hat. Entweder hat er sich nichts dabei gedacht, oder aber er wollte seine Frau nicht beunruhigen. Aber selbst im Krankenhaus hätten sie ihm nicht mehr helfen können.«

»Es muß ihm doch dreckig gegangen sein. Wieso hat er keine Hilfe gesucht?« fragte ich.

»Schwer zu sagen. Der Schweregrad der Symptome hängt wohl davon ab, wieviel man von dem Zeug gegessen hat. Vielleicht hat er ja nur einmal gekostet und gedacht, es sei nicht mehr gut oder so etwas, und den Rest weggeworfen. Haben Sie Morley jemals essen sehen? Er hat regelrecht geschlungen. Hat sich noch was drauf eingebildet, wie schnell er sein Essen wegputzen konnte.«

»Dieser Jemand muß ihn gut gekannt haben«, sagte ich.

»Nicht unbedingt. Er hat ja kein Geheimnis daraus gemacht. Genau wie mit seiner Gesundheit. Er hat dauernd von seinen Herzbeschwerden und seinen Gewichtsproblemen geredet.«

»Und diese Pilze? Erkennt man die auf den ersten Blick?«

»Nur, wenn man weiß, worauf man achten muß. Ich lese Ihnen mal vor, was da steht. ›*A. verna* ist reinweiß. *A. phalloides* ist gelblichgrün bis grünlich. Die Lamellen sind bei beiden weiß und nicht an den Stiel angeheftet.‹ Blablabla. Aha. Diese Sorte Pilze wächst anfangs in einer kugeligen Hülle, von der eine häutige Scheide um die Knolle am Fuß des Stiels zurückbleibt. Beim Pilzesammeln muß man manchmal ein bißchen graben, weil diese Knolle in der Erde verborgen sein kann. Die Abbildung sieht aus wie ein Pilz, der aus einem Ei herausschießt. Außerdem ist er schleimig. Noch mehr?«

»Danke, ich habe schon ein ungefähres Bild. Wenn der Mörder einen Vorrat davon in seinem Garten hatte, ist davon wohl sowieso nichts mehr da. Was passiert jetzt?«

»Ich habe die Pastete rauf nach Foster City geschickt, ins Chemisch-Toxikologische Institut, zur Analyse. Kann ein Weilchen dauern, bis wir da etwas hören, aber ich bin ziemlich sicher, daß sich unsere Vermutung bestätigen wird. Ich habe bei der Mordkommission angerufen, aber vielleicht wollen Sie ja selbst mit Lieutenant Dolan sprechen. Glauben Sie mir, die eigentliche Arbeit kommt erst. Das Schwerste bei Mord durch Vergiften ist es, *rechtsgültig* zu beweisen, daß ein Verbrechen vorliegt. Man muß zeigen, daß der Tod durch ein Gift herbeigeführt wurde, das dem Toten vom Angeklagten heimtückisch verabreicht wurde. Und zwar so, daß ›jeder vernünftige Zweifel ausgeräumt ist‹. Wie wollen Sie in diesem Fall jemandem die Tat eindeutig nachweisen? Irgend jemand backt einen Kuchen und stellt Morley das verdammte Ding hin. Morley kommt ins Büro: ›Oh, hey, ist das für mich?‹ Höchstwahrscheinlich hat niemand gesehen, wie das Zeug dorthin gekommen ist, also läuft das Ganze auf einen reinen Indizienbeweis hinaus. Und wir haben noch nicht einmal einen Verdächtigen.«

»Ja, ich weiß«, sagte ich.

»Na ja, Sie müssen eben irgendwo anfangen. Ich werde Sie anrufen, sobald wir mehr wissen. Einstweilen würde ich an Ihrer Stelle von niemandem irgend etwas Selbstgebackenes annehmen.«

»Ich werde mich bemühen. Danke, Burt.«

Als ich auflegte, waren meine Hände kalt. In den letzten paar Monaten hatte Morley in Zusammenhang mit dem Mord an Isabelle Barney mit einer ganzen Reihe von Leuten gesprochen. Was war die Entdeckung gewesen, die ihn das Leben gekostet hatte? Offenbar etwas sehr Bedeutsames. Giftmörder gelten mit als die gerissensten und raffiniertesten Mörder, schon deshalb, weil ihre Methode Kenntnisse, Geschick, Planung und List erfordert. Man vergiftet niemanden aus einer spontanen Gefühlswallung heraus. Giftmord ist keine impulsive, spontane Tat. Das Heimtückische und Vorhergeplante qualifizieren ihn fast automatisch als besonders schwerwiegende Mordtat. Morley Shine war einer Form von Brutalität zum Opfer gefallen, die so gut wie keine äußeren Spuren hinterlassen hatte, aber sein Tod war mindestens so qualvoll gewesen wie Erstochen- oder Erschossenwerden. Ich sah einen Moment lang den Mörder vor einer Portion tödlicher Pilze sitzen und in einem Kochbuch blättern, auf der Suche nach einer appetitlichen Kleinigkeit, die Morley reizen würde. Ich sah Hände Teig ausrollen, die Füllung sachte in Butter schmoren, liebevoll die Pastete bereiten, das fertige Werk in eine Bäckerschachtel packen und zu Morley bringen. Vielleicht hatte der Mörder ja sogar bei ihm gesessen und mit ihm geplaudert, während er die tödliche Delikatesse verzehrte. Selbst wenn der Gesachmack ein bißchen seltsam gewesen war, hatte Morley vielleicht nichts gesagt. Zu ausgehungert von seiner Diät. Zu höflich, um sich zu beschweren. Und dann die Stunden, in denen er merkte, daß es ihm nicht gutging. Wahrscheinlich hatte er die Übelkeit und die Bauchschmerzen gar nicht mit der Pastete assoziiert, die er so lange vorher gegessen hatte.

Irgendwo hatte ich Pilze gesehen. Ein Bild flackerte vor meinem inneren Auge auf ... Bäume ... Giftpilze in einem Hexenring ...

So viele Orte gab es nicht, wo das gewesen sein konnte. Bei Simone ... bei dem Haus, wo David Barney zur Zeit von Isabelles

Ermordung gewohnt hatte, obwohl ich mich an das Grundstück gar nicht erinnern konnte. Es hatte am Hang gestanden, mit direktem Blick aufs Meer – kaum Bäume in der Nähe. Bei den Weidmanns. Ich war mit Yolanda auf die Terrasse hinausgegangen, wo Peter Weidmann sein Nickerchen gehalten hatte – ein gepflegter Ziergarten und dahinter ein Rasen bis zum Wald.

Ich pflückte methodisch die Karten von meinem Pinnbrett und heftete sie wieder an. Was hatte Morley gesehen, was ich nicht sah? Ich zog seinen Monatsplaner unter einem Stapel auf meiner Küchenplatte hervor. Ich begann mit dem Oktober und versuchte, ein Gefühl dafür zu kriegen, was er die beiden letzten Monate gemacht hatte. Die meisten Kästchen waren leer. Für November ebenfalls, bis auf einige wenige Eintragungen: zwei Arzttermine, ein Termin beim Friseur an einem Mittwoch nachmittag. Dieser Monat, der Dezember, war ein bißchen ausgefüllter gewesen, und es schien, als hätte er tatsächlich ein paar Befragungsgespräche geführt. Lonnie würde entzückt sein, wenn er erfuhr, daß Morley für sein Geld doch immerhin *etwas* getan hatte. Yolanda und Peter Weidmann standen zweimal da. Der erste Termin war offenbar geplatzt, denn er hatte die Zeit durchgestrichen und einen Pfeil zur gleichen Uhrzeit am gleichen Tag der folgenden Woche gezogen. Ich erinnerte mich, daß Yolanda geklagt hatte, wie lästig Morley gewesen sei. Also mußte er doch wohl öfter als einmal dort gewesen sein.

Für den ersten Dezember, Donnerstag vor einer Woche, hatte er für 1 Uhr 15 die Initialen F. V. vermerkt. Voigt? Hatte er doch mit Francesca geredet? Sie hatte mir gesagt, sie sei ihm nie begegnet. Ich hatte zwar eine Mappe mit ihrem Namen gefunden, aber sie war leer gewesen. Natürlich konnte F. V. auch ein Zeuge in einer anderen Sache sein, aber das war nicht eben wahrscheinlich. Die Privatnummer der Voigts war am oberen Rand des Kalenderblattes notiert. Hatte sie gelogen? Für den Samstag war der Termin mit Laura Barney eingetragen. Sie hatte mir selbst davon erzählt und behauptet, Morley sei nicht erschienen. Aber Dorothy hatte doch gesagt, er sei ins Büro gefahren, um seine Post zu holen. Wenn meine Theorie stimmte, mußte ihm die tödliche Pastete irgendwann zwischen Freitag nachmittag und Samstag morgen verabreicht worden sein, später wohl kaum, da ihm ja schon kurz nach dem Mittagessen schlecht geworden war. Das lohnte vielleicht eine nähere Überprüfung. Als Krankenschwester in einer Klinik kam Laura Barney bestimmt an Informationen über Gifte.

Ich schloß hinter mir ab und ging zu meinem Auto. Ich ließ den Motor an und fuhr zur Freeway-Unterführung und unter dem 101 hindurch auf den Castle, dann rechts ab auf den Granita und schließlich links ab auf den Bay Boulevard. Es war gerade kurz nach fünf Uhr, als ich die Santa Teresa Medical Clinic erreichte, die in einer angenehmen Nachbarschaft aus Klinikgebäuden und Einfamilienhäusern an einer baumgesäumten Straße lag. Ich hoffte, daß ich Laura nicht verpaßt hatte. Die Sprechstunde endete vermutlich um fünf, was bedeuten konnte, daß schon alles geschlossen und das Personal ins Wochenende verschwunden war. Ich hatte ihre Privatadresse nicht. Es wäre bestimmt möglich, sie herauszufinden, aber der Zeitverlust wäre ärgerlich. Zu meinem Erstaunen lief sie mir direkt über den Weg: den Kopf gesenkt, einen leichten Mantel über der Schwestern-Uniform, überquerte sie in ihren kreppbesohlten Schuhen flinken Schritts vor mir die Straße. Ich hupte. Sie sah ärgerlich zu mir herüber, wohl in der Annahme, ich wollte sie zurechtweisen.

Ich winkte und beugte mich zur Beifahrerseite, um das Fenster herunterzukurbeln. »Kann ich Sie kurz sprechen?«

»Ich komme gerade von der Arbeit«, sagte sie.

»Es dauert nicht lange.«

»Hat es nicht noch ein bißchen Zeit? Ich bin fix und fertig. Ich freue mich schon die ganze Zeit auf ein schönes Glas Wein und ein heißes Bad. Kommen Sie doch in einer Stunde wieder.«

»Ich muß noch woanders hin.«

Sie schaute weg. Ich sah, wie sie mit sich rang, nicht nachgeben wollte. Sie zog ein mißmutiges Gesicht und starrte auf den Gehweg.

»Es dauert höchstens fünf Minuten«, sagte ich.

»Ach, verflixt, wenn es sein muß«, sagte sie. Sie deutete mit einer Kopfbewegung auf das Haus hinter ihr, eine viktorianische Villa, die offenbar in Appartements umgewandelt worden war. »Da wohne ich. Wollen Sie nicht einen Parkplatz suchen und heraufkommen? Dann kann ich wenigstens erst noch diese Uniform und die Schuhe ausziehen. Wohnung Nummer sechs, ganz am Ende des Flurs.«

»Ich bin gleich da.«

Sie drehte sich um, stieg rasch die Eingangstreppe hinauf und verschwand durch den Vordereingang. Ich fand einen Parkplatz sechs Häuser weiter, auf der gegenüberliegenden Seite. In einem kurzen Anfall von Paranoia fragte ich mich, ob sie vielleicht in Wirklichkeit gar nicht dort wohnte. Ich sah sie im Geist in das Haus gehen und durch den Hinterausgang wieder verschwinden, ehe ich nachkommen konnte. Ich ging die hölzerne Treppe hinauf und öffnete die verglaste Tür, die in einen schummrigen Eingangsflur führte. Es war ganz still im Haus. Linkerhand befand sich eine Konsole mit einer Lampe, die noch nicht brannte. Dort lagen Poststapel und ein paar Exemplare der aktuellen Tageszeitung. Einige Türen rechts und links des Korridors waren übertapeziert. Was einst vorderer Salon und Eßzimmer gewesen war, bildete jetzt eine Wohneinheit. Dahinter schloß sich eine zweite an und ganz hinten vermutlich noch ein Studio. Drei Wohnungen, wie es schien, und wohl noch einmal drei obendrüber. Rechterhand führte eine Treppe nach oben.

Ich ging hinauf, um die Wohnung Nummer sechs zu suchen. Es war nicht gerade das heiterste aller Häuser, aber immerhin sauber. Die Tapete war offenbar neu und wohl ihres viktorianischen Flairs wegen gewählt, mit anderen Worten: saccharinsüß. Sträußchen und Flatterbänder entführten das Auge zu einem fröhlichen Reigen. Der Effekt war deprimierend, trotz aller rosa-grün-veilchenfarbenen Munterkeit.

Ich klopfte an die mit einer überdimensionalen Messingsechs gekennzeichnete Tür. Gleich darauf erschien Laura, einen Kimono in der Taille gürtend. Ich sichtete ihre weißen Schwesternschuhe auf dem Boden neben einem Postersessel, auf den sie ihre weiße Uniform geworfen hatte. Ich hörte Badewasser einlaufen, ein ziemlich eindeutiges Signal. Das Appartement bestand aus zwei sehr großen Zimmern und einem vollgepfropften Loch von Bad, wahrscheinlich die ehemalige Wäschekammer. Von der Tür aus konnte ich den Heizstrahler und den Rand einer Uralt-Badewanne sehen. Die Räume hatten hohe Decken, und das üppige Holzwerk war von jener Sorte, die irgendwie nach Schellack riecht, auch wenn sie seit vielen Jahren keinen Pinsel mehr gesehen hat. Das Ganze war sparsam möbliert, aber was sie hatte, war gediegen. Sie beobachtete mit einer Spur von Amüsement, wie ich das Wohn-Schlafzimmer musterte. »Gefällt es Ihnen?«

»Ich bin immer neugierig, wie andere Singles wohnen.«

»Wie wohnen Sie denn?«

»Auch in etwa so. Ich versuche, alles möglichst einfach zu halten«, sagte ich. »Ich habe keine Lust, nur dafür zu arbeiten, daß ich jeden Monat einen Stapel Rechnungen bezahlen kann.«

»Ich hasse es, allein zu leben. Setzen Sie sich doch.«

»Ach, ja?«

»Natürlich. Sie nicht? Es ist so einsam. Und wer möchte schon so leben?« Sie machte eine ausholende Handbewegung, die mehr meinte, als nur die materielle Umgebung. Sie ging ins Bad und drehte das Wasser ab. Erst jetzt roch ich den dampfigen Kräuterduft eines revitalisierenden Badeöls.

»Sieht doch toll aus. Außerdem sorgt doch niemand für einen, wenn man's nicht selbst tut«, sagte ich.

Sie kam wieder ins Zimmer zurück. »Na, ich hoffe doch, das stimmt nicht. Ich muß sagen, ich habe die Hoffnung noch nicht aufgegeben.«

»Zweisamkeit ist eine Illusion. Wir sind alle auf uns selbst gestellt.«

»Ach, verschonen Sie mich damit. Ich hasse diese Sprüche«, sagte sie. »Wollen Sie mir jetzt sagen, weshalb Sie hier sind?«

»Klar. Es geht um Morley Shine. Sie waren doch letzten Samstag verabredet?«

»Das stimmt. Aber er ist nicht gekommen.«

»Seine Frau sagt, er sei aber an dem Tag in sein Büro gefahren.«

»Ich war um neun dort. Ich habe eine halbe Stunde gewartet und bin dann wieder gegangen«, sagte sie.

»Wo haben Sie gewartet? In seinem Büro?«

»Draußen in der Einfahrt. Warum? Wieso ist das wichtig?«

»Wahrscheinlich gar nicht. Es ist nur wegen einer Lieferung«, sagte ich.

»Diese Schachtel von der Bäckerei?«

»Sie waren da, als sie kam?«

»Sicher. Ich saß draußen in meinem Wagen. Das Bäckereiauto hat gleich neben mir gehalten. Ein Mann ist ausgestiegen, mit diesem weißen Karton. Als er an mir vorbeikam, hat er mich gefragt, ob ich Marla Shine sei. Ich habe ihm gesagt, der Name sei Morley, und der habe sich offenbar verspätet. Der Kerl hat versucht, *mir* die Schachtel aufzudrängen, aber ich hatte schon lange genug gewartet und wollte weg. Ich hasse es, wenn man mich versetzt. Ich habe Besseres zu tun.«

»Was hat der Mann damit gemacht?«

»Mit der Schachtel? Keine Ahnung. Wahrscheinlich hat er sie vorne abgegeben. Oder er hat sie einfach vor die Tür gestellt.«

»Von welcher Bäckerei kam er?«

»Das habe ich nicht gesehen. Der Lieferwagen war rot. Vielleicht war's ja auch ein Botendienst, jetzt, wo ich drüber nachdenke. Was soll die Fragerei?«

»Morley wurde ermordet.«

Sie sagte »Ach«, und ihre Überraschung schien echt.

»Wahrscheinlich war es die Pastete in der Schachtel, die Sie gesehen haben. Ich habe gerade mit dem Gerichtsmediziner gesprochen.«

»Er wurde vergiftet?«

»Sieht so aus.«

»Was folgt daraus?«

»Ich weiß es noch nicht. Morley wußte irgend etwas. Ich weiß nicht genau, was es war, aber ich denke, ich bin dicht dran.«

»Schade, daß er Ihnen nicht hinterlassen hat, was es war.«

»In gewisser Weise hat er das. Ich weiß, wie sein Gehirn gearbeitet hat. Er und der Mann, der mir dieses Handwerk beigebracht hat, waren jahrelang Partner.«

»Wollten Sie sonst noch etwas von mir?«

»Im Moment nicht. Ich lasse Sie jetzt in Ihr Bad steigen.«

Ich fuhr zum Freeway und dann den 101 nach Norden bis zur Abfahrt Cutter Road. Ich hielt mich links und gelangte von vorn nach Horton Ravine. Ich hatte das Gefühl, daß ich die ganze Woche nichts weiter getan hatte, als zwischen Colgate, Santa Teresa-Zentrum und hier hin- und herzuflitzen. Der Nachmittag war schon grau, typisch Dezember, die Temperatur kaum noch über zehn Grad, die Art Kälteeinbruch, über die sich nur Kalifornier beschweren können. Ich parkte in der halbkreisförmigen Einfahrt und klingelte. Francesca öffnete selbst. Sie trug ein schokoladenbraunes, wollenes Hemdblusenkleid, schwarze Strumpfhosen und Stiefel und einen schwarzen, rund ausgeschnittenen Pullover wie einen Schal um die Schultern geschlungen.

Sie sagte: »Nanu, Kinsey. Mit Ihnen hätte ich zuletzt gerechnet.« Sie zögerte, den Blick prüfend auf mein Gesicht gerichtet. »Stimmt etwas nicht? Sie sehen so komisch aus. Gibt es schlechte Neuigkeiten?«

»Ja, die gibt es, aber damit will ich Sie jetzt nicht belasten. Haben Sie einen Moment Zeit? Ich muß kurz mit Ihnen sprechen.«

»Sicher. Kommen Sie doch rein. Guda ist noch eben ein paar Sachen einkaufen gegangen. Ich wollte gerade im Kaminzimmer Kaffee trinken. Lassen sie mich schnell einen Becher holen, dann können Sie mir Gesellschaft leisten. Scheint ja ziemlich widerlich zu sein, da draußen.«

Es ist überall widerlich, dachte ich. Ich folgte ihr in die Küche, die ganz in Schwarz-Weiß gehalten war und an drei Seiten riesige Fenster hatte. Die Frontseiten der Geräte waren schwarz, ebenso wie die der Küchenschränke, die aus glänzendem Lackholz bestanden. Die Arbeitsplatten waren aus Edel-Kunststoff, schneeweiß und fugenlos, die Hängeborde und Accessoires aus blankem Aluminium. Die einzigen Farbtupfer waren knallrote Geschirrtücher und Topfhandschuhe. Sie nahm einen Becher aus dem Schrank und bedeutete mir mit einer Kopfbewegung, daß wir durch das Eßzimmer ins Kaminzimmer gehen könnten. »Nehmen Sie Sahne und Zucker? Steht beides drüben auf dem Tablett. Es ist aber auch Magermilch da, wenn Sie die lieber mögen.«

»Sahne ist okay«, sagte ich. Ich wollte ihr im Moment noch nichts von Morley erzählen. Sie sah mich über die Schulter forschend an, offensichtlich irritiert durch mein Verhalten. Schlechte Neuigkeiten sind eine Last, die anscheinend nur leichter wird, wenn man sie teilt.

Die Wände des Kaminzimmers waren birkenholzgetäfelt, die Sitzmöbel mit sattelfarbenem Leder bezogen. Sie ließ sich wieder auf dem Ledersofa nieder, wo sie offenbar schon vorher gesessen hatte. Sie war gerade dabei, ein Buch zu lesen, einen gebundenen Roman von Fay Weldon, den sie, dem Lesezeichen nach zu urteilen, fast durchhatte. Es war Ewigkeiten her, daß ich das letzte Mal einen Tag blaugemacht und mich mit einem guten Buch unter einer warmen Decke eingeigelt hatte. Eine behäbige Kaffeekanne stand auf der einen Seite des Messingtischchens. Sie goß Kaffee in den Becher und reichte ihn mir. Ich nahm ihn mit einem gemurmelten »Danke«, das sie mit einem unsicheren Lächeln quittierte. Sie zog ein Kissen auf ihren Schoß und hielt es umfaßt wie einen Teddy.

Ich registrierte, daß sie mich nicht weiter drängte, ihr zu sagen, weshalb ich da war. »Ich habe mir Morleys Terminkalender angesehen. Seinen Notizen zufolge hat er letzte Woche mit Ihnen gesprochen. Das hätten Sie mir sagen sollen, als ich Sie danach gefragt habe.«

»Oh.« Sie hatte immerhin soviel Anstand, rot zu werden, und ich sah, daß sie unschlüssig war, wie sie reagieren sollte. Sie mußte wohl befunden haben, daß es nichts brachte, an ihrer Lüge festzuhalten. »Ich hatte wohl gehofft, Sie bräuchten es nicht unbedingt zu erfahren.«

»Würden Sie mir bitte erzählen, was wirklich los war?«

»Es ist mir sehr peinlich, aber ich habe ihn selbst angerufen, gleich am Donnerstag morgen, und die Verabredung ausgemacht.«

Schweigen. Ich sagte: »Und?«

Sie zog die eine Schulter hoch. »Ich war wütend auf Kenneth. Ich hatte etwas entdeckt... etwas, wovon ich nichts wußte...«

»Nämlich?«

»Gleich. Sie müssen den Kontext verstehen...«

Ich brannte darauf. Das Wörtchen »Kontext« fällt immer dann, wenn es darum geht, Fehlverhalten zu rechtfertigen. Man braucht nicht vom »Kontext« zu reden, wenn man etwas Richtiges getan hat. »Ich höre.«

»Mir ist endlich klargeworden, wie satt ich die ganze Sache mit Isabelles Ermordung habe. Ich habe die Nase voll von diesem Thema und dem ganzen dramatischen Drum und Dran. Das ist jetzt sechs Jahre her, und Kenneth kann bis heute noch von nichts anderem reden. Ihr Tod, ihr Geld, ihr Talent, ihre Schönheit. Die Tragik. Er ist völlig besessen von dieser Frau. Er liebt sie tot mehr, als er sie lebendig je geliebt hat.«

»Nicht unbedingt...«

Sie redete weiter, als hätte ich nichts gesagt. »Ich habe Morley erzählt, daß ich Iz gehaßt habe, daß ihr Tod für mich ein Freudenfest war. Ich habe einfach alles ausgespuckt, diesen ganzen emotionalen... Müll. Das Verrückte ist, als ich dann später noch mal darüber nachgedacht habe, ist mir klargeworden, wie verdreht mein ganzes Verhalten war. Und Kenneths auch. Ich meine, schauen Sie uns doch an. Das ist doch eine höchst neurotische Beziehung.«

»Und zu diesem Schluß sind Sie gekommen, nachdem Sie mit Morley geredet hatten?«

»Das hat auch zu der Einsicht beigetragen, daß ich da dringend herausmuß. Wenn ich je gesund werden will, muß ich mich von Ken trennen und lernen, zur Abwechslung mal auf eigenen Füßen zu stehen –«

»Und da haben Sie beschlossen, ihn zu verlassen. Letzte Woche erst?«

»Eigentlich – ja.«

»Also hatte es nichts mit Ihrer Krebserkrankung vor zwei Jahren zu tun?«

Sie zuckte die Achseln. »Das hat sicher auch eine Rolle gespielt. Es war wie so eine Art Erwachen. Plötzlich ist mir aufgegangen, was ich da tue. Bis ich mit Morley geredet habe, dachte ich wirklich, ich sei glücklich verheiratet. Aufrichtig. Ich dachte, es sei alles bestens. Naja, mehr oder weniger jedenfalls. Danach ist mir klargeworden, daß das alles nur eine Illusion war.«

»Muß ja ein sehr intensives Gespräch gewesen sein«, sagte ich. Ich wartete einen Moment, aber sie war in Schweigen versunken.

»Was heißt ›mehr oder weniger‹?« fragte ich.

Sie sah mich an. »Was?«

»Möchten Sie mir erzählen, was Sie entdeckt haben? Sie sagten, Sie hätten etwas herausgefunden, was Sie wütend gemacht hat. Und wenn ich Sie recht verstehe, haben Sie sich deshalb überhaupt erst mit Morley in Verbindung gesetzt.«

»Oh, ja, natürlich. Ich habe im Arbeitszimmer aufgeräumt, und dabei bin ich auf Belege über Zahlungen gestoßen, von denen Ken mir nichts erzählt hatte.«

»Bankbelege?«

»So ähnlich. Eine Aufstellung in einem Abrechnungsbuch. Er hat jemandem ... nun ja ... finanzielle Zuwendungen zukommen lassen.«

»Finanzielle Zuwendungen«, wiederholte ich verständnislos.

»Ja, Sie wissen schon. Regelmäßige monatliche Barzahlungen. Und zwar schon seit drei Jahren. Als guter Geschäftsmann hat er darüber natürlich Buch geführt. Er hat wohl nicht gedacht, daß mir diese Einträge jemals in die Hände fallen könnten.«

»Was soll das? Hat Kenneth eine Geliebte?«

»Das habe ich zuerst auch gedacht, aber es ist in gewisser Weise schlimmer.«

»Francesca, würden Sie bitte aufhören, um den heißen Brei herumzureden, und mir erzählen, was Sache ist?«

Sie brauchte erst Anlauf. »Das Geld ging an Curtis McIntyre.«

»An *Curtis?*« fragte ich. Das überstieg mein Fassungsvermögen. »Weshalb?«

»Das wollte ich auch wissen. Als er nach Hause kam, habe ich ihn sofort zur Rede gestellt.«

Ich starrte sie an. »Und was hat er gesagt?«

»Er sagt, es sei so eine Art Resozialisierungshilfe. Ein kleiner Zuschuß zu seiner Miete. Ein paar Dollar, damit er wenigstens die eine oder andere Rechnung bezahlen könne. So in der Art.«

»Warum sollte er so etwas tun?« fragte ich.

»Ich habe keine Ahnung.«

»Wieviel?«

»Bis jetzt etwa dreitausendsechshundert Dollar.«

»Na, das fehlt gerade noch«, sagte ich. »Ich habe schon Schuldgefühle, weil ich Dinge zutage gefördert habe, die Lonnie in dieser Prozeßsache Knüppel zwischen die Beine werfen, und jetzt muß ich auch noch hören, daß der Kläger den Hauptbelastungszeugen ausgehalten hat. Wenn Lonnie das hört! Der wird wahnsinnig!«

»Das habe ich Ken auch gesagt. Aber er schwört, er habe dem Jungen nur helfen wollen.«

»Ist ihm denn nicht klar, wie das aussieht, wenn es ans Licht kommt? Es sieht aus, als hätte er Curtis für seine Aussage bezahlt. Glauben Sie mir, Curtis ist auch so schon nicht der Glaubhafteste. Wie sollen wir ihn als unparteilichen Zeugen verkaufen, der nur seiner Bürgerpflicht nachkommt?«

»Ken findet nichts dabei. Er sagt, Curtis habe Probleme gehabt, einen Job zu finden. Ich nehme an, Curtis hat ihm gesagt, er müsse vielleicht weggehen und es woanders versuchen. Kenneth wollte sicherstellen, daß er verfügbar ist –«

»Dafür sind Zeugenvorladungen da!«

»Mich brauchen Sie nicht anzuraunzen. Ken schwört, es sei nicht so, wie es aussieht. Curtis sei zu ihm gekommen, nachdem David freigesprochen –«

»Ach, hören Sie auf, Francesca. Was soll denn ein Geschworenengericht davon halten? Was für ein Zufall. Curtis' Aussage kommt zufällig dem Mann zugute, der ihm seit drei Jahren Geld gibt...« Ich hielt inne. Irgend etwas an der Art, wie sie das Kissen umklammerte, veranlaßte mich, sie genauer zu mustern. »Und weiter?«

»Ich habe das Abrechnungsbuch zu Morley gebracht. Ich hatte Angst, Kenneth könnte es vernichten. Deshalb habe ich es Morley gegeben, damit er es aufbewahrt, bis ich wüßte, was ich tun wollte.«

»Wann war das?«

»Daß ich das Buch gefunden habe? Das muß Mittwoch abend gewesen sein. Ich habe es am Donnerstag mit zu Morley genommen, und als Kenneth dann nach Hause kam, hatten wir einen Riesenkrach...«

»Wußte er, daß Sie es an sich genommen hatten?«

»Ja, und er hat getobt. Er wollte es wiederhaben, aber ich konnte es ihm ja nicht geben.«

»Wußte er, daß Sie es Morley gebracht hatten?«

»Das habe ich ihm nicht gesagt. Er könnte höchstens selbst darauf gekommen sein, aber ich wüßte nicht, wie. Wieso fragen Sie?«

»Weil Morley ermordet wurde. Jemand hat ihm eine Pastete mit Giftpilzen gebacken. Ich habe die weiße Bäckereischachtel in seinem Papierkorb gefunden.«

Sie sah mich fassungslos an. »Aber Sie denken doch nicht, daß *Ken* es war.«

»Ich will es so sagen: Ich habe Morleys Büros durchsucht, das offizielle und das bei ihm zu Hause. Da war nirgends ein Abrechnungsbuch, und von den Akten fehlte die Hälfte. Ich bin bisher davon ausgegangen, daß seine Wirtschaft einfach schlampig war oder daß er Lonnie betrogen hat und ihm Dinge in Rechnung stellte, die er nie getan hatte. Inzwischen frage ich mich, ob nicht jemand diese Unterlagen gestohlen hat, um zu vertuschen, daß etwas anderes fehlte.«

»Kenneth würde so etwas niemals tun. Auf keinen Fall.«

»Was passierte am Donnerstag, als Sie ihm das Buch nicht zurückgeben konnten? Hat er davon abgelassen?«

»Er hat mich immer wieder danach gefragt, aber ich habe nichts gesagt. Dann hat er gemeint, es sei auch egal, weil es ja kein Verbrechen sei. Wenn er Curtis Geld leihen würde, sei das eine reine Privatsache.«

»Aber kommt Ihnen das nicht merkwürdig vor? Da zahlt Kenneth Geld an Curtis McIntyre, dessen Zeugenaussage zufällig David Barney belastet, was wiederum rein zufällig Kenneth Voigt nützt. Ist das nicht eine erstaunliche Symmetrie? Oder vielleicht war es ja auch Erpressung. Hey, das ist überhaupt ein Gedanke.«

»Erpressung womit?«

»Mit dem Mord an Isabelle. Darum dreht sich das Ganze doch.«

»Er hätte Isabelle niemals getötet. Er hat sie viel zu sehr geliebt.«

»Das sagt er jetzt. Aber wer weiß, was er damals empfunden hat?«

»Das würde er nie tun«, sagte sie, nicht sonderlich überzeugt.

»Wieso nicht? Isabelle hat ihn wegen David Barney verlassen. Was könnte ihm da eine größere Genugtuung sein, als sie umzubringen und *David* den Mord anzuhängen?«

Ich ließ sie mit ihrem Kissen sitzen. Sie hatte den Zipfel so lange gezwirbelt, daß er aussah wie ein Karnickelohr.

20

Auf dem Weg nach Colgate hielt ich, um zu tanken. Dieses Hin und Her durch die Stadt summierte sich allmählich auf einmal Idaho und zurück, und ich bereute schon, daß ich Lonnie kein Kilometergeld berechnete. Es war gerade kurz nach achtzehn Uhr und zäher Verkehr, vor allem in der Gegenrichtung, stadteinwärts. Vor den Bergen hingen Wolken wie eine Lage Mull.

Ich steuerte in Richtung Voigt Motors und versuchte, abzuschätzen, ob Kenneth Voigt mir die Wahrheit sagen würde. Wie sein Verhältnis zu Curtis auch sein mochte, es war Zeit, ein wenig Tacheles zu reden. Wenn ich aus Kenneth nichts herausbekam, würde ich mir Curtis vorknöpfen. Auf dem Parkplatz vor dem Autohaus quetschte ich meinen VW zwischen einen Jaguar und einen Porsche. Ich ging durch den Vordereingang hinein und ignorierte die Verkäuferin, die eilfertig auf mich zukam, und stapfte die breite Treppe hinauf, zu der Galerie von Büroräumen, die den oberen Flur säumte – Kreditabteilung, Buchhaltung. Offenbar mußte das Verkaufspersonal ausharren bis zum Geschäftsschluß um 20 Uhr. Das Büropersonal hatte es etwas besser: Hier war man dabei, Feierabend zu machen. Kenneths Bürotür trug seinen Namen in fünf Zentimeter hohen Messinglettern. Seine Sekretärin war eine Frau von Anfang fünfzig, mit blondgebleichtem Haar, obgleich sie die einschlägige gesetzliche Altersgrenze dafür bereits überschritten hatte. Die Zeit hatte zwischen ihren Augen einen Sorgenwulst aufgeworfen. Sie räumte gerade ihren Schreibtisch auf, packte Unterlagen weg, steckte Bleistifte und Kugelschreiber ordentlich in einen Keramikbecher.

Ich sagte: »Hi. Ist Mr. Voigt da? Ich hätte ihn gerne kurz gesprochen.«

»Sind Sie ihm nicht eben auf der Treppe begegnet? Er ist vor zwei Minuten gegangen, aber vielleicht hat er auch den Hinterausgang genommen. Kann ich etwas für Sie tun?«

»Ich glaube nicht. Können Sie mir sagen, wo er seinen Wagen stehen hat? Vielleicht erwische ich ihn ja noch.«

Ihr Gesichtsausdruck hatte sich geändert, und sie sah mich jetzt mißtrauisch an. »Worum geht es denn?«

Ich würdigte sie keiner Antwort.

Ich huschte aus der Tür, ging rasch den oberen Flur hinunter und guckte unterwegs kurz in jeden Raum einschließlich der Herrentoilette. Ein erschrockener Mann im Business-Anzug war gerade am Abschütteln. Ach, Gott, wie praktisch. Wenn es auf dieser Welt so etwas wie Gerechtigkeit gäbe, hätten wir Frauen diese kleinen Baumeldinger, und die Männer müßten sich damit abplagen, Papier auf Klobrillen zu breiten. Ich sagte: »Uuups. War wohl verkehrt«, und schloß die Tür wieder. Ich fand die Hintertreppe jenseits einer Tür mit der Aufschrift »Notausgang«. Ich hastete, zwei Stufen auf einmal nehmend, hinunter und auf den Parkplatz hinaus, aber dort war von Ken nichts zu sehen und ich sah auch keinen Wagen wegfahren.

Ich ging zurück zu meinem VW und fuhr vom Parkplatz aus nach links, den Faith Boulevard hinunter, Richtung Upper State Street. Curtis McIntyres Motel war nur eine Meile entfernt. Dieser Stadtteil bestand aus Schnellrestaurants, Wagenwaschanlagen, Elektro-Discounts und diversen kleinen Einzelhandelsgeschäften, zwischen die sich hier und da ein Bürohaus zwängte. Hinter dem Cutter Road-Einkaufszentrum kam rechts die Auffahrt zum Freeway Richtung Norden. Die State Street zweigte links ab und verlief ein, zwei Meilen parallel zum Highway.

Das Thrifty Motel lag kurz vor der Kreuzung, wo die zweispurige Schnellstraße, die in die Berge im Norden führt, die State Street schneidet. Ich fuhr nach links auf den Motelparkplatz und nahm den unbenutzten Stellplatz vor Curtis' Zimmer. Die meisten

Räumen entlang des L waren hellerleuchtet, und in der Luft hing ein deftiger Geruch nach Gebratenem, eine aromatische Mischung aus Speck, Hamburgern, Schweinekoteletts und Bratwurst. Außerdem konkurrierten Fernsehnachrichten und dröhnende Country-Musik um den Luftraum. Curtis' Fenster waren dunkel, und mein Klopfen zeigte keine Reaktion. Ich versuchte es nebenan. Der Mann, der mir aufmachte, mußte in den Vierzigern sein und hatte leuchtend blaue Augen, einen Topf-Haarschnitt und einen Bart wie ein Haarfilz, den man aus einer Bürste gezupft hat.

»Ich suche Ihren Nachbarn. Haben Sie ihn zufällig gesehen?«

»Curtis ist weggegangen.«

»Ahnen Sie vielleicht, wohin?«

Der Typ schüttelte den Kopf. »Bin nicht sein Aufpasser.«

Ich nahm eine Geschäftskarte und einen Stift heraus und schrieb Curtis eine kleine Notiz, daß er mich so bald wie möglich anrufen solle. »Könnten Sie ihm das hier geben?«

Der Typ sagte: »Wenn ich ihn seh'.« Er schloß die Tür wieder.

Ich nahm noch eine Karte, kritzelte noch einmal denselben Wortlaut darauf und steckte sie hinter die metallene 9 an Curtis' Tür. Das Motelschild blinkte unermüdlich, während ich über den Parkplatz auf das Büro zusteuerte. Es verkündete in flirrendem Grün *Thrifty Motel* und machte ein Geräusch wie Fliegen, die gegen ein Fliegenfenster surren. Das verglaste Büro war offen, und innen an einer der Scheiben lehnte ein *belegt*-Schild in roten Lettern auf weißem Grund.

Der Anmeldetressen war nackt und kahl und nicht besetzt. Die Tür im Hintergrund stand einen Spalt offen, und in den Räumen, die üblicherweise dem Manager vorbehalten sind, brannte Licht. Er sah offensichtlich eine Wiederholungsfolge irgendeiner Seifen-Serie, denn immer wieder erscholl begeistertes Konserven-Gelächter. Jeder dritte Lacher war besonders laut, und man konnte sich leicht ausmalen, wie der Toningenieur an seinem Mischpult saß und die Hebel bediente: rauf und runter und rauf und runter und *weit* rauf und wieder runter.

Auf dem Tresen stand ein kleines Schildchen mit der Aufschrift

»H. Stringfellow, Geschf. Bitte läuten« neben einem altertümlichen Klingelknopf. Ich bimmelte, was mir einen herzhaften Lacher seitens des unsichtbaren Publikums eintrug. Mr. Stringfellow kam durch die Tür geschlurft und zog sie hinter sich zu. Er hatte schneeweißes Haar und ein hageres, glattrasiertes Gesicht mit rosiger Haut und einem markanten Kinn, das aussah, als sei es chirurgisch vergrößert worden. Er trug ausgebeulte braune Hosen und ein kackbraunes Nylonhemd mit einem gelben Schlips. »Alles voll«, sagte er. »Probieren Sie's ein Stück weiter die Straße hinunter.«

»Ich suche kein Zimmer. Ich suche Curtis McIntyre. Haben Sie eine Ahnung, wann er wiederkommt?«

»Keine Ahnung. Jemand kam und hat ihn abgeholt. Ich glaube jedenfalls, es war ein Mann. Der Wagen fuhr vor, und weg war er.«

»Sie haben den Fahrer nicht gesehen?«

»Nö. Hab' auch den Wagen nicht gesehen. Ich war gerade hinten am Arbeiten und hab' es nur hupen hören. Gleich darauf hab' ich Curtis am Fenster langgehen sehen. Nur' weil ich zufällig durch die Tür geguckt hab'. Dann hat eine Autotür geknallt, und der Wagen ist weggefahren.«

»Wann war das?«

»Eben gerade. Ist vielleicht fünf oder zehn Minuten her.«

»Gehen seine Anrufe hier über den Hauptapparat?«

»Gibt keinen Hauptapparat. Er hat ein Telefon auf seinem Zimmer. So wird alles extra gezählt, und ich brauch' mich nicht damit zu befassen. Ich will nicht so tun, wie wenn ich's mit einer erstklassigen Kundschaft zu tun hätt'. Lumpengesindel, die allermeisten, aber das geht mich nichts an. Solang wie sie das Geld ordnungsgemäß im voraus zahlen.«

»Ist er da gewissenhaft?«

»Besser als die meisten. Sind Sie seine Bewährungshelferin?«

»Nur eine Bekannte«, sagte ich. »Wenn Sie ihn sehen – könnten Sie ihm ausrichten, er soll mich anrufen?« Ich nahm noch eine Karte heraus und kringelte meine Telefonnummer ein.

Ich schloß meine Wagentür auf und wollte gerade einsteigen, als mich ein kleines Teufelchen stupste und darauf aufmerksam machte, daß das da genau vor meiner Nase Curtis McIntyres Tür war. Das Schloß wirkte ganz solide, aber das Fenster gleich daneben war offen. Der Spalt war zwar nur eine Hand breit, aber der Holzrahmen des Fliegengitters war unten verzogen und soweit abgewölbt, daß ich meine zarten Fingerchen hineinzwängen konnte. Ich brauchte nur das Fliegengitter herauszudrücken, das Fenster ein Stückchen hochzuschieben, hineinzugreifen und die Türverriegelung zu lösen. Auf dem Parkplatz war niemand, und der Fernsehlärm würde jedes Geräusch übertönen. Ich war die ganze Woche über eine mustergültige Staatsbürgerin gewesen, und was hatte es mir eingebracht? Die Sache würde sowieso nie vor Gericht kommen, was machte es da schon aus, wenn ich ein bißchen gegen die Gesetzte verstieß? *So* eine große Sache ist ein simpler Einbruch ja nun auch wieder nicht. Ich wollte ja nichts stehlen. Ich wollte nur einen klitzekleinen Blick hineinwerfen. Das ist die Art von Gedanke, mit der mir mein kleines Teufelchen zu kommen pflegt. Schäbige Argumente, aber schrecklich verlockend. Ich schämte mich, aber bevor ich es mir noch einmal überlegen konnte, war ich schon dabei, das Fliegengitter herauszulösen und meine unartigen kleinen Finger durch die Öffnung zu schieben. Und ehe ich mich's versah, war ich in seinem Zimmer. Ich machte das Licht an. Ich konnte nur hoffen, daß Curtis nicht hereinspaziert kam. Ich war mir nicht sicher, ob es ihn stören würde, wenn ich sein Zimmer filzte. Ich hatte vor allem Angst, er könne auf die Idee kommen, ich stellte ihm nach.

Seine Mutter wäre sicher vor Scham in den Boden versunken, wenn sie gesehen hätte, wie er hauste. »Heb' deine Kleider auf«, kam in seinem Sprachschatz nicht vor. Der Raum war ohnehin schon nicht sonderlich groß, etwa dreimal drei Meter, mit einer winzigen Kochnische – einer Kombi-Kühlschrank-Koch-Spüle, die vor Dreck starrte. Das Bett war ungemacht und barg weiter keine großen Überraschungen. Ein kleiner Schwarz-Weiß-Fernseher stand auf einem der Nachttischchen, das er, der besseren Sicht wegen, von der Wand abgerückt hatte. Elektrokabel schlängelten sich als Stolperfallen über den Fußboden. Das Bad war klein und mit muffigen Handtüchern drapiert. Er schien auf Seife mit eingebackenen Schamhaaren zu stehen.

Aber mir konnte es schließlich egal sein, wie es bei ihm aussah. Was mich interessierte, war der wackelige Holzschreibtisch. Ich machte mich daran, ihn zu durchsuchen. Curtis hielt wohl nichts von Banken. Er bewahrte sein Geld lose in der obersten Schublade auf. Ein ganz hübsches Sümmchen. Wahrscheinlich dachte er sich, marodierende Räuberbanden würden sich nicht unbedingt das Zimmer 9 im Thrifty Motel vornehmen. Zwischen dem Geld lagen, kunterbunt dazwischengestopft, diverse Rechnungen: Gas, Telefon, Sears, wo er ein paar Klamotten erstanden hatte. Unter den Sichtfenster-Couverts entdeckte ich einen dickeren Selbstklebe-Umschlag, der für die Versendung von Schecks bestimmt war. Name und Adresse des Absenders waren auf der Verschlußklappe vorgedruckt: Mr. und Mrs. Peter Weidmann. Aha, das war interessant. Ich stellte das kleine Lämpchen schräg und hielt den Umschlag so dicht an die Birne, daß das Papier fast ankokelte. Das Kuvert hatte ein blödes Sternchenfutter, so daß ich den Inhalt nicht erkennen konnte. Glücklicherweise weichte die Hitze der Glühbirne jedoch den Kleber auf, und durch vorsichtiges Pulen gelang es mir, die Klappe zu öffnen.

Drinnen steckte ein Scheck über vierhundert Dollar, auf Curtis ausgestellt und von Yolanda Weidmann unterzeichnet. In der Zeile »Verwendungszweck« stand nichts, und der Umschlag enthielt auch keinerlei persönliche Mitteilung. Woher kannte sie Curtis, und weshalb schickte sie ihm Geld? Bei wie vielen Leuten kassierte dieser Mensch noch ab? Von Kenneth und Yolanda zusammen strich er fünfhundert Dollar im Monat ein. Noch ein paar edle Spender, und das war besser als ein regulärer Job. Ich steckte den Scheck zurück und verschloß den Umschlag wieder. Sonst enthielten die Schubladen nichts Besonderes. Noch ein letzter Rundum-Kontrollblick, und ich knipste das Licht wieder aus. Ich linste um die Vorhangkante. Auf dem Parkplatz war kein Mensch zu sehen. Ich entriegelte die Tür, schlüpfte hinaus und zog sie hinter mir wieder zu.

Ich umging den Freeway und fuhr auf kleinen Straßen zurück nach Horton Ravine. Die Lower Road war dunkel, da die wenigen Laternen zu weit auseinander standen, um sie ausreichend zu beleuchten. Das Licht, das bei den Weidmanns brannte, wirkte wie eine Art Minimal-Beleuchtung, die man anläßt, damit Einbrecher woanders hingehen. Die Lampe über der Tür brannte, aber in der Einfahrt stand kein Wagen. Ich ließ den Motor laufen, während ich klingelte. Als ich überzeugt war, daß niemand zu Hause war, stieß ich rückwärts wieder aus der Einfahrt und stellte den Wagen um die Ecke in der Esmeralda Street ab. Der Wachdienst von Horton Ravine würde in regelmäßigen Abständen vorbeikommen, aber ich dachte, daß ich doch ein Weilchen unbemerkt bleiben würde. Ich öffnete das Handschuhfach und nahm die Stablampe heraus. Soweit ich wußte, hatten die Weidmanns weder einen Elektrozaun noch einen großen, geifernden Dobermann. Ich zog meine Jacke aus einem Haufen Krempel auf dem Rücksitz, schlüpfte hinein und schloß den vorderen Reißverschluß. Auf zu einer kleinen Giftpilz-Pirsch.

Ich näherte mich dem Haus zu Fuß und leuchtete den Weg vor mir mit der Taschenlampe ab. Das Licht über der Tür gab einen sanftgelben Schein, der am Rande des Gartens allmählich in tiefes Dunkel überging. Ich schlich um das Haus herum zu der hinteren Terrasse, wo zwei grelle Scheinwerfer ungebetene Gäste abschreckten. Ich überquerte die Terrasse und stieg die vier flachen Stufen zum Ziergarten hinunter. Das Polster auf Peters Liegesessel war zusammengefaltet, wohl um es vor weiterem Verwittern zu schützen. Im Laufe der Jahre hatte die Sonne den Markisenstoff zu einem craquelé-artigen Grau gebleicht. Ich sah, daß die Oberseite derzeit Schnecken als Tummelplatz diente.

Das Gras war frisch gemäht. Ich konnte die überlappenden Längsbahnen erkennen. Wo ich die Pilze gesehen hatte, war nichts. Ich überquerte den hinteren Grundstücksteil und versuchte, mich an die Anordnung der Hexenringe zu erinnern. Einige Pilze hatten einzeln gestanden, andere in Gruppen. Jetzt hatten die rotierenden Messer des Rasenmähers alles eingeebnet. Ich hockte mich hin und ertastete zerhäckselte, fleischige Materie, weißlich auf dem dunklen Gras. Aus dem Augenwinkel sah ich eine Bewegung ... ein Schatten auf der hellen Fläche. Yolanda war da, kam durch das nasse Gras auf die Stelle zugestapft, wo ich kauerte. Sie trug wieder einen zweiteiligen Velours-Jogginganzug, diesmal in Magentarot. Ihre Laufschuhe schienen von lauter kleinen Reflektorstreifen zu blitzen – auf dem makellosen Oberleder klebte abgemähtes Gras.

»Was haben Sie hier zu suchen?« Ihre Stimme war leise, und in dem Schummerlicht wirkte ihr Gesicht grau und matt. Ihr platinblondes Haar war steif wie eine Perücke.

»Ich suche die Pilze, die neulich hier standen.«

»Der Gärtner war gestern da. Ich habe ihn das ganze Stück mähen lassen.«

»Was hat er mit dem abgemähten Zeug gemacht?«

»Wieso fragen Sie?«

»Morley Shine ist ermordet worden.«

»Das tut mir leid.« Es klang formell.

»Ach, wirklich?« fragte ich. »Ich dachte, Sie konnten ihn nicht besonders leiden.«

»Ich konnte ihn überhaupt nicht leiden. Er roch wie jemand, der trinkt und raucht, was ich gar nicht billige. Aber Sie haben mir immer noch nicht erklärt, was Sie auf meinem Grund und Boden wollen?«

»Sagt Ihnen *Amanita phalloides* etwas?«

»Eine Art Giftpilz, nehme ich an.«

»Die Sorte Giftpilz, an der Morley gestorben ist.«

»Der Gärtner wirft die Abfälle dort drüben auf einen großen Haufen. Wenn er groß genug ist, lädt er ihn auf seinen Lastwagen und bringt ihn zur Müllkippe. Wenn Sie wollen, können Sie gern das kriminaltechnische Labor bitten, das Zeug abzufahren.«

»Morley war ein guter Detektiv.«

»Das bezweifele ich nicht. Was hat das damit zu tun?«

»Ich habe den Verdacht, daß er ermordet wurde, weil er hinter die Wahrheit gekommen ist.«

»Die Wahrheit über Isabelles Tod?«

»Unter anderem. Würden Sie mir vielleicht sagen, wieso Sie Curtis McIntyre einen Vierhundert-Dollar-Scheck geschickt haben?«

Sie schien verdattert. »Wer hat Ihnen das gesagt?«

»Ich habe den Scheck gesehen.«

Sie schwieg volle dreißig Sekunden, in einem normalen Gespräch eine sehr lange Zeit. Dann sagte sie zögernd: »Er ist mein Enkel. Auch wenn Sie das gar nichts angeht.«

»Curtis?« sagte ich so fassungslos, daß es sie offenbar kränkte.

»Sie brauchen das gar nicht in diesem Ton zu sagen. Daß der Junge kein Engel ist, weiß ich wahrscheinlich besser als Sie.«

»Entschuldigung, aber ich wäre nie und nimmer darauf gekommen, daß Sie mit ihm verwandt sein könnten«, sagte ich.

»Unsere einzige Tochter starb, als er zehn war. Wir hatten ihr versprochen, ihn nach besten Kräften zu erziehen. Curtis' Vater war leider ein hoffnungslos verkommener Mensch, kriminell und asozial. Er hat sich aus dem Staub gemacht, als Curtis acht war, und seither haben wir nichts mehr von ihm gehört. Wenn Natur gegen Erziehung steht, ist die Natur eben einfach stärker. Oder aber wir haben in irgendeinem entscheidenden Punkt versagt...« Ihre Stimme verlor sich.

»Ist er so in die ganze Sache hineingeraten?«

»Welche Sache?«

»Er soll doch als Zeuge in dem Zivilprozeß gegen David Barney aufgefahren werden. Haben Sie je mit ihm über den Mord gesprochen?«

Sie rieb sich die Stirn. »Ich glaube schon.«

»Können Sie mir sagen, ob er zu der Zeit bei Ihnen gewohnt hat?«

»Ich sehe nicht, wofür das wichtig sein sollte.«

»Wissen Sie zufällig, wo er im Moment ist?«

»Ich habe keine Ahnung.«

»Irgend jemand hat ihn vorhin in seinem Motel abgeholt.«

Sie sah mich starr an. »Bitte, sagen Sie mir, was Sie wollen, und lassen Sie mich dann in Frieden.«

»Wo ist Peter? Ist er da?«

»Er wurde heute am späten Nachmittag ins Krankenhaus eingeliefert. Er hatte wieder einen Herzinfarkt. Er liegt auf der kardiologischen Intensivstation. Wenn es nicht zuviel verlangt ist, würde ich jetzt gerne hineingehen. Ich bin nur kurz nach Hause gekommen, um einen Bissen zu essen. Ich muß noch ein paar Anrufe erledigen und dann wieder zurück ins Krankenhaus. Diesmal sind sie nicht sicher, ob er's schafft.«

»Tut mir leid«, sagte ich. »Das habe ich nicht geahnt.«

»Das ist jetzt nicht von Belang. Gar nichts ist von Belang.«

Ich sah verlegen zu, wie sie über den Rasen zurückstapfte und ihre Schuhe drüben auf der Terrasse feuchte Abdrücke hinterließen. Sie wirkte zusammengeschrumpft und alt. Ich hatte die dumpfe Vorahnung, daß sie zu den Frauen gehörte, die ihrem Lebenspartner binnen weniger Monate in den Tod folgten. Sie schloß die Hintertür auf und trat ins Haus. Das Küchenlicht ging an. Sobald sie verschwunden war, überquerte ich meinerseits den Rasen. Meine Taschenlampe erfaßte hier und da ein paar weiße Schnipsel. Ich hockte mich hin und fegte mit der Hand einen Klumpen Gras beiseite. Darunter lag eine Mini-Portion Pilzhäcksel – wahrscheinlich noch nicht einmal ein Teelöffel voll. Daß es sich um *A. phalloides* handelte, schien nicht gerade wahrscheinlich, aber im Namen der Gründlichkeit zog ich ein gefaltetes Papiertaschentuch aus meiner Jackentasche, um die Probe sorgsam einzupacken.

Ich ging zu meinem Auto zurück. Ich war irgendwie aufgewühlt. Ich glaubte, jetzt einigermaßen sicher zu wissen, wie Curtis in die Sache hineingeraten war. Entweder hatte er irgendwelchen Knastklatsch aufgeschnappt und sich nach dem Freispruch an Kenneth Voigt herangemacht, oder aber Ken hatte von den Weidmanns erfahren, daß Curtis mit David Barney in der Zelle gesessen hatte. Vielleicht hatte er selbst Curtis den Vorschlag mit der Aussage gemacht. Ich bezweifelte, daß Curtis selbst schlau genug war, einen solchen Plan auszuhecken.

Ich saß in meinem Auto in der dunklen Seitenstraße. Ich kurbelte das Fenster herunter, damit ich die Grillen hören konnte. Die feuchte Luft an meinem Gesicht war belebend. Die Vegetation am Straßenrand verströmte dort, wo ich sie zertreten hatte, einen würzigen Geruch. Im Sommer vor meinem zweiten High School-Jahr hatte ich (wenn auch nur kurz) als Betreuerin in einem Ferienlager gearbeitet. Ich war damals fünfzehn gewesen – voller Optimismus, noch nicht im Stadium des Herumhängens, Rebellierens und Kiffens. Wir waren losgezogen, um ein »Nachtlager« zu veranstalten, das ganze Team vom Tagescamp, ich mit den neunjährigen Mädchen im Schlepptau. Es lief alles ziemlich gut, bis wir uns schlafen legten. Da stellte sich heraus, daß der Baum, unter dem wir unsere Schlafsäcke ausgerollt hatten, ein einziges Nest von Weberknechten war, die sich jetzt auf uns herunterfallen ließen. Plopp, plopp. Plopp, plopp. So ein Gekreische hatte die Welt noch nicht gehört. Bestimmt hatte ich den armen kleinen Mädchen einen Todesschrecken eingejagt...

Ich sah in den Rückspiegel. Hinter mir bog ein Wagen um die Ecke, bremste ab und hielt neben mir. Er trug das Zeichen des Wachdiensts von Horton Ravine. Vorne saßen zwei Männer, von denen der eine jetzt eine helle Leuchte auf mein Gesicht richtete. »Haben Sie Schwierigkeiten?«

»Alles bestens«, sagte ich. »Ich wollte gerade losfahren.« Ich ließ den Wagen an, legte den Gang ein und rollte langsam auf dem Randstreifen vorwärts, bis ich vor ihnen auf den Asphalt hinüberziehen konnte. Ich fuhr in gemächlichem Tempo zum Ausgang von Horton Ravine, wobei mir die beiden Typen in ihrem Streifenwagen demonstrativ folgten. Ich nahm wieder den Freeway, mehr aus Verzweiflung als in irgendeiner konkreten Absicht. Was sollte ich tun? Von den Spuren, denen ich nachgegangen war, hatten sich die meisten im Sand verloren, und bevor ich nicht mit Curtis geredet hatte, konnte ich nicht sicher sein, was wirklich los war. Ich hatte ihm hinterlassen, er solle mich anrufen. Also blieb mir wohl nichts anderes übrig, als nach Hause zu fahren, damit ich wenigstens erreichbar war, falls eine meiner Botschaften zu ihm durchdrang.

Es war viertel nach acht, als ich bei mir zu Hause ankam. Ich schloß hinter mir ab und knipste im unteren Raum das Licht an. Dann verfrachtete ich die Pilzschnipsel aus dem Papiertaschentuch in einen Gefrierbeutel. Ich suchte in der Küchenschublade nach einem dicken Filzstift, kennzeichnete den Beutel mit einem nicht sehr kunstvollen Totenkopfemblem und packte ihn in den Kühlschrank. Ich schälte mich aus meiner Jacke, setzte mich auf einen Hocker und studierte das Pinnbrett mit der orange-grün-weißen Karteikartenlandschaft.

Es war ein bedrückender Gedanke, daß sich da womöglich genau vor meiner Nase etwas Wichtiges verbarg – etwas, das Morley das Leben gekostet hatte, weil er darauf gekommen war. Was konnte es sein? Ich ließ meinen Blick die eine Kärtchenreihe hinaufwandern und die nächste wieder hinunter, versuchte, mir den mutmaßlichen Gang der Ereignisse zu vergegenwärtigen. Ich stand auf, wanderte im Zimmer auf und ab, kam wieder zurück und musterte erneut das Brett. Ich ging zur Couch, legte mich rücklings darauf und starrte an die Decke. Denken ist harte Arbeit, deshalb sieht man so selten Leute, die es tun. Die Unruhe packte mich wieder, und ich stand auf, ging an den Eßplatz zurück und überflog, auf die Ellbogen gestützt, noch einmal das Pinnbrett.

»Bitte, Morley, komm schon, hilf mir«, murmelte ich.

Oh.

Ha, da war eine kleine Unstimmigkeit, der ich bisher weiter keine Beachtung geschenkt hatte. Laut Regina Turner vom Gipsy Motel war Noah McKell um 1 Uhr 11 nachts angefahren worden. Aber Tippy war erst um circa 1 Uhr 40 an der Kreuzung San Vicente und 101 aufgetaucht, eine halbe Stunde später. Wieso hatte sie bis dorthin so lange gebraucht? Es waren doch sicher nur vier oder fünf Minuten vom Gipsy bis zu der Abfahrt. Hatte sie erst noch einen Kaffee getrunken? Getankt? Sie hatte gerade einen Menschen totgefahren, und nach Davids Aussage war sie sichtlich verstört gewesen. Es war schwer vorstellbar, was sie eine halbe Stunde lang getrieben haben sollte. War sie einfach nur ziellos durch die Gegend gefahren? Ich konnte mir zwar nicht denken, wofür die Antwort wichtig sein sollte, aber sie herauszubekommen, war sicher nicht weiter schwierig.

Ich griff zum Telefon und drückte die Parsonssche Nummer. Ich starrte auf mein Pinnbrett, während es am anderen Ende läutete.

Acht, neun. Oh, klar, Freitag abend. Das hatte ich ganz vergessen: Rhes Ausstellungseröffnung in der Axminster-Galerie. Ich holte das Telefonbuch hervor und suchte die Nummer heraus. Diesmal nahm schon beim zweiten Läuten jemand ab, aber im Hintergrund war so ein Krach, daß ich kaum etwas verstand. Ich preßte die andere Hand auf mein freies Ohr und konzentrierte mich ganz auf das, was aus dem Hörer kam. Ich fragte nach Tippy, erzielte jedoch erst eine Reaktion, als ich mein Ansinnen mit doppelter Lautstärke und Frequenz wiederholte. Der Typ am anderen Ende meinte, er würde sie holen. Ich wartete, hörte Gelächter und Gläserklirren. Hörte sich an, als hätten sie dort weit mehr Spaß als ich...

»Hallo?«

»Hallo, Tippy? Hier ist Kinsey. Hören Sie, ich weiß, es ist ein ungünstiger Moment, aber ich habe gerade noch einmal darüber nachgedacht, was in der Nacht geschah, als Ihre Tante ermordet wurde. Kann ich Ihnen kurz ein paar Fragen stellen?«

»*Jetzt?*«

»Wenn irgend möglich. Mich interessiert die Zeit zwischen Ihrem Unfall und dem Moment, als Sie David gesehen haben. Was war da?«

Schweigen. »Ich weiß nicht. Na ja, ich bin zu meiner Tante gefahren, aber sonst nichts.«

»Sie waren bei Isabelle?«

»Ja. Ich bin hingefahren. Ich war so durcheinander und wußte nicht, was ich tun sollte. Ich wollte ihr erzählen, was passiert war, und sie bitten, mir zu helfen. Wenn sie gesagt hätte, ich soll zurückfahren, hätte ich's getan. Ich schwör's.«

»Könnten Sie bitte lauter sprechen? Wann war das?«

»Gleich nach dem Unfall. Ich wußte, ich hatte den Mann erwischt. Da bin ich davongerast und direkt zu ihr gefahren.«

»War sie da?«

»Ich glaube schon. Das Licht brannte...«

»Das Licht über der Tür war an?«

»Ja, klar. Ich habe geklopft und geklopft, aber sie ist nicht heruntergekommen.«

»War der Spion noch heil?«

»Ich habe nicht darauf geachtet. Nachdem ich geklopft hatte, bin ich ums Haus herumgegangen, aber es war alles zu. Also bin ich wieder in meinen Wagen gestiegen und nach Hause gefahren.

»Über den Freeway?«

»Klar. Ich bin an der Little Pony Road draufgefahren.«

»Und am San Vicente wieder runter.«

»Ja, genau«, sagte sie. »Wieso, ist etwas?«

»Nein, nichts weiter. Es grenzt den Todeszeitpunkt genauer ein, aber ich wüßte nicht, was das ausmachen sollte. Jedenfalls vielen Dank. Und wenn Ihnen noch was einfällt, rufen Sie mich doch bitte an.«

»Klar. War's das?«

»Vorerst ja«, sagte ich. »Sind Sie schon bei der Polizei gewesen?«

»Nein, aber ich habe mit der Anwältin geredet, und sie geht gleich morgen früh mit mir hin.«

»Gut. Halten Sie mich auf dem laufenden. Wie ist die Eröffnung?«

»Ganz toll«, sagte sie. »Die Leute sind total begeistert. Sie flippen richtig aus. Mom hat schon sechs Objekte verkauft.«

»Großartig. Freut mich für sie. Ich hoffe, sie verkauft ihre Sachen tonnenweise.«

»Ich muß jetzt gehen. Ich rufe Sie morgen an.«

Mein Abschiedsgruß ging bereits ins Leere.

Das Telefon klingelte, ehe ich die Hand zurückgezogen hatte. Ich schnappte den Hörer, in der Annahme, Tippy sei noch etwas eingefallen. »Hallo?«

Ein seltsames, atmendes Schweigen, dann eine Männerstimme: »Hey, Kinsey?« Dann wieder das Geatme.

»Ja.« Ich kniff die Augen zusammen, preßte wieder die Finger auf das andere Ohr und horchte jetzt so angestrengt auf die Stille wie eben auf das fröhliche Getöse. Der Typ weinte. Nicht laut. Es war die Sorte Weinen, die herauskommt, wenn man die Tränen zu unterdrücken versucht. Die Luft suchte sich einen Umweg um seine Stimmbänder herum. »Kinsey?«

»Curtis?«

»Mm-hmm. Ja.«

»Was ist los? Ist da jemand bei Ihnen?«

»Mir geht's gut. Wie geht's Ihnen?«

»Curtis, was ist? Ist da jemand bei Ihnen?«

»Ganz recht. Hören Sie, weswegen ich anruf' – können wir uns treffen und über etwas reden?«

»Wer ist es? Sind Sie okay?«

»Können wir uns treffen? Ich muß Ihnen was sagen.«

»Was ist los? Können Sie mir sagen, wer bei Ihnen ist?«

»Kommen Sie zum Vogelschutzgebiet, dann erklär ich's Ihnen.«

»Wann?«

»Gleich, wenn's geht.«

Ich mußte mich rasch entscheiden. Ich konnte ihn nicht mehr länger hinhalten. Der Mithörer würde unleidlich werden. »Okay. Wird aber ein Weilchen dauern. Ich liege schon im Bett und muß mich erst anziehen. Ich komme so schnell wie möglich hin. Kann aber zwanzig Minuten dauern.«

Die Leitung erstarb.

Es war noch nicht neun, aber das Vogelschutzgebiet war abends ziemlich gottverlassen. Es lag in einer Süßwasserlagune an einer wenig frequentierten Stichstraße zwischen Freeway und Strand. Der Parkplatz für zwanzig Wagen wurde in der Regel von Touristen benutzt, die auf der Jagd nach einem »Motiv« waren. Auf der anderen Straßenseite stand ein Gasthaus, das aber im Moment nicht bewirtschaftet war. Allein und unbewaffnet würde ich da nicht hingehen. Ich griff wieder zum Telefon, rief beim Polizeirevier an und verlangte Sergeant Cordero.

»Bedaure, aber die kommt erst morgen früh um sieben wieder.«

»Können Sie mir sagen, wer bei der Mordkommission Dienst hat?«

»Ist das ein Notfall?«

»Noch nicht«, sagte ich schnippisch.

»Ich kann Sie mit dem diensthabenden Einsatzleiter verbinden.«

»Vergessen Sie's. Schon gut. Ich versuch's woanders.« Ich

drückte auf die Gabel und klemmte den Hörer zwischen Kinn und Schulter, während ich in meinem privaten Adreßbuch blätterte. »Woanders« war bei Sergeant Jonah Robb, einem Beamten der Vermißtenabteilung der Stadtpolizei von Santa Teresa. Wir hatten ein sporadisches Verhältnis gehabt, das von den Launen seiner Frau diktiert worden war. Die beiden lebten in einer hochdramatischen Uralt-Ehe. Sie hatten sich mit dreizehn in der siebten Klasse kennengelernt und seither, meiner persönlichen Meinung nach, nicht viel dazugelernt. Camilla pflegte ihn in Abständen zu verlassen – gewöhnlich ohne Vorankündigung oder Erklärung und unter Mitnahme beider Töchter sowie des gesamten Betrages auf dem gemeinsamen Bankkonto –, worauf Jonah schwor, dies sei endgültig das letzte Mal. Während einer dieser ehelichen Turbulenzen hatte ich die verwaiste Bühne betreten. Ich war die zweite Besetzung, eine Rolle, die mir, wie ich bald feststellte, überhaupt nicht lag. Schließlich hatte ich den Kontakt abgebrochen. Ich hatte fast ein Jahr nicht mehr mit Jonah gesprochen, aber er war immer noch jemand, von dem ich glaubte, daß ich in der Not auf ihn zählen konnte.

Es meldete sich eine Frau mit einer Schlafzimmerstimme, vermutlich Camilla oder ihre derzeitige Vertretung. Ich fragte nach Jonah und hörte, wie der Hörer weitergereicht wurde. Sein »Hallo« klang ziemlich groggy. Mein Gott, diese Leute gingen noch früher ins Bett als ich. Ich nannte meinen Namen, was ihn etwas wacher zu machen schien.

»Was ist los?« fragte er.

»Ich störe dich wirklich ungern, Babe, aber ein kleiner Ganove namens Curtis McIntyre hat gerade bei mir angerufen und mich gebeten, so schnell wie möglich ins Vogelschutzgebiet zu kommen, um mit ihm zu reden. Ich vermute, jemand hat ihm eine Pistole an die Schläfe gehalten. Ich brauche Rückendeckung.«

»Hast du eine Ahnung, wer bei ihm ist?«

»Das weiß ich noch nicht, und die Sache ist zu kompliziert, um sie dir am Telefon zu erklären.«

»Hast du eine Waffe?«

»Die liegt in meinem Büro in Lonnie Kingmans Kanzlei. Ich will noch schnell hinüberfahren, um sie zu holen. Das dauert höchstens fünfzehn Minuten, dann sause ich hinunter zum Strand. Kannst du mir beistehen?«

»Na ja, ich glaube schon.«

»Ich würde ja jemand anderen bitten, aber mir fällt niemand ein.«

»Schon gut«, sagte er. »Ich bin in fünfzehn Minuten da. Ich fahre ein Stück weiter und komme dann zu Fuß zurück. Dort unten gibt es jede Menge Deckung.«

»Das ist es ja gerade, was mir Sorgen macht«, sagte ich. »Paß auf, daß du nicht über die Kerle stolperst.«

»Keine Bange. Ich kann solche Typen riechen. Bis gleich.«

»Danke«, sagte ich. Dann legte ich auf.

Ich schnappte mir meine Umhängetasche und meine Jacke mit den Wagenschlüsseln und klopfte mir innerlich auf die Schulter, weil ich so umsichtig gewesen war, den VW noch vollzutanken. Das bißchen Zeit, das mir blieb, würde ich brauchen, um zuerst zum Büro und von dort aus wieder zurück zum Vogelschutzgebiet zu fahren. Wer immer bei Curtis war – er würde sehr gereizt reagieren, wenn ich nicht pünktlich auftauchte. Ich fuhr schneller, als es das Gesetz erlaubte, hielt aber mit einem Auge im Rückspiegel Ausschau nach getarnten Polizeiwagen. Ich konnte nur hoffen, daß ich die Pistole gleich finden würde. Ich war schließlich erst vor fünf Wochen umgezogen und hatte meinen Kram in hastig gepackten Kartons von der California Fidelity zu Lonnie Kingmans Kanzlei geschleppt. Die Pistole hatte ich nicht mehr gesehen, seit ich sie im Mai erstanden hatte. Ich hatte die Notwendigkeit zuerst nicht einsehen wollen, aber ich wußte, daß jemand meinen Namen ganz oben auf seiner Abschußliste stehen hatte. Als ich dann kapiert hatte, daß ich Hilfe brauchte, war ein Privatdetektiv namens Robert Dietz in mein Leben getreten. Nachdem ich mich erst einmal der Tatsache gestellt hatte, daß mein Leben in akuter Gefahr war, hatte ich endgültig jeden gut-staatsbürgerlichen Ehrgeiz fallenlassen. Dietz hatte darauf bestanden, daß ich mir statt meiner 32er Davis eine Heckler & Koch zulegte. Das verdammte Ding hatte mich ein Vermögen gekostet. Jetzt, wo ich darüber nachdachte, war ich mir auch gar nicht mehr sicher, wo die Davis steckte.

Ich ließ den Wagen vor der Kanzlei auf der Straße stehen und verstaute meine Umhängetasche unter dem Fahrersitz. Es war so gut wie niemand unterwegs, und alle umliegenden Bürogebäude waren schon dunkel, verrammelt und verriegelt. Ich ging durch die dunkle Toreinfahrt nach hinten zu dem kleinen Parkplatz. Lonnies Mercedes war nicht zu sehen, aber aus seinem Büro oben im dritten Stock fiel Licht auf den Asphalt. Na, wunderbar. Er war wieder da. Ich hatte zwar jetzt nicht die Zeit, ihm alles zu erklären, aber es würde sicher nicht schwer sein, ihn dazu zu bringen, mich zu begleiten. Trotz seines ganzen professionellen Habitus' ist Lonnie im Grunde seines Herzens ein Draufgänger. Die Aussicht, im Dunkeln durch die Büsche zu schleichen, würde ihn sicher begeistern.

Ich arbeitete mich mit Hilfe des kleinen Taschenlämpchens an meinem Schlüsselbund das stockfinstere Treppenhaus hinauf. Im dritten Stock schien das Licht, das Lonnie vorne in der Anmeldung angemacht hatte, auf den Flur hinaus. Ich ging am Vordereingang vorbei und nahm die Abkürzung durch die nicht beschilderte Tür. Ich sah kurz nach rechts zu Lonnies Tür, die gleich neben meiner lag.

»Hey, Lonnie? Geh' nicht weg. Ich brauche deine Hilfe. Ich komm' gleich rüber und erzähl's dir.«

Ich öffnete, ohne auf Antwort zu warten, meine Tür und knipste das Licht an. Mein Büro hatte früher einmal als Teeküche für das Personal gedient, und die ehemalige Speisekammer war jetzt mein Wandschrank. An der hinteren Wand standen fünf Kartons übereinander, alles Dinge, die ich hier offensichtlich noch nicht gebraucht hatte. Ich konnte mich nicht einmal erinnern, was da drin war. Es gibt Leute, die sagen, wenn man zwei Jahre nach einem Umzug noch eine unausgepackte Kiste hat, sollte man am besten die Heilsarmee anrufen und das verdammte Ding abschleppen lassen. Ich hatte ganz umsichtig auf jeden der Kartons »Bürokram« geschrieben. Ich zerrte jetzt einen hervor, riß das breite braune Klebeband ab und fummelte die Deckelklappen auf. Diese Kiste enthielt meine sämtlichen Einkommenssteuerunterlagen. Ich versuchte es mit der nächsten und stieß auf Rechnungskram. Ah, da. Die Heckler & Koch lag ganz oben auf, noch in ihrem Kästchen, die zwei Schächtelchen mit Winchester Silvertips gleich darunter.

Ich setzte mich auf den Boden und packte die Pistole aus. Ich nahm ein Munitionsschächtelchen heraus, öffnete es und entfernte das kleine weiße Styroporpolster. Dann lud ich eine Patrone nach der anderen ins Magazin. Als Dietz und ich endlich im Waffengeschäft gestanden hatten, war der nächste erbitterte Streit um die Frage entbrannt, welches Modell ich nehmen sollte: die P7 mit neun Schuß oder die P9S mit zehn. Jeder darf dreimal raten, welche teurer war. Ich war sowieso schlechter Stimmung gewesen, unkooperativ und stur. Die P7 sollte schon über dreizehnhundert Dollar kosten. Ich hatte an der P9S bekrittelt, sie sei mir viel zu sehr Kanone. Damit meinte ich natürlich, zu teuer, was Dietz auch gleich haarscharf erriet.

Ich hatte gesagt: »Verdammt. Manchmal kann ich doch wohl auch meinen Kopf durchsetzen.«

»Du setzt deinen Kopf sowieso öfter durch, als gut ist«, hatte er gesagt. Jetzt wünschte ich, er hätte ein paarmal mehr die Oberhand behalten, vor allem in der Frage, ob ich mit nach Deutschland gehen sollte...

Das Licht in meinem Büro ging plötzlich aus, und ich saß im Stockdunkeln. Das Büro hatte kein Außenfenster, und ich sah daher nicht mehr die Hand vor Augen. War Lonnie einfach gegangen? Vielleicht hatte er mich ja nicht kommen hören, dachte ich. Ich schob das Magazin in die Waffe und schlug es mit der flachen Hand hinein. Wenn man sich im Dunkeln zurechtfinden muß, gilt das gleiche wie bei der Flucht aus einem brennenden Gebäude: Man halte sich möglichst in Bodennähe. Ich steckte die Knarre in meinen Hosengurt und krabbelte ohne Rücksicht auf meine Würde zur Tür. Das war allemal besser, als gegen die Möbel zu rumpeln, aber es würde nicht sehr beeindruckend aussehen, wenn das Licht plötzlich wieder anginge. Meine Bürotür stand offen, und ich spähte in den Flur hinaus. Sämtliche Lichter in der Kanzlei waren erloschen. Was zum Teufel hatte er gemacht, mit einer Gabel in der Steckdose gebohrt? Alles lag in tiefem Dunkel. Ich sagte: »Lonnie?«

Stille. Wie hatte er nur so schnell verschwinden können?

Ich hätte schwören können, daß da eben ein leises Geräusch in der Gegend von Lonnies Büro gewesen war. Ich hatte das Gefühl, daß ich nicht allein war. Es war so ruhig in der Kanzlei, daß die Stille von sonst nicht hörbaren Geräuschen zu schwirren schien. Trotz der nachtschwarzen Finsternis schloß ich die Augen, in der Hoffnung, besser hören zu können, wenn ich meinen Gesichtssinn ausschaltete. Ich ging in die Hocke und kauerte in meiner Tür, genau gegenüber von den beiden Schreibtischen, wo tagsüber Ida Ruth und eine weitere Sekretärin namens Jill ihren Platz hatten.

Wer war noch da? Und wo? Nachdem ich nun schon zweimal meine glockenhelle Stimme hatte erschallen lassen, wußten mit Sicherheit alle Beteiligten, wo ich mich befand. Ich duckte mich tief und robbte los, in Richtung der Lücke zwischen den beiden Schreibtischen jenseits des drei Meter breiten Flures.

Jemand schoß. Der Knall war so laut, daß ich einen Satz machte wie eine Katze, eine dieser wundersamen Bewegungen, bei denen sich alle vier Gliedmaßen gleichzeitig vom Boden zu lösen scheinen. Adrenalin schoß durch meine Adern. Ich merkte nicht, daß ich schrie, bis ich es hörte. Das Herz hämmerte mir im Hals, und meine Hände kribbelten von der plötzlichen Blutwallung. Ich mußte mich nach vorne geworfen haben, denn ich fand mich genau da wieder, wo ich hingewollt hatte, zusammengeduckt, die eine Schulter gegen Ida Ruths Schubladenuntersatz gelehnt. Ich preßte die Hand auf den Mund, um das Atemgeräusch zu ersticken. Ich horchte. Der Schütze feuerte offenbar aus Lonnies Büro, ein strategisch günstiger Punkt, weil er mir von dort den Weg zur Anmeldung und zum Vordereingang abschneiden konnte. Es blieb mir nichts als der Rückzug nach hinten, den breiten Flur hinunter, der jetzt links von mir lag. Bis zu dem unbeschilderten Ausgang zum Treppenhausflur waren es etwa fünf Meter. Wenn ich diese Tür erreichte, konnte ich mich dort hinducken, probieren, ob sie offen war, und dann ... nichts wie raus. Prima Plan. Ausgezeichnet. Ich mußte nur bis dorthin kommen. Das Problem war, daß ich Angst hatte, die Strecke ohne irgendeine Art von Deckung zu riskieren. Wo war Ida Ruths Rollen-Schreibtischstuhl? Das könnte gehen ...

Ich streckte vorsichtig die Hand aus und grabbelte auf dem Fußboden nach dem Stuhl. Ich berührte ein Gesicht. Meine Hand zuckte zurück, und meiner Kehle entfuhr ein Laut, als ich nach Luft schnappte. Da lag jemand auf dem Fußboden, gleich neben mir. Ich erwartete schon, daß eine Hand auf mich zuschießen und mich packen würde, aber nichts passierte. Ich streckte den Arm wieder aus und tastete. Fleisch. Ein schlaffer Mund. Ich fühlte das Gesicht ab. Glatte Haut, kräftiges Kinn. Ein Mann. Für Lonnie war er zu dünn, und daß es John Ives oder der dritte Anwalt Martin Cheltenham war, glaubte ich nicht. Es konnte eigentlich nur Curtis sein, aber was zum Teufel machte er hier? Er war noch warm, aber seine Wange klebte vor Blut. Ich legte meine Hand auf seinen Hals. Kein Puls. Ich befühlte seinen Brustkorb. Er regte sich nicht. Sein Hemd war vorne naß. Er mußte von hier aus angerufen haben. Wahrscheinlich hatte ihn jemand gleich danach erschossen, in Erwartung meines Kommens. Dieser Jemand kannte mich besser, als ich gedacht hatte ... gut genug, um zu wissen, wo ich meine Pistole liegen hatte ... gut genug, um zu wissen, daß ich mich niemals zu einem abgelegenen Treffpunkt begeben würde, ohne vorher hier vorbeizukommen.

Ich tastete hinter mich und stieß auf eine der robusten Rollen von Ida Ruths Stuhl. Ich blinzelte angestrengt ins Dunkel, als mir plötzlich ein anderer Gedanke kam. Wenn ich ein funktionierendes Telefon fand, konnte ich 911 wählen und es einfach nur bei der Notrufzentrale klingeln lassen. Auch wenn ich nichts sagte, würde der Computer meine Adresse anzeigen, und sie würden jemanden schicken, um nachzusehen. Hoffte ich.

Ich richtete mich soweit auf, daß ich auf Knien über die Schreibtischplatte neben mir linsen konnte. Jetzt, da meine Augen sich allmählich an das Dunkel gewöhnten, konnte ich verschiedene Abtönungen unterscheiden: das dunkelanthrazitfarbene Rechteck eines Türrahmens, die Quaderform eines Aktenschranks. Ich tastete mit der Hand über die Tischplatte, ganz, ganz behutsam, um nur ja nirgends anzustoßen, bloß nichts umzuwerfen. Ich fand das Telefon. Ich hob vorsichtig den ganzen Apparat an und bugsierte ihn über die Schreibtischkante auf den Boden. Ich hob den Hörer ein bißchen an und tastete mit dem Zeigefinger nach der Gabeltaste. Ich führte den Hörer ans Ohr und ließ die Taste langsam los. Nichts. Kein Freizeichen. Kein Lämpchen.

Ich spähte wieder über den Tisch und versuchte, das Dunkel zu durchdringen. Keine Bewegung, keine schamhafte Silhouette in Lonnies Tür.

Ich zog langsam die Pistole aus dem Hosengurt. Ich hatte die H&K noch nie in einem geschlossenen Raum abgefeuert. Ich war mit Dietz noch ein paarmal auf dem Schießstand gewesen, ehe er abgereist war. Er hatte mich in allen möglichen Schußpositionen gedrillt, bis ich mich geweigert hatte, mich noch länger von ihm herumkommandieren zu lassen. Normalerweise achtete ich ziemlich gewissenhaft darauf, im Training zu bleiben, aber in letzter Zeit war ich schlampig gewesen. Zum ersten Mal ließ ich an mich heran, wie sehr mich die Trennung deprimiert hatte. Vergiß es, Kinsey, reiß dich zusammen. Es war beruhigend, die Pistole in der Hand zu spüren. Zumindest war ich meinem Gegner nicht wehrlos ausgeliefert. Ich entsicherte.

Ich hörte jetzt Atemgeräusche, aber es konnten auch meine eigenen sein.

Ich bereute, daß ich nicht in meinem vergleichsweise sicheren Büro geblieben war. Mein Telefon hing an einem eigenen Anschluß und funktionierte vielleicht noch. Wenn ich es schaffte, über den Flur in mein Büro zurückzukommen, konnte ich wenigstens die Tür zuschließen und den Schreibtisch davorschieben. Dann brauchte ich nur noch bis zum Morgen durchzuhalten. Die Putzkolonne würde bestimmt schon früh kommen. Vielleicht würde ich ja auch schon eher gerettet werden, wenn jemand auf die Idee kam, daß ich hier war. Ich dachte an Jonah. Er würde beim Vogelschutzgebiet warten und sich fragen, was los war. Was würde er tun, wenn ich nicht auftauchte? Wahrscheinlich würde er denken, er hätte mich mißverstanden und sei am falschen Ort. Aber die Angabe *Vogelschutzgebiet* war doch wohl unmißverständlich. Es gab dort nur einen Parkplatz. Ich hatte ihm gesagt, ich würde erst noch hier vorbeifahren, um meine Pistole zu holen, aber er hatte sich so verschlafen angehört. Wer wußte schon, was bei ihm hängengeblieben war und ob es ihm einfallen würde, nach mir zu suchen.

Ich zog Ida Ruths Stuhl näher heran und duckte mich dahinter. Den Stuhl als Schutzschild mitschleppend, kroch ich in Richtung der unbeschilderten Tür. Es krachte ein zweites Mal. Die Kugel schlug mit solcher Wucht in das Polster, daß es mir die Plastiklehne genau ins Gesicht schlug. Ich konnte gerade noch einen Schrei unterdrücken, als mir das Blut aus der Nase schoß. Den Stuhl mit mir ziehend, krabbelte ich rückwärts auf die Ausgangstür zu. Ich tastete mich die Türfüllung hinauf, bis ich den Knauf berührte. Abgeschlossen. Wieder krachte ein Schuß. Ein Holzsplitter flog an meinem Gesicht vorbei. Ich drückte mich an die Wand und kroch, die Fußleiste als Bahnmarkierung nehmend, den Fußboden entlang. Ich betete, der Teppichboden möge sich auftun und mich schlucken. Der nächste Schuß schrammte meine rechte Hüfte. Es fühlte sich an, als ob jemand ein riesiges Streichholz an mir anzündete. Ich machte wieder einen Satz, und vor Pein und Verblüffung entfuhr mir ein kurzer Schrei. Der stechende Schmerz sagte mir, daß ich getroffen war.

Ich wälzte mich auf die andere Seite des Flures. Mein einziger Schutz war jetzt das Dunkel. Aber wenn meine Augen sich daran gewöhnten, taten es die meines Gegners auch. Ich feuerte auf Lonnies Tür. Ich vernahm einen kurzen Überraschungslaut. Ich feuerte noch mal und robbte hastig rückwärts den Flur hinunter in Richtung Küche. Meine rechte Hinterbacke brannte, und glühende Funken schossen mein rechtes Bein und meine rechte Flanke hinauf. Ich krabbelte unbeholfener als ein sechs Monate altes Baby. Ich klammerte mich an die Wand und fühlte, wie mir die Tränen kamen, nicht vor Trauer, sondern vor Schmerz.

Ich maße mir gar nicht erst an, die Abläufe im menschlichen

Gehirn erklären zu wollen. Ich weiß natürlich, daß die linke Gehirnhälfte verbal, linear und analytisch operiert und die kleinen Probleme des Lebens durch logisches Denken löst. Die rechte Hälfte dagegen arbeitet eher intuitiv, bildhaft, sprunghaft und spontan und liefert die plötzlichen Aha-Erlebnisse und die Antworten auf Fragen, die man sich vielleicht drei Tage vorher gestellt hat. Dafür gibt es keine Erklärung. Wie ich jetzt so im Dunkeln an der Wand kauerte, die Pistole in der Hand, die Lippen fest aufeinandergepreßt, um nicht loszuschreien wie ein kleines Mädchen, wußte ich plötzlich mit absoluter Sicherheit, wer da auf mich schoß. Und es machte mich stinksauer. Als der nächste Schuß fiel, drückte ich mich flach auf den Boden. Ich brachte die Pistole mit beiden Händen in den Anschlag und schoß zurück. Vielleicht war es ja Zeit, mich zu offenbaren. »Hey, David?«

Stille.

»Ich weiß, daß Sie's sind«, sagte ich.

Er lachte. »Ich habe mich schon gefragt, ob Sie's rauskriegen.«

»Es hat ein bißchen gedauert, aber ich bin daraufgekommen«, sagte ich. Es war gespenstisch, so im Dunkeln mit ihm zu reden. Ich konnte mir sein Gesicht nicht recht vorstellen, und das irritierte mich.

»Wie denn?«

»Mir ist aufgefallen, daß da eine Lücke war, zwischen dem Moment, als Tippy den Fußgänger angefahren hat, und ihrer Begegnung mit Ihnen.«

»Ergo?«

»Ergo habe ich sie angerufen und gefragt, wo sie in dieser halben Stunde war. Es stellte sich raus, daß sie zu Isabelles Haus gefahren war.«

Wieder herrschte Schweigen.

Ich fuhr fort: »Sie hatten Isabelle gerade erschossen, als Sie Tippy die Einfahrt entlangkommen hörten. Während sie an der Tür klopfte, sind Sie hinten auf die Ladepritsche gestiegen. Tippy hat Sie mitgenommen, als sie wieder losfuhr. Sie brauchten weiter nichts zu tun als zu warten, bis sie abbremste. Sie springen auf der

Beifahrerseite ab und schlagen dabei mit der Faust gegen den Wagen. Tippy biegt links ab, und Sie liegen da auf der Straße, unter den Augen des Reparaturtrupps drüben auf der anderen Seite.«

»Genau. Und Mr. Durchschnittsbürger höchstpersönlich ist mein Zeuge«, ergänzte er jetzt.

»Und Morley? Warum mußten Sie ihn umbringen?«

»Soll das eine Scherzfrage sein? Der alte Schnüffler saß mir im Nacken. Als ich am Mittwoch mit ihm gesprochen habe, war er kurz davor, zwei und zwei zusammenzuzählen. Ich wußte, wenn ich ihn nicht schleunigst aus dem Weg räumte, war ich geliefert. Die Unterlagen beiseite zu schaffen, war dann ein Klacks. Was den Papierkram anging, war er ja ziemlich schlampig.«

»Woher hatten Sie die Knollenblätterpilze?«

»Aus dem Weidmannschen Garten. Die Dinger haben mich überhaupt erst auf die Idee gebracht. Ich bin nachts zu ihnen rübergegangen und habe ein Dutzend davon gepflückt und meiner Köchin eine kleine Zulage bezahlt, damit sie eine schöne Pastete daraus macht. Sie kann doch *Amanita* nicht von ihrem Arsch unterscheiden. Ein Glück für sie, daß sie das Zeug nicht erst abgeschmeckt hat.«

»Das muß ich Ihnen lassen: Sie sind ganz schön clever«, sagte ich, während mein Gehirn fieberhaft arbeitete. Hinter mir endete der Flur links um die Ecke in einem kleinen Wurmfortsatz, an dem auf der einen Seite der Kopierraum und auf der anderen die Teeküche lag. Wenn ich bis hinter die Ecke kam, war ich zwar aus der Schußlinie, aber dafür würden sich ein paar andere Probleme stellen, von denen ich nicht wußte, ob ich sie lösen konnte. Erstens würde ich selbst kein übersichtliches Schußfeld mehr haben, und zweitens würde ich in der Falle sitzen. Aber in der Falle saß ich so auch. Die Küche hatte ein kleines Fenster. Wenn ich bis dorthin kam, würde ich mit etwas Glück die Scheibe herausschlagen und um Hilfe schreien können. Vielleicht hatte ja keiner unser kleines Duett für zwei Pistolen gehört. Wenn ich ihn dazu bringen konnte, weiterzureden, würde er es vielleicht nicht mitkriegen, wenn ich meine Position wechselte. »Ich finde es erstaunlich, daß Ihnen nicht irgendwann unterwegs ein Fehler unterlaufen ist«, sagte ich. Solange ich hier in der Klemme saß, konnte ich ebensogut versuchen, ihn ein bißchen auszuhorchen.

Zögernd sagte er: »Einer ist mir unterlaufen.«

»Echt? Wann?«

»Einen Abend habe ich mich mit Curtis besoffen und dann mein großes Maul nicht halten können. Ich kann es immer noch nicht fassen, daß mir das passiert ist. Sobald es raus war, wußte ich, daß ich ihn irgendwann beseitigen mußte.«

»Großer Gott«, sagte ich. »Soll das etwa heißen, daß er tatsächlich einmal die *Wahrheit* gesagt hat?«

Barney lachte im Dunkeln. »Ganz und gar. Er dachte, das müßte sich doch irgendwie zu Geld machen lassen. Er ist direkt zu Ken Voigt marschiert und hat es weitergetratscht. Und Voigt hat prompt angefangen, ihm Geld zu geben, um ihn sich als Zeugen zu sichern. Dieser Idiot.«

Ich schloß die Augen. Voigt *war* ein Idiot. So wildentschlossen, seinen Prozeß zu gewinnen, daß er seine eigene Glaubwürdigkeit riskierte. »Und was ist mit mir? Steckt hinter dieser ganzen Sache hier irgendeine Absicht, oder tun Sie das alles nur aus Jux?«

»Wenn Sie's genau wissen wollen: Ich will Sie dazu bringen, Ihre Munition zu verschießen, damit ich Sie dann erledigen kann. Ich habe Curtis mit einer H&K erschossen, so einer wie die, die Sie da haben. Für Sie werde ich die Achtunddreißiger nehmen, die ich bei Isabelle benutzt habe, und die werde ich ihm dann in die Hand drücken. Auf diese Weise wird es aussehen, als hätte er Sie erschossen –«

»Und ich ihn«, vollendete ich seinen Satz. »Schon mal was von Ballistik gehört? Sie werden herauskriegen, daß die Kugel nicht aus meiner Waffe stammt.«

»Bis dahin bin ich weg.«

»Schlau.«

»Sehr schlau«, sagte er, »was man von den meisten Leuten nicht behaupten kann. Die Menschen sind wie Ameisen. So eifrig, so vollauf mit ihrer kleinen Welt beschäftigt. Gucken Sie sich einmal einen Ameisenhaufen an. So ein Gekrabbel. Man sieht genau, daß das aus der Ameisenperspektive alles furchtbar wichtig scheint. Ist es aber nicht. In Wirklichkeit ist es völlig schnuppe. Sind Sie schon einmal auf eine Ameise getreten? Haben Sie schon einmal eine mit dem Daumen zerquetscht? Da leidet man doch nicht weiter unter Gewissensbissen. Man denkt, ha, erwischt. Und genauso ist das bei Menschen auch.«

»Du meine Güte. Das ist ja wirklich tiefsinnig. Ich schreibe mit.«

Das brachte ihn auf die Palme, und er feuerte zwei Kugeln ab, die sich rechts von mir in den Teppichboden bohrten. Ich zahlte sie ihm beide heim, einfach nur aus Daffke.

»Sie sind so naiv«, sagte er. »Sie halten sich für ungeheuer abgebrüht, aber Sie haben sich so leicht übertölpeln lassen –«

»Keine voreiligen Schlüsse«, sagte ich. Ich glaubte, seinen Kopf in Lonnies Tür auftauchen zu sehen. Ich schoß noch zweimal.

Er verschwand. »Daneben.«

»Sehr bedauerlich.« Ich zog das Magazin heraus und zählte die Patronen per Fingerspitzengefühl. Die ganze schöne Munition drüben in meinem Büro.

»Irgendwelche Probleme da drüben?«

»Ich habe mir einen Fingernagel abgebrochen.«

Er schwieg einen Moment. »Seien Sie sparsam mit Ihrer Munition. Sie haben nur noch einen Schuß.«

»Quatsch. Ich habe noch zwei.«

Er lachte ins Dunkel. »Na, klar. Nichts da.«

Ich schwieg. Dann sagte ich: »Was macht Sie da so sicher?«

»Ich kann doch zählen.«

Ich ließ kurz den Kopf auf den Boden sinken und sammelte meine letzten Kräfte. Zeit, in die Gänge zu kommen, dachte ich. Ich streifte meinen linken Schuh ab und stellte ihn vorsichtig vor mir auf den Boden. Dann streifte ich den rechten ab, wobei mir vor brennendem Schmerz in der Hüfte die Augen wegkippten. Ich fühlte, wie sich eine seltsame Taubheit über meiner einen Seite ausbreitete, und bekam es nicht auf die Reihe, wie sich Schmerz und Garnichts ein und dieselbe Nervenbahn teilen können. »Es waren erst sieben«, sagte ich.

»Es waren *acht*.«

»Meine ist zehnschüssig«, sagte ich bedächtig. Ich begann, vorsichtig auf die Flurecke zuzurobben.

»Zehnschüssig. So ein Schwachsinn. Sie sind ein verlogenes Stück«, sagte er.

»Ach, ja? Was für eine Waffe haben Sie denn?«

»Eine Walther. Achtschüssig. Ich habe noch zwei.«

»Nein, haben Sie nicht. Sie haben noch einen. Ich kann auch zählen, Mr. Maulheld.« Ich schob mich, mit dem Fuß nach hinten tastend, zentimeterweise rückwärts, immer näher an die Ecke heran. David Barney schien meine Positionsveränderung nicht zu bemerken.

»Mich können Sie nicht verarschen. Ich habe meine Hausaufgaben gemacht. Ich weiß alles über Sie.«

»Zum Beispiel?« fragte ich. Ich erreichte die Ecke und schob mich um sie herum, bis nur noch ein Stück von meinem Oberkörper auf der Flurseite war. David Barney war jetzt etwa zehn Schritt von mir entfernt. Ich lag auf der rechten Seite, und meine Jeans waren blutdurchtränkt. Ich sah an mir herunter. Meine Hüfte glühte. Ich stemmte mich auf den einen Ellbogen hoch. Ich hatte mit meinem vollen Gewicht auf meinem Schlüsselbund gelegen und dadurch die kleine Taschenlampe aktiviert, die wie ein abgeplattetes Oval geformt war und auf Druck reagierte. Ich zog vorsichtig die Schlüssel aus meiner Jeanstasche und fummelte das Lämpchen vom Ring. Dann schob ich die Schlüssel seitwärts von mir, voller Angst, sie könnten klimpern.

»Zum Beispiel Ihre Lügerei. Da sind Sie doch mächtig stolz drauf.«

»Woher wissen Sie das?«

»Man kommt eben herum. Es ist wirklich erstaunlich, was man im Gefängnis so alles aufschnappt.«

»Ich wette, Sie sind auch kein Waisenknabe, was das Lügen angeht«, sagte ich. »Wahrscheinlich haben Sie neun Schuß.«

Er schien tatsächlich geschmeichelt. »Wer weiß?« sagte er.

»Wieso wußten Sie so genau, daß ich hierher kommen würde?« Ich stemmte mich auf Hände und Knie hoch.

»Haben Sie das noch nicht kapiert? Sie haben Curtis doch selbst gesagt, daß Sie Ihre Pistole hier liegen haben. Deshalb habe ich dafür gesorgt, daß er Sie zum Vogelschutzgebiet bestellt. Ich wußtc, daß Sie da niemals ohne Ihre Knarre hingehen würden.«

Bring' es hinter dich, sagte ich mir. Ich richtete mich in eine halbe Hockposition auf, wie ein Läufer am Start. In meinem Hintern zuckte Schmerz.

Ich hörte ihn hinter mir sagen: »Sind Sie noch da?«

Ich antwortete nicht.

»Wo sind Sie?«

Ich hinkte auf meinen bestrumpften Füßen, so schnell ich konnte, zum Eingang der Teeküche. Von dem Licht draußen war der Raum dumpfgrau erhellt. Ein Blick sagte mir, daß es hier kein Versteck gab. Ich machte kehrt und hastete zum Kopierraum gegenüber. Ich schlich mich in die entfernteste Ecke und kauerte mich neben den Kopierer, den Rücken zur Wand. Das rechte Bein zu beugen tat so weh, daß ich die Zähne fest zusammenbeißen mußte. Ich schaffte es, mich hinzusetzen, die Pistole in der rechten Hand und das Taschenlämpchen in der linken. Meine Hände waren glitschig vor Schweiß und meine Finger kalt.

»Kinsey?« Aus dem Flur. Gleich würde er dahinter kommen, wo ich war, und mir nachsetzen.

Ich saß zwischen Kopierer und Wand gequetscht, die Knie angezogen. Ich wollte so wenig Angriffsfläche wie möglich bieten, aber hier in diesem Eckchen zu hocken, war vielleicht doch nicht die beste Idee. Eine Kugel, und es würde mich gleich ganz erwischen.

»Hey!« sagte er. »Ich rede mit Ihnen.« Ich hörte, daß er sich noch immer in der Gegend von Lonnies Büro befand. Der Mann war eindeutig sauer.

Ich versuchte, leiser zu atmen.

Er schoß.

Trotz des Flures und der Ecke zwischen uns fuhr ich zusammen. Nummer acht. Wenn er wirklich nur acht Schuß hatte, war ich fein raus. Hatte er neun, war ich geliefert. Wenn er erst einmal dahinter kam, wo ich steckte, war ich eine leichte Beute. Es war zu spät, anderswohin zu flüchten. Ich merkte, wie mir der kalte Schweiß ausbrach, dieses flaue Gefühl, das einen überkommt, bevor man ohnmächtig wird. Ich rieb meine Wange an meinem Ärmel. Angst legte sich über mich in eisigen Schwaden, strich mein Rückgrat entlang.

Das Gefühl, gleich zu sterben, ist gleichzeitig trivial und schrecklich, absurd und unendlich schmerzlich. Das Ich klammert sich ans Leben. Das Selbst läßt los, bereit zum freien Fall, bereit, sich davonzuschwingen. Wenn ich etwas bedauerte, dann die schlichte Tatsache, daß ich nicht mehr mitbekommen würde, wie alles ausging. Würden William und Rosie sich wirklich ineinander verlieben? Würde Henry neunzig werden? Würde Lonnie das ganze Blut je wieder aus seinem Teppich kriegen?

So vieles, was ich nicht gemacht hatte. So vieles, was ich nie mehr würde machen können. Blöd, einfach so zu sterben, aber auf der anderen Seite, warum nicht?

Ich holte zweimal tief Luft, versuchte mit aller Kraft, klar im Kopf zu bleiben. Draußen in der kleinen Diele, ziemlich nah, hörte ich David Barneys Stimme. »Kinsey?« Er sah in die Küche, genau wie ich es eben getan hatte, und sah, daß es dort kein Versteck gab. Wahrscheinlich hatte er die Räumlichkeiten schon erkundet, während er auf mich gewartet hatte. Ihm mußte klar sein, daß nur noch der Kopierraum blieb. Ich hörte sein flaches Atmen.

»Hey. Sind Sie da drin? Jetzt wird sich zeigen, wer von uns der größere Lügner ist. Habe ich noch einen Schuß, oder habe ich keinen mehr?«

Ich sagte nichts.

»Und wie steht's mit der Dame? Sie behauptet, sie hat noch zwei. Lügt sie, oder sagt sie die Wahrheit?«

Meine Hände zitterten so heftig, daß ich die Pistole nicht ruhig halten konnte. Ich zielte in Generalrichtung Tür und schoß.

Sein »Oh« war schmerzerfüllt. Er gab einen Summlaut von sich, der mir sagte, daß ich ihn getroffen hatte und daß es weh tat. Gut. Jetzt waren wir zu zweit. Er schlufte in den Raum. »Macht neun«, sagte er. Seine Stimme klang grimmig und lächerlich und theatralisch. Er veralberte mich. »Sind Sie bereit, aus diesem Leben zu scheiden?«

»Bereit ist übertrieben, aber überrascht wäre ich auch nicht.« Ich hielt die kleine Taschenlampe in der linken Hand und drückte fest darauf. Sie gab nur ein klitzekleines Licht, aber es reichte, daß ich ihn sehen konnte. »Und Sie?« sagte ich. »Überrascht?« Ich feuerte aus nächster Nähe auf ihn und studierte dann den Effekt.

Es war sehr lehrreich. Wenn im Film auf jemanden geschossen wird, haut es ihn entweder einen halben Meter zurück, oder er kommt weiter auf einen zu, als wäre nichts, raus aus der Badewanne, hoch vom Fußboden, manchmal schon so durchsiebt, daß das Hemd rot gesprenkelt ist. In Wirklichkeit ist es so: Wenn jemand getroffen wird, tut es höllisch weh. Das konnte ich jetzt mit eigenen Augen verfolgen. David Barney blieb keine andere Wahl, als mit dem Rücken an der Wand hinunterzugleiten und da zu sitzen und über das Leben nachzudenken. Auf seiner linken Brustseite bildete sich ein naßroter Fleck, der sein Hemd ruinierte und seine Miene von blasierter Selbstgefälligkeit in konsterniertes Starren umschlagen ließ.

Ich musterte ihn einen Moment und sagte dann: »Ich habe ja gesagt, ich habe zehn.«

Aber es schien ihn nicht zu interessieren. Ich rappelte mich auf die Füße, wobei ich einen klebrigen Handabdruck auf dem Kopierer hinterließ. Ich ging hinüber zu der Wand, an der er lehnte. Ich beugte mich hinunter und nahm ihm die Pistole ab, die er mir widerstandslos überließ. Ich prüfte das Magazin. Eine Patrone steckte noch darin. Sein Blick war jetzt leer, und seine Finger öffneten sich langsam, als er sein Leben fahren ließ. Etwas, das mir vorkam wie eine Motte, flatterte ins Dunkel davon. Ich humpelte hinaus auf den Flur und leuchtete mit meinem Taschenlämpchen die Wand ab, bis ich den Feuermelder fand. Ich schlug die Glasscheibe ein und zog den Hebel.

Nachwort

Jetzt, da ich wieder sitzen kann, sollte ich wohl noch ein paar Kleinigkeiten nachtragen. Inzwischen hat das neue Jahr angefangen, und die stürmische Romanze zwischen Rosie und William dauert unvermindert an. Henry hat alles mögliche angedroht, von Hungerstreik bis zu Handschellen, aber vergebens. Ich verstehe seine Besorgnis – William wird immer eine schwere Prüfung bleiben –, aber es ist doch etwas Wunderbares, Liebe aus nächster Nähe mitzuerleben.

Die Polizei hat Tippy Parsons an die Staatsanwaltschaft verwiesen, wo sie ein langes, offenes Gespräch mit einer Juristin führte. Ich hatte gedacht, ihr jugendliches Alter zur Zeit des Unfalls würde als mildernder Umstand gewertet werden, aber am Ende lief es darauf hinaus, daß die Verjährungsfrist für fahrlässige Tötung im Straßenverkehr bereits abgelaufen war. Als Hartford McKell hörte, daß der Fahrer gefunden war, bestand er darauf, mir einen Scheck über die fünfundzwanzigtausend Dollar auszustellen, obwohl Tippy weder verhaftet noch rechtskräftig verurteilt worden war. Ich nahm das Geld. Ich hatte die Arbeit gemacht, warum nicht auch den Lohn einstreichen? Jetzt muß ich mir nur noch überlegen, was ich damit anfange. Aber im Moment steht erst einmal der Frühling vor der Tür, und das Leben ist wunderbar.

Mit ergebenstem Gruß,
Kinsey Millhone

Die Autorin möchte folgenden Personen für ihre Hilfe danken: Stephen Humphrey, RA Sam Eaton, Dr. jur. B. J. Seeboll, RA John Mackall, RA Debra Young, Joe Driscoll vom Ermittlungsbüro, Joe Driscoll & Partner, Lieutenant Terry Bristol und Sergeant Carol Hesson vom County Sheriff's Department, Detective Lawrence Gillespie von der gerichtsmedizinischen Abteilung des Santa Barbara Sheriff's Department, Eric S. H. Ching, Debbie Davison von KEYT-TV, Richard Dodge von der Firma Far West Gun & Supply, Charles Sunderlin, leitender Produktmanager bei Heckler & Koch, George E. Rush, Florence Michel, David Elder und Carter Blackmar.